FEUILLETON DU JOURNAL *LE BIEN PUBLIC*

UNE PAGE D'AMOUR

PAR

ÉMILE ZOLA

PARIS
IMPRIMERIE DUBUISSON ET Cie
5, RUE COQ-HÉRON, 5
1877

UNE

PAGE D'AMOUR

PREMIÈRE PARTIE

I

La veilleuse, dans un cornet bleuâtre, brûlait sur la cheminée, derrière un livre, dont l'ombre noyait toute une moitié de la chambre. C'était une calme lueur qui coupait le guéridon et la chaise longue, baignait les gros plis des rideaux de velours, azurait la glace de l'armoire de palissandre, placée entre deux fenêtres. L'harmonie bourgeoise de la pièce, ce bleu des tentures, des meubles et du tapis, prenait, à cette heure nocturne, une douceur vague de nuée. Et, en face des fenêtres, du côté de l'ombre, le lit, également tendu de velours, faisait une masse noire, éclairée seulement de la pâleur des draps. Hélène, les mains croisées, dans sa tranquille attitude de mère et de veuve, avait un léger souffle.

Au milieu du silence, la pendule sonna une heure. Les bruits du quartier étaient morts. Sur ces hauteurs du Trocadéro, Paris envoyait seul son lointain ronflement. Le petit souffle d'Hélène était si doux, qu'il ne soulevait pas la ligne chaste de sa gorge. Elle sommeillait d'un beau sommeil, paisible et fort, avec son profil correct et ses cheveux châtains puissamment noués, la tête un peu penchée, comme si elle se fût assoupie en écoutant. Au fond de la pièce, la porte d'un cabinet grande ouverte trouait le mur d'un carré de ténèbres.

Mais pas un bruit ne montait. La demi sonna. Le balancier avait un battement affaibli dans cette force du sommeil qui anéantissait peu à peu la chambre entière. La veilleuse dormait, les meubles dormaient; sur le guéridon, près d'une lampe éteinte, un ouvrage de femme dormait. Hélène, endormie, gardait son air grave et bon.

Quand deux heures sonnèrent, cette grande paix fut troublée, un soupir sortit des ténèbres du cabinet. Puis, il y eut un froissement de linge, et le silence recommença. Maintenant, une haleine oppressée s'entendait. Hélène n'avait pas bougé. Mais, brusquement, elle se souleva. Un balbutiement confus d'enfant qui souffre venait de la réveiller. Elle portait les mains à ses tempes, encore ensommeillée, lorsqu'un cri sourd la fit sauter sur le tapis.

— Jeanne !... Jeanne !... qu'as-tu? réponds-moi ? demanda-t-elle.

Et, comme l'enfant se taisait, elle murmura, tout en courant prendre la veilleuse:

— Mon Dieu! elle n'était pas bien, je n'aurais pas dû me coucher.

Elle entra vivement dans la pièce voisine où un lourd silence s'était fait. Mais la veilleuse, noyée d'huile, avait une tremblante clarté qui envoyait seulement au plafond une tache ronde. Hélène, penchée sur le lit de fer, ne put rien distinguer d'abord. Puis, dans la lueur bleuâtre, au milieu des draps rejetés, elle aperçut Jeanne raidie, la tête renversée, les muscles du cou rigides et durs. Une contraction défigurait le pauvre et adorable visage, les yeux étaient ouverts, fixés sur la flèche des rideaux.

— Mon Dieu! mon Dieu! cria-t-elle, mon Dieu! elle se meurt!

Et, posant la veilleuse, elle tâta sa fille de ses mains tremblantes. Elle ne put trouver le pouls. Le cœur semblait s'arrêter. Les petits bras, les petites jambes se tendaient violemment. Alors, Hélène devint folle, s'épouvantant, bégayant :

— Mon enfant se meurt! Au secours!... Mon enfant! mon enfant!

Elle revint dans la chambre, les bras levés, tournant et se cognant, sans savoir où elle allait; puis, elle rentra dans le cabinet et se jeta de nouveau devant le lit, appelant toujours au secours. Elle avait pris Jeanne entre ses bras, elle lui baisait les cheveux, promenait les mains sur son corps, en la suppliant de répondre. Un mot, un seul mot. Où avait-elle mal? Désirait-elle un peu de la potion de l'autre jour? Peut-être l'air l'aurait-il ranimée? Et elle s'entêtait à vouloir l'entendre parler.

— Dis-moi, Jeanne, oh! dis-moi, je t'en prie!

Mon Dieu! et ne savoir que faire! Comme ça, brusquement, dans la nuit. Pas même de lumière. Ses idées se brouillaient. Elle continuait de causer à sa fille, l'interrogeant et répondant pour elle. C'était dans l'estomac que ça la tenait; non, plutôt dans la gorge. Ce ne serait rien. Il fallait du calme. Et elle faisait un effort pour avoir elle-même toute sa tête. Mais la sensation de sa fille raide entre ses bras lui soulevait les entrailles. Elle la regardait, convulsée et sans souffle; elle tâchait de raisonner, de résister, au besoin de crier. Tout d'un coup, malgré elle, elle cria.

Elle traversa la salle à manger et la cuisine, en appelant :

— Rosalie! Rosalie!... Vite, un médecin!... Mon enfant se meurt!

La bonne, qui couchait dans une petite pièce, derrière la cuisine, poussa des exclamations. Hélène était revenue en courant. Elle piétinait en chemise, sans paraître sentir le froid de cette glaciale nuit de février. Cette bonne laisserait donc mourir son enfant! Une minute s'était à peine écoulée. Elle retourna dans la cuisine, rentra dans la chambre. Et, rudement, à tâtons, elle passa une jupe, jeta un châle sur ses épaules. Elle renversait les meubles, emplissait de la violence de son désespoir cette chambre où dormait une paix si recueillie. Puis, chaussée de pantoufles, laissant les portes ouvertes, elle descendit elle-même les trois étages, avec cette idée qu'elle seule ramènerait un médecin.

Quand la concierge eut tiré le cordon, Hélène se trouva dehors, les oreilles bourdonnantes, la tête perdue. Elle descendit rapidement la rue Vineuse, sonna chez le docteur Bodin, qui avait déjà soigné Jeanne; une domestique, au bout d'une éternité, vint lui répondre que le docteur était auprès d'une femme en couches. Hélène resta stupide sur le trottoir. Elle ne connaissait pas d'autre docteur dans Passy. Pendant un instant, elle battit les rues, regardant les maisons. Un petit vent glacé soufflait; elle marchait avec ses pantoufles dans une neige légère, tombée le soir. Et elle avait toujours devant elle sa fille, avec cette pensée d'angoisse qu'elle la tuait en ne trouvant pas tout de suite un médecin. Alors, comme elle remontait la rue Vineuse, elle se pendit à une sonnette. Elle allait toujours demander; on lui donnerait peut-être une adresse. Elle sonna de nouveau, parce qu'on ne se hâtait pas. Le vent plaquait son mince jupon sur ses jambes, et les mèches de ses cheveux s'envolaient.

Enfin, un domestique vint ouvrir et lui dit que le docteur Deberle était couché. Elle avait sonné chez un docteur, le ciel ne l'abandonnait donc pas! Alors, elle poussa le domestique pour entrer. Elle répétait :

— Mon enfant, mon enfant se meurt!... Dites-lui qu'il vienne.

C'était un petit hôtel plein de tentures. Elle monta ainsi un étage, luttant contre le domestique, répondant à toutes les observations que son enfant se mourait. Arrivée dans une pièce, elle voulut bien attendre. Mais, dès qu'elle entendit à côté le médecin se lever, elle s'approcha, elle parla à travers la porte.

— Tout de suite, monsieur, je vous en supplie... Mon enfant se meurt!

Et, lorsque le médecin parut en veston sans cravate, elle l'entraîna, elle ne le laissa pas se vêtir davantage. Lui, l'avait reconnue. Elle habitait la maison voisine et était sa locataire. Aussi, quand il lui fit traverser un jardin, pour raccourcir en passant par une porte de communication qui existait entre les deux demeures, eut-elle un brusque réveil de mémoire.

— C'est vrai, monsieur, murmura-t-elle, vous êtes médecin, et je le savais... Voyez-vous, je suis devenue folle... Dépêchons-nous, dépêchons-nous.

Dans l'escalier, elle voulut qu'il passât devant elle. Elle le suivait avec une sorte de religion. Elle n'eût pas amené Dieu chez elle d'une façon plus dévote. En haut, Rosalie était restée près de Jeanne, et elle avait allumé la lampe posée sur le guéridon. Dès que le médecin entra, il prit cette lampe, il éclaira vivement l'enfant, qui gardait une rigidité douloureuse; seulement, la tête avait glissé, et de rapides crispations couraient sur la face. Pendant une minute, il ne dit rien, les lèvres pincées. Hélène, anxieusement, le regardait. Quand il aperçut ce regard de mère qui l'implorait, il murmura :

— Ce ne sera rien... Mais il ne faut pas la laisser ici. Elle a besoin d'air.

Hélène, d'un geste fort, l'emporta sur son épaule. Elle aurait baisé les mains du médecin pour sa bonne parole, et une douceur coulait en elle. Mais à peine eut-elle posé Jeanne dans son grand lit, que ce pauvre petit corps de fillette fut agité de violentes convulsions. Le médecin avait enlevé l'abat-jour de la lampe, une vive clarté blanche emplissait la chambre. Il alla entr'ouvrir une fenêtre, ordonna à Rosalie de tirer le lit hors des rideaux. Hélène, reprise par l'angoisse, balbutiait :

— Mais elle se meurt, monsieur !... Voyez donc, voyez donc !... Je ne la reconnais plus !

Il ne répondait pas, suivait l'accès d'un regard attentif. Puis, il dit :

— Passez dans l'alcôve, tenez-lui les mains pour qu'elle ne s'égratigne pas.. Là, doucement, sans violence... Ne vous inquiétez pas, il faut que la crise suive son cours.

Et tous deux, penchés au-dessus du lit, ils maintenaient Jeanne, dont les membres se détendaient avec des secousses brusques. Le médecin avait boutonné son veston, pour cacher son cou nu. Hélène était restée enveloppée dans le châle qu'elle avait jeté sur ses épaules. Mais Jeanne, en se débattant, tira un coin du châle, déboutonna le haut du veston. Ils ne s'en aperçurent point. Ni l'un ni l'autre ne se voyait.

Cependant, l'accès se calma. La petite parut tomber dans un grand affaissement. Bien qu'il rassurât la mère sur l'issue de la crise, le docteur restait préoccupé. Il regardait toujours la malade, il finit par poser des questions brèves à Hélène, demeurée debout dans la ruelle.

— Quel âge a l'enfant ?

— Onze ans et demi, monsieur.

Il y eut un silence. Il hochait la tête, se baissait pour soulever la paupière fermée de Jeanne et regarder la muqueuse. Puis, il continua son interrogatoire, sans lever les yeux sur Hélène.

— A-t-elle eu des convulsions étant jeune?

— Oui, monsieur, mais ces convulsions ont disparu vers l'âge de six ans... Elle est très délicate. Depuis quelques jours, je la voyais mal à son aise. Elle avait des crampes, des absences.

— Connaissez-vous des maladies nerveuses dans votre famille?

— Je ne sais pas... Ma mère est morte de la poitrine.

Elle hésitait, prise d'une honte, ne voulant pas avouer une aïeule enfermée dans une maison d'aliénés. Toute son ascendance était tragique.

— Prenez garde, dit vivement le médecin, voici un nouvel accès.

Jeanne venait d'ouvrir les yeux. Un instant, elle regarda autour d'elle, d'un air égaré, sans prononcer une parole. Puis, son regard devint fixe, son corps se renversa en arrière, les membres étendus et roidis. Elle était très rouge. Tout d'un coup, elle blêmit, d'une pâleur livide, et les convulsions se déclarèrent.

— Ne la lâchez pas, reprit le docteur. Prenez-lui l'autre main.

Il courut au guéridon, sur lequel, en entrant, il avait posé une petite pharmacie. Il revint avec un flacon, qu'il fit respirer à l'enfant. Mais ce fut comme un terrible coup de fouet, Jeanne donna une telle secousse qu'elle échappa des mains de sa mère.

— Non, non, pas d'éther ! cria celle-ci, avertie par l'odeur. L'éther la rend folle.

Tous deux suffirent à peine à la maintenir. Ses membres s'étendaient et se fléchissaient furieusement. Elle avait de violentes contractions, soulevée sur les talons et sur la nuque, comme pliée en deux. Puis, elle retombait, elle s'agitait dans un balancement qui la jetait aux deux bords du lit. Ses poings étaient serrés, le pouce fléchi vers la paume; par moments, elle les ouvrait, et, les doigts écartés, elle cherchait à saisir des objets dans le vide, pour s'y cramponner et les tordre. Elle rencontra le châle de sa mère, elle ne le lâcha plus. Mais ce qui surtout torturait celle-ci, c'était, comme elle le disait, de ne plus reconnaître sa fille. Son pauvre ange, au visage si doux, avait les traits renversés, les yeux perdus dans leurs orbites, cachés sous la paupière supérieure, ne montrant que leur nacre bleuâtre

— Faites quelque chose, je vous en supplie, murmura Hélène. Je ne me sens plus la force, monsieur.

Elle venait de se rappeler que la fille d'une de ses voisines, à Marseille, était morte, étouffée dans une crise semblable. Peut-être le médecin la trompait-il, pour l'épargner? Elle croyait, à chaque seconde, recevoir au visage le dernier souffle de Jeanne, dont la respiration entrecoupée s'arrêtait parfois. Alors, navrée, bouleversée de pitié et de terreur, elle pleura. Ses larmes tombaient sur la nudité innocente de l'enfant, qui avait rejeté les couvertures.

Le docteur cependant, de ses longs doigts souples, opérait des pressions légères au bas du col. L'intensité de l'accès diminua. Jeanne, après quelques mouvements ralentis, resta inerte. Elle était retombée au milieu du lit, le corps allongé, les bras étendus, la tête soutenue par l'oreiller et penchée sur la poitrine. On aurait dit un Christ enfant. Hélène pleurait toujours, en la regardant. Elle se courba et la baisa longuement au front.

— Est-ce fini ? demanda-t-elle à demi-voix. Croyez-vous à d'autres accès ?

Il fit un geste évasif. Puis, il répondit :

— En tous cas, les autres seront moins violents.

Il avait demandé à Rosalie un verre et une carafe. Il emplit le verre à moitié, prit deux nouveaux flacons, compta des gouttes; et, avec l'aide d'Hélène, qui soulevait la tête de l'enfant, il introduisit entre les dents serrées une cuillerée de cette potion. La lampe brûlait très-haute, avec sa flamme blanche, éclairant le désordre de la chambre, où les meubles étaient culbutés. Les vêtements qu'Hélène jetait sur le dossier d'un fauteuil en se couchant, avaient glissé à terre et barraient le tapis. Le docteur, ayant marché sur un corset, le ramassa pour ne plus le rencontrer sous ses pieds. Une odeur de verveine montait du lit défait et de ces linges épars. C'était toute l'intimité d'une femme violemment etalée. Le docteur alla lui-même chercher la cuvette, trempa un linge, l'appliqua sur les tempes de Jeanne.

— Madame, vous allez prendre froid, dit Rosalie qui grelottait. On pourrait peut-être fermer la fenêtre... L'air est trop vif.

— Non, non, cri Hélène, laissez la fenêtre ouverte... N'est-ce pas, monsieur?

De petits souffles de vent entraient, soulevant les rideaux. Elle ne les sentait pas. Pourtant le châle était complétement tombé de ses épaules, découvrant la naissance de sa gorge. Par derrière, son chignon dénoué laissait pendre des mèches folles jusqu'à ses reins. Elle avait dégagé ses bras nus, pour être plus prompte, oublieuse de tout, n'ayant plus que la passion de son enfant. Et, devant elle, affairé, le médecin ne songeait pas davantage à son veston ouvert, à son col de chemise que Jeanne venait d'arracher.

— Soulevez-la un peu, dit-il. Non, pas ainsi... Donnez-moi votre main.

Il lui prit la main, la posa lui-même sous la tête de l'enfant, à laquelle il voulait faire reprendre une cuillerée de potion. Puis, il l'appela près de lui. Il se servait d'elle comme d'un aide, et elle était d'une obéissance religieuse, en voyant que sa fille semblait plus calme.

— Venez... Vous allez lui appuyer la tête sur votre épaule, pendant que j'écouterai.

Hélène fit ce qu'il ordonnait. Alors, lui, se pencha au dessus d'elle, pour poser son oreille sur la poitrine de Jeanne. Il avait effleuré de la joue son épaule nue, et en écoutant le cœur de l'enfant, il aurait pu entendre battre le cœur de la mère. Quand il se releva, son souffle rencontra le souffle d'Hélène.

— Il n'y a rien de ce côté-là, dit-il tranquillement, pendant qu'elle se réjouissait. Recouchez-la, il ne faut pas la tourmenter davantage.

Mais un nouvel accès se produisit. Il fut beaucoup moins grave. Jeanne laissa échapper quelques paroles entrecoupées. Deux autres accès avortèrent, à de courts intervalles. L'enfant était tombée dans une prostration qui parut de nouveau inquiéter le médecin. Il l'avait couchée, la tête très-haute, la couverture ramenée sous le menton, et pendant près d'une heure il demeura là, à la veiller, paraissant attendre le son normal de la respiration. De l'autre côté du lit, Hélène debout attendait également, sans bouger.

Peu à peu, une grande paix se fit sur la face de Jeanne. La lampe l'éclairait d'une lumière blonde. Son visage reprenait son ovale adorable, un peu allongé, d'une grâce et d'une finesse de chèvre. Ses beaux yeux fermés avaient de larges paupières bleuâtres et transparentes, sous lesquelles on devinait l'éclat sombre du regard. Son nez mince souffla légèrement, sa bouche un peu grande eut un sourire vague. Et elle dormait ainsi, sur la nappe de ses cheveux étalés, d'un noir d'encre.

— Cette fois, c'est fini, dit le médecin à demi-voix.

Et il se tourna, rangeant ses flacons, s'apprêtant à partir. Hélène s'approcha vivement, suppliante.

— Oh! monsieur, murmura-t-elle, ne me quittez pas. Attendez quelques minutes. Si des accès se produisaient encore... C'est vous qui l'avez sauvée.

Il fit signe qu'il n'y avait plus rien à craindre. Pourtant, il resta, voulant la rassurer. Elle avait envoyé Rosalie se coucher. Bientôt, le jour parut, un jour doux et gris sur la neige qui blanchissait les toitures. Le docteur alla fermer la fenêtre. Et tous deux échangèrent de rares paroles, au milieu du grand silence, à voix très basse.

— Elle n'a rien de grave, je vous assure, disait-il. Seulement, à son âge, il faut beaucoup de soins... Veillez surtout à ce qu'elle mène une vie égale, heureuse, sans secousse.

Au bout d'un instant, Hélène dit à son tour :

— Elle est si délicate, si nerveuse.... Je ne suis pas toujours maîtresse d'elle... Pour des misères, elle a des joies ou des tristesses qui m'inquiètent, tant elles sont vives... Elle m'aime avec une passion, une jalousie qui la font sangloter, lorsque je caresse un autre enfant.

Il hocha la tête, en répétant :

— Oui, oui, délicate, nerveuse, jalouse... C'est le docteur Bodin qui la soigne, n'est-ce pas ? Je causerai d'elle avec lui... Nous arrêterons un traitement énergique. Elle est à l'époque où la santé d'une femme se décide.

En le voyant si dévoué, Hélène eut un élan de reconnaissance.

— Ah ! monsieur, que je vous remercie de toute la peine que vous avez prise !

Puis, ayant élevé la voix, elle vint se pencher au-dessus du lit, de peur d'avoir réveillé Jeanne. L'enfant dormait, toute rose, avec son vague sourire aux lèvres. Dans la chambre calmée, une langueur flottait, cette langueur qui suit toutes les crises violentes. Une somnolence recueillie et comme soulagée avait repris les tentures, les meubles, les vêtements épars. Tout se noyait et se délaissait dans le petit jour bleuâtre entrant par les deux fenêtres.

Hélène, de nouveau, demeurait debout dans la ruelle. Le docteur se tenait à l'autre bord du lit. Et, entre eux, il y avait Jeanne, sommeillant avec son léger souffle.

— Son père était souvent malade, reprit doucement Hélène, revenant à l'interrogatoire. Moi, je me suis toujours bien portée.

Le docteur, qui ne l'avait point encore regardée, leva les yeux, et ne put s'empêcher de sourire, tant il la trouvait saine et forte. Elle sourit aussi, de son bon sourire tranquille. Sa belle santé la rendait heureuse.

Cependant, il ne la quittait pas du regard. Jamais il n'avait vu une beauté plus correcte. Grande, magnifique, elle était une Junon châtaine, d'un châtain doré à reflets blonds. Quand elle tournait lentement la tête, son profil prenait une pureté grave de statue. Ses yeux gris et ses dents blanches lui éclairaient toute la face. Elle avait un menton rond, un peu fort, qui lui donnait un air raisonnable et ferme. Mais ce qui étonnait le docteur, c'était la nudité superbe de cette mère. Le châle avait encore glissé, la gorge se découvrait, les bras restaient nus. Une grosse natte, couleur d'or bruni, coulait sur l'épaule et se perdait entre les seins. Et, dans son jupon mal attaché, échevelée et en désordre, elle gardait une majesté, une hauteur d'honnêteté et de pudeur qui la laissait chaste sous ce regard d'homme, où montait un grand trouble.

Elle-même, un instant, l'examina. Le docteur Deberle était un homme de trente-cinq ans, à la figure rasée, un peu longue, l'œil fin, les lèvres minces. Comme elle le regardait, elle s'aperçut à son tour qu'il avait le cou nu. Et ils restèrent ainsi face à face, avec la petite Jeanne endormie entre eux. Mais cet espace, tout à l'heure immense, semblait se resserrer. L'enfant avait un trop léger souffle. Alors, Hélène, d'une main lente, remonta son châle et s'enveloppa, tandis que le docteur boutonnait le col de son veston.

— Maman, maman, balbutia Jeanne dans son sommeil.

Elle s'éveillait. Quand elle eut les yeux ouverts, elle vit le médecin et s'inquiéta.

— Qui est-ce ? qui est-ce? demandait-elle.

Mais sa mère la baisait.

— Dors, ma chérie, tu as été un peu souffrante... C'est un ami.

L'enfant paraissait surprise. Elle ne se souvenait de rien. Le sommeil la reprenait, et elle se rendormit, en murmurant d'un air tendre :

— Oh ! j'ai dodo !... Bonsoir, petite mère... S'il est ton ami, il sera le mien.

Le médecin avait fait disparaître sa pharmacie. Il salua silencieusement et se retira. Hélène écouta un instant la respiration de l'enfant. Puis, elle s'oublia, assise sur le bord du lit, les regards et la pensée perdus. La lampe, laissée allumée, pâlissait dans le grand jour.

II

Le lendemain, Hélène songea qu'il était convenable d'aller remercier le docteur Deberle. La façon brusque dont elle l'avait forcé à la suivre, la nuit entière passée par lui auprès de Jeanne, la laissaient un peu gênée, en face d'un service qui lui semblait sortir des visites ordinaires d'un médecin. Cependant, elle hésita pendant deux jours, répugnant à cette démarche pour des raisons qu'elle n'aurait pu dire nettement, craignant de paraître trop empressée, trop reconnaissante. Ces hésitations l'occupaient du docteur ; un matin, elle le rencontra, et se cacha comme un enfant. Elle fut très contrariée ensuite de ce mouvement de timidité. Sa nature tranquille et droite protestait contre ce trouble qui entrait dans sa vie. Aussi décida-t-elle qu'elle irait remercier le docteur le jour même.

La crise de Jeanne avait eu lieu dans la nuit du mardi au mercredi, et l'on était alors au samedi. L'enfant se trouvait complètement remise. Le docteur Bodin, qui s'était présenté le lendemain, avait parlé du docteur Deberle avec le respect d'un pauvre vieux médecin de quartier pour un jeune confrère, brillant et riche. Il racontait pourtant, en souriant d'un air fin, que la fortune venait du papa Deberle, un homme que tout Passy vénérait. Le fils n'avait eu qu'à hériter d'un million et demi et d'une clientèle superbe ; maintenant il pratiquait un peu la médecine en amateur, gardant seulement pour clients les anciens amis de son père et les siens. Un garçon très fort, d'ailleurs, se hâtait d'ajouter le docteur Bodin en hochant la tête, et avec lequel il serait honoré d'entrer en consultation, au sujet de la chère santé de sa petite amie Jeanne.

Vers trois heures, Hélène et sa fille descendirent et n'eurent que quelques pas à faire dans la rue Vineuse, pour sonner à l'hôtel voisin. Toutes deux étaient encore en grand deuil. Ce fut un valet de chambre en habit et en cravate blanche qui leur ouvrit. Hélène reconnut le large vestibule tendu de portières d'Orient ; seulement, une profusion de fleurs, à droite et à gauche, garnissaient des jardinières. Le valet les avait fait entrer dans un petit salon aux tentures et au meuble réséda. Et, debout, il attendait. Alors, Hélène lui donna son nom :

— Madame Grandjean.

Le valet poussa la porte d'un salon, jaune et noir, d'un éclat extraordinaire ; et, s'effaçant, il répéta :

— Madame Grandjean.

Hélène, sur le seuil, eut un mouvement de recul. Elle venait d'apercevoir, à l'autre bout, au coin de la cheminée, une jeune dame assise sur un étroit canapé, que la largeur de ses jupes occupait tout entier. En face d'elle, une personne âgée, qui n'avait quitté ni son chapeau ni son châle, était en visite.

— Pardon, murmura Hélène, je désirais voir monsieur le docteur Deberle.

Et elle reprit la main de Jeanne qu'elle avait fait entrer devant elle. Cela l'étonnait et l'embarrassait de tomber ainsi sur cette jeune dame. Pourquoi n'avait-elle pas demandé le docteur? Elle savait cependant qu'il était marié.

Justement Mme Deberle achevait un récit d'une voix rapide et un peu aiguë :

— Oh ! c'est merveilleux, merveilleux !... Elle meurt avec un réalisme !... Tenez, elle empoigne son corsage comme ça, elle renverse la tête, et elle devient toute verte.... Je vous jure qu'il faut aller la voir, mademoiselle Aurélie....

Puis, elle se leva, vint jusqu'à la porte en faisant un grand bruit d'étoffes, et dit avec une bonne grâce charmante :

— Veuillez entrer, madame, je vous en prie... Mon mari n'est pas là... Mais je serai très heureuse, très heureuse, je vous assure... Ce doit être cette belle demoiselle qui a été si souffrante, l'autre nuit... Je vous en prie, asseyez-vous un instant.

Hélène dut accepter un fauteuil, pendant que Jeanne se posait timidement au bord d'une chaise. Madame Deberle s'était enfoncée de nouveau dans son petit canapé, en ajoutant avec un joli rire :

— C'est mon jour. Oui, je reçois le samedi... Alors, Pierre introduit tout le monde. L'autre semaine, il m'a amené un colonel qui avait la goutte.

— Etes-vous folle, Juliette ! murmura mademoiselle Aurélie, la dame âgée, une vieille amie pauvre, qui l'avait vu naître.

Il y eut un court silence. Hélène donna un regard à la richesse du salon, aux rideaux et aux sièges noir et or qui jetaient un éblouissement d'astre. Des fleurs s'épanouissaient sur la cheminée, sur le piano, sur les tables ; et, par les glaces des fenêtres, entrait la lumière claire du jardin, dont on apercevait les arbres sans feuilles et la terre nue. Il faisait très chaud, une chaleur égale de calorifère ; dans la cheminée, une seule bûche se réduisait en braise. Puis, d'un autre regard, Hélène comprit que le flamboiement du salon n'était qu'un cadre heureusement choisi. Mme Deberle avait des cheveux d'un noir d'encre et une peau d'une blancheur de lait. Elle était petite, potelée, lente et gracieuse. Dans tout cet or, sous l'épaisse coiffure sombre qu'elle portait, son teint pâle se dorait d'un reflet vermeil. Hélène la trouva réellement adorable.

— C'est affreux, les convulsions, avait repris Mme Deberle. Mon petit Lucien en a eu, mais dans le premier âge... Comme vous avez dû être inquiète, madame ! Enfin, cette chère enfant paraît tout à fait bien, maintenant.

Et, en parlant, en traînant un peu les phrases, elle regardait Hélène à son tour, surprise et charmée de sa grande beauté. Jamais elle n'avait vu une femme aussi correctement belle et d'un air plus royal, dans ces vêtements noirs qui drapaient la haute et sévère figure de la veuve. Son admiration se traduisait par un sourire involontaire, tandis qu'elle échangeait un coup d'œil avec Mlle Aurélie, que la vue d'Hélène étonnait également. Toutes deux l'examinaient d'une façon si naïvement ravie, que celle-ci eut comme elles un léger sourire.

Alors, Mme Deberle s'allongea doucement dans son canapé, et prenant l'éventail pendu à sa ceinture :

— Vous n'étiez pas hier à la première du Vaudeville, Madame?

— Je ne vais jamais au théâtre, répondit Hélène.

— Oh! la petite Noëmi a été merveilleuse, merveilleuse!... Elle meurt avec un réalisme!... Elle empoigne son corsage comme ça, elle renverse la tête, elle devient toute verte... L'effet a été prodigieux.

Pendant un instant, elle discuta le jeu de l'actrice, qu'elle défendait d'ailleurs. Puis, elle passa aux autres bruits de Paris, une exposition de tableaux où elle avait vu des toiles inouïes, un roman stupide pour lequel on faisait beaucoup de réclame, une aventure risquée, dont elle parla à mots couverts avec Mlle Aurélie. Et elle allait ainsi d'un sujet à un autre, sans fatigue, la voix prompte, vivant là-dedans comme dans un air qui lui était propre. Hélène, étrangère à ce monde, se contentait d'écouter et plaçait de temps à autre un mot, une réponse brève.

La porte s'ouvrit, le valet annonça :

— Madame de Chermettes... Madame Tissot...

Deux dames entrèrent, en grande toilette. Mme Deberle s'avança vivement; et la traîne de sa robe de soie noire, très chargée de garnitures, était si longue, qu'elle l'écartait d'un coup de talon, chaque fois qu'elle tournait sur elle-même. Pendant un instant, ce fut un bruit rapide de voix flûtées.

— Que vous êtes aimables... Je ne vous vois jamais...

— Nous venons pour cette loterie, vous savez?

— Parfaitement, parfaitement.

— Non, nous ne pouvons nous asseoir. Nous avons encore vingt maisons à faire.

— Voyons, vous n'allez pas vous sauver.

Et les deux dames finirent par s'asseoir, tout en jurant qu'elles n'avaient pas une minute à perdre. Puis, les voix flûtées repartirent plus aiguës.

— Hein? hier, au Vaudeville?

— Oh! superbe!

— Vous savez qu'elle se dégrafe et qu'elle rabat ses cheveux. Tout l'effet est là.

— On prétend qu'elle avale quelque chose pour devenir verte.

— Non, non, les mouvements sont calculés... Mais il fallait les trouver d'abord.

— C'est prodigieux.

Les deux dames s'étaient levées. Elles disparurent. Le salon retomba dans sa paix chaude. Sur la cheminée, des jacinthes exhalaient un parfum très pénétrant. Un instant, on entendit venir du jardin la violente querelle d'une bande de moineaux qui s'abattaient sur une pelouse. Mme Deberle, avant de se rasseoir, alla tirer le store de tulle brodé d'une fenêtre, en face d'elle; et elle reprit sa place dans l'or plus doux du salon.

— Juliette, connais-tu l'âge de Mme Tissot? demanda Mlle Aurélie après un silence.

— Elle-même ne le sait plus, répondit Mme Deberle.

Toutes deux sourirent et n'ajoutèrent rien. Les visiteuses étaient jugées. Mais Juliette avait rapproché son canapé du fauteuil d'Hélène, en disant:

— Je vous demande pardon, on est envahi...

Et, très affectueuse, elle causa posément avec elle. Elle paraissait connaître en partie son histoire, sans doute par les bavardages de la maison, qui lui appartenait. Avec une hardiesse pleine de tact, et où semblait entrer beaucoup d'amitié, elle lui parla de son mari, de cette mort affreuse dans un hôtel, l'hôtel du Var, rue de Richelieu.

— Et vous débarquiez, n'est-ce pas? Vous n'étiez jamais venue à Paris... Ce doit être atroce, ce deuil chez des inconnus, au lendemain d'un long voyage, et lorsqu'on ne sait encore où poser le pied.

Hélène hochait la tête lentement. Oui, elle avait passé des heures bien terribles. La maladie qui devait emporter son mari s'était brusquement déclarée, le lendemain de leur arrivée, au moment où ils allaient sortir ensemble. Elle ne connaissait pas une rue, elle ignorait même dans quel quartier elle se trouvait; et, pendant huit jours, elle était restée enfermée avec le moribond, entendant Paris entier gronder sous sa fenêtre, se sentant seule, abandonnée, perdue, comme au fond d'une solitude. Lorsque, pour la première fois, elle avait remis les pieds sur le trottoir, elle était veuve. La pensée de cette grande chambre nue, emplie de bouteilles à potion, et où les malles n'étaient pas même défaites, lui donnait encore un frisson.

— Votre mari, m'a-t-on dit, avait presque le double de votre âge? demanda Mme Deberle d'un air de profond intérêt, pendant que Mlle Aurélie tendait les deux oreilles, pour ne rien perdre.

— Mais non, répondit Hélène, il avait à peine six ans de plus que moi. Seulement, il ne s'était jamais bien porté... Il restait chétif et toussait un peu.

Et elle se laissa aller à conter l'histoire de son mariage en quelques phrases: le grand amour que son mari avait conçu pour elle, lorsqu'elle habitait avec son père, le chapelier Mouret, la rue des Petites-Maries, à Marseille; l'opposition entêtée de la famille Grandjean, une riche famille de raffineurs, que la pauvreté de la jeune fille exaspérait; et des noces tristes et furtives, après les sommations légales, et leur vie précaire, jusqu'au jour où un oncle, en mourant, leur avait légué dix mille francs de rente environ. C'est alors que Grandjean, qui nourrissait une haine contre Marseille, avait décidé qu'ils viendraient s'installer à Paris.

— A quel âge vous êtes-vous donc mariée? demanda encore Mme Deberle.

— A dix-sept ans.

— Vous deviez être bien belle.

La conversation tomba. Hélène n'avait point paru entendre. Juliette et mademoiselle Aurélie échangèrent un nouveau coup d'œil. Elles croyaient deviner ce que la veuve ne disait pas, le silence de son cœur, l'amitié pleine de gratitude qu'elle avait simplement éprouvée pour son mari. Sa tranquillité superbe était celle d'une idole dont on a baisé dévotement les pieds sans en échauffer le marbre. Et, dans ses grands yeux clairs, on lisait une loyauté absolue, une vie sans secrets et tout unie : si elle n'avait point aimé son mari, elle n'avait certes aimé personne.

— Madame Manguelin, annonça le valet.

Une jeune femme parut, discrète et gênée. Mme Deberle se leva à peine. C'était une de ses protégées qui venait la remercier d'un service. Elle resta au plus quelques minutes, et se retira, avec une révérence.

Alors, Mme Deberle reprit l'entretien, en parlant de l'abbé Jouve. Elle le connaissait. C'était un humble desservant de Notre-Dame-de-Grâce, la paroisse de Passy ; mais sa charité faisait de lui le prêtre le plus aimé et le plus écouté du quartier.

— Oh ! une onction ! murmura-t-elle avec une mine dévote.

— Il a été très bon pour nous, dit Hélène. Mon mari l'avait connu autrefois à Marseille... Dès qu'il a su mon malheur, il s'est chargé de tout. C'est lui qui nous a installés à Passy.

— N'a-t-il pas un frère? demanda Juliette.

— Oui, sa mère s'était mariée... M. Rambaud connaissait également mon mari... Il a fondé, rue de Rambuteau, une grande spécialité d'huiles et de produits du Midi, et il gagne, je crois, beaucoup d'argent.

Puis, elle ajouta avec gaieté :

— L'abbé et son frère sont toute ma cour.

Hélène causait peu d'ordinaire, se livrait difficilement ; mais comme elle n'avait rien à cacher, elle répondait quand on l'interrogeait. Jeanne, qui s'ennuyait sur le bord de sa chaise, regardait sa mère d'un air d'impatience. Son fin visage de chèvre souffrait, comme si elle eût regretté tout ce qu'on disait là ; et elle semblait, par instants, flairer les parfums lourds et violents du salon, jetant des coups d'œil obliques sur les meubles, méfiante, avertie de vagues dangers par son exquise sensibilité. Puis, elle reportait ses regards sur sa mère avec une adoration tyrannique.

Madame Deberle s'aperçut du malaise de l'enfant.

— Voilà, dit-elle une petite demoiselle qui s'ennuie d'être raisonnable comme une grande personne... Tenez, il y a des livres d'images sur ce guéridon.

Jeanne alla prendre un album ; mais ses regards, par-dessus le livre, se coulaient vers sa mère, d'une façon suppliante. Hélène, gagnée par le milieu de bonne grâce où elle se trouvait, ne bougeait pas; elle était de sang calme et restait volontiers assise pendant des heures. Cependant, comme le valet annonçait coup sur coup trois dames, Mme Berthier, Mme de Guiraud et Mme Levasseur, elle crut devoir se lever pour prendre congé. Mais Mme Deberle s'écria :

— Restez donc, il faut que je vous montre mon fils.

Le cercle s'élargissait devant la cheminée. Toutes ces dames parlaient à la fois. Il y en avait une qui se disait cassée ; et elle racontait que, depuis cinq jours, elle ne s'était pas couchée avant quatre heures du matin. Une autre se plaignait amèrement des nourrices; on n'en trouvait plus une seule qui fût honnête. Puis, la conversation tomba sur les couturières. Mme Deberle soutint qu'une femme ne pouvait pas bien habiller ; il fallait un homme. Cependant, deux dames chuchotaient à demi-voix, et comme un silence se faisait, on entendit trois ou quatre mots : toutes se mirent à rire, en s'éventant d'une main languissante.

— Monsieur Malignon, annonça le domestique.

Un grand jeune homme entra, mis très correctement. Il fut salué par de légères exclamations. Mme Deberle, sans se lever, lui tendit la main, en disant :

— Eh bien! hier, au Vaudeville?

— Infect ! cria-t-il.

— Comment, infect !... Elle est merveilleuse, quand elle empoigne son corsage et qu'elle renverse la tête...

— Laissez donc! c'est répugnant de réalisme.

Alors, on discuta. Réalisme était bien vite dit. Mais le jeune homme ne voulait pas du tout du réalisme.

— Dans rien, entendez-vous! disait-il en haussant la voix, dans rien! ça dégrade l'art.

Est-ce que c'était beau, une femme verte? On finirait par voir de jolies choses sur les planches! Pourquoi Noëmi ne poussaitelle pas les suites jusqu'au bout? Et il ébaucha un geste qui scandalisa toutes ces dames. Fi! l'horreur! Mais Mme Deberle ayant placé sa phrase sur l'effet prodigieux que l'actrice produisait, et Mme Levasseur ayant raconté qu'une dame avait perdu connaissance au balcon, on convint que c'était un grand succès. Ce mot arrêta net la discussion.

Le jeune homme, dans un fauteuil, s'allongeait au milieu des jupes étalées. Il paraissait très intime chez le docteur. Il avait pris machinalement une fleur dans une jardinière et la mâchonnait. Mme Deberle lui demanda :

— Est-ce que vous avez lu le roman?...

Mais il ne la laissa pas achever et répondit d'un air supérieur :

— Je ne lis que deux romans par an.

Quant à l'exposition du cercle des Arts, elle ne valait vraiment pas qu'on se dérangeât. Puis, tous les sujets de conversation du jour étant épuisés, il vint s'accouder au petit canapé de Juliette, avec laquelle il échangea quelques mots à voix basse, pendant que les autres dames causaient vivement entre elles.

— Tiens! il est parti, s'écria Mme Berthier en se retournant. Je l'avais rencontré, il y a une heure, chez Mme Robinot.

— Oui, et il va chez Mme Lecomte, dit Mme Deberle. Oh! c'est l'homme le plus occupé de Paris.

Et s'adressant à Hélène, qui avait suivi toute cette scène, elle continua :

— Un garçon très distingué que nous aimons beaucoup... Il a un intérêt chez un agent de change. Très riche, d'ailleurs, et au courant de tout.

Les dames s'en allaient.

— Adieu, chère madame, je compte sur vous, mercredi.

— Oui, c'est cela, à mercredi.

— Dites-moi, vous verra-t-on à cette soirée? On ne sait jamais avec qui on se trouve. J'irai, si vous y allez.

— Eh bien! j'irai, je vous le promets. Toutes mes amitiés à M. de Guiraud.

Quand Mme Deberle revint, elle trouva Hélène debout au milieu du salon. Jeanne se serrait contre sa mère, dont elle avait pris la main; et, de ses doigts convulsifs et caressants, elle l'attirait par petites secousses vers la porte.

— Ah! c'est vrai, murmura la maîtresse de la maison.

Elle sonna le domestique.

— Pierre, dites à Mlle Smithson d'amener Lucien.

Et, dans le court moment d'attente qui eut lieu, la porte s'ouvrit de nouveau, familièrement, sans qu'on eût annoncé personne. Une belle fille de seize ans entra, suivie d'un petit vieillard, à la figure joufflue et rose.

— Bonjour, sœur, dit la jeune fille en embrassant Mme Deberle.

— Bonjour, Pauline... bonjour, père..., répondit celle-ci.

Mlle Aurélie, qui n'avait pas bougé du coin de la cheminé, se leva pour saluer M. Letellier. Il tenait un grand magasin de soieries, boulevard des Capucines. Depuis la mort de sa femme, il promenait sa fille cadette partout, en quête d'un beau mariage.

— Tu étais hier au Vaudeville? demanda Pauline.

— Oh! prodigieux! répéta machinalement Juliette, debout devant une glace, en train de ramener une boucle rebelle.

Pauline eut une moue d'enfant gâtée.

— Est-ce vexant d'être jeune fille, on ne peut rien voir!... Je suis allée avec papa jusqu'à la porte, à minuit, pour apprendre comment la pièce avait marché.

— Oui, dit le père, nous avons rencontré Malignon. Il trouvait ça très bien.

— Tiens! s'écria Juliette, il était ici tout à l'heure, il trouvait ça infect... On ne sait jamais avec lui...

— Tu as eu beaucoup de monde? demanda Pauline, sautant brusquement à un autre sujet.

— Oh! un monde fou, toutes ces dames!! Ça n'a pas désempli.... Je suis morte....

Puis, songeant qu'elle oubliait de procéder à une présentation dans les formes, elle s'interrompit :

— Mon père et ma sœur... Mme Grandjean...

Et l'on entamait une conversation sur les enfants et sur les bobos qui inquiètent tant les mères, lorsque Mlle Smithson, une gouvernante anglaise, se présenta, en tenant un petit garçon par la main. Mme Deberle lui adressa vivement quelques mots en anglais, pour la gronder de s'être fait attendre.

— Ah! voilà mon petit Lucien! cria Pauline qui se mit à genoux devant l'enfant, avec un grand bruit de jupes.

— Laisse-le, laisse-le, dit Juliette. Viens ici, Lucien; viens dire bonjour à cette demoiselle.

Le petit garçon s'avança, embarrassé. Il avait au plus sept ans, gros et court, mis avec une coquetterie de poupée. Quand il vit que tout le monde le regardait en souriant, il s'arrêta; et, de ses yeux bleus étonnés, il examinait Jeanne.

— Allons, murmura sa mère.

Il la consulta d'un coup d'œil, fit encore un pas. Il montrait cette lourdeur des garçons, le cou dans les épaules, les lèvres fortes et boudeuses, avec des sourcils sournois, légèrement froncés. Jeanne devait l'intimider, parce qu'elle était sérieuse, pâle et tout en noir.

— Mon enfant, il faut être aimable, toi aussi, dit Hélène, en voyant l'attitude raidie de sa fille.

La petite n'avait point lâché le poignet de sa mère; et elle promenait ses doigts sur la peau, entre la manche et le gant. La tête un peu basse, elle attendait Lucien de l'air inquiet d'une fille sauvage et nerveuse, prête à se sauver, devant une caresse. Cependant, lorsque sa mère la poussa doucement, elle fit à son tour un pas.

— Mademoiselle, il faudra que vous l'embrassiez, reprit en riant Mme Deberle. Les dames doivent toujours commencer avec lui... Oh! la grosse bête!

— Embrasse-le, Jeanne, dit Hélène.

L'enfant leva les yeux sur sa mère, et comme gagnée par l'air bêta du petit garçon, prise d'un attendrissement subit devant sa bonne figure embarrassée, elle eut un sourire adorable. Tout son visage s'éclairait sous le flot brusque d'une grande passion intérieure.

— Volontiers, maman, murmura-t-elle.

Et prenant Lucien par les épaules, le soulevant presque, elle le baisa fortement sur les deux joues. Il voulut bien l'embrasser ensuite.

— A la bonne heure! s'écrièrent tous les assistants.

Hélène saluait et gagnait la porte, accompagnée par Mme Deberle.

— Je vous en prie, madame, disait-elle, veuillez présenter tous mes remercîments à monsieur le docteur... Il m'a tirée l'autre nuit d'une inquiétude mortelle.

— Henri n'est donc pas là? interrompit M. Letellier.

— Non, il rentrera tard, répondit Juliette.

Et voyant Mlle Aurélie qui affectait de se lever pour sortir avec Mme Grandjean, elle ajouta :

— Mais vous restez à dîner avec nous, c'est convenu.

La vieille demoiselle, qui attendait cette invitation chaque samedi, se décida à ôter son châle et son chapeau. On étouffait dans le salon, et M. Letellier venait d'ouvrir une fenêtre, devant laquelle il restait planté, très-occupé d'un lilas qui bourgeonnait déjà. Pauline jouait à courir avec Lucien, au milieu des chaises et des fauteuils, débandés par les visites.

Alors, sur le seuil, Mme Deberle tendit la main à Hélène, dans un geste plein de franchise amicale.

— Vous permettez, dit-elle. Mon mari m'avait parlé de vous, et je me sentais attirée. Votre malheur, votre solitude. Enfin, je suis bien heureuse de vous avoir vue, et je compte que nous n'en resterons pas là.

— Je vous le promets et je vous remercie, répondit Hélène étonnée et très-touchée de cet élan d'affection, chez cette dame qui lui avait paru avoir la tête un peu à l'envers.

Leurs mains restaient l'une dans l'autre, elles se regardaient en face; souriantes. Juliette avoua d'un air caressant la raison de sa brusque amitié :

— Vous êtes si belle qu'il faut bien vous aimer!

Hélène se mit à rire galement, car sa beauté la laissait paisible. Elle appela Jeanne, qui suivait d'un regard absorbé les jeux de Lucien et de Pauline. Mais Mme Deberle retint la fillette un instant encore, en reprenant :

— Vous êtes bons amis désormais, dites-vous au revoir.

Et les deux enfants s'envoyèrent chacun un baiser du bout des doigts.

III

Chaque mardi, Hélène avait à dîner M. Rambaud et l'abbé Jouve. C'étaient eux qui, dans les premiers temps de son veuvage, avaient forcé sa porte et mis leurs couverts, avec un sans-gêne amical, pour la tirer au moins une fois par semaine de la solitude où elle vivait. Puis, ces dîners du mardi étaient devenus une véritable institution. Les convives s'y retrouvaient, comme à un devoir, juste à sept heures sonnant, avec la même joie tranquille.

Ce mardi-là, Hélène, assise dans sa chambre, près d'une fenêtre, travaillait vivement à un ouvrage de couture, profitant des dernières lueurs du crépuscule, en attendant ses invités. Elle passait là ses journées, au milieu d'une grande paix. Sur ces hauteurs, les bruits se mouraient. Elle aimait cette vaste chambre si calme, avec son luxe bourgeois, son palissandre et son velours bleu. Lorsque ses amis l'avaient installée, sans qu'elle s'occupât de rien, elle avait un peu souffert, les premières semaines, de ce gros luxe où M. Rambaud venait d'épuiser son idéal d'art et de confort, à la vive admiration de l'abbé, qui s'était récusé; mais elle finissait par être très-heureuse dans ce milieu, en le sentant solide et simple comme son cœur. Les rideaux lourds, les meubles sombres et cossus, ajoutaient à sa tranquillité. La seule récréation qu'elle prit pendant ses longues heures de travail, était de donner un regard au vaste horizon, au grand Paris qui déroulait devant elle la mer houleuse de ses toitures. Son coin de paix et de solitude ouvrait sur cette immensité.

— Maman, je ne vois plus clair, dit Jeanne, assise près d'elle, sur une chaise basse.

Et elle laissa tomber son ouvrage, regardant Paris que de grandes ombres noyaient. D'ordinaire elle était peu bruyante. Il fallait que sa mère se fâchât pour la décider à sortir, sur l'ordre formel du docteur Bodin, elle l'emmenait pendant deux heures chaque jour au bois de Boulogne ; et c'était là leur unique promenade, elles n'étaient pas descendues trois fois dans Paris en dix-huit mois. Nulle part l'enfant ne semblait si heureuse que dans la grande chambre bleue. Hélène avait dû renoncer à lui faire apprendre la musique. Un orgue jouant dans le silence du quartier la laissait tremblante, les yeux humides. Elle aidait sa mère à coudre des layettes pour les pauvres de l'abbé Jouve.

La nuit était complétement venue, lorsque la bonne, Rosalie, entra avec une lampe. Elle paraissait toute retournée, dans son coup de feu de cuisinière. Le dîner du mardi était le seul événement de la semaine qui mettait en l'air la maison.

— Ces messieurs ne viennent donc pas ce soir, madame ? demanda-t-elle.

Hélène regarda la pendule.

— Il est sept heures moins un quart, ils vont arriver.

Rosalie était un cadeau de l'abbé Jouve. Il l'avait prise à la gare d'Orléans, le jour où elle débarquait, de façon qu'elle ne connaissait pas un pavé de Paris. C'était un ancien condisciple de séminaire, le curé d'un village beauceron, qui la lui avai envoyée. Elle était courte, grasse, la figure ronde sous son étroit bonnet, les cheveux noirs et durs, avec un nez écrasé et une bouche rouge. Et elle triomphait dans les petits plats, car elle avait grandi au presbytère, avec sa marraine, la servante du curé.

— Ah ! voilà M. Rambaud ! dit-elle en allant ouvrir avant qu'on eût sonné.

M. Rambaud, grand, carré, montra sa bonne figure de notaire de province. Ses quarante-cinq ans étaient déjà tout gris. Mais ses gros yeux bleus gardaient l'air étonné, naïf et doux d'un enfant.

— Et voilà monsieur l'abbé, tout notre monde y est ! reprit Rosalie en ouvrant de nouveau la porte.

Pendant que M. Rambaud, après avoir serré la main d'Hélène, s'asseyait sans rien dire, souriant en homme qui est chez lui, Jeanne s'était jetée au cou de l'abbé.

— Bonjour, bon ami ! dit-elle. J'ai été bien malade.

— Bien malade, ma chérie !

Les deux hommes s'inquiétèrent, l'abbé surtout, un petit homme sec, avec une grosse tête, sans grâce, habillé à la diable, et dont les yeux à demi fermés s'agrandirent et s'emplirent d'une belle lumière de tendresse. Jeanne, lui laissant une de ses mains, avait donné l'autre à M. Rambaud. Tous deux la tenaient et la couvaient de leurs regards anxieux. Il fallut qu'Hélène racontât la crise. L'abbé faillit se fâcher, parce qu'elle ne l'avait pas prévenu. Et ils la questionnaient : au moins c'était bien fini, elle n'avait plus rien eu ? La mère souriait.

— Vous l'aimez plus que moi, vous finirez par m'effrayer, dit-elle. Non, elle n'a plus rien ressenti, quelques douleurs dans les membres seulement, avec des pesanteurs de tête... Mais nous allons combattre tout ça énergiquement.

— Madame est servie, vint annoncer la bonne.

La salle à manger était meublée en acajou, une table, un buffet et huit chaises. Rosalie alla tirer les rideaux de reps rouge. Une suspension très simple, une lampe de porcelaine blanche dans un cercle de cuivre, éclairait le couvert, les assiettes symétriques et le potage qui fumait. Chaque mardi, le dîner ramenait les mêmes conversations. Mais ce jour-là, on causa naturellement du docteur Deberle. L'abbé Jouve en fit un grand éloge, bien que le docteur ne fût guère dévot. Il le citait comme un homme d'un caractère droit, d'un cœur charitable, très bon père et très bon mari, donnant enfin les meilleurs exemples. Quant à Mme Deberle, elle était excellente, malgré les allures un peu vives, qu'elle devait à sa singulière éducation parisienne. En un mot, un ménage charmant. Hélène parut heureuse ; elle avait jugé le ménage ainsi, et ce que lui disait l'abbé l'engageait à continuer des relations, qui l'effrayaient un peu d'abord.

— Vous vous enfermez trop, déclara le prêtre.

— Sans doute, appuya M. Rambaud.

Hélène les regardait avec son calme sourire, pour leur dire qu'ils lui suffisaient et qu'elle redoutait toute amitié nouvelle. Mais dix heures sonnèrent, l'abbé et son frère prirent leurs chapeaux. Jeanne, comme d'habitude, venait de s'endormir sur un fauteuil de la chambre. Ils se penchèrent un instant, hochèrent la tête d'un air satisfait en voyant la paix de son sommeil. Puis ils partirent sur la pointe des pieds ; et, dans l'antichambre, baissant la voix :

— A mardi.

— J'oubliais, murmura l'abbé qui remonta deux marches. La mère Fétu est malade. Vous devriez aller la voir.

— J'irai demain, répondit Hélène.

L'abbé l'envoyait volontiers chez ses pauvres. Ils avaient ensemble toutes sortes de conversations à voix basse, des affaires à eux, sur lesquelles ils s'entendaient à demi mots, et dont ils ne parlaient jamais devant le monde. Le lendemain, Hélène sortit seule; elle évitait d'emmener Jeanne, depuis que l'enfant était restée deux jours frissonnante et les yeux pleins de larmes, au retour d'une visite de charité chez un vieillard paralytique. Dehors, elle suivit la rue Vineuse, prit la rue Raynouard et s'engagea dans le passage des Eaux, un étrange escalier étranglé entre les murs des jardins voisins, une ruelle perdue et escarpée qui descend sur le quai, des hauteurs de Passy. Au bas de cette pente roide, dans une grande maison délabrée, la mère Fétu habitait une soupente, éclairée par une lucarne ronde, et qu'un misérable lit, une table boiteuse et une chaise dépaillée emplissaient.

— Ah! ma bonne dame, ma bonne dame... se mit-elle à geindre, lorsqu'elle vit entrer Hélène.

La mère Fétu était couchée. Toute ronde malgré sa misère, comme enflée et la face bouffie, elle ramenait de ses mains gourdes le lambeau de drap qui la couvrait. Elle avait des petits yeux fins, une voix pleurarde, une humilité bruyante qu'elle traduisait par un flot de paroles.

— Ah! ma bonne dame, je vous remercie!... Oh! la, la, que je souffre! C'est comme si des chiens me mangeaient le côté... Oh! bien sûr, j'ai une bête dans le ventre. Tenez, c'est là, vous voyez. La peau n'est pas entamée, le mal est dedans... Oh! la, la, ça ne cesse pas depuis deux jours. S'il est possible, bon Dieu! de tant souffrir... Ah! ma bonne dame, merci! Vous n'oubliez pas le pauvre monde. Ça vous sera compté, oui, ça vous sera compté...

Hélène s'était assise. Puis, apercevant un pot de tisane fumant sur la table, elle emplit une tasse qui était à côté, et la tendit à la malade. Près du pot, il y avait un paquet de sucre, deux oranges, d'autres douceurs.

— On est venu vous voir? demanda-t-elle.

— Oui, oui, une petite dame. Mais ça ne sait pas... Ce n'est pas de tout ça qu'il me faudrait. Ah! si j'avais un peu de viande! La voisine mettrait le pot au feu... La, la, ça me pince plus fort. Vrai, on dirait un chien... Ah! si j'avais un peu de bouillon...

Et, malgré les souffrances qui la tordaient, elle suivait de ses yeux fins Hélène, occupée à fouiller dans sa poche. Quand elle lui vit poser sur la table une pièce de dix francs, elle se lamenta davantage, avec des efforts pour s'asseoir. Tout en se débattant, elle allongea le bras, la pièce disparut, pendant qu'elle répétait :

— Mon Dieu! c'est encore une crise. Non, je ne puis plus durer comme ça?... Dieu vous le rendra, ma bonne dame. Je lui dirai qu'il vous le rende... Tenez, ce sont des élancements qui me traversent tout le corps... M. l'abbé m'avait bien dit que vous viendriez. Il n'y a que vous pour savoir faire. Je vais acheter un peu de viande... Voilà que ça me descend dans les cuisses. Aidez-moi, je ne peux plus, je ne peux plus...

Elle voulait se retourner. Hélène retira ses gants, la saisit le plus doucement possible et la recoucha. Comme elle était encore penchée, la porte s'ouvrit, et elle fut si surprise de voir entrer le docteur Deberle, qu'une rougeur monta à ses joues. Lui aussi, avait donc des visites dont il ne parlait pas?

— C'est monsieur le médecin, murmurait la vieille. Vous êtes tous bien bons, que le ciel vous bénisse tous!

Le docteur avait salué discrètement Hélène. La mère Fétu, depuis qu'il était entré, ne geignait plus si fort. Elle gardait seulement une petite plainte sifflante et continue d'enfant qui souffre. Elle avait bien vu que la bonne dame et le docteur se connaissaient, et elle ne les quittait pas du regard, allant de l'un à l'autre, avec un sourd travail dans les mille rides de son visage. Le docteur lui posa quelques questions, percuta le côté droit. Puis, se tournant vers Hélène qui venait de se rasseoir, il dit à demi-voix :

— Ce sont des coliques hépatiques. Elle sera sur pied dans quelques jours.

Et, déchirant une page de son carnet sur laquelle il avait écrit quelques lignes, il dit à la mère Fétu :

— Tenez, vous ferez porter cela chez le pharmacien de la rue de Passy, et vous prendrez toutes les deux heures une cuillerée de la potion qu'on vous donnera.

Alors, de nouveau, elle éclata en bénédictions. Hélène restait assise. Le docteur parut s'attarder, la regardant, lorsque leurs yeux se rencontraient. Puis, il salua et se retira le premier, par discrétion. Il n'avait pas descendu un étage, que la mère Fétu reprenait ses gémissements.

— Ah! quel brave médecin!... Pourvu que son remède me fasse quelque chose! J'aurais dû écraser de la chandelle avec des pissenlits, ça ôte l'eau qui est dans le corps... Ah! vous pouvez dire que vous connaissez là un brave médecin! Vous le connaissez peut-être bien depuis longtemps?... Mon Dieu! que j'ai soif! J'ai le feu dans le sang... Il est marié, n'est-ce pas? il mérite d'avoir une bonne femme et de beaux enfants... Enfin, ça fait plaisir de voir que les braves gens se connaissent.

Hélène s'était levée pour lui donner à boire.

— Eh bien! au revoir, mère Fétu, dit-elle. A demain.

— C'est cela... Que vous êtes bonne!... Si j'avais seulement un peu de linge! Voyez ma chemise, elle est en deux. Je suis couchée sur un fumier... Ça ne fait rien, le bon Dieu vous rendra tout ça.

Le lendemain, lorsque Hélène arriva, le docteur Deberle était chez la mère Fétu. Assis sur la chaise, il rédigeait une ordonnance, pendant que la vieille femme parlait avec sa volubilité larmoyante.

— Maintenant, monsieur, c'est comme un plomb... Pour sûr, j'ai du plomb dans le côté. Ça pèse cent livres, je ne peux pas me retourner.

Mais quand elle aperçut Hélène, elle ne s'arrêta plus.

— Ah! c'est la bonne dame... Je le disais bien à ce cher monsieur : Elle viendra, le ciel tomberait qu'elle viendrait tout de même... Une vraie sainte, un ange du paradis, et belle, si belle qu'on se mettrait à genoux dans les rues pour la voir passer... Ma bonne ame, ça ne va pas mieux. A cette heure, j'ai un plomb là... Oui, je lui ai raconté tout ce que vous faisiez pour moi. L'empereur ne ferait pas davantage... Ah! il faudrait être bien méchant pour ne pas vous aimer, bien méchant...

Pendant qu'elle lâchait ses phrases en roulant la tête sous son traversin, ses petits yeux à demi clos, le docteur souriait à Hélène, qui restait très gênée.

— Mère Fétu, murmura-t-elle, je vous apportais un peu de linge...

— Merci, merci, Dieu vous le rendra... C'est comme ce cher monsieur, il fait plus de bien au pauvre monde que tous les gens dont c'est le métier. Vous ne savez pas qu'il m'a soignée pendant quatre mois, et des médicaments, et du bouillon, et du bon vin. On n'en trouve pas beaucoup des riches comme ça, si honnête avec un chacun. Encore un ange du bon Dieu... Oh! la, la, c'est une vraie maison que j'ai dans le ventre...

A son tour le docteur parut embarrassé. Il se leva, voulut donner sa chaise à Hélène. Mais celle-ci, bien qu'elle fût venue avec le projet de passer là un quart d'heure, refusa en disant :

— Merci, monsieur, je suis très pressée.

Cependant, la mère Fétu, tout en continuant à rouler la tête, venait d'allonger le bras, et le paquet de linge avait disparu au fond du lit. Puis, elle se souleva sur les reins, se décida à ouvrir les yeux, et continua en les regardant et en hochant la tête :

— Ah! on peut bien dire que vous faites la paire... Je dis ça, sans vouloir vous offenser, parce que c'est vrai... Qui a vu l'un a vu l'autre. Les braves gens se comprennent... Mon Dieu! donnez-moi la main, que je me retourne! Oui, oui, ils se comprennent...

— Au revoir, mère Fétu, dit Hélène, qui laissa la place au docteur. Je ne crois pas que je passerai demain.

Pourtant, elle monta encore le jour suivant. La vieille femme sommeillait. Dès qu'elle s'éveilla et qu'elle la reconnut, tout en noir, sur la chaise, elle cria :

— Il est venu... Vrai, je ne sais pas ce qu'il m'a fait prendre, je suis raide comme un bâton... Ah! nous avons causé de vous. Il m'a demandé toutes sortes de choses, et si vous étiez triste d'ordinaire, et si vous aviez toujours la même figure... C'est un homme si bon!

Elle avait ralenti la voix, elle semblait attendre sur le visage d'Hélène l'effet de ses paroles, de cet air câlin et anxieux des pauvres qui veulent faire plaisir au monde. Sans doute, elle pensa voir, au front de la bonne dame, un pli de mécontentement, car sa grosse figure bouffie, tendue et allumée, s'éteignit tout d'un coup. Elle reprit en bégayant :

— Je dors toujours. Je suis peut-être bien empoisonnée... Il y a une femme, rue de l'Annonciation, qu'un pharmacien a tuée en lui donnant une drogue pour une autre.

Hélène, ce jour-là, s'attarda près d'une demi-heure chez la mère Fétu, l'écoutant parler de la Normandie, où elle était née, et où l'on buvait de bien bon lait. Puis, après un silence :

— Est-ce que vous connaissez le docteur depuis longtemps? demanda-t-elle négligemment.

La vieille femme, allongée sur le dos, leva à demi les paupières et les referma.

— Ah! oui, par exemple! répondit-elle à voix presque basse. Son père m'a soignée avant 48, et il l'accompagnait.

— On m'a dit que le père était un saint homme.

— Oui, oui... Un peu braque..... Le fils, voyez-vous, vaut encore mieux. Quand il vous touche, on croirait des mains de velours.

Il y eut un nouveau silence.

— Je vous conseille de faire tout ce qu'il vous dira, reprit Hélène. Il est très savant, il a sauvé ma fille.

— Bien sûr! s'écria la mère Fétu, qui s'animait. On peut avoir confiance, il a ressuscité un petit garçon qu'on allait emporter... Oh! vous ne m'empêcherez pas de le dire, il n'y en a pas deux comme lui. J'ai la main chanceuse, je tombe sur la crème des honnêtes gens... Aussi, je remercie le bon Dieu tous les soirs. Je ne vous oublie ni l'un ni l'autre, allez ! Vous êtes ensemble dans mes prières... Que le bon Dieu vous protège et vous accorde tout ce que vous pouvez souhaiter ! Qu'il vous comble de ses trésors ! Qu'il vous garde une place dans son paradis !

Elle s'était soulevée, et, les mains jointes, elle semblait implorer le ciel avec une ferveur extraordinaire. Hélène la laissa longtemps aller ainsi, et même elle souriait. L'humilité bavarde et caressante de la vieille femme finissait par la bercer et l'assoupir d'un façon très douce. Lorsqu'elle partit, elle lui promit un bonnet et une robe, pour le jour où elle se lèverait.

Toute la semaine, Hélène s'occupa de la mère Fétu. La visite qu'elle lui faisait chaque après-midi entrait dans ses habitudes. Elle s'était surtout prise d'une singulière amitié pour le passage des Eaux. Cette ruelle escarpée lui plaisait par sa fraîcheur et son silence, par son pavé toujours propre, que lavait, les jours de pluie, un torrent coulant des hauteurs. Quand elle arrivait, elle avait, d'en haut, une étrange sensation, en regardant s'enfoncer la pente raide du passage, le plus souvent désert, ignoré, servant seulement à quelques habitants des rues voisines. Puis, elle se hasardait, el e entrait par une voûte, sous la maison qui borde la rue Raynouard; et elle descendait à petits pas les sept étages de larges marches, le long desquelles passe le lit d'un ruisseau caillouté, occupant la moitié de l'étroit couloir. Les murs des jardins, à droite et à gauche, se renflaient, mangés d'une lèpre grise ; par dessus ces murs, de grands arbres allongeaient leurs branches, des feuillages pleuvaient, un lierre jetait la draperie de son épais manteau ; et toutes ces verdures, qui ne laissaient voir que des coins bleus de ciel, faisaient un jour verdâtre très doux et très discret. Au milieu de la descente, elle s'arrêtait pour souffler, s'intéressant au réverbère qui pendait là, écoutant des rires, dans les jardins, derrière des portes qu'elle n'avait jamais vues ouvertes. Parfois, une vieille montait, en s'aidant de la rampe de fer, noire et luisante, scellée à la muraille de droite ; une dame s'appuyait sur son ombrelle comme sur une canne ; une bande de gamins dégringolaient en tapant leurs souliers. Mais le plus souvent elle restait seule, et c'était un grand charme que cet escalier recueilli et ombragé, pareil à un chemin creux dans les forêts. En bas, elle levait les yeux, et la vue de cette pente si raide où elle venait de se risquer, lui donnait une légère peur.

Chez la mère Fétu, elle entrait avec la fraîcheur et la paix du passage des Eaux dans ses vêtements. Ce trou de misère et de douleur ne la blessait plus. Elle y agissait comme chez elle, ouvrant la lucarne ronde, pour renouveler l'air, déplaçant la table, lorsqu'elle la gênait. Les murs blanchis à la chaux, les meubles éclopés, la nudité de la soupente, la ramenaient à une simplicité d'existence qu'elle avait parfois rêvée, étant jeune fille. Mais ce qui la charmait surtout, c'était l'émotion attendrie dans laquelle elle vivait là : son rôle de garde-malade, les continuelles lamentations de la vieille femme, tout ce qu'elle voyait et sentait autour d'elle la laissait frissonnante d'une pitié immense. Elle avait fini par attendre avec une visible impatience la visite du docteur Deberle. Elle le questionnait sur l'état de la mère Fétu ; puis, ils causaient un instant d'autre chose, debout l'un près de l'autre, se regardant bien en face. Une intimité s'établissait entre eux. Ils s'étonnaient en découvrant qu'ils avaient les mêmes goûts. Ils se comprenaient souvent sans ouvrir les lèvres, le cœur tout d'un coup noyé de la même charité débordante. Et rien n'était plus doux, pour Hélène, que cette sympathie, qui se nouait en dehors des cas ordinaires, et à laquelle elle cédait sans résistance, tout amollie de pitié. Elle avait eu peur du docteur d'abord ; dans son salon, elle aurait gardé la froideur un peu méfiante de sa nature. Mais là, ils se trouvaient loin du monde, partageant l'unique chaise, presque heureux de ces pauvres et laides choses qui les rapprochaient, en leur causant un même attendrissement. Au bout de la semaine, ils se connaissaient comme s'ils avaient vécu des années côte à côte. Le taudis de la mère Fétu s'emplissait de lumière, dans cette communion de leur bonté.

Cependant, la vieille femme se remettait bien lentement. Le docteur était surpris et l'accusait de se dorloter, lorqu'elle lui racontait que maintenant elle avait un plomb dans les jambes. Elle geignait toujours, elle restait sur le dos, à rouler la tête ; et elle fermait les yeux, comme pour les laisser libres. Même, un jour, elle parut s'endormir ; mais, sous ses paupières, un coin de ses petits yeux noirs les guettait. Enfin, elle dut se lever. Le lendemain, Hélène lui apporta la robe et le bonnet qu'elle lui avait promis. Quand le docteur fut là, la vieille s'écria tout d'un coup :

— Mon Dieu ! et la voisine qui m'a dit de voir à son pot-au-feu !

Elle sortit, elle tira la porte derrière elle, les laissant tous deux seuls. Ils continuèrent d'abord leur conversation, sans s'apercevoir qu'ils étaient enfermés. Le docteur pressait vivement Hélène de descendre parfois passer l'après-midi dans son jardin, rue Vineuse.

— Ma femme, dit-il, doit vous rendre votre visite, et elle vous renouvellera mon invitation... Cela ferait beaucoup de bien à votre fille.

— Mais je ne refuse pas, je ne demande pas qu'on vienne me chercher en grande cérémonie, dit-elle en riant. Seulement, j'ai peur d'être indiscrète... Enfin, nous verrons.

Ils causèrent encore. Puis, le docteur s'étonna.

— Où diable est-elle allée? Il y a un quart d'heure qu'elle est sortie pour ce pot-au-feu.

Hélène vit alors que la porte était fermée. Cela ne la blessa pas tout de suite. Elle parlait de Mme Deberle, dont elle faisait un vif éloge à son mari. Mais, comme le docteur tournait continuellement la tête du côté de la porte, elle finit par se sentir gênée.

— C'est bien singulier qu'elle ne revienne pas, murmura-t-elle à son tour.

Leur conversation tomba. Hélène, ne sachant que faire, ouvrit la lucarne: et quand elle se retourna, ils évitèrent de se regarder. Des rires d'enfant entraient par la lucarne, qui taillait une lune bleue, très haut, dans le ciel. Ils étaient bien seuls, cachés à tous les regards, n'ayant que cette trouée ronde qui les voyait. Les enfants se turent, au loin; un silence frissonnant régna. Personne ne serait venu les chercher au fond de ce grenier perdu. Leur embarras grandissait. Hélène alors, mécontente d'elle, regarda fixement le docteur.

— Je suis accablé de visites, dit-il aussitôt. Puisqu'elle ne reparaît pas, je me sauve.

Et il s'en alla. Hélène s'était assise. La mère Fétu rentra immédiatement, avec un flot de paroles.

— Ah! je ne puis pas me traîner, j'ai eu une faiblesse... Il est donc parti, le cher monsieur? Bien sûr, il n'y a pas de commodités ici. Vous êtes tous les deux des anges du ciel, de passer votre temps avec une malheureuse comme moi. Mais le bon Dieu vous rendra tout ça... C'est descendu dans les pieds, aujourd'hui. J'ai dû m'asseoir sur une marche. Et je ne savais plus, parce que vous ne faisiez pas de bruit... Enfin, je voudrais des chaises. Si j'avais seulement un fauteuil! Mon matelas est bien mauvais. J'ai honte quand vous venez... Toute la maison est à vous, et je me jetterais dans le feu, s'il le fallait. Le bon Dieu le sait, je le lui dis assez souvent... O mon Dieu! faites que le bon monsieur et la bonne dame soient satisfaits dans tous leurs désirs. Au nom du Père, du Fils, du Saint-Esprit, ainsi soit-il!

Hélène l'écoutait, et elle éprouvait une singulière gêne. Le visage bouffi de la mère Fétu l'inquiétait. Jamais non plus elle n'avait ressenti un pareil malaise dans l'étroite pièce. Elle en voyait la pauvreté sordide, elle souffrait du manque d'air, de toutes les déchéances de la misère enfermées là. Elle se hâta de s'éloigner, blessée par les bénédictions dont la mère Fétu la poursuivait.

Une autre tristesse l'attendait dans le passage des Eaux. Au milieu de ce passage, à droite en descendant, se trouve dans le mur une sorte d'excavation, quelque puits abandonné, fermé par une grille. Depuis deux jours, lorsqu'elle passait, elle entendait, au fond de ce trou, les miaulements d'un chat. Comme elle montait, les miaulements recommencèrent, mais si lamentables, qu'ils exhalaient une agonie. La pensée que la pauvre bête, jetée dans l'ancien puits, y mourait longuement de faim, brisa tout d'un coup le cœur d'Hélène. De quelque temps, à coup sûr, elle n'oserait se risquer le long de l'escalier, de peur d'y entendre ce miaulement de mort.

Justement, on était au mardi. Le soir, à sept heures, comme Hélène achevait une petite brassière, les deux coups de sonnette habituels retentirent, et Rosalie ouvrit la porte, en disant:

— C'est monsieur l'abbé qui arrive le premier, aujourd'hui... Ah! voici monsieur Rambaud.

Le dîner fut très gai, Jeanne allait mieux encore, et les deux frères, qui la gâtaient, obtinrent qu'elle mangerait un peu de salade, qu'elle adorait, malgré la défense formelle du docteur Bodin. Puis, lorsqu'on passa dans la chambre, l'enfant encouragée, osa se pendre au cou de sa mère en murmurant:

— Je t'en prie, petite mère, mène-moi demain avec toi chez la vieille femme.

Mais le prêtre et M. Rambaud eux-mêmes la grondèrent. On ne pouvait pas la mener chez les malheureux, puisqu'elle ne savait pas s'y conduire. La dernière fois, elle avait eu deux évanouissements, et même, pendant son sommeil, ses yeux gonflés ruisselaient.

— Non, non, répéta-t-elle en se faisant caressante, je ne pleurerai pas, je le promets.

Alors, sa mère l'embrassa, en disant:

— C'est inutile, ma chérie, la vieille femme se porte bien à présent, et je n'y retournerai plus... Je resterai toute la journée avec toi.

IV

La semaine suivante, lorsque Mme Deberle rendit à Mme Grandjean sa visite, elle se montra d'une amabilité pleine de caresses. Et, sur le seuil, comme elle se retirait :

— Vous savez que j'ai votre promesse... Le premier jour de beau temps, vous descendez au jardin et vous amenez Jeanne. C'est une ordonnance du docteur.

Hélène souriait.

— Oui, oui, la chose est entendue. Comptez sur nous.

Trois jours plus tard, par une claire après-midi de février, elle descendit en effet avec sa fille. La concierge, Mme Bergeret, leur ouvrit la porte de communication, et elles trouvèrent Mme Deberle, au fond du jardin, dans une sorte de serre transformée en pavillon japonais. Sa sœur Pauline était auprès d'elle, toutes deux les mains abandonnées, avec des ouvrages de broderie sur une petite table, qu'elles avaient posés là et oubliés.

— Ah ! que c'est donc aimable à vous ! dit-elle. Tenez, mettez-vous ici... Pauline, pousse cette table... Vous voyez, il fait encore un peu frais, lorsqu'on reste assis, et de ce pavillon nous surveillerons très bien les enfants... Allons, jouez, mes enfants. Surtout, prenez garde de tomber.

La large baie du pavillon était ouverte, et de chaque côté on avait tiré dans leurs châssis des glaces mobiles ; de sorte que le jardin se développait de plain-pied, comme au seuil d'une tente. C'était un jardin bourgeois, avec une pelouse centrale, flanquée de deux corbeilles. Une grille simplement le fermait sur la rue Vineuse ; seulement, un tel rideau de verdure avait grandi là, que de la rue aucun regard ne pouvait pénétrer ; des lierres, des clématites, des chèvrefeuilles se collaient et s'enroulaient à la grille, et, derrière ce premier mur de feuillage, s'en haussait un second, fait de lilas et de faux ébéniers. Même l'hiver, les feuilles persistantes des lierres et l'entrelacement des branches suffisaient à barrer la vue. Mais le grand charme était, au fond, quelques arbres de haute futaie, des ormes superbes qui masquaient la muraille noire d'une maison à cinq étages. Ils mettaient, dans cet étranglement des constructions voisines, l'illusion d'un coin de parc et semblaient agrandir démesurément ce jardinet parisien, que l'on balayait comme un salon. Entre deux ormes pendait une balançoire, dont l'humidité avait verdi la planchette.

Hélène regardait, se penchait pour mieux voir.

— Oh ! c'est un trou, dit négligemment Mme Deberle. Mais, à Paris, les arbres sont si rares... On est bien heureux d'en avoir une demi-douzaine à soi..

— Non, non, vous êtes très bien, murmurait Hélène. C'est charmant.

Ce jour-là, dans le ciel pâle, le soleil mettait, une poussière de lumière blonde. C'était, entre les branches sans feuilles, une pluie lente de rayons diffus qui tombaient et baignaient le jardin. Au milieu de cette nuée lumineuse, les arbres rougissaient, on voyait les fins bourgeons violâtres attendrir le ton gris de l'écorce. Et sur la pelouse, le long des allées, les herbes et les graviers avaient des pointes de clarté, qu'une brume légère, au ras du sol, noyait et fondait. Il n'y avait pas une fleur, la gaîté seule du soleil sur la terre nue annonçait le printemps.

— Maintenant, c'est encore un peu triste, reprit Mme Deberle. Mais vous verrez en juin, on est dans un vrai nid. Les arbres empêchent les gens d'à côté d'espionner ici, et nous sommes alors complètement chez nous...

Mais elle s'interrompit pour crier :

— Lucien, veux-tu bien ne pas toucher à la fontaine !

Le petit garçon, qui faisait les honneurs du jardin à Jeanne, venait de la conduire devant une fontaine, sous le perron, et là il avait tourné le robinet, présentant le bout de ses bottines pour les mouiller. C'était un jeu qu'il adorait. Jeanne, très grave, le regardait se tremper les pieds.

— Attends, dit Pauline qui se leva, je vais le faire tenir tranquille.

Mais Juliette la retint.

— Non, non, tu es plus écervelée que lui. L'autre jour, on aurait cru que vous aviez pris un bain tous les deux... C'est singulier qu'une grande fille ne puisse pas rester deux minutes assise...

Et, se tournant :

— Entends-tu, Lucien, ferme le robinet tout de suite !

L'enfant, effrayé, voulut obéir. Mais il tourna la clef davantage, et l'eau coula avec une raideur et un bruit qui achevèrent de lui faire perdre la tête. Il recula, éclaboussé jusqu'aux épaules.

— Ferme le robinet tout de suite ! répétait sa mère, dont un flot de sang empourprait les joues.

Elle suffoquait de colère, mais elle ne quittait pas sa chaise. Alors, Jeanne, muette jusque-là, s'approcha de la fontaine avec toutes sortes de précautions, pendant que Lucien éclatait en sanglots, en face de cette eau enragée dont il avait peur et qu'il ne savait plus comment arrêter. Elle mit sa jupe entre ses jambes, allongea ses poignets nus pour ne pas mouiller ses manches, et ferma le robinet, sans recevoir une seule éclaboussure. Brusquement, le déluge cessa. Lucien, étonné, frappé de respect, rentra ses larmes et leva ses gros yeux sur la demoiselle.

— Vraiment, cet enfant me met hors de moi, reprit Mme Deberle, qui redevenait toute blanche et s'allongeait comme brisée de fatigue.

Hélène crut devoir intervenir.

— Jeanne, dit-elle, prends-lui la main, jouez à vous promener.

Jeanne prit la main de Lucien, et, gravement, ils s'en allèrent par les allées, à petits pas. Elle était beaucoup plus grande que lui, il avait le bras en l'air; mais ce jeu majestueux, qui consistait à tourner en cérémonie autour de la pelouse, semblait les absorber l'un et l'autre et donner une grande importance à leurs personnes. Jeanne, comme une vraie dame, avait les regards flottants et perdus. Lucien ne pouvait s'empêcher, par moments, de risquer un coup d'œil sur sa compagne. Ils ne se disaient pas un mot.

— Ils sont drôles, murmura madame Deberle, souriante et calmée. Il faut dire que votre Jeanne est une bien charmante enfant... Elle est d'une obéissance, d'une sagesse...

— Oui, quand elle est chez les autres, répondit Hélène. Elle a des heures terribles. Mais comme elle m'adore, elle tâche d'être sage pour ne pas me faire de la peine.

Ces dames causèrent des enfants. Les filles étaient plus précoces que les garçons. Pourtant, il ne fallait pas se fier à l'air bêta de Lucien. Au fond, il cachait beaucoup de malice. Avant un an, lorsqu'il se serait un peu débrouillé, ce serait un gaillard. Et, sans transition apparente, on en vint à parler d'une femme qui habitait un petit pavillon en face, et chez laquelle il se passait vraiment des choses... Mme Deberle s'arrêta et dit à sa sœur :

— Pauline, va donc une minute dans le jardin.

La jeune fille sortit tranquillement et resta sous les arbres. Elle était habituée à ce qu'on la mît à la porte, chaque fois que dans la conversation se présentait quelque chose de trop gros qu'on ne pouvait dire devant elle.

— Hier, j'étais à la fenêtre, reprit Juliette, et j'ai parfaitement vu cette femme... Elle ne tire pas même les rideaux... C'est d'une indécence ! Des enfants pourraient voir ça.

Elle parlait tout bas, l'air scandalisé, avec un mince sourire dans le coin des lèvres pourtant. Puis, haussant la voix, elle cria :

— Pauline, tu peux revenir.

Sous les arbres, Pauline regardait en l'air, d'un air indifférent, en attendant que sa sœur eût fini. Elle rentra dans le pavillon et reprit sa chaise, pendant que Juliette continuait, en s'adressant à Hélène :

— Vous n'avez jamais rien aperçu, vous, madame?

— Non, répondit celle-ci. mes fenêtres ne donnent pas sur le pavillon.

Bien qu'il y eût une lacune pour la jeune fille dans la conversation, elle écoutait, avec son blanc visage de vierge, comme si elle avait compris.

— Ah bien ! dit-elle en regardant encore en l'air par la porte, il y a joliment des nids dans les arbres !

Cependant, Mme Deberle avait repris sa broderie comme maintien. Elle faisait deux points toutes les minutes. Hélène, qui ne pouvait rester inoccupée, demanda la permission d'apporter de l'ouvrage, une autre fois. Et, prise d'un léger ennui, elle se tourna, elle examina le pavillon japonais. Les murs et le plafond étaient tendus d'étoffes brochées d'or, avec des vols de grues qui s'envolaient, des papillons et des fleurs éclatantes, des paysages où des barques bleues nageaient sur des fleuves jaunes. Il y avait des siéges et des jardinières de bois de fer, sur le sol des nattes fines, et, encombrant des meubles de laque, tout un monde de bibelots, petits bronzes, petites potiches, jouets étranges bariolés de couleurs vives. Au fond, un grand magot en porcelaine de Saxe, les jambes pliées, le ventre nu et débordant, éclatait d'une gaîté énorme en branlant furieusement la tête à la moindre poussée.

— Hein ? est-il assez laid ! s'écria Pauline qui avait suivi les regards d'Hélène. Dis donc, sœur, tu sais que c'est de la camelotte, tout ce que tu as acheté? Le beau Malignon appelle ta japonnerie « le bazar à treize sous »... A propos, je l'ai rencontré, le beau Malignon. Il était avec une dame; oh ! une dame, la petite Florence, des Variétés.

— Où donc, que je le taquine ! demanda vivement Juliette.

— Sur le boulevard... Est-ce qu'il ne doit pas venir, aujourd'hui ?

Mais elle ne reçut pas de réponse. Ces dames s'inquiétaient des enfants, qui avaient disparu. Où pouvaient-ils être? Et comme elles les appelaient, deux voix aiguës s'élevèrent.

— Nous sommes là !

Ils étaient là, en effet, au milieu de la pelouse, assis dans l'herbe, à demi cachés par un fusain.

— Qu'est-ce que vous faites donc?

— Nous sommes arrivés à l'auberge!

cria Lucien. Nous nous reposons dans notre chambre.

Un instant, elles les regardèrent, très égayées. Jeanne se prêtait au jeu, complaisamment. Elle coupait de l'herbe autour d'elle, sans doute pour préparer le déjeuner. La malle des voyageurs était figurée par un bout de planche, qu'ils avaient ramassée au fond d'un massif. Maintenant, ils causaient. Jeanne se passionnait, répétant avec conviction qu'ils étaient en Suisse et qu'ils allaient partir pour visiter les glaciers, ce qui semblait stupéfier Lucien.

— Tiens! le voilà! dit tout d'un coup Pauline.

Mme Deberle se tourna et aperçut Malignon qui descendait le perron. Elle lui laissa à peine le temps de saluer et de s'asseoir.

— Eh bien! vous êtes gentil, vous! d'aller dire partout que je n'ai que de la camelotte chez moi!

— Ah! oui, répondit-il tranquillement, ce petit salon... Certainement, c'est de la camelotte. Vous n'avez pas un objet qui vaille la peine d'être regardé.

Elle était très piquée.

— Comment, le magot?

— Mais non, mais non, tout cela est bourgeois... Il faut du goût. Vous n'avez pas voulu me charger de l'arrangement...

Alors, elle l'interrompit, très rouge, vraiment en colère.

— Votre goût, parlons-en! Il est joli, votre goût!... On vous a rencontré avec une dame...

— Quelle dame? demanda-t-il, surpris par la rudesse de l'attaque.

— Un beau choix, je vous en fais mon compliment. Une fille que tout Paris...

Mais elle se tut, en apercevant Pauline. Elle l'avait oubliée.

— Pauline, dit-elle, va donc une minute dans le jardin.

— Ah! non, c'est fatigant à la fin! déclara la jeune fille qui se révoltait. On me dérange toujours.

— Va dans le jardin, répéta Juliette avec plus de sévérité.

La jeune fille s'en alla en rechignant. Puis, elle se tourna, pour ajouter:

— Dépêchez-vous au moins.

Dès qu'elle ne fut plus là, Mme Deberle tomba de nouveau sur Malignon. Comment un garçon distingué comme lui pouvait-il se montrer en public avec cette Florence? Elle avait au moins quarante ans, elle était laide à faire peur, tout l'orchestre la tutoyait aux premières représentations.

— Avez-vous fini? cria Pauline, qui se promenait sous les arbres d'un air boudeur. Je m'ennuie, moi.

Mais Malignon se défendait. Il ne connaissait pas cette Florence; jamais il ne lui avait adressé la parole. On avait pu le voir avec une dame, il accompagnait quelquefois la femme d'un de ses amis. D'ailleurs, quelle était la personne qui l'avait vu? Il fallait des preuves, des témoins.

— Pauline, demanda brusquement Mme Deberle, en haussant la voix, n'est-ce pas que tu l'as rencontré avec Florence?

— Oui, oui, répondit la jeune fille, sur le boulevard, en face de chez Bignon.

Alors, Mme Deberle, triomphante devant le sourire embarrassé de Malignon, cria:

— Tu peux revenir, Pauline. C'est fini.

Malignon avait une loge pour le lendemain, aux Folies-Dramatiques. Il l'offrit galamment, sans paraître tenir rancune à Mme Deberle; d'ailleurs, ils se querellaient toujours. Pauline voulut savoir si elle pouvait aller voir la pièce qu'on jouait; et comme Malignon riait, en branlant la tête, elle dit que c'était bien stupide, que les auteurs auraient dû écrire des pièces pour les jeunes filles. On ne lui permettait que la *Dame blanche* et le théâtre classique.

Cependant, ces dames ne surveillaient plus les enfants. Tout d'un coup, Lucien poussa des cris terribles.

— Que lui as-tu fait, Jeanne? demanda Hélène.

— Je ne lui ai rien fait, maman, répondit la petite fille. C'est lui qui s'est jeté par terre.

La vérité était que les enfants venaient de partir pour les fameux glaciers. Comme Jeanne prétendait qu'on arrivait sur les montagnes, ils levaient tous les deux les pieds très haut, afin d'enjamber les rochers. Mais Lucien, essoufflé par cet exercice, avait fait un faux pas et s'était étalé au beau milieu d'une plate-bande. Une fois par terre, très vexé, pris d'une rage de marmot, il avait éclaté en larmes.

— Relève-le, cria de nouveau Hélène.

— Il ne veut pas, maman. Il se roule.

Et Jeanne se reculait, comme blessée et irritée de voir le petit garçon si mal élevé. Il ne savait pas jouer, il allait certainement la salir. Elle avait une moue de duchesse qui se compromet. Alors, Mme Deberle, que les cris de Lucien impatientaient, pria sa sœur de le ramasser et de le faire taire. Pauline ne demandait pas mieux. Elle courut, se jeta par terre à côté de l'enfant, se roula un instant avec lui. Mais il se débattait, il ne voulait pas qu'on le prît. Elle se releva pourtant, en le tenant sous les bras; et, pour le calmer:

— Tais-toi, braillard! dit-elle. Nous allons nous balancer.

Lucien se tut brusquement. Jeanne perdit son air grave, et une joie ardente illumina son visage. Tous trois coururent vers la balançoire. Mais ce fut Pauline qui s'assit sur la planchette.

— Poussez-moi, dit-elle aux enfants.

Ils la poussèrent de toute la force de leurs petites mains. Seulement, elle était lourde, ils la remuaient à peine.

— Poussez donc! répétait-elle. Oh! les grosses bêtes, ils ne savent pas.

Dans le pavillon, Mme Deberle venait d'avoir un léger frisson. Elle trouvait qu'il ne faisait pas chaud, malgré ce beau soleil. Et elle avait prié Malignon de lui passer un petit burnous de cachemire blanc, accroché à une espagnolette. Malignon s'était levé pour lui poser le burnous sur les épaules. Tous deux causaient familièrement de choses qui intéressaient fort peu Hélène. Aussi cette dernière, inquiète, craignant que Pauline, sans le vouloir, ne renversât les enfants, alla-t-elle dans le jardin, laissant Juliette et le jeune homme discuter une mode de chapeaux qui les passionnait.

Dès que Jeanne vit sa mère, elle s'approcha d'elle, d'un air câlin, avec une supplication dans toute sa personne.

— Oh! maman, murmura-t-elle; oh! maman...

— Non, non, répondit Hélène, qui comprit très bien. Tu sais qu'on te l'a défendu.

Jeanne adorait se balancer. Il lui semblait qu'elle devenait un oiseau, disait-elle. Ce vent qui lui soufflait au visage, cette brusque envolée, ce va et vient continu, rhythmé comme un coup d'aile, lui causait l'émotion délicieuse d'un départ pour les nuages. Elle croyait s'en aller là-haut. Seulement, cela finissait toujours mal. Une fois, on l'avait trouvée cramponnée aux cordes de la balançoire, évanouie, les yeux grands ouverts, pleins de l'effarement du vide. Une autre fois, elle était tombée, raidie comme une hirondelle frappée d'un grain de plomb.

— Oh! maman, continuait-elle, rien qu'un peu, un tout petit peu.

Sa mère, pour avoir la paix, l'assit enfin sur la planchette. L'enfant rayonnait, avec une expression dévote, un léger tremblement de jouissance qui agitait ses poignets nus. Et, comme Hélène la balançait très doucement:

— Plus fort, plus fort, murmurait-elle.

Mais Hélène ne l'écoutait pas. Elle ne quittait point la corde. Et elle s'animait elle-même, les joues roses, toute vibrante des poussées qu'elle imprimait à la planchette. Sa gravité habituelle se fondait dans une sorte de camaraderie avec sa fille.

— C'est assez, déclara-t-elle, en enlevant Jeanne entre ses bras.

— Alors, balance-toi, je t'en prie, balance-toi, dit l'enfant, qui était restée pendue à son cou.

Elle avait la passion de voir sa mère s'envoler, comme elle le disait, prenant plus de joie encore à la regarder qu'à se balancer elle-même. Mais celle-ci lui demanda en riant qui la pousserait; quand elle jouait, elle, c'était sérieux: elle montait par dessus les arbres. Juste à ce moment, M. Rambaud parut, conduit par la concierge. Il avait rencontré Mme Deberle chez Hélène, et il avait cru pouvoir se présenter, en ne trouvant pas cette dernière à son appartement. Mme Deberle se montra très aimable, touchée par la bonhomie du digne homme. Puis, elle s'enfonça de nouveau dans un entretien très vif avec Malignon.

— Bon ami va te pousser! bon ami va te pousser! criait Jeanne, en sautant autour de sa mère.

— Veux-tu te taire! nous ne sommes pas chez nous, dit Hélène, qui affecta un air de sévérité.

— Mon Dieu! murmura M. Rambaud, si cela vous amuse, je suis à votre disposition. Quand on est à la campagne...

Hélène se laissait tenter. Lorsqu'elle était jeune fille, elle se balançait pendant des heures, et le souvenir de ces lointaines parties l'emplissait d'un sourd désir. Pauline, qui s'était assise avec Lucien au bord de la pelouse, intervint de son air libre de grande fille émancipée.

— Oui, oui, monsieur va vous pousser... Après il me poussera. N'est-ce pas, monsieur, vous me pousserez?

Cela décida Hélène. La jeunesse qui était en elle, sous la correction un peu froide de sa grande beauté, éclatait avec une ingénuité charmante. Elle se montrait simple et gaie comme une pensionnaire. Surtout, elle n'avait point de pruderie. En riant, elle dit qu'elle ne voulait pas montrer ses jambes, et elle demanda une ficelle, avec laquelle elle noua ses jupes au dessus de ses chevilles. Puis, montée debout sur la planchette, les bras élargis et se tenant aux cordes, elle cria joyeusement:

— Allez, monsieur Rambaud... Doucement d'abord!

M. Rambaud avait accroché son chapeau à une branche. Sa large et bonne figure s'éclairait d'un sourire paternel. Il s'assura de la solidité des cordes, regarda les arbres, se décida à donner une légère poussée. Hélène venait, pour la première fois, de quitter le deuil. Elle portait une robe grise, garnie de nœuds mauves. Et, toute droite, elle passait lentement, rasant la terre, comme bercée.

— Allez! allez! dit-elle.

Alors, M. Rambaud, les bras en avant, saisissant la planchette au passage, lui imprima un mouvement plus vif. Hélène montait ; à chaque vol, elle gagnait de l'espace. Mais le rhythme gardait une gravité. On la voyait, correcte encore, un peu sérieuse, avec des yeux très clairs dans son beau visage muet ; ses narines seules se gonflaient, comme pour boire le vent. Pas un pli de ses jupes n'avait bougé. Une natte de son chignon se dénouait.

— Allez ! allez !

Une brusque secousse l'enleva. Elle montait dans le soleil, toujours plus haut. Quand elle descendait, une brise se dégageait d'elle et soufflait dans le jardin ; et elle retombait si vite, qu'on ne la distinguait plus avec netteté. Maintenant, elle devait sourire, son visage était rose, ses yeux filaient comme des étoiles. La natte dénouée battait sur son cou. Malgré la ficelle qui les nouait, ses jupes flottaient et découvraient la blancheur de ses chevilles. Et on la sentait à l'aise, la poitrine libre, vivant dans l'air comme dans une patrie.

— Allez ! allez !

M. Rambaud, en nage, la face rouge, déploya toute sa force. Il y eut un cri. Hélène montait encore.

— Oh ! maman ! oh ! maman ! répétait Jeanne en extase.

Elle s'était assise sur la pelouse, elle regardait sa mère, ses petites mains serrées sur sa poitrine, comme si elle eût elle-même bu tout cet air qui soufflait. Elle manquait d'haleine, elle suivait instinctivement d'une cadence des épaules les longues oscillations de la balançoire. Et elle criait :

— Plus fort ! plus fort !

Sa mère montait toujours. En haut, ses pieds touchaient les branches des arbres.

— Plus fort ! plus fort ! oh ! maman, plus fort !

Mais Hélène était en plein ciel. Les arbres pliaient et craquaient comme sous des coups de vent. On ne voyait plus que le tourbillon de ses jupes qui volaient avec un bruit de tempête. Quand elle descendait, les bras élargis, la gorge en avant, elle baissait un peu la tête, elle planait une seconde ; puis un élan l'emportait, et elle retombait, la tête abandonnée en arrière, fuyante et pâmée, les paupières closes. C'était sa jouissance, ces montées et ces descentes, qui lui donnaient un vertige. En haut, elle entrait dans le soleil, dans ce blond soleil de février, pleuvant comme une poussière d'or. Ses cheveux châtains, aux reflets d'ambre, s'allumaient ; et l'on aurait dit qu'elle flambait tout entière, tandis que ses nœuds de soie mauve, pareils à des fleurs de feu, luisaient sur sa robe blanchissante. Autour d'elle, le printemps naissait, les bourgeons violâtres mettaient leur ton fin de laque, sur le bleu du ciel.

Alors, Jeanne joignit les mains. Sa mère lui apparaissait comme une sainte, avec un nimbe d'or, envolée pour le Paradis. Et elle balbutiait encore : « Oh ! maman, oh ! maman... », d'une voix brisée.

Cependant Mme Deberle et Malignon, intéressés, s'étaient avancés sous les arbres. Malignon trouvait cette dame très courageuse. Mme Deberle dit d'un air effrayé :

— Le cœur me tournerait, c'est certain.

Hélène entendit, car elle jeta ces mots, du milieu des branches :

— Oh ! moi, j'ai le cœur solide !... Allez, allez donc, monsieur Rambaud.

Et, en effet, sa voix restait calme. Elle semblait ne pas se soucier des deux hommes qui étaient là. Ils ne comptaient pas sans doute. Sa natte s'était échevelée ; la ficelle devait se relâcher, et ses jupons avaient des claquements de drapeau. Elle montait.

Mais, tout d'un coup, elle cria :

— Assez, monsieur Rambaud, assez !

Le docteur Deberle venait de descendre le perron. Il s'approcha, embrassa tendrement sa femme, souleva Lucien et le baisa au front. Puis, il regarda Hélène en souriant.

— Assez, assez ! continuait à dire celle-ci.

— Pourquoi donc ? demanda-t-il. Je vous dérange ?

Elle ne répondit pas. Elle était devenue grave. La balançoire, lancée à toute volée, ne s'arrêtait point ; elle gardait de longues oscillations régulières qui enlevaient encore Hélène très haut. Et le docteur, surpris et charmé, l'admirait, tant elle était superbe, grande et forte, avec sa pureté de statue antique, ainsi balancée mollement dans le soleil printanier. Mais elle paraissait irritée ; et, brusquement, elle sauta.

— Attendez ! attendez ! criait tout le monde.

Hélène avait poussé une plainte sourde. Elle était tombée sur le gravier d'une allée et elle ne put se relever.

— Mon Dieu ! quelle imprudence ! dit le docteur, la face très pâle.

Tous s'empressaient autour d'elle. Jeanne pleurait si fort, que M. Rambaud, défaillant lui-même, dut la prendre dans ses bras. Cependant, le docteur interrogeait vivement Hélène.

— C'est la jambe droite qui a porté, n'est-ce pas ?... Vous ne pouvez vous mettre debout ?

Et, comme elle restait étourdie, sans répondre, il demanda encore :

— Vous souffrez ?

— Une douleur sourde, là, au genou, dit-elle péniblement.

Alors, il envoya sa femme chercher sa pharmacie et des bandages. Il répétait :

— Il faut voir, il faut voir... Ce n'est rien sans doute.

Puis, il s'agenouilla sur le gravier. Hélène le laissait faire. Mais, lorsqu'il avança les mains, elle se souleva d'un effort, et serra ses jupes autour de ses pieds.

— Non, non, murmura-t-elle.

— Pourtant, dit-il, il faut bien voir...

Elle avait un léger tremblement; et, d'une voix plus basse, elle reprit :

— Je ne veux pas... Ce n'est rien.

Il la regarda, étonné d'abord. Une teinte rose était montée à son cou. Pendant un instant, leurs yeux se rencontrèrent et semblèrent lire au fond de leurs âmes. Alors, troublé lui-même, il se releva avec lenteur et resta près d'elle, sans lui demander davantage à la visiter.

Hélène avait appelé M. Rambaud d'un signe. Elle lui dit à l'oreille :

— Allez chercher le docteur Bodin, et racontez-lui ce qui m'arrive.

Dix minutes plus tard, quand le docteur Bodin arriva, elle se mit debout avec un courage surhumain, et s'appuyant sur lui et sur M. Rambaud, elle remonta chez elle. Jeanne la suivait, toute secouée de larmes.

— Je vous attends, avait dit le docteur Deberle à son confrère. Venez nous rassurer.

Dans le jardin, on causa vivement. Malignon s'écriait que les femmes avaient de drôles de têtes. Pourquoi diable cette dame s'était-elle amusée à sauter? Pauline, très contrariée de l'aventure qui la privait d'un plaisir, trouvait imprudent de se faire balancer si fort. Le médecin ne parlait pas, semblait soucieux.

— Rien de grave, dit le docteur Bodin en redescendant, une simple foulure... Seulement, elle restera sur sa chaise longue au moins pendant quinze jours.

M. Deberle tapa alors amicalement sur l'épaule de Malignon. Il voulut que sa femme rentrât, parce que décidément il faisait trop frais. Et, prenant Lucien, il l'emporta lui-même, en le couvrant de baisers

V

Les deux fenêtres de la chambre étaient grandes ouvertes, et Paris, dans l'abîme qui se creusait au pied de la maison, bâtie à pic sur la hauteur, déroulait sa plaine immense. Dix heures sonnaient, la belle matinée de février avait une douceur et une odeur de printemps.

Hélène, allongée sur sa chaise longue, le genou encore emmaillotté de bandes, lisait devant une des fenêtres. Elle ne souffrait plus; mais, depuis huit jours, elle était clouée là, ne pouvant même travailler à son ouvrage de couture habituel. Ne sachant que faire, elle avait ouvert un livre traînant sur le guéridon, elle qui ne lisait jamais. C'était le livre dont elle se servait chaque soir pour masquer la veilleuse, le seul qu'elle eût sorti en dix-huit mois de la petite bibliothèque, garnie par M. Rambaud d'ouvrages honnêtes. D'ordinaire, les romans lui semblaient faux et puérils. Celui-là, l'*Ivanhoé* de Walter Scott, l'avait d'abord fort ennuyée. Puis, une curiosité singulière lui était venue. Elle l'achevait, attendrie parfois, prise d'une lassitude, et elle le laissait tomber de ses mains pendant de longues minutes, les yeux perdus sur le vaste horizon.

Ce matin-là, Paris mettait une paresse souriante à s'éveiller. Une vapeur, qui suivait la vallée de la Seine, avait noyé les deux rives. C'était une buée légère, comme laiteuse, que le soleil peu à peu grandi éclairait. On ne distinguait rien de la ville, sous cette mousseline flottante, couleur du temps. Dans les creux, le nuage épaissi se fonçait d'une teinte bleuâtre, tandis que, sur de larges espaces, des transparences se faisaient, d'une finesse extrême, poussière dorée où l'on devinait l'enfoncement des rues; et, plus haut, des dômes et des flèches déchiraient le brouillard, dressant leurs silhouettes grises, enveloppés encore des lambeaux de la brume qu'ils trouaient. Par instants, des pans de fumée jaune se détachaient avec le coup d'aile lourd d'un oiseau géant, puis se fondaient dans l'air qui semblait les boire. Et, au-dessus de cette immensité, de cette nuée descendue et endormie sur Paris, un ciel très pur, d'un bleu effacé, presque blanc, déployait sa voûte profonde. Le soleil montait dans un poudroiement adouci de rayons. Une clarté blonde, du blond vague de l'enfance, se brisait en pluie, emplissait l'espace de son frisson tiède. C'était une fête, une paix souveraine et une gaîté tendre de l'infini, pendant que la ville, criblée de flèches d'or, paresseuse et somnolente, ne se décidait point à se montrer sous ses dentelles.

Hélène, depuis huit jours, avait cette distraction du grand Paris élargi devant elle. Jamais elle ne s'en lassait. Il était insondable et changeant comme un océan, candide le matin et incendié le soir, prenant les joies et les tristesses des cieux qu'il reflétait. Un coup de soleil lui faisait rouler des flots d'or, un nuage l'assombrissait et soulevait en lui des tempêtes. Toujours, il se renouvelait : c'étaient des calmes plats, couleur orange, des coups de vent qui d'une heure à l'autre plombaient l'étendue, des temps vifs et clairs allumant une lueur à la crête de chaque toiture, des averses noyant le ciel et la terre, effaçant l'horizon dans la débâcle d'un chaos. Hélène goûtait là toutes les mélancolies et tous les espoirs du large; elle croyait même en recevoir au visage le souffle fort, la senteur amère; et il n'était pas jusqu'au grondement continu de la ville, qui ne lui apportât l'illusion de la marée montante, battant contre les rochers d'une falaise.

Le livre glissa de ses mains. Elle rêvait, les yeux perdus. Quand elle le lâchait ainsi, c'était par un besoin de ne pas continuer, de comprendre et d'attendre. Elle prenait une jouissance à ne point satisfaire tout de suite sa curiosité. Le récit la gonflait d'une émotion qui l'étouffait. Paris, justement, ce matin-là, avait la joie et le trouble vague de son cœur. Elle sentait un peu de la nuée monter en elle, et elle ne lisait pas plus clairement dans son être qu'elle ne distinguait au loin les rues de la ville. Il y avait là un grand charme : ignorer, deviner à demi, s'abandonner à une lente initiation, avec le sentiment obscur qu'elle recommençait sa jeunesse.

Comme ces romans mentaient! Elle avait bien raison de ne jamais en lire. C'étaient des fables bonnes pour les têtes vides, qui n'ont point le sentiment exact de la vie. Et elle restait séduite pourtant, elle songeait invinciblement au chevalier Ivanhoe, si passionnément aimé de deux femmes, Rébecca, la belle juive, et la noble lady Rowena. Il lui semblait qu'elle aurait aimé avec la fierté et la sérénité patiente de cette dernière. Mais Rébecca pourtant la touchait aux larmes. Oui, celle-là aimait davantage, avec son humilité si pleine d'ardente tendresse. Aimer, aimer! et ce mot qu'elle ne prononçait pas, qui de lui-même vibrait en elle, l'étonnait et la faisait sourire. Au loin, des flocons pâles nageaient sur Paris, emportés par une brise, pareils à une bande de cygnes. De grandes nappes de brouillard se déplaçaient; un instant, la rive gauche apparut, tremblante et voilée, comme une ville féerique aperçue en songe; mais une masse de vapeur s'écroula, et cette ville fut engloutie sous le débordement d'une inondation. Maintenant, les vapeurs, également épandues sur tous les quartiers, arrondissaient un beau lac, aux eaux blanches et unies. Seul, un courant plus épais marquait d'une courbe grise le cours de la Seine. Lentement, sur ces eaux blanches, si calmes, des ombres semblaient faire voyager des vaisseaux, aux voiles roses, que la jeune femme suivait d'un regard songeur. Aimer, aimer! et elle souriait à son rêve qui flottait.

Cependant, Hélène reprit son livre. Elle en était à cet épisode de l'attaque du château, lorsque Rébecca soigne Ivanhoe blessé et le renseigne sur la bataille, qu'elle suit par une fenêtre. Elle se sentait dans un beau mensonge, et ce mensonge lui devenait aimable, elle s'y promenait comme dans un jardin idéal, aux fruits d'or, où elle buvait toutes les illusions. Puis, à la fin de la scène, lorsque Rébecca, enveloppée de son voile, exhale sa tendresse auprès du chevalier endormi, Hélène de nouveau laissa tomber son livre, le cœur si gonflé d'émotion, qu'elle ne pouvait continuer.

Mon Dieu! était-ce vrai, toutes ces choses? Et, renversée dans sa chaise longue, engourdie par l'immobilité qu'il lui fallait garder, elle contemplait Paris noyé et mystérieux, sous le soleil blond. Alors, évoquée par les pages du roman, sa propre existence se dressa. Elle se vit jeune fille, à Marseille, chez son père, le chapelier Mouret. La rue des Petites-Maries était noire, et la maison, avec sa cuve d'eau bouillante, pour la fabrication des chapeaux, exhalait, même par les beaux temps, une odeur fade d'humidité. Elle vit aussi sa mère, toujours malade, qui la baisait de ses lèvres pâles, sans parler. Jamais elle n'avait aperçu un rayon de soleil dans sa chambre d'enfant. On travaillait beaucoup autour d'elle, on gagnait rudement une aisance ouvrière. Puis, c'était tout; jusqu'à son mariage, rien ne tranchait dans cette succession de jours semblables. Un matin, comme elle revenait avec sa mère du marché des Capucins, elle avait heurté le fils Grandjean de son panier plein de légumes. Charles s'était retourné et les avait suivies. Tout le roman de ses amours tenait là. Pendant trois mois, elle le rencontra sans cesse, humble et gauche, n'osant l'aborder. Elle avait seize ans, elle était un peu fière de cet amoureux, qu'elle savait d'une famille riche. Mais elle le trouvait laid, elle riait de lui souvent, et dormait des nuits paisibles dans l'ombre de la grande maison humide. Puis, on les avait mariés. Ce mariage l'étonnait encore. Charles l'adorait, se mettait par terre, le soir, quand elle se couchait, pour baiser ses pieds nus. Elle souriait, pleine d'amitié, en lui reprochant d'être bien enfant. Alors, une vie grise avait recommencé. Pendant douze ans, elle ne se souvenait pas d'un heurt. Elle était très calme et très heureuse, sans une fièvre de la chair ni du cœur, enfoncée dans les soucis quotidiens d'un ménage pauvre. Charles baisait toujours ses pieds de marbre, tandis qu'elle se montrait indulgente et maternelle pour lui. Rien de plus. Et elle vit brusquement la chambre de l'hôtel du Var, son mari mort, sa robe de veuve étalée sur une chaise. Elle avait pleuré comme le soir d'hiver où sa mère était morte. Ensuite, les jours avaient coulé encore. Depuis deux mois, avec sa fille, elle se sentait de nouveau très heureuse et très calme. Mon Dieu! était-ce tout? et que disait donc ce livre, lorsqu'il parlait de ces grands amours qui éclairent toute une existence?

A l'horizon, sur le lac dormant, de longs frissons couraient. Puis, le lac, tout d'un coup, parut crever; des fentes se faisaient, et il y avait, d'un bout à l'autre, un craquement qui annonçait la débâcle. Le soleil, plus haut, dans la gloire triomphante de ses rayons, attaquait victorieusement le brouillard. Peu à peu, le grand lac semblait se tarir, comme si quelque déversoir invisible eût vidé la plaine. Les vapeurs, tout à l'heure si profondes, s'amincissaient, devenaient transparentes en prenant les colorations vives de l'arc-en-ciel. Toute la rive gauche était d'un bleu tendre, lentement foncé, violâtre au fond, du côté du Jardin des Plantes. Sur la rive droite, le quartier des Tuileries avait le rose pâli d'une étoffe couleur chair, tandis que, vers Montmartre, c'était comme une lueur de braise, du carmin flambant dans de l'or; puis, très loin, les faubourgs ouvriers s'assombrissaient d'un ton brique, de plus en plus éteint et passant au gris bleuâtre de l'ardoise. Et la ville, de minute en minute, apparaissait sous les eaux qui se retiraient. On ne la distinguait point encore, tremblante et fuyante, comme un de ces fonds sous-marins que l'œil devine par les eaux claires, avec leurs forêts terrifiantes de grandes herbes, leurs grouillements pleins d'horreur, leurs monstres entrevus. Paris, indistinct, remuait lui aussi une flore inconnue et des roches étranges, dans le creux où son image, troublante et mystérieuse, flottait. Cependant, les eaux baissaient toujours. Elles n'étaient plus que de fines mousselines étendues; et, une à une, les mousselines s'en allaient, l'image de Paris s'accentuait et sortait du rêve.

Aimer, aimer! pourquoi donc ce mot revenait-il en elle avec cette douceur, pendant qu'elle suivait la fonte du brouillard et qu'elle attendait l'apothéose triomphale de la ville surgissant dans un coup de soleil? N'avait-elle pas aimé son mari, qu'elle soignait comme un enfant? Mais un souvenir poignant s'éveilla, celui de son père, que l'on avait trouvé pendu trois semaines après la mort de sa femme, au fond d'un cabinet où les robes de celle-ci étaient encore accrochées. Il agonisait là, raidi, la figure enfoncée dans une jupe, enveloppé de ces vêtements qui exhalaient un peu de celle qu'il adorait toujours. Et elle se rappelait la pâleur du pauvre homme resté seul, sa démarche trébuchante, la répugnance sourde qu'il mettait à vivre. Oui, oui, son père avait aimé. Elle n'était point morte comme lui, sans doute elle n'aimerait jamais. Puis, dans sa rêverie, il y eut un brusque saut: elle songeait à des détails d'intérieur, aux comptes du mois qu'elle avait arrêtés le matin même avec Rosalie, et elle se sentait très fière de son bon ordre. N'était-elle pas heureuse? Elle avait vécu plus de trente années dans une dignité et dans une fermeté absolues. La justice seule la passionnait. Quand elle interrogeait son passé, elle ne trouvait pas une faiblesse d'une heure, elle se voyait d'un pas égal suivre une route unie et toute droite. Certes, les jours pouvaient couler, elle était sûre d'elle, elle continuerait sa marche tranquille, sans que son pied heurtât seulement une pierre. Et cela la rendait sévère, avec de la colère et du mépris contre ces menteuses existences des romans, dont l'héroïsme trouble les cœurs. La seule existence vraie était la sienne, qui se déroulait au milieu d'une paix si large. Mais, sur Paris, il n'y avait plus qu'une mince fumée, une simple gaze, frémissante et près de s'envoler; et un attendrissement subit s'empara d'elle. Aimer, aimer! tout la ramenait à la caresse de ce mot, même l'orgueil de son honnêteté. Sa rêverie devenait si légère, qu'elle ne pensait plus, baignée de printemps, les yeux humides.

Cependant, Hélène allait reprendre son livre, lorsque Paris, lentement, apparut. Pas un souffle de vent n'avait passé, ce fut comme une évocation. La dernière gaze se détacha, monta, s'évanouit dans l'air. Et la ville s'étendit sans une ombre, sous le soleil vainqueur. Hélène resta le menton appuyé sur la main, regardant cet éveil colossal.

Toute une vallée sans fin de constructions entassées. Paris emplissait l'horizon. Sur la ligne perdue des côteaux, des amas de toitures se détachaient, tandis que l'on sentait le flot des maisons rouler au loin, derrière les plis de terrain, dans des campagnes qu'on ne voyait plus. C'était la pleine mer, avec l'infini et l'inconnu de ses vagues. Paris se deployait, aussi grand que le ciel. Sous cette radieuse matinée, la ville, jaune de soleil, semblait un champ d'épis mûrs et l'immense tableau avait une simplicité au premier regard, deux tons seulement, le bleu pâle de l'air et le reflet doré des toits. L'ondée de ces rayons printaniers donnait aux choses une grâce d'enfance. On distinguait nettement les plus petits détails, tant la lumière était pure. Paris, avec le chaos inextricable de ses pierres, luisait comme sous un cristal. De temps à autre pourtant, dans cette sérénité éclatante et immobile, un souffle passait; et alors on voyait des quartiers dont les lignes mollissaient et tremblaient, comme si on les eût regardés à travers quelque flamme invisible.

Hélène, d'abord, s'intéressa aux larges étendues déroulées sous ses fenêtres, à la pente du Trocadéro et au développement des quais. Il fallait qu'elle se penchât, pour apercevoir le carré nu du Champ-de-Mars, fermé au fond par la barre sombre de l'École militaire. En bas, sur la vaste place et sur les trottoirs, aux deux côtés de la Seine, elle distinguait les passants, une foule active de points noirs emportés dans un mouvement de fourmilière; la caisse jaune d'un omnibus jetait une étincelle; des camions et des fiacres traversaient le pont, gros comme des jouets d'enfant, avec des chevaux délicats qui ressemblaient à des pièces mécaniques; et, le long des talus gazonnés, parmi d'autres promeneurs, une bonne en tablier blanc tachait d'une clarté le vert sombre de l'herbe. Puis, Hélène leva les yeux; mais la foule s'émiettait et se perdait, les voitures elles-mêmes devenaient des grains de sable; il n'y avait plus que la carcasse gigantesque de la ville, comme vide et déserte, vivant seulement par la sourde trépidation qui l'agitait. Là, au premier plan, à gauche, des toits rouges luisaient, les hautes cheminées de la Manutention fumaient avec lenteur; tandis que, de l'autre côté du fleuve, entre l'Esplanade et le Champ-de-Mars, un bouquet de grands ormes faisait un coin de parc, dont on voyait nettement les branches nues, les cimes arrondies, teintées déjà de pointes vertes, sous le clair soleil. Et, au milieu, la Seine s'élargissait et régnait, encaissée dans ses berges grises, où des tonneaux déchargés, des profils de grues à vapeur, des tombereaux alignés mettaient le décor d'un port de mer. Hélène revenait toujours à cette nappe resplendissante sur laquelle des barques passaient, pareilles à des oiseaux couleur d'encre. Invinciblement, d'un long regard, elle en remontait la coulée superbe. C'était comme un galon d'argent qui coupait Paris en deux. Ce matin-là, l'eau roulait du soleil, l'horizon n'avait pas de lumière plus éclatante. Et le regard de la jeune femme rencontrait d'abord le pont des Invalides, puis le pont de la Concorde, puis le pont Royal; les ponts continuaient, semblaient se rapprocher, se superposaient, bâtissant d'étranges viaducs à plusieurs étages, troués d'arches de toutes formes; pendant que le fleuve, entre ces constructions légères, montrait des bouts de sa robe bleue, de plus en plus perdus et étroits. Elle levait encore les yeux : là-bas, la coulée se séparait dans la débandade confuse des maisons; les ponts, des deux côtés de la Cité, devenaient des fils tendus d'une rive à l'autre; et les tours de Notre-Dame, toutes dorées, se dressaient comme les bornes de l'horizon, au delà desquelles la rivière, les constructions, les massifs d'arbres, n'étaient plus que de la poussière de soleil. Alors, éblouie, elle quitta ce cœur triomphal de Paris, où toute la gloire de la ville paraissait flamber. Sur la rive droite, au milieu des futaies des Champs-Elysées, les grandes verrières du Palais de l'Industrie étalaient des blancheurs de neige; plus loin, derrière la toiture écrasée de la Madeleine, semblable à une pierre tombale, se dressait la masse énorme de l'Opéra; et c'étaient d'autres édifices, des coupoles et des tours, la colonne Vendôme, Saint-Vincent-de-Paul, la tour Saint-Jacques; plus près, les cubes lourds des pavillons du nouveau Louvre et des Tuileries, à demi enfouis dans un bois de marronniers. Mais, sur la rive gauche, le dôme étincelant des nvalides arrêta Hélène un instant; il ruisselait d'or, on eût dit que des trophées de casques et d'armures pendaient de sa flèche. Au delà, les deux tours inégales de Saint-Sulpice pâlissaient dans la lumière; et, en arrière encore, à droite des aiguilles neuves de Sainte-Clotilde, le Panthéon bleuâtre, assis carrément sur une hauteur, dominait la ville, développait en plein ciel la fine colonnade qui en supporte la coupole, immobile dans l'air avec le ton de soie d'un ballon captif. Hélène, maintenant, d'un coup d'œil paresseusement promené, embrassait Paris entier. Des vallées s'y creusaient, que l'on devinait aux mouvements des toitures; la butte des Moulins montait avec un flot bouillonnant de vieilles ardoises, tandis que la ligne des grands boulevards dévalait comme un ruisseau, où s'engloutissait une bousculade de maisons, dont on ne voyait même plus les tuiles. A cette heure matinale, le soleil oblique n'éclairait point les façades tournées vers le Trocadéro. Aucune fenêtre ne s'allumait. Seuls, des vitrages, sur les toits, jetaient des lueurs, de vives étincelles de mica, dans le rouge cuit des poteries environnantes. Les maisons restaient grises, d'un gris chauffé de reflets; mais des coups de lumière trouaient les quartiers, de longues rues qui s'enfonçaient, droites, devant Hélène, coupaient l'ombre de leurs raies de soleil. Les détails si nets aux premiers plans, les dentelures innombrables des cheminées, les petites hachures noires des milliers de fenêtres, s'effaçaient, se chinaient de jaune et de bleu, se confondaient dans un pêle-mêle de ville sans fin, dont les faubourgs hors de la vue semblaient allonger des plages de galets, noyées d'une brume violâtre. L'immense horizon plat agrandissait encore la cité géante. A gauche seulement, les buttes Montmartre et les hauteurs du Père-Lachaise bossuaient la ligne, qui s'arrondissait sans une cassure. Et le ciel, d'une ardente pureté, était comme une grande clarté vibrante, épandue sur Paris.

Hélène, toute grave, regardait, lorsque Jeanne entra joyeusement.

— Maman, maman, vois donc !

L'enfant tenait à la main un gros paquet de giroflées jaunes. Et elle raconta, avec des rires, qu'elle avait guetté Rosalie revenir des provisions, pour voir dans son panier. C'était sa joie, de fouiller dans ce panier.

— Vois donc, maman ! Il y avait ça, au fond... Sens un peu, la bonne odeur !

Les fleurs fauves, tigrées de pourpre, exhalaient une senteur pénétrante, qui embaumait toute la chambre. Alors, Hélène, d'un mouvement passionné, attira Jeanne sur sa poitrine, pendant que le paquet de giroflées tombait sur ses genoux. Aimer, aimer ! Ah ! certes, elle aimait son enfant ! N'était-ce point assez, ce grand amour qui avait empli sa vie jusque-là ? Cet amour devait lui suffire, avec sa douceur et son calme, son éternité qu'aucune lassitude ne pouvait rompre. Et elle serrait davantage sa fille, comme pour écarter des pensées qui menaçaient de la séparer d'elle. Cependant, Jeanne s'abandonnait à cette aubaine de baisers. Les yeux humides, la face pénétrée de bonheur, elle se caressait elle-même contre l'épaule de sa mère, avec un mouvement câlin de son cou délicat. Puis, elle lui passa un bras à la taille, elle resta là, bien sage, la joue appuyée sur son sein. Entre elles, les giroflées mettaient leur parfum.

Longtemps, elles ne dirent rien. Jeanne, sans bouger, demanda enfin à voix basse :

— Maman, tu vois, là-bas, près de la rivière, ce dôme qui est tout rose... Qu'est-ce donc ?

C'était le dôme de l'Institut. Hélène, un instant, regarda, parut se consulter. Et, doucement :

— Je ne sais pas, mon enfant.

La petite se contenta de cette réponse, le silence recommença. Mais elle posa bientôt une autre question.

— Et là, tout près, ces beaux arbres ? reprit-elle, en montrant du doigt une échappée du jardin des Tuileries.

— Ces beaux arbres ? murmura la mère. A gauche, n'est-ce pas ?... Je ne sais pas, mon enfant.

— Ah ! dit Jeanne.

Puis, après une courte rêverie, elle ajouta avec une moue grave :

— Nous ne savons rien.

Elles ne savaient rien de Paris, en effet. Depuis dix-huit mois qu'elles l'avaient sous les yeux à toute heure, elles n'en connaissaient pas une pierre. Trois fois seulement, elles étaient descendues dans la ville; mais, remontées chez elles, la tête malade d'une telle agitation, elles n'avaient rien retrouvé, au milieu du pêle-mêle énorme des quartiers.

Jeanne, pourtant, s'entêtait parfois.

— Ah ! tu vas me dire ! reprit-elle. Ces vitres toutes blanches...? C'est trop gros, tu dois savoir.

Elle désignait le Palais de l'Industrie. Hélène hésitait.

— C'est une gare... Non, je crois que c'est un théâtre...

Elle eut un sourire, elle baisa les cheveux de Jeanne, en répétant sa réponse habituelle :

— Je ne sais pas, mon enfant.

Alors, elles continuèrent à regarder Paris, sans chercher davantage à le connaître. Cela était très doux, de l'avoir là et de l'ignorer. Il restait l'infini et l'inconnu. C'était comme si elles se fussent arrêtées au seuil d'un monde, dont elles avaient l'éternel spectacle, en refusant de s'y aventurer. Souvent, Paris les inquiétait, lorsqu'il leur envoyait des haleines chaudes et troublantes. Mais, ce matin-là, il avait une gaieté et une innocence d'enfant, son mystère ne leur soufflait que de la tendresse à la face.

Hélène reprit son livre, tandis que Jeanne, serrée contre elle, regardait toujours. Dans le ciel éclatant et immobile, aucune brise ne s'élevait. Les fumées de la Manutention montaient toutes droites, en flocons légers qui se perdaient très haut. Et, au ras des maisons, des ondes passaient sur la ville, une vibration de vie, faite de toute la vie enfermée là. La voix haute des rues prenait dans le soleil une mollesse heureuse. Mais un bruit attira l'attention de Jeanne. C'était un vol de pigeons blancs, parti de quelque pigeonnier voisin, et qui traversait l'air, en face de la fenêtre ; ils emplissaient l'horizon, la neige volante de leurs ailes cachait l'immensité de Paris.

Les yeux levés, Hélène rêvait profondément. Elle était lady Rowena, elle aimait avec la paix et la profondeur d'une âme noble. Cette matinée de printemps, cette grande ville si douce, ces premières fleurs qui lui parfumaient les genoux, avaient peu à peu fondu son cœur.

FIN DE LA PREMIÈRE PARTIE

DEUXIÈME PARTIE

I

Un matin, Hélène s'occupait à ranger sa petite bibliothèque, dont elle bouleversait les livres depuis quelques jours, lorsque Jeanne entra en sautant, en tapant des mains.

— Maman, cria-t-elle, un soldat! un soldat!

— Quoi! un soldat? dit la jeune femme. Qu'est-ce que tu me veux, avec ton soldat?

Mais l'enfant était dans un de ses accès de folie joyeuse; elle sautait plus fort, elle répétait: « Un soldat! un soldat! » sans s'expliquer davantage. Alors, comme elle avait laissé la porte de la chambre ouverte, Hélène se leva, et elle fut toute surprise d'apercevoir un soldat, un petit soldat, dans l'antichambre. Rosalie était sortie; Jeanne devait avoir joué sur le palier, malgré la défense formelle de sa mère.

— Qu'est-ce que vous désirez, mon ami? demanda Hélène.

Le petit soldat, très troublé par l'apparition de cette dame, si belle et si blanche dans son peignoir garni de dentelle, frottait un pied sur le parquet, saluait, en balbutiant précipitamment:

— Pardon... excuse...

Et il ne trouvait rien autre chose; il reculait jusqu'au mur, en traînant toujours les pieds. Ne pouvant aller plus loin, voyant que la dame attendait avec un sourire involontaire, il fouilla vivement dans sa poche droite, dont il tira un mouchoir bleu, un couteau et un morceau de pain. Il regardait chaque objet, l'engouffrait de nouveau. Puis, il passa à la poche gauche; il y avait là un bout de corde, deux clous rouillés, des images enveloppées dans la moitié d'un journal. Il renfonça le tout, il tapa sur ses cuisses d'un air anxieux. Et il bégayait, ahuri:

— Pardon... excuse...

Mais, brusquement, il posa un doigt contre son nez, en éclatant d'un bon rire. L'imbécile! il se souvenait. Il ôta deux boutons de sa capote, fouilla dans sa poitrine, où il enfonça le bras jusqu'au coude. Enfin, il sortit une lettre, qu'il secoua violemment, comme pour en enlever la poussière, avant de la remettre à Hélène.

— Une lettre pour moi, vous êtes sûr? dit celle-ci.

L'enveloppe portait bien son nom et son adresse, d'une grosse écriture paysanne, avec des jambages qui se culbutaient comme des capucins de cartes. Et dès qu'elle fut parvenue à comprendre, arrêtée à chaque ligne par des tournures et une orthographe extraordinaires, elle eut un nouveau sourire. C'était une lettre de la tante de Rosalie, qui lui envoyait Zéphyrin Lacour, tombé au sort « malgré deux messes dites par monsieur le curé. » Alors, attendu que Zéphyrin était l'amoureux de Rosalie, elle priait madame de permettre aux enfants de se voir le dimanche. Il y avait trois pages où cette demande revenait dans les mêmes termes, de plus en plus embrouillés, avec un effort constant de dire quelque chose qui n'était pas dit. Puis, après avoir signé, la tante semblait avoir trouvé tout d'un coup, et elle avait écrit: « Monsieur le curé le permet, » en écrasant sa plume au milieu d'un éclaboussement de pâtés.

Hélène plia lentement la lettre. Tout en la déchiffrant, elle avait levé deux ou trois fois la tête, pour jeter un coup d'œil sur le soldat. Il était toujours collé contre le mur, et ses lèvres remuaient, il paraissait appuyer chaque phrase d'un léger mouvement du menton; sans doute il savait la lettre par cœur.

— Alors, c'est vous qui êtes Zéphyrin Lacour? dit-elle.

Il se mit à rire, il branla le cou.

— Entrez, mon ami; ne restez pas là.

Il se décida à la suivre, mais il se tint debout près de la porte, pendant qu'Hélène s'asseyait. Elle l'avait mal vu dans l'ombre de l'antichambre. Il devait avoir juste la taille de Rosalie ; un centimètre de moins, et il était réformé. Les cheveux roux, tondus très ras, sans un poil de barbe, il avait une face toute ronde, couverte de son, percée de deux yeux minces comme des trous de vrille. Sa capote neuve, trop grande pour lui, l'arrondissait encore ; et les jambes écartées dans son pantalon rouge, pendant qu'il balançait devant lui son képi à large visière, il était drôle et attendrissant, avec sa rondeur de petit bonhomme bêta, sentant le labour sous l'uniforme.

Hélène voulut l'interroger, obtenir quelques renseignements.

— Vous avez quitté la Beauce il y a huit jours ?

— Oui, madame.

— Et vous voilà à Paris. Vous n'en êtes pas fâché ?

— Non, madame.

Il s'enhardissait, il regardait dans la chambre, très impressionné par les tentures de velours bleu.

— Rosalie n'est pas là, reprit Hélène ; mais elle va rentrer... Sa tante m'apprend que vous êtes son bon ami.

Le petit soldat ne répondit pas ; il baissa la tête, en riant d'un air gauche, et se remit à gratter le tapis du bout de son pied.

— Alors, vous devez l'épouser quand vous sortirez du service ? continua la jeune femme.

— Bien sûr, dit-il en devenant très rouge, bien sûr, c'est juré...

Et, gagné par l'air bienveillant de la dame, tournant son képi entre ses doigts, il se décida à parler.

— Oh ! il y a beau temps... Quand nous étions tout petiots, nous allions à la maraude ensemble. Nous avons joliment reçu des coups de gaule ; pour ça, c'est bien vrai... Il faut vous dire que les Lacour et les Pichon demeuraient dans la même traverse, côte à côte. Alors, n'est-ce pas ? la Rosalie et moi, nous avons été élevés quasiment à la même écuelle... Puis, tout son monde est mort. Sa tante Marguerite lui a donné la soupe. Mais elle, la mâtine, elle avait déjà des bras du tonnerre...

Il s'arrêta, sentant qu'il s'enflammait, et il demanda d'une voix hésitante :

— Peut-être bien qu'elle vous a conté tout ça ?

— Oui, mais dites toujours, répondait Hélène qu'il amusait.

— Enfin, reprit-il, elle était joliment forte, quoique pas plus grosse qu'une mauviette ; elle vous troussait la besogne, fallait voir ! Tenez, un jour, elle a allongé une tape à quelqu'un de ma connaissance, oh ! une tape ! J'en ai gardé le bras noir pendant huit jours... Oui, c'est venu comme ça. Dans le pays, tout le monde nous mariait ensemble. Alors, nous n'avions pas dix ans que nous nous sommes topé dans la main... Et ça tient, madame, ça tient...

Il posait une main sur son cœur, en écartant les doigts. Hélène pourtant était redevenue grave. Cette idée d'introduire un soldat dans sa cuisine l'inquiétait. Monsieur le curé avait beau le permettre, elle trouvait cela un peu risqué. Dans les campagnes, on est fort libre, les amoureux vont bon train. Elle laissa voir ses craintes. Quand Zéphyrin eut compris, il pensa crever de rire ; mais il se retenait, par respect.

— Oh ! madame, oh ! madame... On voit bien que vous ne la connaissez point. J'en ai reçu, des calottes !... Mon Dieu ! les garçons, ça aime à rire, n'est-ce pas ? Je la pinçais, des fois. Alors, elle se retournait, et v'lan ! en plein museau... C'est sa tante qui lui répétait : « Vois-tu, ma fille, ne te laisse pas chatouiller, ça ne porte pas chance. » Le curé aussi s'en mêlait, et c'est peut-être bien pour ça que notre amitié tient toujours... On devait nous marier après le tirage au sort. Puis, va te faire fiche ! les choses ont mal tourné. La Rosalie a dit qu'elle servirait à Paris pour s'amasser une dot en m'attendant... Et voilà, et voilà...

Il se dandinait, passait son képi d'une main dans l'autre. Mais, comme Hélène gardait le silence, il crut comprendre qu'elle doutait de sa fidélité. Cela le blessa beaucoup. Il s'écria avec feu :

— Vous pensez peut-être que je la tromperai ?... Puisque je vous dis que c'est juré ! Je l'épouserai, voyez-vous, aussi vrai que le jour nous éclaire... Et je suis tout prêt à vous signer ça... Oui, si vous voulez, je vais vous signer un papier...

Une grosse émotion le soulevait. Il marchait dans la chambre, cherchant des yeux s'il n'apercevait pas une plume et de l'encre. Hélène tenta vainement de le calmer ; il répétait :

— J'aimerais mieux vous signer un papier... Qu'est-ce que ça vous fait ? vous seriez bien tranquille ensuite.

Mais, juste à ce moment, Jeanne, qui avait disparu de nouveau, rentra en dansant et en tapant des mains.

— Rosalie ! Rosalie ! Rosalie ! chantait, elle sur un air sautillant qu'elle composait.

Par les portes ouvertes, on entendit en effet l'essoufflement de la bonne qui montait, chargée de son panier. Zéphirin recula dans un coin de la pièce ; un rire silencieux fendait sa bouche d'une oreille à l'autre, et ses yeux en trous de vrille luisaient d'une malice campagnarde. Rosalie entra droit dans la chambre, comme elle en avait l'habitude familière, pour montrer les provisions du matin à sa maîtresse.

— Madame, dit-elle, j'ai acheté des choux-fleurs... Voyez donc!... Deux pour dix-huit sous, ce n'est pas cher...

Elle tendait son panier entr'ouvert, lorsqu'en levant la tête, elle aperçut Zéphyrin qui ricanait. Une stupeur la cloua sur le tapis. Il s'écoula deux ou trois secondes, elle ne l'avait sans doute pas reconnu tout de suite sous l'uniforme. Ses yeux ronds s'agrandirent, sa petite face grasse devint pâle, tandis que ses durs cheveux noirs remuaient.

— Oh! dit-elle simplement.

Et, de surprise, elle lâcha son panier. Les provisions roulèrent sur le tapis, les choux-fleurs, des oignons, des pommes. Jeanne, enchantée, poussa un cri et se jeta par terre, au milieu de la chambre, courant après les pommes, jusque sous les fauteuils et l'armoire à glace. Cependant, Rosalie, toujours paralysée, ne bougeait pas, répétait :

— Comment! c'est toi!... Qu'est-ce que tu fais là, dis? qu'est-ce que tu fais là?

Elle se tourna vers Hélène et demanda :

— C'est donc vous qui l'avez laissé entrer?

Zéphyrin ne parlait pas, se contentait de cligner les paupières d'un air malin. Alors, des larmes d'attendrissement montèrent aux yeux de Rosalie, et pour témoigner sa joie de le revoir, elle ne trouva rien de mieux que de se moquer de lui.

— Ah! va, reprit-elle en s'approchant, t'es joli, t'es propre, avec cet habit-là!... J'aurais pu passer à côté de toi, je n'aurais pas seulement dit : Dieu te bénisse!... Comme te voilà fait! T'as l'air d'avoir ta guérite sur ton dos. Et ils t'ont joliment rasé la tête, tu ressembles au caniche du sacristain... Bon Dieu! que t'es laid, que t'es laid!

Zéphyrin, vexé, se décida à ouvrir la bouche.

— Ce n'est pas ma faute, bien sûr... Si on t'envoyait au régiment, nous verrions un peu.

Ils avaient complètement oublié où ils se trouvaient, et la chambre, et Hélène, et Jeanne, qui continuait à ramasser les pommes. La bonne s'était plantée debout devant le petit soldat, les mains nouées sur son tablier.

— Alors, tout va bien là-bas? demanda-t-elle.

— Mais oui, sauf que la vache des Guignard est malade. L'artiste est venu, et il leur a dit comme ça qu'elle était pleine d'eau.

— Si elle est pleine d'eau, c'est fini... A part ça, tout va bien?

— Oui, oui... Il y a le garde champêtre qui s'est cassé le bras... Le père Canivet est mort... Monsieur le curé a perdu sa bourse, où il y avait trente sous, en revenant de Grandval... Autrement, tout va bien.

Et ils se turent; ils se regardaient avec des yeux luisants, les lèvres pincées et lentement remuées dans une grimace tendre. Ce devait être leur façon de s'embrasser, car ils ne s'étaient pas même tendu la main. Mais Rosalie sortit tout d'un coup de sa contemplation, et elle se désola en voyant ses légumes par terre. Un beau gâchis! il lui faisait faire de propres choses! Madame aurait dû le laisser attendre dans l'escalier. Tout en grondant, elle se baissait, remettait au fond du panier les pommes, les oignons, les choux-fleurs, à la grande contrariété de Jeanne, qui ne voulait pas qu'on l'aidât. Et, comme elle s'en allait dans sa cuisine, sans regarder davantage Zéphyrin, Hélène, gagnée par la tranquille santé des deux amoureux, la retint pour lui dire :

— Ecoutez, ma fille, votre tante m'a demandé d'autoriser ce garçon à venir vous voir le dimanche... Il viendra l'après-midi, et vous tâcherez que votre service n'en souffre pas trop.

Rosalie s'arrêta, tourna simplement la tête. Elle était bien contente, mais elle gardait son air grognon.

— Oh! madame, il va joliment me déranger! cria-t-elle.

Et, par dessus son épaule, elle jeta un regard sur Zéphyrin et lui fit de nouveau sa grimace tendre. Le petit soldat resta un moment immobile, la bouche fendue par son rire muet. Puis, il se retira à reculons, en remerciant et en posant son képi contre son cœur. La porte était fermée, qu'il saluait encore sur le palier.

— Maman, c'est le frère de Rosalie? demanda Jeanne.

Hélène demeura tout embarrassée devant cette question. Elle regrettait l'autorisation qu'elle venait d'accorder, dans un mouvement de bonté subite, dont elle s'étonnait. Elle chercha quelques secondes, elle répondit :

— Non, c'est son cousin.

— Ah! dit l'enfant gravement.

La cuisine de Rosalie donnait sur le jardin du docteur Deberle, en plein soleil. L'été, par la fenêtre très large, les branches des ormes entraient. C'était la pièce la plus gaie de l'appartement, toute blanche de lumière, si éclairée même que Rosalie avait dû poser un rideau de cotonnade bleue, qu'elle tirait l'après-midi. Elle ne se plaignait que de la petitesse de cette cuisine, qui s'allongeait en forme de boyau, le fourneau à droite, une table et un buffet à gauche. Mais elle avait si bien casé les ustensiles et les meubles, qu'elle s'était ménagé, près de la fenêtre, un coin libre où elle travaillait le soir. Son orgueil était de tenir les casseroles, les bouilloires, les plats dans une merveilleuse propreté. Aussi, lorsque le soleil arrivait, un resplendissement rayonnait des murs ; les cuivres jetaient des étincelles d'or, les fers battus avaient des rondeurs éclatantes de lunes d'argent ; tandis que les faïences bleues et blanches du fourneau mettaient leur note pâle dans cet incendie.

Le samedi suivant, dans la soirée, Hélène entendit un tel remue-ménage, qu'elle se décida à aller voir.

— Qu'est-ce donc ? demanda-t-elle, vous vous battez avec les meubles ?

— Je lave, madame, répondit Rosalie, ébouriffée et suante, accroupie par terre, en train de frotter le carreau de toute la force de ses petits bras.

C'était fini, elle épongeait. Jamais elle n'avait fait sa cuisine aussi belle. Une mariée aurait pu y coucher, tout y était blanc comme pour une noce. La table et le buffet semblaient rabotés à neuf, tant elle y avait usé ses doigts. Et il fallait voir le bel ordre, les casseroles et les pots par rangs de grandeur, chaque chose à son clou, jusqu'à la poêle et au gril qui reluisaient, sans une tache de fumée. Hélène resta là un instant, silencieuse ; puis, elle sourit et se retira.

Alors, chaque samedi, ce fut un nettoyage pareil, quatre heures passées dans la poussière et dans l'eau. Rosalie voulait, le dimanche, montrer sa propreté à Zéphyrin. Elle recevait ce jour-là. Une toile d'araignée lui aurait fait honte. Lorsque tout resplendissait autour d'elle, cela la rendait aimable et la faisait chanter. A trois heures, elle se lavait encore les mains, elle mettait un bonnet avec des rubans. Puis, tirant à demi le rideau de cotonnade, ménageant un jour de boudoir, elle attendait Zéphyrin au milieu du bel ordre, dans une bonne odeur de thym et de laurier.

A trois heures et demie, exactement, Zéphyrin arrivait : il se promenait dans la rue, tant que la demie n'avait pas sonné aux horloges du quartier. Rosalie écoutait ses gros souliers buter contre les marches, et lui ouvrait, quand il s'arrêtait sur le palier ; elle lui avait défendu de toucher au cordon de sonnette. Chaque fois, ils échangeaient les mêmes paroles.

— C'est toi ?

— Oui, c'est moi.

Et ils restaient nez à nez, avec leurs yeux riants et leur bouche pincée. Puis, Zéphyrin suivait Rosalie ; mais elle l'empêchait d'entrer avant qu'elle l'eût débarrassé de son shako et de son sabre. Elle ne voulait point de ça dans sa cuisine, elle cachait le sabre et le shako au fond d'un placard. Alors elle asseyait son amoureux, près de la fenêtre, dans le coin ménagé là, et elle ne lui permettait plus de remuer.

— Tiens-toi tranquille... Tu me regarderas faire le dîner de madame, si tu veux.

Mais il ne venait presque jamais les mains vides. Ordinairement, il avait employé sa matinée à courir avec des camarades les bois de Meudon, traînant les pieds dans des flâneries sans fin, oisif et buvant le grand air, avec le regret vague du pays. Pour occuper ses doigts, il coupait des baguettes, les taillait, les enjolivait, en marchant, de toutes sortes d'arabesques ; et son pas se ralentissait encore, il s'arrêtait près des fossés, le shako sur la nuque, les yeux ne quittant plus son couteau qui fouillait le bois. Puis, comme il ne pouvait se décider à jeter ses baguettes, il les apportait l'après-midi à Rosalie, qui les lui enlevait des mains, en criant un peu, parce que cela salissait la cuisine. La vérité était qu'elle les collectionnait ; elle en avait, sous son lit, un paquet de toutes les longueurs et de tous les dessins.

Un jour, il arriva avec un nid plein d'œufs, qu'il avait placé dans le fond de son shako, sous son mouchoir. C'était très bon, disait-il, les omelettes avec les œufs d'oiseau. Rosalie jeta cette horreur, mais elle garda le nid, qui alla rejoindre les baguettes. D'ailleurs, il avait toujours ses poches pleines à crever. Il en tirait des curiosités, des cailloux transparents, pris au bord de la Seine, d'anciennes ferrures, des baies sauvages qui se séchaient, des débris méconnaissables dont les chiffonniers n'avaient pas voulu. Sa passion était surtout les images. Le long des routes, il ramassait les papiers qui avaient enveloppé du chocolat ou des savons, et sur lesquels on voyait des nègres et des palmiers, des almées et des bouquets de roses. Les dessus des vieilles boîtes crevées, avec des dames blondes et rêveuses, les gravures vernies et le papier d'argent des sucres de pomme, jetés dans les foires des environs, étaient ses grandes trouvailles, qui lui gonflaient le cœur. Tout ce butin disparaissait dans ses poches ; il enveloppait d'un bout de journal les plus beaux morceaux. Et, le dimanche, quand Rosalie avait un moment à perdre, entre une sauce et un rôti, il lui montrait ses images. C'était pour elle, si elle voulait ; seulement, comme le papier, autour, n'était pas toujours propre, il découpait les images, ce qui l'amusait beaucoup. Rosalie se fâchait, des brins de papier s'envolaient jusque dans ses plats ; et il fallait voir avec quelle malice de paysan, tirée de loin, il finissait par s'emparer de ses ciseaux. Parfois, pour se débarrasser de lui, elle les lui donnait brusquement.

Cependant, un roux chantait dans un

poêlon, Rosalie surveillait la sauce, une cuiller de bois à la main, pendant que Zéphyrin, la tête penchée, le dos élargi par ses épaulettes rouges, découpait des images. Ses cheveux étaient tellement ras, qu'on lui voyait la peau du crâne; et son collet jaune bâillait par derrière, montrant le hâle du cou. Pendant des quarts d'heure entiers, tous deux ne disaient rien. Lorsque Zéphyrin levait la tête, il regardait Rosalie prendre de la farine, hacher du persil, saler et poivrer, d'un air profondément intéressé. Alors, de loin en loin, une parole lui échappait.

— Fichtre! ça sent trop bon!

La cuisinière, en plein coup de feu, ne daignait pas répondre tout de suite. Au bout d'un long silence, elle disait à son tour :

— Vois-tu, il faut que ça mijote.

Et leurs conversations ne sortaient guère de là. Ils ne parlaient même plus du pays. Lorsqu'un souvenir leur revenait, ils se comprenaient d'un mot et riaient en dedans toute l'après-midi. Cela leur suffisait. Quand Rosalie mettait Zéphyrin à la porte, ils s'étaient joliment amusés tous les deux.

— Allons, va-t-en! Je vais servir madame.

Elle lui rendait son shako et son sabre, le poussait devant elle, puis servait madame avec de la joie aux joues; tandis que lui, les bras ballants, rentrait à la caserne, chatouillé à l'intérieur par cette bonne odeur de thym et de laurier qu'il emportait.

Dans les premiers temps, Hélène crut devoir les surveiller. Elle arrivait parfois à l'improviste, pour donner un ordre. Et toujours elle trouvait Zéphyrin dans son coin, entre la table et la fenêtre, près de la fontaine de grès, qui le forçait à rentrer les jambes. Dès que madame paraissait, il se levait comme au port d'arme, demeurait debout. Si madame lui adressait la parole, il ne répondait guère que par des saluts et des grognements respectueux. Peu à peu, Hélène se rassura, en voyant qu'elle ne les dérangeait jamais et qu'ils gardaient sur le visage leur tranquillité d'amoureux patients.

Même Rosalie semblait alors beaucoup plus délurée que Zéphyrin. Elle avait déjà quelques mois de Paris, elle s'y déniaisait, bien qu'elle ne connût que trois rues, la rue de Passy, la rue Franklin et la rue Vineuse. Lui, au régiment, restait godiche. Elle assurait à madame qu'il « bêtissait »; car au pays, bien sûr, il était plus malin. Ça résultait de l'uniforme, disait-elle; tous les garçons qui tombaient soldats devenaient bêtes à crever. En effet, Zéphyrin, ahuri par son existence nouvelle, avait les yeux ronds et le dandinement d'une oie. Il gardait sa lourdeur de paysan; sous ses épaulettes, la caserne ne lui enseignait point encore le beau langage et les manières victorieuses du tourlourou parisien. Ah! madame pouvait être tranquille! ce n'était pas lui qui songeait à batifoler.

Aussi Rosalie se montrait-elle maternelle. Elle sermonnait Zéphyrin tout en mettant la broche, lui prodiguait de bons conseils sur les précipices qu'il devait éviter; et il obéissait, en appuyant chaque conseil d'un vigoureux mouvement de tête. Tous les dimanches, il devait lui jurer qu'il était allé à la messe et qu'il avait dit religieusement ses prières matin et soir. Elle l'exhortait encore à la propreté, lui donnait un coup de brosse quand il partait, consolidait un bouton de sa tunique, le visitait de la tête aux pieds, regardant si rien ne clochait. Elle s'inquiétait aussi de sa santé et lui indiquait des recettes contre toutes sortes de maladies. Zéphyrin, pour reconnaître ses complaisances, lui offrait de remplir sa fontaine. Longtemps elle refusa, par crainte qu'il ne renversât de l'eau. Mais, un jour, il monta les deux seaux sans laisser tomber une goutte dans l'escalier, et dès lors, ce fut lui qui, le dimanche, remplit la fontaine. Il lui rendait d'autres services, faisait toutes les grosses besognes, allait très bien acheter du beurre chez la fruitière, si elle avait oublié d'en prendre. Même il finit par se mettre à la cuisine. D'abord, il éplucha les légumes. Plus tard, elle lui permit de hacher. Au bout de six semaines, il ne touchait point aux sauces, mais il les surveillait, la cuillère de bois à la main. Rosalie en avait fait son aide, et elle éclatait de rire parfois, quand elle le voyait, avec son pantalon rouge et son collet jaune, actionné devant le fourneau, un torchon sur le bras, comme un marmiton.

Un dimanche, Hélène se rendit à la cuisine. Ses pantoufles assourdissaient le bruit de ses pas, elle resta sur le seuil, sans que la bonne ni le soldat l'eussent entendue. Dans son coin, Zéphyrin était attablé devant une tasse de bouillon fumant. Rosalie, qui tournait le dos à la porte, lui coupait de longues mouillettes de pain.

— Va, mange, mon petit! disait-elle. Tu marches trop, c'est ça qui te creuse... Tiens! en as-tu assez? en veux-tu encore?

Et elle le couvait d'un regard tendre et inquiet. Lui, tout rond, se carrait au-dessus de la tasse, avalait une mouillette à chaque bouchée. Sa face, jaune de son, rougissait dans la vapeur qui la baignait. Il murmurait :

— Sapristi! quel jus! Qu'est-ce que tu mets donc là dedans?

— Attends, reprit-elle, si tu aimes les poireaux...

Mais, en se tournant, elle aperçut madame. Elle poussa un léger cri. Tous deux restèrent pétrifiés. Puis, Rosalie s'excusa avec un flot brusque de paroles.

— C'est ma part, madame, oh! bien vrai... Je n'aurais pas repris du bouillon... Tenez, sur ce que j'ai de plus sacré! Je lui ai dit: Si tu veux ma part de bouillon, je vais te la donner... Allons, parle donc, toi; tu sais bien que ça s'est passé comme ça...

Et, comme Hélène les regardait toujours sans parler, elle la crut fâchée; elle continua d'une voix qui se brisait:

— Il mourait de faim, madame; il m'avait volé une carotte crue, et je l'ai surpris qui la mangeait... On les nourrit si mal! Puis, imaginez-vous qu'il est allé au diable, le long de la rivière, je ne sais où... Vous-même, madame, vous m'auriez dit: Rosalie, donnez-lui donc un bouillon... Mais je lui ai donné le mien; ça, je le jure devant Dieu. Je serais plutôt morte que d'avaler une larme de ce bouillon là... N'est-ce pas? on peut bien donner sa part...

Alors, Hélène, devant le petit soldat, qui restait la bouche pleine, sans oser avaler, ne put rester sévère. Elle répondit doucement:

— Eh bien! ma fille, quand ce garçon aura faim, il faudra l'inviter à dîner, voilà tout... Je vous le permets.

Elle venait d'éprouver en face d'eux cet attendrissement qui, déjà une fois, lui avait fait oublier son rigorisme. Ils étaient si heureux, dans cette cuisine! Le rideau de cotonnade, à demi tiré, laissait entrer le soleil couchant. Les cuivres incendiaient le mur du fond, éclairant d'un reflet rose le demi jour de la pièce. Et là, dans cette ombre dorée, ils mettaient tous les deux leurs petites faces rondes, tranquilles et claires comme des lunes. Leurs amours avaient une certitude si calme, qu'ils ne dérangeaient pas le bel ordre des ustensiles. Ils s'épanouissaient aux bonnes odeurs des fourneaux, l'appétit égayé, le cœur nourri. Ah! qu'ils avaient raison de se bien porter et de s'aimer solidement, pendant qu'ils étaient jeunes!

— Dis, maman, demanda Jeanne le soir, après une longue réflexion, le cousin de Rosalie ne l'embrasse jamais, pourquoi donc?

— Et pourquoi veux-tu qu'ils s'embrassent? répondit Hélène. Ils s'embrasseront le jour de leur fête.

II

Après le potage, ce mardi-là, Hélène tendit l'oreille, en disant:

— Quel déluge, entendez-vous?... Mes pauvres amis, vous allez être trempés, ce soir.

— Oh! quelques gouttes, murmura l'abbé, dont la vieille soutane était déjà mouillée aux épaules.

— Moi, j'ai une bonne trotte, dit M. Rambaud; mais je rentrerai à pied tout de même; j'aime ça... D'ailleurs, j'ai mon parapluie.

Jeanne réfléchissait, en regardant sérieusement sa dernière cuillerée de vermicelle. Puis, elle parla lentement.

— Rosalie disait que vous ne viendriez pas, à cause du mauvais temps... Maman disait que vous viendriez... Vous êtes bien gentil, vous venez toujours.

On sourit autour de la table. Hélène eut un hochement de tête affectueux, à l'adresse des deux frères. Dehors, l'averse continuait avec un roulement sourd, et de brusques coups de vent faisaient craquer les persiennes. L'hiver semblait revenu. Rosalie avait tiré soigneusement les rideaux de reps rouge; la petite salle à manger, bien close, éclairée par la calme lueur de la suspension, qui pendait toute blanche, prenait, au milieu des secousses de l'ouragan, une douceur d'intimité attendrie. Sur le buffet d'acajou, des porcelaines reflétaient la lumière tranquille. Et, dans cette paix, les quatre convives causaient sans hâte, attendant le bon plaisir de la bonne, en face de la belle propreté bourgeoise du couvert.

— Ah! vous attendiez, tant pis! dit familièrement Rosalie en entrant avec un plat. Ce sont des filets de sole au gratin pour monsieur Rambaud, et ça demande à être saisi au dernier moment.

M. Rambaud affectait d'être gourmand, pour amuser Jeanne et faire plaisir à Rosalie, qui était très orgueilleuse de son talent de cuisinière. Il se tourna vers elle, en disant:

— Voyons, qu'avez-vous mis aujourd'hui?... Vous apportez toujours des surprises quand je n'ai plus faim.

— Oh! répondit-elle, il y a trois plats, comme toujours; pas davantage... Après les filets de sole, vous allez avoir un gigot et des choux de Bruxelles... Bien vrai, pas davantage.

Mais M. Rambaud regardait Jeanne du coin de l'œil. L'enfant s'égayait beaucoup, étouffant des rires dans ses mains jointes, secouant la tête comme pour dire que la bonne mentait. Alors, il fit claquer la langue d'un air de doute, et Rosalie feignit de se fâcher.

— Vous ne me croyez pas, reprit-elle, parce que mademoiselle est en train de rire... Eh bien! fiez-vous à ça, restez sur votre appétit, et vous verrez si vous n'êtes pas forcé de vous remettre à table, en rentrant chez vous.

Quand la bonne ne fut plus là, Jeanne, qui riait plus fort, eut une terrible démangeaison de parler.

— Tu es trop gourmand, commença-t-elle; moi, je suis allée dans la cuisine...

Mais elle s'interrompit.

— Ah! non, il ne faut pas le lui dire, n'est-ce pas, maman?... Il n'y a rien, rien du tout. C'est pour t'attraper que je riais.

Cette scène recommençait tous les mardis et avait toujours le même succès. Hélène était touchée de la bonne grâce avec laquelle M. Rambaud se prêtait à ce jeu, car elle n'ignorait pas qu'il avait longtemps vécu avec une frugalité provençale, d'un anchois et d'une demi-douzaine d'olives par jour. Quant à l'abbé Jouve, il ne savait jamais ce qu'il mangeait; on le plaisantait même souvent sur son ignorance et ses distractions, Jeanne le guettait de ses yeux luisants. Lorsque on fut servi:

— C'est très bon, le merlan, dit-elle en s'adressant au prêtre.

— Très bon, ma chérie, murmura-t-il. Tiens, c'est vrai, c'est du merlan; je croyais que c'était du turbot.

Et, comme tout le monde riait, il demanda naïvement pourquoi. Rosalie, qui venait de rentrer, paraissait très blessée. Ah! bien, monsieur le curé, dans son pays, connaissait joliment mieux la nourriture; il disait l'âge d'une volaille, à huit jours près, rien qu'en la découpant; il n'avait pas besoin d'entrer dans la cuisine pour connaître à l'avance son dîner, l'odeur suffisait. Bon Dieu! si elle avait servi chez un curé comme monsieur l'abbé, elle ne saurait seulement pas à cette heure retourner une omelette. Et le prêtre s'excusait d'un air embarrassé, comme si le manque absolu du sens de la gourmandise fût chez lui un défaut dont il désespérait de se corriger. Mais, vraiment, il avait trop d'autres choses en tête.

— Ça, c'est un gigot, déclara Rosalie en posant le gigot sur la table.

Tout le monde, de nouveau, se mit à rire, l'abbé Jouve le premier. Il avança sa grosse tête, en clignant ses yeux minces.

— Oui, pour sûr, c'est un gigot, dit-il. Je crois que je l'aurais reconnu.

Ce jour-là, d'ailleurs, l'abbé était encore plus distrait que de coutume. Il mangeait vite, avec la hâte d'un homme que la table ennuie, et qui chez lui déjeune debout; puis il attendait les autres, absorbé, répondant simplement par des sourires. Toutes les minutes, il jetait sur son frère un regard dans lequel il y avait de l'encouragement et de l'inquiétude. M. Rambaud, lui non plus, ne semblait pas avoir son calme habituel; mais son trouble se trahissait par un besoin de parler et de se remuer sur sa chaise, qui n'était point dans sa nature réfléchie. Après les choux de Bruxelles, comme Rosalie tardait à apporter le dessert, il y eut un silence. Au dehors, l'averse tombait avec plus de violence, un grand ruissellement battait la maison. Dans la salle à manger, on étouffait un peu. Alors Hélène eut conscience que l'air n'était pas le même, qu'il y avait entre les deux frères quelque chose qu'ils ne disaient point. Elle les regarda avec sollicitude, elle finit par murmurer:

— Mon Dieu! quelle pluie affreuse!... N'est-ce pas! cela vous retourne, vous paraissez souffrants tous les deux?

Mais ils dirent que non, ils s'empressèrent de la rassurer. Et comme Rosalie arrivait, portant un immense plat, M. Rambaud s'écria, pour cacher son émotion:

— Qu'est-ce que je disais! encore une surprise!

La surprise, ce jour-là, était une crème à la vanille, un des triomphes de la cuisinière. Aussi fallait-il voir le rire large et muet avec lequel elle la posa sur la table. Jeanne battait des mains, en répétant:

— Je le savais, je le savais... J'avais vu les œufs dans la cuisine.

— Mais je n'ai plus faim! reprit M. Rambaud d'un air désespéré. Il m'est impossible d'en manger.

Alors Rosalie devint grave, pleine d'un courroux contenu. Elle dit simplement, l'air digne:

— Comment! une crème que j'ai faite pour vous!... Eh bien! essayez de ne pas en manger... Oui, essayez...

Il se résigna, prit une grosse part de crème. L'abbé restait distrait. Il roula sa serviette, se leva avant la fin du dessert, comme cela lui arrivait souvent. Un instant, il marcha, la tête penchée sur une épaule; puis, quand Hélène quitta la table à son tour, il lança à M. Rambaud un coup d'œil d'intelligence, et emmena la jeune femme dans la chambre à coucher. Derrière eux, par la porte laissée ouverte, on entendit presque aussitôt leurs voix lentes sans distinguer les paroles.

— Dépêche-toi, disait Jeanne à M. Rambaud qui semblait ne pouvoir finir un biscuit. Je veux te montrer mon travail.

Mais il ne se pressait pas. Lorsque Rosalie se mit à ôter le couvert, il lui fallut pourtant se lever.

— Attends donc, attends donc, murmurait-il, pendant que l'enfant voulait l'entraîner dans la chambre.

Et il s'écartait de la porte, embarrassé et peureux. Puis, comme l'abbé haussait la voix, il fut pris d'une telle faiblesse qu'il dut de nouveau s'asseoir devant la table desservie. Il avait tiré un journal de sa poche.

— Je vais te faire une petite voiture, dit-il.

Du coup, Jeanne ne parla plus d'aller dans la chambre. M. Rambaud l'émerveillait par son adresse à tirer d'une feuille de papier toutes sortes de joujoux. Il faisait des cocottes, des bateaux, des bonnets d'évêque, des charrettes, des cages. Mais, ce jour-là, ses doigts tremblaient en pliant le papier, et il n'arrivait pas à réussir les petits détails. Au moindre bruit qui sortait de la pièce voisine, il baissait la tête. Cependant, Jeanne, très intéressée, s'était appuyée contre la table, à côté de lui.

— Après, tu feras une cocotte, dit-elle, pour atteler à la voiture.

Au fond de la chambre, l'abbé Jouve était resté debout, dans l'ombre claire dont l'abat-jour noyait la pièce. Hélène avait repris sa place habituelle, devant le guéridon; et comme elle ne se gênait pas le mardi avec ses amis, elle travaillait, on ne voyait que ses mains pâles cousant un petit bonnet d'enfant, sous le rond de vive clarté.

— Jeanne ne vous donne plus aucune inquiétude? demanda l'abbé.

Elle hocha la tête avant de répondre.

— Le docteur Deberle paraît tout à fait rassuré, dit-elle. Mais la pauvre chérie est encore bien nerveuse... Hier, je l'ai trouvée sans connaissance sur sa chaise.

— Elle manque d'exercice, reprit le prêtre. Vous vous enfermez trop; vous ne menez pas assez la vie de tout le monde.

Il se tut; il y eut un silence. Sans doute, il avait trouvé la transition qu'il cherchait; mais, au moment de parler, il se recueillait. Il prit une chaise, s'assit à côté d'Hélène, en disant :

— Ecoutez, ma chère fille, je désire causer sérieusement avec vous depuis quelque temps.. L'existence que vous menez ici n'est pas bonne. Ce n'est point à votre âge qu'on se cloître comme vous le faites; et ce renoncement est aussi mauvais pour votre enfant que pour vous... Il y a mille dangers, des dangers de santé et d'autres dangers encore...

Hélène avait levé la tête, d'un air de surprise.

— Que voulez-vous dire, mon ami? demanda-t-elle.

— Mon Dieu! je connais peu le monde, continua le prêtre avec un léger embarras, mais je sais pourtant qu'une femme y est très exposée, lorsqu'elle reste sans défense... Enfin, vous êtes trop seule, et cette solitude dans laquelle vous vous enfoncez, n'est pas saine, croyez-moi. Un jour doit venir où vous en souffrirez.

— Mais je ne me plains pas; mais je me trouve très bien comme je suis! s'écria-t-elle avec quelque vivacité.

Le vieux prêtre branla doucement sa grosse tête.

— Certainement, cela est très doux. Vous vous sentez parfaitement heureuse, je le comprends. Seulement, sur cette pente de la solitude et de la rêverie, on ne sait jamais où l'on va... Oh! je vous connais, vous êtes incapable de mal faire... Mais vous pourriez y perdre tôt ou tard votre tranquillité. Un matin, il ne serait plus temps, la place que vous laissez vide autour de vous et en vous, se trouverait occupée par quelque sentiment douloureux et inavouable.

Dans l'ombre, une rougeur était montée au visage d'Hélène. L'abbé avait donc lu dans son cœur? Il connaissait donc le trouble qui grandissait en elle, cette agitation intérieure qui emplissait sa vie maintenant, et qu'elle-même jusque là n'avait pas voulu interroger? Son ouvrage tomba sur ses genoux. Une mollesse la prenait, elle attendait du prêtre comme une complicité dévote, qui allait enfin lui permettre d'avouer tout haut et de préciser ces choses vagues qu'elle refoulait au fond de son être. Puisqu'il savait tout, il pouvait la questionner, elle tâcherait de répondre.

— Je me mets entre vos mains, mon ami, murmura-t-elle. Vous savez bien que je vous ai toujours écouté.

Alors, le prêtre garda un moment le silence; puis, lentement, gravement :

— Ma fille, il faut vous remarier, dit-il.

Elle resta muette, les bras abandonnés, dans la stupeur que lui causait un pareil conseil. Elle attendait d'autres paroles, elle ne comprenait plus. Cependant, l'abbé continuait, plaidant les raisons qui devaient la décider au mariage.

— Songez que vous êtes jeune encore... Vous ne pouvez rester davantage dans ce coin écarté de Paris, osant à peine sortir, ignorant tout de la vie. Il vous faut rentrer dans l'existence commune, sous peine de regretter amèrement plus tard votre isolement... Vous ne vous apercevez point du lent travail de cette réclusion, mais vos amis remarquent votre pâleur et s'en inquiètent...

Il s'arrêtait à chaque phrase, espérant qu'elle l'interromprait et qu'elle discuterait sa proposition. Mais elle demeurait toute froide, comme glacée par la surprise.

— Sans doute, vous avez une enfant, reprit-il. Cela est toujours délicat... Seulement, dites-vous bien que, dans l'intérêt de votre Jeanne elle-même, le bras d'un homme serait ici d'une grande utilité... Oh! je sais qu'il faudrait trouver quelqu'un de parfaitement bien, qui fût un véritable père...

Elle ne le laissa pas achever. Brusquement, elle parla avec une révolte et une répulsion extraordinaires.

— Non, non, je ne veux pas..... Que me conseillez-vous là, mon ami!... Jamais, entendez-vous, jamais!

Tout son cœur se soulevait, elle était effrayée elle-même de la violence de son refus. La proposition du prêtre venait de remuer en elle ce coin obscur, où elle évitait de lire; et, à la douleur qu'elle éprouvait, elle comprenait enfin la gravité de son mal, elle avait l'effarement de pudeur d'une femme qui sent glisser son dernier vêtement.

Alors, sous le regard clair et souriant du vieil abbé, elle se débattit.

— Mais je ne veux pas! mais je n'aime personne!

Et, comme il la regardait toujours, elle crût qu'il lisait son mensonge sur sa face; elle rougit et balbutia.

— Songez donc, j'ai quitté mon deuil il y a quinze jours... Non, ce n'est pas possible...

— Ma fille, dit tranquillement le prêtre, j'ai beaucoup réfléchi avant de parler. Je crois que votre bonheur est là... Calmez-vous. Vous ne ferez jamais que votre volonté.

L'entretien tomba. Hélène tâchait de contenir le flot de protestations qui montait à ses lèvres. Elle reprit son ouvrage, fit quelques points, la tête basse. Et, au milieu du silence, on entendit la voix flûtée de Jeanne qui disait, dans la salle à manger :

— On n'attelle pas une cocotte à une voiture, on attelle un cheval... Tu ne sais donc pas faire les chevaux?

— Ah! non. Les chevaux, c'est trop difficile, répondit M. Rambaud. Mais, si tu veux, je vais t'apprendre à faire les voitures.

C'était toujours par là que le jeu finissait. Jeanne, très attentive, regardait son bon ami plier le papier en une multitude de petits carrés; puis, elle essayait à son tour; mais elle se trompait, tapait du pied. Pourtant, elle savait déjà faire les bateaux et les bonnets d'évêque.

— Tu vois, répétait patiemment M. Rambaud, tu fais quatre cornes comme cela, puis tu retournes...

Depuis un instant, l'oreille tendue, il avait dû saisir quelques-unes des paroles dites dans la pièce voisine; et ses pauvres mains s'agitaient davantage, sa langue s'embarrassait tellement, qu'il mangeait la moitié des mots.

Hélène, qui ne pouvait s'apaiser, reprit l'entretien.

— Me remarier, et avec qui? demanda-t-elle tout d'un coup au prêtre, en replaçant son ouvrage sur le guéridon. Vous avez quelqu'un en vue, n'est-ce pas?

L'abbé Jouve s'était levé et marchait lentement. Il fit un signe affirmatif de la tête, sans s'arrêter.

— Eh bien! nommez-moi la personne, reprit-elle.

Un instant, il se tint debout devant elle; puis il haussa légèrement les épaules en murmurant :

— A quoi bon! puisque vous refusez.

— N'importe, je veux savoir, dit-elle; comment pourrai-je prendre une décision, si je ne sais pas?

Il ne répondit point tout de suite, toujours debout et la regardant en face. Un sourire un peu triste montait à ses lèvres. Ce fut presque à voix basse qu'il finit par dire :

— Comment! vous n'avez pas deviné?

Non, elle ne devinait pas. Elle cherchait et s'étonnait. Alors, il fit simplement un signe; d'un mouvement de tête, il indiqua la salle à manger.

— Lui! s'écria-t-elle en étouffant sa voix.

Et elle devint toute grave. Elle ne protestait plus violemment. Il ne restait sur son visage que de l'étonnement et du chagrin. Longtemps, elle demeura les yeux à terre, songeuse. Non, certes, elle n'aurait jamais deviné; et pourtant elle ne trouvait aucune objection. M. Rambaud était le seul homme dans la main duquel elle aurait mis loyalement la sienne, sans une crainte. Elle connaissait sa bonté, elle n'avait jamais ri de son épaisseur bourgeoise. Mais, malgré toute son affection pour lui, l'idée qu'il l'aimait la pénétrait d'un grand froid.

Cependant, l'abbé avait repris sa marche d'un bout de la pièce à l'autre; et comme il passait devant la porte de la salle à manger, il appela doucement Hélène.

— Tenez, venez voir.

Elle se leva et regarda.

M. Rambaud avait fini par asseoir Jeanne sur sa propre chaise. Lui, d'abord appuyé contre la table, venait de se laisser glisser aux pieds de la petite fille. Il était à genoux devant elle, et l'entourait d'un de ses bras. Sur la table, il y avait la charrette attelée d'une cocotte, puis des bateaux, des boîtes, des bonnets d'évêque.

— Alors, tu m'aimes bien? disait-il, répète que tu m'aimes bien.

— Mais oui, je t'aime bien, tu le sais.

Il hésitait, frémissant, comme s'il avait eu une déclaration d'amour à risquer.

— Et si je te demandais à rester toujours ici avec toi, qu'est-ce que tu répondrais?

— Oh! je serais contente; nous jouerions ensemble, n'est-ce pas? ce serait amusant.

— Toujours, entends-tu, je resterais toujours.

Jeanne avait pris un bateau, qu'elle transformait en un chapeau de gendarme. Elle murmura :

— Ah ! il faudrait que maman le permît.

Cette réponse parut le rendre à toutes ses anxiétés. Son sort se décidait.

— Bien sûr, dit-il. Mais si ta maman le permettait, tu ne dirais pas non, toi, n'est-ce pas ?

Jeanne, qui achevait son chapeau de gendarme, enthousiasmée, se mit à chanter sur un air à elle :

— Je dirais oui, ouï, oui... Je dirais oui, oui, oui... Vois donc comme il est joli, mon chapeau !

M. Rambaud, touché aux larmes, se dressa sur les genoux et l'embrassa, pendant qu'elle-même lui jetait les mains autour du cou. Il avait chargé son frère de demander le consentement d'Hélène ; lui, tâchait d'obtenir celui de Jeanne.

— Vous le voyez, dit le prêtre avec un sourire, l'enfant veut bien.

Hélène resta grave. Elle ne discutait plus. L'abbé avait repris son plaidoyer, et il insistait sur les mérites de M. Rambaud. N'était-ce pas un père tout trouvé pour Jeanne ? Elle le connaissait, elle ne livrerait rien au hasard en se confiant à lui. Puis, comme elle gardait le silence, l'abbé ajouta avec une grande émotion et une grande dignité que, s'il s'était chargé d'une pareille démarche, il n'avait point songé à son frère, mais à elle, à son bonheur. Et cette émotion, cette dignité le grandissait dans sa vieille soutane usée.

— Je vous crois, je sais combien vous m'aimez, dit vivement Hélène. Attendez, je veux répondre devant vous à votre frère.

Dix heures sonnaient. M. Rambaud entrait dans la chambre à coucher. Elle marcha à sa rencontre, la main tendue, en disant :

— Je vous remercie de votre offre, mon ami, et je vous en suis très reconnaissante. Vous avez bien fait de parler...

Elle le regardait tranquillement en face et gardait sa grosse main dans la sienne. Lui, tout frémissant, n'osait lever les yeux.

— Seulement, je demande à réfléchir, continua-t-elle. Il me faudra beaucoup de temps peut-être...

— Oh ! tout ce que vous voudrez, six mois, un an, davantage, balbutia-t-il, soulagé, heureux de ce qu'elle ne le mettait pas tout de suite à la porte.

Alors, elle eut un faible sourire.

— Mais j'entends que nous restions amis. Vous viendrez comme par le passé, vous me promettez simplement d'attendre que je vous reparle la première de ces choses... Est-ce convenu ?

Il avait retiré sa main, il cherchait fiévreusement son chapeau, en acceptant tout d'un hochement de tête continu. Puis, au moment de sortir, il retrouva la parole.

— Écoutez, murmura-t-il, vous savez maintenant que je suis là, n'est-ce pas ? Eh bien ! dites-vous que j'y serai toujours, quoi qu'il arrive. C'est tout ce que l'abbé aurait dû vous expliquer... Dans dix ans, si vous voulez, vous n'aurez qu'à faire un signe. Je vous obéirai.

Et ce fut lui qui prit une dernière fois la main d'Hélène et la serra à la briser. Dans l'escalier, les deux frères se retournèrent comme d'habitude, en disant :

— A mardi.

— Oui, à mardi, répondit Hélène.

Lorsqu'elle rentra dans la chambre, le bruit d'une nouvelle averse qui battait les persiennes, la rendit toute chagrine. Mon Dieu ! quelle pluie entêtée, et comme ses pauvres amis allaient être mouillés ! Elle ouvrit la fenêtre, jeta un regard dans la rue. De brusques coups de vent soufflaient les becs de gaz. Et, au milieu du ruissellement, des flaques pâles, des hachures luisantes de la pluie, elle aperçut le dos rond de M. Rambaud qui s'en allait, heureux et dansant dans le noir, sans paraître se soucier de ce déluge.

Jeanne, cependant, était très sérieuse, depuis qu'elle avait saisi quelques-unes des dernières paroles de son bon ami. Elle venait de retirer ses petites bottines, elle restait en chemise sur le bord de son lit, songeant profondément. Quand sa mère entra pour l'embrasser, elle la trouva ainsi.

— Bonne nuit, Jeanne. Embrasse-moi.

Puis, comme l'enfant semblait ne pas entendre, Hélène s'accroupit devant elle, en la prenant à la taille. Et elle l'interrogea à demi-voix.

— Ça te ferait donc plaisir s'il habitait avec nous ?

Jeanne ne parut pas étonnée de la question. Elle pensait à cela sans doute. Lentement, elle dit oui de la tête.

— Mais, tu sais, reprit la mère, il serait toujours là, la nuit, le jour, à table, partout.

Une inquiétude grandissait dans les yeux clairs de la petite fille. Elle posa sa joue sur l'épaule de sa mère, la baisa au cou, finit par lui demander à l'oreille, toute frissonnante :

— Maman, est-ce qu'il t'embrasserait ?

Une teinte rose monta au front d'Hélène. Elle ne sut que répondre d'abord à cette question d'enfant. Enfin, elle murmura :

— Il serait comme ton père, ma chérie.

Alors, les petits bras de Jeanne se raidirent, elle éclata brusquement en gros sanglots. Elle bégayait :

— Oh ! non, non, je ne veux plus... Oh ! maman, je t'en prie, dis-lui que je ne veux pas, va lui dire tout de suite que je ne veux pas...

Et elle étouffait, elle s'était jetée sur la poitrine de sa mère, elle la couvrait de ses larmes et de ses baisers. Hélène tâcha de la calmer, en lui répétant qu'on arrangerait cela. Mais Jeanne voulait tout de suite une réponse décisive.

— Oh ! dis non, petite mère, dis non... Tu vois bien que j'en mourrais... Oh ! jamais, n'est-ce pas ? jamais !

— Eh bien ! non, je te le promets ; sois raisonnable, couche-toi.

Pendant quelques minutes encore, l'enfant, muette et passionnée, la serra entre ses bras, comme ne pouvant se détacher d'elle et la défendant contre ceux qui voulaient la lui prendre. Enfin, Hélène put la coucher ; mais elle dut veiller près d'elle une partie de la nuit. Des secousses l'agitaient dans son sommeil, et toutes les demi-heures elle ouvrait les yeux, s'assurait que sa mère était là, puis se rendormait en collant la bouche sur sa main.

III

Ce fut un mois d'une douceur adorable. Le soleil d'avril avait verdi le jardin d'une verdure tendre, légère et fine comme une dentelle. Contre la grille, les tiges folles des clématites poussaient leurs jets minces, tandis que les chèvrefeuilles en boutons exhalaient un parfum délicat, presque sucré. Aux deux bords de la pelouse, soignée et taillée, des géraniums rouges et des quarantaines blanches fleurissaient les corbeilles. Et le bouquet d'ormes, dans le fond, entre l'étranglement des constructions voisines, drapait la tenture verte de ses branches, dont les petites feuilles frissonnaient au moindre souffle.

Pendant plus de trois semaines, le ciel resta bleu, sans un nuage. C'était comme un miracle de printemps qui fêtait la nouvelle jeunesse, l'épanouissement qu'Hélène portait dans son cœur. Chaque après-midi, elle descendait au jardin avec Jeanne. Sa place était marquée, contre le premier orme, à droite. Une chaise l'attendait ; et, le lendemain, elle trouvait encore, sur le gravier de l'allée, les bouts de fil qu'elle avait semés la veille.

— Vous êtes chez vous, répétait chaque soir Mme Deberle, qui se prenait pour elle d'une de ces passions, dont elle vivait six mois. A demain. Tâchez de venir plus tôt, n'est-ce pas ?

Et Hélène était chez elle, en effet. Peu à peu, elle s'habituait à ce coin de verdure ; elle attendait l'heure d'y descendre avec une impatience d'enfant. Ce qui la charmait, dans ce jardin bourgeois, c'était surtout la propreté de la pelouse et des massifs. Pas une herbe oubliée ne gâtait la symétrie des feuillages. Les allées, ratissées tous les matins, avaient aux pieds une mollesse de tapis. Elle vivait là, calme et reposée, ne souffrant pas des excès de la sève. Il ne lui venait rien de troublant de ces corbeilles dessinées si nettement, de ces manteaux de lierre dont le jardinier enlevait une à une les feuilles jaunies. Sous l'ombre enfermée des ormes, dans ce parterre discret que la présence de Mme Deberle parfumait d'une pointe de musc, elle pouvait se croire dans un salon ; et la vue seule du ciel, lorsqu'elle levait la tête, lui rappelait le plein air et la faisait respirer largement.

Souvent, elles passaient l'après-midi toutes les deux, sans voir personne. Jeanne et Lucien jouaient à leurs pieds. Il y avait de longs silences. Puis, Mme Deberle, que la rêverie désespérait, causait pendant des heures, se contentant des approbations muettes d'Hélène, repartant de plus belle au moindre hochement de tête. C'étaient des histoires interminables sur les dames de son intimité, des projets de réception pour le prochain hiver, des réflexions de pie bavarde au sujet des événements du jour, tout le chaos mondain qui se heurtait dans ce front étroit de jolie femme ; et cela mêlé à de brusques effusions d'amour pour les enfants, à des phrases émues qui célébraient les charmes de l'amitié. Hélène se laissait serrer les mains. Elle n'écoutait pas toujours ; mais, dans l'attendrissement continu où elle vivait, elle se montrait très touchée des caresses de Juliette, et elle la disait d'une grande bonté, d'une bonté d'ange.

D'autres fois, une visite se présentait. Alors, Mme Deberle était enchantée. Elle avait cessé depuis Pâques ses samedis, comme il convenait à cette époque de l'année. Mais elle redoutait la solitude, et on la ravissait en la venant voir sans façon, dans son jardin. Sa grande préoccupation, alors, était de choisir la plage où elle passerait le mois d'août. A chaque visite, elle recommençait la même conversation ; elle expliquait que son mari ne l'accompagnerait pas à la mer ; puis, elle questionnait les gens, elle ne pouvait fixer son choix. Ce n'était pas pour elle, c'était pour Lucien. Quand le beau Malignon arrivait, il s'asseyait à califourchon sur une chaise rustique. Lui, abhorrait la campagne ; il fallait être fou, disait-il, pour s'exiler de Paris, sous prétexte d'aller prendre des rhumes au bord de l'Océan. Pourtant, il discutait les plages ; toutes étaient infectes, et il déclarait qu'après Trouville, il n'y avait absolument rien d'un peu propre. Hélène, chaque jour, entendait la même discussion, sans se lasser, heureuse même de cette monotonie de ses journées qui la berçait et l'endormait dans une pensée unique. Au bout du mois, Mme Deberle ne savait pas encore où elle irait.

Un soir, comme Hélène se retirait, Juliette lui dit :

— Je suis obligée de sortir demain ; mais que cela ne vous empêche pas de descendre... Attendez-moi, je ne rentrerai pas tard.

Hélène accepta. Elle passa une après-midi délicieuse, seule dans le jardin. Au-dessus de sa tête, elle n'entendait que le bruit d'ailes des moineaux, voletant dans les arbres. Tout le charme de ce petit coin ensoleillé la pénétrait. Et, à partir de ce jour, ses plus heureuses après-midi furent celles où son amie l'abandonnait.

Des rapports de plus en plus étroits se nouaient entre elle et les Deberle. Elle dîna chez eux, en amie que l'on retient au moment de se mettre à table ; lorsqu'elle s'attardait sous les ormes, et que Pierre descendait le perron, en disant : « Madame est servie, » Juliette la suppliait de rester, et elle cédait parfois. C'étaient des dîners de famille, égayés par la turbulence des enfants. Le docteur Deberle et Hélène paraissaient de bons amis, dont les tempéraments raisonnables, un peu froids, sympathisaient. Aussi Juliette s'écriait-elle souvent :

— Oh ! vous vous entendriez bien ensemble... Moi, cela m'exaspère, votre tranquillité.

Chaque après-midi, le docteur rentrait de ses visites vers six heures. Il trouvait ces dames au jardin et s'asseyait près d'elles. Dans les premiers temps, Hélène avait affecté de se retirer aussitôt, pour laisser le ménage seul. Mais Juliette s'était si vivement fâchée de cette brusque retraite, qu'elle restait maintenant. Elle se trouvait de moitié dans la vie intime de cette famille qui semblait toujours très unie. Lorsque le docteur arrivait, sa femme lui tendait chaque fois la joue, du même mouvement amical, et il la baisait ; puis, comme Lucien lui montait aux jambes, il l'aidait à grimper, il le gardait sur les genoux, tout en causant. L'enfant lui fermait la bouche de ses petites mains, lui tirait les cheveux au milieu d'une phrase, se conduisait si mal, qu'il finissait par le mettre à terre, en lui disant d'aller jouer avec Jeanne. Et Hélène souriait de ces jeux, elle quittait un instant son ouvrage pour envelopper d'un regard tranquille le père, la mère et l'enfant. Le baiser du mari ne la gênait point, les malices de Lucien l'attendrissaient. On eût dit qu'elle se reposait dans la paix heureuse de ce ménage.

Cependant, le soleil se couchait, jaunissant les hautes branches. Une sérénité tombait du ciel pâle. Juliette, qui avait la manie des questions, même avec les personnes qu'elle connaissait le moins, interrogeait son mari, coup sur coup, souvent sans attendre les répodses.

— Où es-tu allé ? qu'as-tu fait ?

Alors, il disait ses visites, lui parlait d'une connaissance saluée, lui donnait quelque renseignement, une étoffe ou un meuble entrevu à un étalage. Et souvent, en parlant, ses yeux rencontraient les yeux d'Hélène. Ni l'un ni l'autre ne détournait la tête. Ils se regardaient face à face, sérieux une seconde, comme s'ils se fussent vus jusqu'au cœur ; puis, ils souriaient, les paupières lentement abaissées. La vivacité nerveuse de Juliette, qu'elle noyait d'une langueur étudiée, ne leur permettait pas de causer longtemps ensemble ; car la jeune femme se jetait en travers de toutes les conversations. Pourtant, ils échangeaient des mots, des phrases lentes et banales, qui semblaient prendre des sens profonds et qui se prolongeaient au delà du son de leurs voix. A chacune de leurs paroles, ils s'approuvaient d'un léger signe, comme si toutes leurs pensées eussent été communes. C'était une entente absolue, intime, venue du fond de leur être, et qui se resserrait jusque dans leurs silences. Parfois, Juliette arrêtait son bavardage de pie, un peu honteuse de toujours parler.

— Hein ? vous ne vous amusez guère ? disait-elle. Nous causons de choses qui ne vous intéressent pas du tout.

— Non, ne faites pas attention à moi, répondait Hélène gaiement. Je ne m'ennuie jamais... C'est un bonheur pour moi que d'écouter et de ne rien dire.

Et elle ne mentait pas. C'était pendant ses longs silences qu'elle goûtait le mieux le charme d'être là. La tête penchée sur son ouvrage, levant les yeux de loin en loin pour échanger avec le docteur ces longs regards qui les attachaient l'un à l'autre, elle s'enfermait volontiers dans l'égoïsme de son émotion. Entre elle et lui, elle s'avouait maintenant qu'il y avait un sentiment caché, quelque chose de très doux, d'autant plus doux que personne au monde ne le partageait avec eux. Mais elle portait son secret paisiblement, sans un trouble d'honnêteté, car rien de mauvais ne l'agitait. Comme il était bon avec sa femme et son enfant ! Elle l'aimait davantage, quand il faisait sauter Lucien et baisait Juliette sur la joue. Depuis qu'elle le voyait dans son ménage, leur amitié avait grandi. Maintenant, elle était comme de la famille, elle ne pensait pas qu'on pût l'éloigner. Et, au fond d'elle, elle l'appelait Henri, naturellement, à force d'entendre Juliette lui donner ce nom. Lorsque ses lèvres disaient « monsieur », un écho répétait « Henri, » dans tout son être.

Elle ne se reprochait rien, d'ailleurs. Que pouvait-elle craindre de cette sympathie? Lui-même la rassurait par la discrétion de sa tendresse. Elle savait bien tout ce qui se passait en lui, car elle croyait l'entendre penser. Leur secret à tous deux était le même, un besoin d'aimer qui s'épandait comme une eau pure. Quand elle lui donnait la main, elle la laissait un instant dans la sienne, pour qu'il la serrât. C'était une petite comédie qui les amusait. Ils avaient une complicité de gens qui s'entendent pour faire le bien.

Un jour, le docteur trouva Hélène seule sous les ormes. Juliette sortait presque toutes les après-midi.

— Tiens! ma femme n'est pas là! dit-il.

— Non, elle m'abandonne, répondit-elle en riant. Il est vrai que vous rentrez plus tôt.

Les enfants jouaient à l'autre bout du jardin. Il s'assit près d'elle. Leur tête-à-tête ne les gênait nullement. Pendant près d'une heure, ils causèrent de mille choses, sans éprouver un instant l'envie de faire une allusion au sentiment tendre qui leur gonflait le cœur. A quoi bon parler de cela? ne savaient-ils pas ce qu'ils auraient pu se dire? Ils n'avaient aucun aveu à se faire. Cela suffisait à leur joie, d'être ensemble, de s'entendre sur tous les sujets, de jouir sans trouble de leur solitude, à cette place même où il embrassait sa femme chaque soir devant elle.

Ce jour-là, il la plaisanta sur sa fureur de travail.

— Vous savez, dit-il, que je ne connais seulement pas la couleur de vos yeux; vous les tenez toujours sur votre aiguille.

Elle leva la tête, le regarda comme elle faisait d'habitude, bien en face.

— Est-ce que vous seriez taquin? demanda-t-elle doucement.

Mais lui continuait :

— Ah! ils sont gris... gris avec un reflet bleu, n'est-ce pas?

C'était là tout ce qu'ils osaient; mais ces paroles, les premières venues, prenaient une douceur infinie. Souvent, à partir de ce jour, il la trouva seule, dans le crépuscule. Malgré eux, sans qu'ils en eussent conscience, leur familiarité devenait alors plus grande. Ils parlaient d'une voix changée, avec des inflexions caressantes qu'ils n'avaient pas quand on les écoutait. Et cependant, lorsque Juliette arrivait, rapportant la fièvre bavarde de ses courses dans Paris, elle ne les gênait toujours pas, ils pouvaient continuer la conversation commencée, sans avoir à se troubler ni à reculer leurs sièges. Il semblait que ce beau printemps, ce jardin où les lilas fleurissaient prolongeât en eux le premier ravissement de la passion.

Vers la fin du mois, Mme Deberle fut agitée d'un grand projet. Tout d'un coup, elle venait d'avoir l'idée de donner un bal d'enfants. La saison était déjà bien avancée, mais cette idée emplit tellement sa tête vide, qu'elle se lança aussitôt dans les préparatifs avec son activité turbulente. Elle voulait quelque chose de tout à fait bien. Le bal serait costumé. Alors, elle ne causa plus que de son bal, chez elle, chez les autres, partout. Il y eut, dans le jardin, des conversations interminables. Le beau Malignon trouvait le projet un peu « bébête »; mais il daigna pourtant s'y intéresser, et il promit d'amener un chanteur comique de sa connaissance.

Une après-midi, comme tout le monde était sous les arbres, Juliette posa la grave question des costumes pour Lucien et Jeanne.

— J'hésite beaucoup, dit-elle; j'ai songé à un Pierrot de satin blanc.

— Oh! c'est commun! déclara Malignon. Vous aurez une bonne douzaine de Pierrots dans votre bal... Attendez, il faudrait quelque chose de trouvé...

Et il se mit à réfléchir profondément, en suçant la pomme de sa badine. Pauline, qui arrivait, s'écria :

— Moi, j'ai envie de me mettre en soubrette...

— Toi! dit Mme Deberle avec surprise, mais tu ne te déguises pas! Est-ce que tu te prends pour un enfant, grande bête?... Tu me feras le plaisir de venir en robe blanche.

— Tiens! ça m'aurait amusée, murmura Pauline, qui, malgré ses dix-huit ans et ses rondeurs de belle fille, adorait sauter avec les tout petits enfants.

Hélène, cependant, travaillait au pied de son arbre, levant parfois la tête pour sourire au docteur et à M. Rambaud, qui causaient debout devant elle. M. Rambaud avait fini par entrer dans l'intimité des Deberle.

— Et Jeanne, demanda le docteur, en quoi la mettrez-vous?

Mais il eut la parole coupée par une exclamation de Malignon.

— J'ai trouvé!... Un marquis Louis XV!

Et il brandissait sa badine, d'un air triomphant. Puis, comme on ne s'enthousiasmait guère autour de lui, il parut étonné.

— Comment! vous ne comprenez point?... C'est Lucien qui reçoit ses petits invités, n'est-ce pas? Alors, vous le plantez à la porte du salon, en marquis, avec un gros bouquet de roses au côté, et il fait des révérences aux dames.

— Mais, objecta Juliette, nous en aurons des douzaines de marquis.

— Qu'est-ce que ça fait? dit Malignon tranquillement. Plus il y aura de marquis, plus ce sera drôle. Je vous dis que c'est trouvé... Il faut que le maître de la maison soit en marquis, autrement votre bal est infect.

Il semblait tellement convaincu, que Juliette finit par s'enthousiasmer, elle aussi. En effet, un costume de marquis Pompadour en satin blanc broché de petits bouquets, ce serait tout à fait délicieux.

— Et Jeanne? répéta le docteur.

La petite fille était venue s'appuyer contre l'épaule de sa mère, dans cette pose câline qu'elle aimait à prendre. Comme Hélène allait ouvrir les lèvres, elle murmura:

— Oh! maman, tu sais ce que tu m'as promis?

— Quoi donc? demanda-t-on autour d'elle.

Alors, pendant que sa fille la suppliait du regard, Hélène répondit en souriant:

— Jeanne ne veut pas que l'on dise son costume.

— Mais, c'est vrai! s'écria l'enfant. On ne fait plus d'effet du tout, quand on a dit son costume.

On s'égaya un instant de cette coquetterie. M. Rambaud se montra taquin. Depuis quelque temps, Jeanne le boudait; et le pauvre homme, désespéré, ne sachant comment rentrer dans les bonnes grâces de sa petite amie, en arrivait à la taquiner pour se rapprocher d'elle. Il répéta à plusieurs reprises, en la regardant:

— Je vais le dire, moi, je vais le dire...

L'enfant était devenue toute pâle. Sa douce figure souffrante prenait une dureté farouche, le front coupé de deux grands plis, le menton allongé et nerveux.

— Toi, bégaya-t-elle, toi, tu ne diras rien...

Et, follement, comme il faisait toujours mine de vouloir parler, elle s'élança sur lui, en criant:

— Tais-toi, je veux que tu te taises!... Je veux!...

Hélène n'avait pas eu le temps de prévenir l'accès, un de ces accès de colère aveugle qui parfois secouaient si terriblement la petite fille. Elle dit sévèrement:

— Jeanne, prends garde, je te corrigerai!

Mais Jeanne ne l'écoutait pas, ne l'entendait pas. Tremblant de la tête aux pieds, trépignant, s'étranglant, elle répétait: « Je veux!... je veux!.... » d'une voix de plus en plus rauque et déchirée; et, de ses mains crispées, elle avait saisi le bras de M. Rambaud, qu'elle tordait avec une force extraordinaire. Vainement, Hélène la menaça. Alors, ne pouvant la dompter par la sévérité, très chagrine de cette scène devant tout ce monde, elle se contenta de murmurer doucement:

— Jeanne, tu me fais beaucoup de peine.

L'enfant, aussitôt, lâcha prise, tourna la tête. Et quand elle vit sa mère, la face désolée, les yeux pleins de larmes contenues, elle éclata elle-même en sanglots et se jeta à son cou, en balbutiant:

— Non, maman... non, maman...

Elle lui passait les mains sur la figure pour l'empêcher de pleurer. Sa mère, lentement, l'écarta. Alors, le cœur crevé, éperdue, la petite se laissa tomber à quelques pas sur un banc, où elle sanglota plus fort. Lucien, auquel on la donnait sans cesse en exemple, la contemplait, surpris et vaguement enchanté. Et comme Hélène pliait son ouvrage, en s'excusant d'une pareille scène, Juliette lui dit que, mon Dieu! on devait tout pardonner aux enfants; au contraire, la petite avait très bon cœur, et elle se lamentait si fort, la pauvre mignonne, qu'elle était déjà trop punie. Elle l'appela pour l'embrasser, mais Jeanne, refusant le pardon, restait sur son banc, étouffée par les larmes.

M. Rambaud et le docteur, cependant, s'étaient approchés. Le premier se pencha, demanda de sa bonne voix émue:

— Voyons, ma chérie, pourquoi es-tu fâchée, que t'ai-je fait?

— Oh! dit l'enfant, en écartant les mains et en montrant son visage bouleversé, tu as voulu me prendre maman.

Le docteur, qui écoutait, se mit à rire. M. Rambaud ne comprit pas tout de suite.

— Qu'est-ce que tu dis-là?

— Oui, oui, l'autre mardi... Oh! tu sais bien, tu t'es mis à genoux, en me demandant ce que je dirais si tu restais à la maison.

Le docteur ne souriait plus. Ses lèvres décolorées eurent un tremblement. Une rougeur, au contraire, était montée aux joues de M. Rambaud, qui baissa la voix et balbutia:

— Mais tu avais dit que nous jouerions toujours ensemble.

— Non, non, je ne savais pas, reprit l'enfant avec violence. Je ne veux pas, entends-tu!... N'en parle plus jamais, jamais, et nous serons amis.

Hélène, debout, avec son ouvrage dans un panier, avait entendu ces derniers mots.

— Allons, monte, Jeanne, dit-elle. Quand on pleure, on n'ennuie pas le monde.

Elle salua, en poussant la petite devant elle. Le docteur, très pâle, la regardait fixement. M. Rambaud était consterné. Quant à Mme Deberle et à Pauline, aidées de Malignon, elles avaient pris Lucien et le faisaient tourner au milieu d'elles, en discutant vivement, sur ses épaules de gamin, le costume de marquis pompadour.

Le lendemain, Hélène se trouvait seule sous les ormes. Mme Deberle, qui courait pour son bal, avait emmené Lucien et Jeanne. Lorsque le docteur rentra, plus tôt que de coutume, il descendit vivement le perron; mais il ne s'assit pas, il tourna autour de la jeune femme, en arrachant aux arbres des brins d'écorce. Elle leva un instant les yeux, inquiète de son agitation; puis, elle piqua de nouveau son aiguille, d'une main un peu tremblante.

— Voici le temps qui se gâte, dit-elle, gênée par le silence. Il fait presque froid, cette après-midi.

— Nous ne sommes encore qu'en avril, murmura-t-il en s'efforçant de calmer sa voix.

Il parut vouloir s'éloigner. Mais il revint et lui demanda brusquement :

— Vous vous mariez donc?

Cette question brutale la surprit au point qu'elle laissa tomber son ouvrage. Elle était toute blanche. Par un effort superbe de volonté, elle garda un visage de marbre, les yeux largement ouverts sur lui. Elle ne répondit pas, et il se fit suppliant :

— Oh! je vous en prie, un mot, un seul... Vous vous mariez?

— Oui, peut-être, que vous importe? dit-elle enfin, d'un ton glacé.

Il eut un geste violent. Il s'écria :

— Mais c'est impossible!

— Pourquoi donc? reprit-elle, sans le quitter du regard.

Alors, sous ce regard qui lui clouait les paroles aux lèvres, il dut se taire. Un moment encore, il resta là, portant les mains à ses tempes; puis, comme il étouffait et qu'il craignait de céder à quelque violence, il s'éloigna, pendant qu'elle affectait de reprendre paisiblement son ouvrage.

Mais le charme de ces douces après-midi était rompu. Il eut beau, le lendemain, se montrer tendre et obéissant, Hélène paraissait mal à l'aise dès qu'elle demeurait seule avec lui. Ce n'était plus cette bonne familiarité, cette confiance sereine qui les laissait côte à côte, sans un trouble, avec la joie pure d'être ensemble. Malgré le soin qu'il mettait à ne pas l'effrayer, il la regardait parfois, secoué d'un tressaillement subit, le visage enflammé par un flot de sang. Elle-même avait perdu de sa belle tranquillité; des frissons l'agitaient, elle restait languissante, les mains lasses et inoccupées. Toutes sortes de colères et de désirs semblaient s'être éveillés en eux.

Hélène en arriva à ne plus vouloir que Jeanne s'éloignât. Le docteur trouvait sans cesse entre elle et lui ce témoin, qui le surveillait de ses grands yeux limpides. Mais ce dont Hélène souffrit surtout, ce fut de se sentir tout d'un coup embarrassée devant Mme Deberle. Quand celle-ci rentrait, les cheveux au vent, et qu'elle l'appelait « ma chère » en lui racontant ses courses, elle ne l'écoutait plus de son air souriant et paisible : au fond de son être, un tumulte montait, des sentiments qu'elle se refusait à préciser. Il y avait là comme une honte et de la rancune. Puis, sa nature honnête se révoltait; elle tendait la main à Juliette, mais sans pouvoir réprimer le frisson physique que les doigts tièdes de son amie lui faisaient courir à fleur de peau.

Cependant, le temps s'était gâté. Des averses forcèrent les dames à se réfugier dans le pavillon japonais. Le jardin, avec sa belle propreté, se changeait en lac, et l'on n'osait plus se risquer dans les allées, de peur de les emporter à ses semelles. Lorsque un rayon de soleil luisait encore, entre deux nuages, les verdures trempées s'essuyaient, les lilas avaient des perles pendues à chacune de leurs petites fleurs. Sous les ormes, de grosses gouttes tombaient.

— Enfin, c'est pour samedi, dit un jour Mme Deberle. Ah! ma chère, je n'en puis plus... N'est-ce pas? soyez là à deux heures, Jeanne ouvrira le bal avec Lucien.

Et, cédant à une effusion de tendresse, ravie des préparatifs de son bal, elle embrassa les deux enfants; puis, prenant en riant Hélène par les bras, elle lui posa aussi deux gros baisers sur les joues.

— C'est pour me récompenser, reprit-elle gaiement. Tiens! je l'ai mérité, j'ai assez couru!... Vous verrez comme ce sera réussi.

Hélène resta toute froide, tandis que le docteur les regardait par dessus la tête blonde de Lucien, qui s'était pendu à son cou.

IV

Dans le vestibule du petit hôtel, Pierre se tenait debout, en habit et en cravate blanche, ouvrant la porte à chaque roulement de voiture. Une bouffée d'air humide entrait, un reflet jaune de la pluvieuse après-midi éclairait le vestibule étroit, empli de portières et de plantes vertes. Il était deux heures, le jour baissait comme par une triste journée d'hiver.

Mais, dès que le valet poussait la porte du premier salon, une clarté vive aveuglait les invités. On avait fermé les persiennes et tiré soigneusement les rideaux, pas une lueur du ciel louche ne filtrait; et les lampes posées sur les meubles, les bougies brûlant dans le lustre et les appliques de cristal, allumaient là une chapelle ardente. Au fond du petit salon, dont les tentures réséda éteignaient un peu l'éclat des lumières, le grand salon noir et or resplendissait, décoré comme pour le bal que Mme Deberle donnait tous les ans, au mois de janvier.

Cependant, des enfants commençaient à arriver, pendant que Pauline, très affairée, faisait aligner des rangées de chaises dans le salon, devant la porte de la salle à manger, que l'on avait démontée et remplacée par un rideau rouge.

— Papa, cria-t-elle, donne donc un coup de main! Nous n'arriverons jamais.

M. Letellier, qui examinait le lustre, les bras derrière le dos, se hâta de donner un coup de main. Pauline elle-même transporta des chaises. Elle avait obéi à sa sœur, en mettant une robe blanche; seulement son corsage s'ouvrait en carré, montrant sa gorge.

— Là, nous y sommes, reprit-elle; on peut venir... Mais à quoi songe Juliette? Elle n'en finit plus d'habiller Lucien.

Justement, Mme Deberle amenait le petit marquis. Toutes les personnes présentes poussèrent des exclamations. Oh! cet amour! Était-il assez mignon, avec son habit de satin blanc broché de bouquets, son grand gilet brodé d'or et ses culottes de soie cerise? Son menton et ses mains délicates se noyaient dans de la dentelle. Une épée, un joujou à gros nœud rose, battait sur sa hanche.

— Allons, fais les honneurs, lui dit sa mère, en le conduisant dans la première pièce.

Depuis huit jours, il répétait sa leçon. Alors, il se campa cavalièrement sur ses petits mollets, sa tête poudrée un peu renversée, son tricorne sous le bras gauche; et, à chaque invitée qui arrivait, il faisait une révérence, offrait le bras, saluait et revenait. On riait autour de lui, tant il restait grave, avec une pointe d'effronterie. Il conduisit ainsi Marguerite Tissot, une fillette de cinq ans, qui avait un délicieux costume de laitière, avec sa boîte au lait pendue à la ceinture; il conduisit les deux petites Berthier, Blanche et Sophie, dont l'une était en Folie, et l'autre en Soubrette; il s'attaqua même à Valentine de Chermette, une grande personne de quatorze ans, que sa mère habillait toujours en Espagnole; et il était si fluet, qu'elle semblait le porter. Mais son embarras fut extrême devant la famille Levasseur, composée de cinq demoiselles, qui se présentèrent par rang de taille, la plus jeune âgée de deux ans à peine, et l'aînée, de dix ans. Toutes les cinq, déguisées en Chaperon-Rouge, avaient le toquet et la robe de satin ponceau, à bandes de velours noir, sur laquelle tranchait le large tablier de dentelle. Bravement, il se décida, jeta son chapeau, prit les deux plus grandes à son bras droit et à son bras gauche, et fit son entrée dans le salon, suivi des trois autres. On s'égaya beaucoup, sans qu'il perdît le moins du monde son bel aplomb de petit homme.

Mme Deberle, pendant ce temps, querellait sa sœur, dans un coin.

— Est-il possible! te décolleter comme cela!

— Tiens! qu'est-ce que ça fait? papa n'a rien dit, répondait tranquillement Pauline. Si tu veux, je vais me mettre un bouquet.

Elle cueillit une poignée de fleurs naturelles dans une jardinière et se les fourra entre les seins. Mais des dames, des mamans en grandes toilettes de ville, entouraient Mme Deberle et la complimentaient déjà sur son bal. Comme Lucien passait, sa mère ramena une boucle de ses cheveux poudrés, tandis qu'il se haussait pour lui demander:

— Et Jeanne?

— Elle va venir, mon chéri... Fais bien attention de ne pas tomber... Dépêche-toi, voici la petite Guiraud... Tiens! elle est en Alsacienne.

Le salon s'emplissait, les rangées de chaises, en face du rideau rouge, se trouvaient presque toutes occupées, et un tapage de voix enfantines montait. Des garçons arrivaient par bandes. Il y avait déjà trois Arlequins, quatre Polichinelles, un Figaro, des Tyroliens, des Écossais. Le petit Berthier était en page. Le petit Guiraud, un bambin de deux ans et demi, portait son costume de Pierrot d'une façon si drôle, que tout le monde l'enlevait au passage pour l'embrasser.

— Voici Jeanne, dit tout d'un coup Mme Deberle. Oh! elle est adorable.

Un murmure avait couru, des têtes se penchaient, au milieu de légers cris. Jeanne s'était arrêtée sur le seuil du premier salon, tandis que sa mère, encore dans le vestibule, se débarrassait de son manteau. L'enfant portait un costume de Japonaise, d'une singularité magnifique. La robe, brodée de fleurs et d'oiseaux bizarres, tombait jusqu'à ses petits pieds, qu'elle couvrait; tandis que, au-dessous de la large ceinture, les pans écartés laissaient voir un jupon de soie verdâtre, moirée de jaune. Rien n'était d'un charme plus étrange que son visage fin, sous le haut chignon traversé de longues épingles, avec son menton et ses yeux de chèvre, minces et luisants, qui lui donnaient l'air véritable d'une fille de Sanghaï, marchant dans un parfum de benjoin et de thé. Et elle restait là, hésitante, ayant la langueur maladive d'une fleur lointaine qui rêve du pays natal.

Mais, derrière elle, Hélène apparut. Toutes deux, en passant brusquement du jour blafard de la rue à ce vif éclat des bougies, clignaient les paupières, comme aveuglées, souriantes pourtant. Cette bouffée d'air chaud, l'odeur du salon où dominait la violette, les étouffaient un peu et rougissaient leurs joues fraîches du grand air. Chaque invité, en entrant, avait cet air de surprise et d'hésitation.

— Eh bien! Lucien? dit Mme Deberle.

L'enfant n'avait pas aperçu Jeanne. Il se précipita, lui prit le bras, en oubliant de faire sa révérence. Et ils étaient l'un et l'autre si délicats, si tendres, le petit marquis avec son habit à bouquets, la Japonaise avec sa robe brodée de pourpre, qu'on aurait dit deux statuettes de Saxe, finement peintes et dorées, tout d'un coup vivantes.

— Tu sais, je t'attendais, murmurait Lucien. Ça m'embête, de donner le bras... Hein? nous restons ensemble.

Et il s'installa avec elle sur le premier rang de chaises. Il oubliait tout à fait ses devoirs de maître de maison.

— Vraiment, j'étais inquiète, répétait Juliette à Hélène. Je craignais que Jeanne ne fût indisposée.

Hélène s'excusait, on n'en finisssait jamais avec les enfants. Elle était encore debout, dans un coin du salon, parmi un groupe de dames, lorsqu'elle sentit que le docteur s'avançait derrière elle. Il venait en effet d'entrer en écartant le rideau rouge, sous lequel il avait replongé la tête, pour donner un dernier ordre. Mais brusquement il s'arrêta. Il devinait lui aussi la jeune femme, qui pourtant ne s'était point tournée. Vêtue d'une robe de grenadine noire, elle n'avait jamais eu une beauté plus royale. Et il frissonna, dans la fraîcheur qu'elle apportait du dehors, et qui semblait s'exhaler de ses épaules et de ses bras, nus sous l'étoffe transparente.

— Henri ne voit personne, dit Pauline en riant. Eh! bonjour, Henri.

Alors, il s'approcha et salua les dames. Mlle Aurélie, qui se trouvait là, le retint un instant, pour lui montrer de loin un neveu à elle, qu'elle avait amené. Il restait complaisamment. Hélène, sans parler, lui tendit sa main gantée de noir, qu'il n'osa serrer trop fort.

— Comment! tu es là! s'écria Mme Deberle, en reparaissant. Je te cherche partout... Il est près de trois heures; on pourrait commencer.

— Sans doute, dit-il. Tout de suite.

A ce moment, le salon était plein. Autour de la pièce, sous la grande clarté du lustre, les parents mettaient la bordure sombre de leurs toilettes de ville; des dames, rapprochant leurs sièges, formaient des sociétés à part; des hommes, immobiles, le long des murs, bouchaient les intervalles; tandis que, à la porte du salon voisin, les redingotes, plus nombreuses, s'écrasaient et se haussaient. Toute la lumière tombait sur le petit monde tapageur qui s'agitait au milieu de cette vaste salle. Il y avait là près d'une centaine d'enfants, pêle-mêle, dans la gaieté bariolée des costumes clairs, où le bleu et le rose éclataient. C'était une nappe de têtes blondes, toutes les nuances du blond, depuis la cendre fine jusqu'à l'or rouge, avec des réveils de nœuds et de fleurs, une moisson de chevelures blondes, que de grands rires faisaient onduler comme sous des brises. Parfois, dans ce fouillis de rubans et de dentelles, de soie et de velours, un visage se tournait; un nez rose, deux yeux bleus, une bouche souriante ou boudeuse, qui semblaient perdus. Il y en avait de pas plus hauts qu'une botte, qui s'enfonçaient entre des gaillards de dix ans, et que les mères cherchaient de loin, sans pouvoir les retrouver. Des garçons restaient gênés, l'air bêta, entre deux fillettes en train de faire bouffer leurs jupes. D'autres se montraient déjà très entreprenants, poussant du coude des voisines qu'ils ne connaissaient pas et leur riant dans la figure. Mais les petites filles restaient les reines, des groupes de trois ou quatre amies se remuaient sur leurs chaises à les casser, en parlant si fort qu'on ne s'entendait plus. Tous les yeux étaient fixés sur le rideau rouge. Une impatience soufflait et menaçait d'ameuter le petit peuple, qui ne pouvait tenir en place.

— Attention! dit le docteur, en allant donner trois légers coups à la porte de la salle à manger.

Le rideau rouge, lentement, s'ouvrit; et, dans l'embrasure de la porte, apparut un théâtre de marionnettes. Alors, un silence régna. Tout d'un coup, Polichinelle jaillit de la coulisse, en jetant un « couic » si féroce que le petit Guiraud y répondit par une exclamation terrifiée et charmée. C'était une de ces pièces effroyables, où Polichinelle, après avoir rossé le Commissaire, tue le Gendarme et piétine avec une furieuse gaieté sur toutes les lois divines et humaines. A chaque coup de bâton qui fendait les têtes de bois, le parterre impitoyable poussait des rires aigus; et les coups de pointe enfonçant les poitrines, les duels où les adversaires tapaient sur leurs crânes comme sur des courges vides, les massacres de jambes et de bras dont les personnages sortaient en marmelade, redoublaient les fusées de rires qui partaient de tous côtés, sans pouvoir s'éteindre. Puis, lorsque Polichinelle scia le cou du Gendarme, au bord du théâtre, ce fut le comble, l'opération causa une joie si énorme, que les rangées de spectateurs se bousculaient, tombant les uns sur les autres. Une petite fille de quatre ans, rose et blanche, serrait béatement ses menottes contre son cœur, tant elle trouvait ça gentil. D'autres applaudissaient, tandis que les garçons riaient, la bouche ouverte, d'un ton grave qui accompagnait les gammes flûtées des demoiselles.

— S'amusent-ils! murmura le docteur.

Il était revenu se placer près d'Hélène. Celle-ci s'égayait comme les enfants. Et lui, derrière elle, se grisait de l'odeur qui montait de sa chevelure. A un coup de bâton plus violent que les autres, elle se tourna pour lui dire :

— Vous savez que c'est très drôle!

Mais les enfants, excités, se mêlaient maintenant à la pièce. Ils donnaient la réplique aux acteurs. Une fillette, qui devait connaître le drame, expliquait ce qui allait se passer. « Tout à l'heure, il va assommer sa femme... A présent, on va le pendre... » La petite Levasseur, la dernière, celle qui avait deux ans, cria tout d'un coup :

— Maman, est-ce qu'on le mettra au pain sec!

Puis c'étaient des exclamations, des réflexions faites tout haut. Cependant, Hélène cherchait parmi les enfants.

— Je ne vois pas Jeanne, dit-elle. Est-ce qu'elle s'amuse?

Alors, le docteur se pencha, avança la tête près de la sienne, en murmurant :

— Tenez, là-bas, entre cet Arlequin et cette Normande, vous voyez les épingles de son chignon... Elle rit de bien bon cœur.

Et il resta courbé, sentant sur la joue la tiédeur du visage d'Hélène. Jusque-là, aucun aveu ne leur était échappé, et ce silence les laissait dans cette familiarité, qu'un trouble vague gênait seul depuis quelque temps. Mais, au milieu de ces beaux rires, en face de ces gamins, elle redevenait très enfant, elle s'abandonnait, pendant que le souffle d'Henri chauffait sa nuque. Les coups de bâton sonores lui donnaient un tressaillement qui gonflait sa gorge; et elle se tournait vers lui, les yeux luisants.

— Mon Dieu! que c'est bête! disait-elle chaque fois. Hein! comme ils tapent!

Lui, frémissant, répondait :

— Oh! ils ont la tête solide.

C'était tout ce que son cœur trouvait. Ils descendaient l'un et l'autre aux enfantillages. La vie peu exemplaire de Polichinelle les alanguissait. Puis, au dénouement du drame, lorsque le diable parut et qu'il y eut une suprême bataille, un égorgement général, Hélène, en se renversant, écrasa la main d'Henri, posée sur le dossier de son fauteuil; tandis que le parterre de bébés, criant et battant des mains, faisait craquer les chaises d'enthousiasme.

Le rideau rouge était retombé. Alors, au milieu du tapage, Pauline annonça Malignon, avec sa phrase habituelle :

— Ah! voici le beau Malignon.

Il arrivait, essoufflé, en bousculant les siéges.

— Tiens! quelle drôle d'idée d'avoir tout fermé! s'écria-t-il, surpris, hésitant. On croirait entrer chez des morts.

Et, se tournant vers Mme Deberle, qui s'avançait :

— Vous pouvez vous vanter de m'avoir fait courir!... Depuis ce matin, je cherche Perdiguet, vous savez, mon chanteur... Alors, comme je n'ai pu mettre la main sur lui, je vous amène le grand Morizot...

Le grand Morizot était un amateur qui récréait les salons en escamotant des muscades. On lui abandonna un guéridon, il exécuta ses plus jolis tours, mais sans passionner le moins du monde les spectateurs. Les pauvres chers petits étaient devenus très graves. Des bambins s'endormaient, en suçant leurs doigts. D'autres, plus grands, tournaient la tête, souriaient aux parents, qui eux-mêmes bâillaient avec discrétion. Aussi, ce fut un soulagement général, lorsque le grand Morizot se décida à emporter son guéridon.

— Oh! il est très fort, murmura Malignon dans le cou de Mme Deberle.

Mais le rideau rouge s'était écarté de nouveau, et un spectacle magique avait mis debout tous les enfants.

Sous la vive clarté de la lampe centrale et de deux candélabres à dix branches, la salle à manger s'étendait, avec sa longue table, servie et parée comme pour un grand dîner. Il y avait cinquante couverts. Au milieu et aux deux bouts, dans des corbeilles basses, des buissons de fleurs s'épanouissaient, séparés par de hauts compotiers, sur lesquels s'entassaient des « surprises », dont les papiers dorés et peinturlurés luisaient. Puis, c'étaient des gâteaux montés, des pyramides de fruits glacés, des empilements de sandwichs, et, plus bas, toute une symétrie de nombreuses assiettes pleines de sucreries et de pâtisseries; les babas, les choux à la crème, les brioches alternaient avec les biscuits secs, les croquignoles, les petits fours aux amandes. Des gelées tremblaient dans des vases de cristal. Des crèmes emplissaient des jattes de porcelaine. Et les bouteilles de vin de Champagne, hautes comme la main, faites à la taille des convives, allumaient autour de la table l'éclair de leurs casques d'argent. On eût dit un de ces goûters gigantesques comme les enfants doivent en imaginer en rêve, un goûter servi avec la gravité d'un dîner de grandes personnes, l'évocation féerique de la table des parents sur laquelle on aurait renversé la corne d'abondance des pâtissiers et des marchands de joujoux.

— Allons, le bras aux dames! dit Mme Deberle en souriant de l'extase des enfants.

Mais le défilé ne put s'organiser. Lucien, triomphant, avait pris le bras de Jeanne et marchait le premier. Les autres, derrière lui, se bousculèrent un peu. Il fallut que les mamans vinssent les placer. Et elles restèrent là, surtout derrière les marmots, qu'elles surveillaient, par crainte des accidents. A la vérité, les convives parurent d'abord fort gênés; ils se regardaient, ils n'osaient toucher à toutes ces bonnes choses, vaguement inquiets de ce monde renversé, les enfants à table et les parents debout. Enfin, les plus grands s'enhardirent et envoyèrent les mains. Puis, quand les mamans s'en mêlèrent, coupant les gâteaux montés, servant autour d'elles, le goûter s'anima et devint bientôt très bruyant. La belle symétrie de la table fut bousculée comme par une rafale; tout circulait à la fois, au milieu des bras tendus, qui vidaient les plats au passage. Les deux petites Berthier, Blanche et Sophie, riaient à leurs assiettes où il y avait de tout, de la confiture, de la crème, des gâteaux, des fruits. Les cinq demoiselles Levasseur accaparaient un coin de friandises, tandis que Valentine, fière de ses quatorze ans, faisait la dame raisonnable en s'occupant de ses voisins. Cependant Lucien, pour montrer sa galanterie, déboucha une bouteille de champagne, et cela si maladroitement, qu'il faillit verser le contenu sur sa culotte de soie cerise. Ce fut une affaire.

— Veux-tu bien laisser les bouteilles! criait Pauline. C'est moi qui débouche le champagne.

Elle se donnait un mouvement extraordinaire, s'amusant pour son compte. Dès qu'un domestique arrivait, elle lui arrachait la chocolatière et prenait un plaisir extrême à emplir les tasses, avec une promptitude de garçon de café. Puis elle promenait des glaces et des verres de sirop, lâchait tout pour bourrer quelque gamine qu'on oubliait, repartait en questionnant les uns et les autres.

— Qu'est-ce que tu veux, toi, mon gros? hein? une brioche?... Attends, ma chérie, je vais te passer les oranges.... Mangez donc, grosses bêtes, vous jouerez après!

Mme Deberle, plus calme, répétait qu'on devait les laisser tranquilles, et qu'ils s'en tireraient toujours bien. A un bout de la pièce, Hélène et quelques dames riaient du spectacle de la table. Tous ces museaux roses croquaient à belles dents blanches. Et rien n'était drôle comme leurs manières d'enfant bien élevés, s'oubliant parfois dans des incartades de jeunes sauvages. Ils prenaient leurs verres à deux mains pour boire jusqu'au fond, se barbouillaient, tachaient leurs costumes. Le tapage montait. On pillait les dernières assiettes. Jeanne elle-même dansait sur sa chaise, en entendant jouer un quadrille dans le salon; et comme sa mère s'approchait, lui reprochant d'avoir trop mangé :

— Oh! maman, je suis si bien aujourd'hui!

Mais la musique avait fait lever d'autres enfants. Peu à peu, la table se dégarnit, et bientôt il ne resta plus qu'un gros bébé, au beau milieu. Celui-là paraissait se moquer du piano. Une serviette au cou, le menton sur la nappe, tant il était petit, il ouvrait des yeux énormes et avançait la bouche, chaque fois que sa mère lui présentait une cuillerée de chocolat. La tasse se vidait, il se laissait essuyer les lèvres, avalant toujours, ouvrant des yeux plus grands.

— Fichtre! mon bonhomme, tu vas bien! dit Malignon qui le regardait d'un air rêveur :

Ce fut alors qu'il y eut un partage des « surprises ». Les enfants, en quittant la table, emportaient chacun une des grandes papillotes dorées, dont ils se hâtaient de déchirer l'enveloppe; et ils sortaient de là des joujoux, des coiffures grotesques en papier mince, des oiseaux et des papillons. Mais la grande joie, c'étaient les pétards. Chaque « surprise » contenait un pétard que les garçons tiraient bravement, heureux du bruit, tandis que les demoiselles fermaient les yeux, en s'y reprenant à plusieurs fois. On n'entendit pendant un instant que le pétillement sec de cette mousqueterie. Et ce fut au milieu du vacarme que les enfants retournèrent dans le salon, où le piano jouait sans arrêt des figures de quadrille.

— Je mangerai bien une brioche, murmura mademoiselle Aurélie en s'asseyant.

Alors, devant la table restée libre, couverte encore de la débandade de ce dessert colossal, des dames s'installèrent. Elles étaient une dizaine qui avaient prudemment attendu pour manger. Comme elles ne pouvaient mettre la main sur un domestique, ce fut Malignon qui s'empressa. Il vida la chocolatière, consulta le fond des bouteilles, parvint même à trouver des glaces. Mais, tout en se montrant galant, il en revenait toujours à la singulière idée qu'on avait eue de fermer les persiennes.

— Positivement, répétait-il, on est dans un caveau.

Hélène était restée debout, causant avec Mme Deberle. Celle-ci retournait au salon, et elle se disposait à la suivre, lorsqu'elle se sentit toucher doucement. Le docteur souriait derrière elle. Il ne la quittait pas.

— Vous ne prenez donc rien ? demanda-t-il.

Et sous cette phrase banale, il mettait une supplication si vive, qu'elle éprouva un grand trouble. Elle entendait bien qu'il lui parlait d'autre chose. Une excitation la gagnait peu à peu elle-même, dans cette gaieté qui l'entourait. Tout ce petit monde sautant et criant lui donnait de sa fièvre. Les joues roses, les yeux brillants, elle refusa d'abord.

— Non, merci, rien du tout.

Puis, comme il insistait, prise d'une inquiétude, voulant se débarrasser de lui :

— Eh bien ! une tasse de thé.

Il courut, rapporta la tasse. Ses mains tremblaient, en la présentant. Et, pendant qu'elle buvait, il s'approcha d'elle, les lèvres gonflées et frémissantes de l'aveu qui montait de son cœur. Alors, elle recula, lui tendit la tasse vide, et se sauva pendant qu'il la posait sur un dressoir, le laissant seul dans la salle à manger avec Mlle Aurélie, en train de mâcher lentement et d'inspecter les assiettes d'une façon méthodique.

Le piano jouait très fort, dans un coin du salon. Et, sous le lustre, le bal s'agitait dans une drôlerie adorable. On faisait cercle autour du quadrille où dansaient Jeanne et Lucien. Le petit marquis brouillait un peu les figures ; il n'allait bien que lorsqu'il lui fallait empoigner Jeanne ; alors il la prenait à bras le corps, et il tournait. Jeanne se balançait comme une dame, ennuyée de le voir chiffonner son costume ; puis, emportée par le plaisir, elle le saisissait à son tour, l'enlevait du sol. Et l'habit de satin blanc broché de bouquets se mêlait à la robe brodée de fleurs et d'oiseaux bizarres, les deux figurines de vieux Saxe prenaient la grâce et l'étrangeté d'un bibelot d'étagère.

Après le quadrille, Hélène appela Jeanne pour rattacher sa robe.

— C'est lui, maman, disait la petite. Il me frotte, il est insupportable.

Autour du salon, les parents souriaient. Quand le piano recommença, tous les bambins se remirent à sauter. Ils éprouvaient une méfiance, pourtant, en voyant qu'on les regardait ; ils restaient sérieux et se retenaient de gambader, pour paraître comme il faut. Quelques-uns savaient danser ; la plupart, ignorant les figures, se remuaient sur place, embarrassés de leurs membres. Mais Pauline intervint.

— Il faut que je m'en mêle... Oh ! les cruches !

Elle se jeta au milieu du quadrille, en prit deux par les mains, l'un à gauche, l'autre à droite, et donna un tel branle à la danse, que les lames du parquet craquèrent. On n'entendait plus que la débandade des petits pieds tapant du talon à contretemps, tandis que le piano continuait tout seul à jouer en mesure. D'autres grandes personnes s'en mêlèrent aussi. Madame Deberle et Hélène, apercevant des fillettes honteuses qui n'osaient se risquer, les emmenèrent au plus épais. Elles conduisaient les figures, poussaient les cavaliers, formaient les rondes ; et les mères leur passaient les tout petits bébés, pour qu'elles les fissent sauter un instant, en les tenant des deux mains. Alors, le bal fut dans son beau. Les danseurs s'en donnaient à cœur joie, riant et se bousculant, pareils à un pensionnat pris tout d'un coup d'une folie joyeuse, en l'absence du maître. Et rien n'était d'une gaieté plus claire, que ce carnaval de gamins, ces bouts d'hommes et de femmes qui mélangeaient là, dans un monde en raccourci, les modes de tous les peuples, les fantaisies du roman et du théâtre. Les costumes empruntaient aux bouches roses et aux yeux bleus, à ces mines si tendres, une fraîcheur d'enfance. On aurait dit le gala d'un conte de fée, avec des Amours déguisés pour les fiançailles de quelque prince Charmant.

— On étouffe, disait Malignon. Je vais respirer.

Il sortait, ouvrant la porte du salon toute grande. Le plein jour de la rue entrait alors en un coup de lumière blafard, et qui attristait le resplendissement des lampes et des bougies. Et, tous les quarts d'heure, Malignon faisait battre la porte.

Mais le piano ne s'arrêtait pas. La petite Guiraud, avec son papillon noir d'Alsacienne sur ses cheveux blonds, dansait aux bras d'un Arlequin deux fois plus grand qu'elle. Un Écossais faisait tourner si rapidement Marguerite Tissot qu'elle perdait en chemin sa boîte de laitière. Les deux Berthier, Blanche et Sophie, qui étaient inséparables, sautaient ensemble, la Soubrette aux bras de la Folie, dont les grelots tintaient. Et l'on ne pouvait jeter un coup d'œil sur le bal sans rencontrer une demoiselle Levasseur ; les Chaperons-Rouges semblaient se multiplier ; il y avait partout des toquets et des robes de satin ponceau à bandes de velours noir. Cependant, pour danser à l'aise, de grands garçons et de grandes filles s'étaient réfugiés au fond de l'autre salon. Valentine de Chermette, enveloppée dans sa mantille d'Espagnole, faisait là des pas savants, en face d'un jeune monsieur qui était venu en habit. Tout d'un coup, il y eut des rires, on appela le monde pour voir : c'était, derrière une porte, dans un coin, le petit Guiraud, le Pierrot de deux ans, et une petite fille de son âge, habillée en paysanne, qui se tenaient embrassés, se serrant bien fort, de peur de tomber, et tournant tout seuls comme des sournois, la joue contre la joue.

— Je n'en puis plus, dit Hélène en venant s'adosser à la porte de la salle à manger.

Elle s'éventait, rouge d'avoir sauté elle-même, vibrante de la gaieté pure de ces gamins. Sa poitrine se soulevait sous la grenadine transparente de son corsage. Et elle sentit encore sur ses épaules le souffle d'Henri, qui était toujours là, derrière elle. Alors, elle comprit qu'il allait parler; mais elle n'avait plus la force d'échapper à son aveu. Il s'approcha, il dit très bas, dans sa chevelure :

— Je vous aime ! oh ! je vous aime !

Ce fut comme une haleine embrasée qui la brûla de la tête aux pieds. Mon Dieu ! il avait parlé maintenant, elle ne pourrait plus feindre la paix si douce de l'ignorance. Elle cacha son visage empourpré derrière son éventail. Les enfants, dans l'emportement des derniers quadrilles, tapaient plus fort des talons. Des rires argentins sonnaient, des voix d'oiseaux laissaient échapper de légers cris de plaisir. Une fraîcheur montait de cette ronde d'innocents lâchés dans un galop de petits démons.

— Je vous aime, oh ! je vous aime ! répéta Henri.

Elle frissonna encore, elle voulait ne plus entendre. La tête perdue, elle se réfugia dans la salle à manger. Mais cette pièce était vide; seul, M. Letellier dormait paisiblement sur une chaise. Le médecin l'avait suivie. Il osa lui prendre les poignets, au risque d'un scandale, avec un visage si bouleversé par la passion, qu'elle en tremblait. Il répétait toujours :

— Je vous aime... je vous aime...

— Laissez-moi, murmura-t-elle faiblement, laissez-moi, vous êtes fou...

Et ce bal, à côté, qui continuait avec la débandade des petits pieds ! On entendait les grelots de Blanche Berthier accompagnant les notes étouffées du piano. Mme Deberle et Pauline frappaient dans leurs mains pour marquer la mesure. C'était une polka. Hélène put voir Jeanne et Lucien passer en souriant, les mains à la taille.

Alors, d'un mouvement brusque, elle se dégagea, elle se sauva dans une pièce voisine, un office où entrait le grand jour. Cette clarté soudaine l'aveugla. Elle eut peur, elle était hors d'état de rentrer dans le salon, avec cette passion qu'on devait lire sur son visage. Et, traversant le jardin, elle monta se remettre chez elle, poursuivie par les bruits dansants du bal.

V

En haut, dans sa chambre, dans cette douceur cloîtrée qu'elle retrouvait, Hélène se sentit étouffer. La pièce l'étonnait, si calme, si bien close, si endormie sous les tentures de velours bleu, tandis qu'elle y apportait le souffle court et ardent de l'émotion qui l'agitait. Était-ce sa chambre, ce coin mort de solitude où elle manquait d'air ? Alors, violemment, elle ouvrit une fenêtre, elle s'accouda en face de Paris.

La pluie avait cessé, les nuages s'en allaient, pareils à un troupeau monstrueux, dont la file débandée s'enfonçait dans les brumes de l'horizon. Une trouée bleue s'était faite au-dessus de la ville, s'élargissant lentement. Mais Hélène, les coudes frémissants sur la barre d'appui, encore essoufflée d'avoir monté trop vite, ne voyait rien, n'entendait que son cœur battant à grands coups contre sa gorge, qu'il soulevait. Elle respirait longuement, il lui semblait que l'immense vallée, avec son fleuve, ses deux millions d'existences, sa cité géante, ses coteaux lointains, n'aurait point assez d'air pour lui rendre la régularité et la paix de son haleine.

Pendant quelques minutes, elle resta là, éperdue, dans cette crise qui la tenait tout entière. C'était, en elle, comme un grand ruissellement de sensations et de pensées confuses, dont le murmure l'empêchait de s'écouter et de se comprendre. Ses oreilles bourdonnaient, ses yeux voyaient de larges taches claires voyageant avec lenteur. Elle se surprit à examiner ses mains gantées, et à se souvenir qu'elle avait oublié de recoudre un bouton au gant de la main gauche. Puis, elle parla tout haut, elle répéta plusieurs fois, d'une voix de plus en plus basse :

— Je vous aime... Je vous aime... Mon Dieu ! je vous aime...

Et, d'un mouvement instinctif, elle posa la face dans ses mains jointes, appuyant les doigts sur ses paupières closes, comme pour augmenter la nuit où elle se plongeait. Une volonté de s'anéantir la prenait, de ne plus voir, d'être seule au fond des ténèbres. Sa respiration se calmait, Paris lui envoyait au visage son souffle puissant; elle le sentait là, ne voulant point le regarder et cependant prise de peur à l'idée de quitter la fenêtre, de ne plus avoir sous elle cette ville dont l'infini l'apaisait.

Bientôt, elle oublia tout. La scène de l'aveu, malgré elle, renaissait. Sur le fond d'un noir d'encre, Henri apparaissait avec une netteté singulière, si vivant, qu'elle distinguait les petits battements nerveux de ses lèvres. Il s'approchait, il se penchait.

Alors, follement, elle se rejetait en arrière. Mais, quand même, elle sentait une brûlure effleurer ses épaules, elle entendait une voix : « Je vous aime... je vous aime... » Puis, lorsque d'un effort suprême, elle avait chassé la vision, elle la voyait se reformer plus lointaine, lentement grossie ; et c'était de nouveau Henri qui la poursuivait dans la salle à manger, avec les mêmes mots : « Je vous aime... je vous aime, » dont la répétition prenait en elle la sonorité continue d'une cloche. Elle n'entendait plus que ces mots vibrant à toute volée dans ses membres. Cela lui brisait la poitrine. Cependant, elle voulait réfléchir, elle s'efforçait encore d'échapper à l'image d'Henri. Il avait parlé, jamais elle n'oserait le revoir face à face. Sa brutalité d'homme venait de gâter leur tendresse. Et elle évoquait les heures paisibles où il l'aimait sans avoir la cruauté de le dire, ces heures passées au fond du jardin, dans la sérénité du printemps naissant. Mon Dieu ! il avait parlé ! Cette pensée s'entêtait, devenait si grosse et si lourde, qu'un coup de foudre détruisant Paris devant elle ne lui aurait pas paru d'une égale importance. C'était, dans son cœur, un sentiment de protestation indignée, d'orgueilleuse colère, mêlé à une sourde et invincible volupté qui lui montait des entrailles et la grisait. Il avait parlé et il parlait toujours, il surgissait obstinément, avec ces paroles brûlantes : « Je vous aime... je vous aime... » qui emportaient toute sa vie passée d'épouse et de mère.

Pourtant, dans cette évocation, elle gardait la conscience des vastes étendues qui se déroulaient sous elle, derrière la nuit dont elle s'aveuglait. Une voix haute montait, des ondes vivantes s'élargissaient et l'enveloppaient. Les bruits, les odeurs, jusqu'à la clarté lui battaient le visage, malgré ses mains nerveusement serrées. Par moments, de brusques lueurs semblaient percer ses paupières closes ; et, dans ces lueurs, elle croyait voir les monuments, les flèches et les dômes se détacher sur le jour diffus du rêve. Alors, elle écarta les mains, elle ouvrit les yeux et demeura éblouie. Le ciel se creusait, Henri avait disparu.

On n'apercevait plus, tout au fond, qu'une barre de nuages, qui entassaient un écroulement de roches crayeuses. Maintenant, dans l'air pur, d'un bleu intense, passaient seulement des vols légers de nuées blanches, nageant avec lenteur, ainsi que des flottilles de voiles que le vent gonflait. Au nord, sur Montmartre, il y avait un réseau d'une finesse extrême, comme un filet de soie pâle tendu là, dans un coin du ciel, pour quelque pêche de cette mer calme. Mais, au couchant, vers les coteaux de Meudon qu'Hélène ne pouvait voir, une queue de l'averse devait encore noyer le soleil, car Paris, sous l'éclaircie, restait sombre et mouillé, effacé dans la buée des toits qui séchaient. C'était une ville d'un ton uniforme, du gris bleuâtre de l'ardoise, que les arbres tachaient de noir, très distincte cependant, avec les arêtes vives et les milliers de fenêtres des maisons. La Seine avait l'éclat terni d'un vieux lingot d'argent. Aux deux bords, les monuments semblaient badigeonnés de suie ; la tour Saint-Jacques, comme mangée de rouille, dressait son antiquaille de musée, tandis que le Panthéon, au-dessus du quartier assombri qu'il surmontait, prenait un profil de catafalque géant. Seul, le dôme des Invalides gardait des lueurs dans ses dorures ; et l'on eût dit des lampes allumées en plein jour, d'une mélancolie rêveuse au milieu du deuil crépusculaire qui drapait la cité. Les plans manquaient ; Paris, voilé d'un nuage, se charbonnait sur l'horizon, pareil à un fusain colossal et délicat, très vigoureux sous le ciel limpide.

Hélène, devant cette ville morne, songeait qu'elle ne connaissait pas Henri. Elle était très forte, à présent que son image ne la poursuivait plus. Une révolte la poussait à nier cette possession qui, en quelques semaines, l'avait emplie de cet homme. Non, elle ne le connaissait pas. Elle ignorait tout de lui, ses actes, ses pensées ; elle ne savait même pas s'il était une grande intelligence ou s'il cachait une banalité de nature sous les dehors corrects d'un homme bien élevé. Peut-être manquait-il de cœur plus encore que d'esprit. Sans doute, elle l'avait vu chez lui, souriant finement de la sottise des autres, se montrant pour les siens d'une tendresse caressante. Mais ces sourires, ces caresses pouvaient mentir. N'était-ce pas une comédie qu'il jouait, afin de la toucher ? et, à cette pensée, elle se sentait prise d'une répulsion, elle détestait Henri, dont chaque pas et chaque parole lui semblaient être le résultat d'un calcul odieux. Puis, le doute revenait. Il n'avait rien calculé, il ne valait pas mieux que ce Malignon dont le crâne était si vide. Cela devait lui paraître plaisant de conquérir une femme, qu'il rencontrait seule et sans défense ; par amusement, il poussait l'aventure, jugeant la chose sans conséquence ; plus tard, il n'aurait pas un remords, il ne penserait pas avoir volé une minute d'affection à sa femme et à son enfant. Et elle épuisait ainsi toutes les suppositions, se gonflant le cœur de l'amertume qu'elle trouvait au fond de chacune, se heurtant toujours à son ignorance, à ce mur qui la séparait d'Henri et qui l'empêchait de le connaître. Non, elle ne savait rien, elle ne saurait jamais rien. Elle ne se l'imaginait plus que brutal, lui soufflant des paroles de flamme, lui apportant le seul trouble qui, jusqu'à cette heure, eût rompu l'équilibre heureux de sa vie. D'où venait-il donc pour la désoler de la sorte? Tout d'un coup, elle pensa que, six semaines auparavant, elle n'existait pas pour lui, et cette idée lui fut insupportable. Mon Dieu! n'être pas l'un pour l'autre, passer sans se voir, ne point se rencontrer peut-être! Elle avait joint désespérément les mains, des larmes mouillaient ses yeux.

Alors, Hélène regarda fixement les tours de Notre-Dame, très loin. Un rayon de soleil, dardant entre deux nuages, les dorait. Elle avait la tête lourde, comme trop pleine des idées tumultueuses qui s'y heurtaient. C'était une souffrance, elle aurait voulu s'intéresser à Paris, retrouver sa sérénité, en promenant sur l'océan des toitures ses regards tranquilles de chaque jour. Que de fois, à pareille heure, l'inconnu de la grande ville, dans le calme d'un beau soir, l'avait bercée d'un rêve attendri! Mais, dès qu'elle s'apaisait par un effort de volonté, la même question s'éveillait en elle avec un élancement. Pourquoi donc cette brutalité d'Henri? Il était si doux, il l'entourait d'une affection si respectueuse! Jusque-là, elle n'avait pas eu à trembler près de lui, leurs sourires discrets avouaient seuls leur tendresse, leurs mains se touchaient sans fièvre. Et il s'était jeté sur elle comme un loup. Elle revoyait ses yeux luisants, sa face ardente qu'un flot de sang gonflait. Il l'épouvantait ainsi. Brusquement, elle pensa à M. Rambaud, et une grande honte lui vint, une chaleur lui monta aux joues. Elle se rappelait les dernières scènes du jardin, elle devinait chez Henri le sourd travail des désirs, fouettés par quelque rage jalouse. Maintenant, il la voulait. Toute cette flamme charnelle, dont elle ignorait encore les brûlures, l'enveloppait, tandis qu'une lâcheté de ses sens la laissait frémissante et attirée.

Cependant, devant elle, Paris s'éclairait de coups de soleil. Au premier rayon qui était tombé sur Notre-Dame, d'autres rayons avaient succédé, frappant la ville. L'astre, à son déclin, faisait craquer les nuages et lâchait par chaque fente des jets puissants de clarté. Alors, les quartiers s'étendirent, dans une bigarrure d'ombres et de lumières. Un moment, toute la rive gauche resta d'un gris de plomb, tandis que des lueurs rondes tigraient la rive droite, déroulée au bord du fleuve comme une gigantesque peau de bête. Puis, les formes changeaient et se déplaçaient, au gré du vent qui emportait les nuées. C'était, sur le ton doré des toits, des nappes noires qui se mouvaient toutes dans le même sens, avec le même glissement doux et silencieux. Il y en avait d'énormes, filant de l'air majestueux d'un vaisseau amiral, entourées de plus petites qui gardaient des symétries d'escadre en ordre de bataille. Une ombre immense, allongée, ouvrant une gueule de reptile, barra un instant Paris, qu'elle semblait vouloir dévorer. Et, quand elle se fut perdue au fond de l'horizon, rapetissée à la taille d'un ver de terre, un rayon, dont les rais jaillissaient en pluie de la crevasse d'un nuage, tomba dans le trou vide qu'elle laissait. On en voyait la poussière d'or filer comme un sable fin, s'élargir en vaste cône, pleuvoir sans relâche sur le quartier des Champs-Élysées, qu'elle éclaboussait d'une clarté dansante. Longtemps, cette averse d'étincelles dura, avec son poudroiement continu de fusée.

Eh bien! la passion était fatale, Hélène ne se défendait plus. Elle se sentait à bout de force contre son cœur. Henri pouvait la prendre, elle s'abandonnait. Alors, elle goûta un bonheur infini à ne plus lutter. Pourquoi donc se serait-elle refusée davantage? N'avait-elle pas assez attendu? Le souvenir de sa vie passée la gonflait de mépris et de violence. Comment avait-elle pu exister, dans cette froideur dont elle était si fière autrefois? Elle se revoyait jeune fille, à Marseille, rue des Petites-Maries, cette rue où elle avait toujours grelotté; elle se revoyait mariée, glacée près de ce grand enfant qui baisait ses pieds nus, se réfugiant au fond de ses soucis de bonne ménagère: elle se revoyait à toutes les heures de son existence, suivant du même pas le même chemin, sans une émotion qui dérangeât son calme; et cette uniformité, maintenant, ce sommeil de l'amour qu'elle avait dormi, l'exaspérait. Dire qu'elle s'était crue heureuse d'aller ainsi trente années devant elle, le cœur muet, n'ayant pour combler le vide de son être que son orgueil de femme honnête! Ah! quelle duperie, cette rigidité, ce scrupule du juste qui l'enfermaient dans les jouissances stériles des dévotes! Non, non, c'était assez, elle voulait vivre! Et une raillerie terrible lui venait contre sa raison. Sa raison! en vérité, elle lui faisait pitié, cette raison qui, dans une vie déjà longue, ne lui avait pas apporté une somme de joie comparable à la joie qu'elle goûtait depuis une heure. Elle avait nié la chute, elle avait eu l'imbécile vanterie de croire qu'elle marcherait ainsi jusqu'au bout, sans que son pied heurtât seulement une pierre. Eh bien! aujourd'hui, elle réclamait la chute, elle l'aurait souhaitée immédiate et profonde. Toute sa révolte aboutissait à ce désir impérieux. Oh! disparaître dans une étreinte, vivre en une minute tout ce qu'elle n'avait pas vécu!

Cependant, au fond d'elle, une grande tristesse pleurait. C'était un serrement intérieur, avec une sensation de vide et de noir. Alors elle plaida. N'était-elle pas libre? En aimant Henri, elle ne trompait personne, elle disposait comme il lui plaisait de ses tendresses. Puis tout ne l'excusait-il pas? Quelle était sa vie depuis près de deux ans? Elle comprenait que tout l'avait amollie et préparée pour la passion, son veuvage, sa liberté absolue, sa solitude. La passion devait couver en elle pendant les longues soirées passées entre ses deux vieux amis, l'abbé et son frère, ces hommes simples dont la sérénité la berçait; elle couvait lorsqu'elle s'enfermait si étroitement, hors du monde, en face de Paris grondant à l'horizon; elle couvait chaque fois qu'elle s'était accoudée à cette fenêtre, prise d'une de ces rêveries qu'elle ignorait autrefois et qui, peu à peu, la rendaient si lâche. Et un souvenir lui vint, celui de cette claire matinée de printemps, avec la ville blanche et nette comme sous un cristal, un Paris tout blond d'enfance, qu'elle avait si paresseusement contemplé, étendue dans sa chaise longue, un livre tombé sur les genoux. Ce matin-là, l'amour s'éveillait, à peine un frisson qu'elle ne savait comment nommer et contre lequel elle se croyait bien forte. Aujourd'hui, elle était à la même place, mais la passion victorieuse la dévorait, tandis que, devant elle, un soleil couchant incendiait la ville. Il lui semblait qu'une journée avait suffi, que c'était là le soir empourpré de ce matin limpide, et elle croyait sentir toutes ces flammes brûler dans son cœur.

Mais le ciel avait changé. Le soleil, s'abaissant vers les coteaux de Meudon, venait d'écarter les derniers nuages et de resplendir. Une gloire enflamma l'azur. Au fond de l'horizon, l'écroulement de roches crayeuses qui barrait les lointains de Charenton et de Choisy-le-Roi, entassa des blocs de carmin bordés de laque vive; la flottille de petites nuées nageant lentement dans le bleu, au-dessus de Paris, se couvrit de voiles de pourpre; tandis que le mince réseau, le filet de soie blanche tendu au-dessus de Montmartre, parut tout d'un coup fait d'une ganse d'or, dont les mailles régulières allaient prendre les étoiles à leur lever. Et, sous cette voûte embrasée, la ville toute jaune, rayée de grandes ombres allongées, s'étendait. En bas, sur la vaste place, le long des avenues, les fiacres et les omnibus roulaient au milieu d'une poussière orange, parmi la foule des passants, dont le noir fourmillement blondissait et s'éclairait de gouttes de lumière. Un séminaire, en rangs pressés, qui suivait le quai de Billy, mettait une queue de soutanes, couleur d'ocre dans la clarté diffuse. Puis, les voitures et les piétons se perdaient, au fond d'une buée rouge, montant du bout des promenades; et l'on ne devinait plus, très loin, sur quelque pont, qu'une file d'équipages dont les lanternes étincelaient. A gauche, les hautes cheminées de la Manutation, droites et roses, lâchaient de gros tourbillons de fumée tendre, d'une teinte délicate de chair; tandis que, de l'autre côté de la rivière, les beaux ormes du quai d'Orsay faisaient une masse sombre trouée de coups de soleil. La Seine, entre ses berges que les rayons obliques enfilaient, roulait des flots dansants où le bleu, le jaune et le vert se brisaient en un éparpillement aveuglant de reflets bariolés. Mais, en remontant la coulée superbe du fleuve, ce peinturlurage de mer orientale prenait un seul ton d'or rouge de plus en plus éblouissant, et l'on eût dit un lingot sorti à l'horizon de quelque creuset invisible, s'élargissant avec un remuement de couleurs vives, à mesure qu'il se refroidissait. Sur ce métal en fusion, les ponts échelonnés, amincissant leurs courbes légères, jetaient des barres grises, qui se perdaient dans un entassement incendié de maisons, au sommet duquel les deux tours de Notre-Dame rougeoyaient comme des torches. A droite, à gauche, tous les monuments flambaient. Les verrières du Palais de l'Industrie, au milieu des futaies des Champs-Elysées, étalaient un lit de tisons ardents; plus loin, derrière la toiture écrasée de la Madeleine, la masse énorme de l'Opéra semblait un bloc de cuivre; et les autres édifices, les coupoles et les tours, la colonne Vendôme, Saint-Vincent-de-Paule, la tour Saint-Jacques, plus près les pavillons du nouveau Louvre et des Tuileries, se couronnaient aussi de flammes, dressant à chaque carrefour des bûchers gigantesques. Le dôme des Invalides surtout était en feu, si étincelant, qu'on pouvait craindre à chaque minute de le voir s'effondrer, en couvrant le quartier des flammèches de sa charpente. Il y avait encore, au delà des tours inégales de Saint-Sulpice, le Panthéon se détachant sur le ciel avec un éclat sourd, pareil à un royal palais de l'incendie qui se consumerait en braise. Et, Paris entier, à mesure que le soleil baissait, semblait s'allumer aux bûchers des monuments. Des lueurs couraient sur les crêtes élevées des toitures, propageant la flamme; pendant que, dans les vallées, des fumées noires dormaient. Déjà, la butte des Moulins n'était plus qu'un brasier. Toutes les façades tournées vers le Trocadéro rougissaient, en jetant le pétillement de leurs vitres, une pluie d'étincelles qui montaient de la ville, comme si quelque soufflet eût sans cesse activé cette forge colossale. On ne voyait que les gerbes sans cesse renaissantes de ces paillettes, entre lesquelles se creusaient des rues, sombres et comme cuites. Même, dans les lointains de la plaine, du fond d'une cendre rousse qui ensevelissait les faubourgs détruits et encore chauds, brillaient des fusées perdues, sortant de quelque foyer subitement ravivé. Alors ce fut une fournaise, Paris brûla. Le ciel s'était empourpré davantage, les nuages saignaient au-dessus de l'immense cité rouge et or.

Hélène, baignée par ces flammes, se livrant à cette passion qui la consumait, regardait flamber Paris, lorsqu'une petite main la fit tressaillir en se posant sur son épaule. C'était Jeanne qui l'appelait.

— Maman! maman!

Et quand elle se fut tournée:

— Ah! c'est heureux!... Tu n'entends donc pas? Voilà dix fois que je t'appelle.

La petite, encore costumée en Japonaise, avait des yeux luisants et des joues toutes roses de plaisir. Elle ne laissa pas à sa mère le temps de répondre.

— Tu m'as joliment lâchée... Tu sais qu'on t'a cherchée partout, à la fin. Sans Pauline qui m'a accompagnée jusqu'au bas de l'escalier, je n'aurais jamais osé traverser la rue.

Et, d'un mouvement joli, elle approcha son visage des lèvres de sa mère, en demandant sans transition:

— Tu m'aimes?

Hélène la baisa, mais d'une bouche distraite. Elle éprouvait une surprise et comme une impatience à la voir rentrer si vite. Est-ce que vraiment il y avait une heure qu'elle s'était échappée du bal? Et, pour répondre aux questions de l'enfant qui s'inquiétait, elle dit qu'en effet elle avait éprouvé un léger malaise. L'air lui faisait du bien. Il lui fallait un peu de tranquillité.

— Oh! n'aie pas peur, je suis trop lasse, murmura Jeanne. Je vais me tenir là, tout plein sage.... Mais, petite mère, je puis parler, n'est-ce pas?

Elle se posa près d'Hélène, se serrant contre elle, heureuse qu'on ne la déshabillât pas tout de suite. Sa robe brodée de pourpre, son jupon de soie verdâtre, la ravissaient; et elle hochait sa tête fine, pour entendre claquer sur son chignon les pendeloques des longues épingles qui le traversaient. Alors, un flot de paroles pressées sortit de ses lèvres. Elle avait tout regardé, tout écouté et tout retenu, avec son air bêta de ne rien comprendre. Maintenant, elle se dédommageait d'être restée raisonnable, la bouche cousue et les yeux indifférents.

— Tu sais maman, c'était un vieux bonhomme, la barbe toute grise, qui faisait aller Polichinelle. Je l'ai bien vu, lorsque le rideau s'est écarté... Il y avait le petit Guiraud qui pleurait. Hein? est-il bête! Alors on lui a dit que le gendarme viendrait lui mettre de l'eau dans sa soupe, et il a fallu l'emporter, tant il criait... C'est comme au goûter, Marguerite s'est tout taché son costume de laitière avec de la confiture. Sa maman l'a essuyée, en répétant: « Oh! la sale! » Marguerite s'en était fourré jusque dans les cheveux... Moi, je ne disais rien, mais je m'amusais joliment à les regarder tomber sur les gâteaux. Elles sont mal élevées, n'est-ce pas, petite mère?

Elle s'interrompit quelques secondes, absorbée par un souvenir; puis, elle demanda d'un air pensif:

— Dis donc, maman, est-ce que tu as mangé de ces gâteaux qui étaient jaunes et qui avaient de la crème blanche dedans? Oh! c'était bon! c'était bon!... J'ai gardé tout le temps l'assiette à côté de moi.

Hélène n'écoutait pas ce babil d'enfant. Mais Jeanne parlait pour se soulager, la tête trop pleine. Elle repartit, avec une abondance extraordinaire de détails sur le bal. Les moindres petits faits prenaient une importance énorme.

— Tu ne t'es pas aperçue, toi, quand on a commencé, voilà ma ceinture qui s'est défaite. Une dame que je ne connais pas, m'a mis une épingle. Je lui ai dit: « Je vous remercie bien, madame... » Alors, Lucien, en dansant, s'est piqué. Il m'a demandé: « Qu'est-ce que tu as donc là devant qui pique? » Moi, je ne savais plus, je lui ai répondu que je n'avais rien. C'est Pauline qui m'a visitée et qui a remis l'épingle comme il faut... Non! tu n'as pas idée! on se bousculait, une grande bête de garçon a donné un coup dans le derrière à Sophie, qui a failli tomber. Les demoiselles Levasseur sautaient à pieds joints. Ce n'est pas comme ça qu'on danse, bien sûr... Mais le plus beau, vois-tu, ç'a été la fin. Tu n'étais plus là, tu ne peux pas savoir. On s'est pris par les bras, on a tourné en rond; c'était à mourir de rire. Il y avait de grands messieurs qui tournaient aussi. Bien vrai, je ne mens pas!... Pourquoi ne veux-tu pas me croire, petite mère?

Le silence d'Hélène finissait par la fâcher. Elle se serra davantage, lui secoua la main. Puis, voyant qu'elle n'en tirait que des paroles brèves, elle se tut peu à peu elle-même, glissant également à une rêverie, songeant à ce bal qui emplissait son jeune cœur. Alors, toutes deux, la mère et la fille demeurèrent muettes, en face de Paris incendié. Il leur restait plus inconnu encore, ainsi éclairé par les nuées saignantes, pareil à quelque ville des légendes expiant sa passion sous une pluie de feu.

— On a dansé en rond? demanda tout

d'un coup Hélène, comme réveillée en sursaut.

— Oui, oui, murmura Jeanne absorbée à son tour.

— Et le docteur ? est-ce qu'il a dansé ?

— Je crois bien, il a tourné avec moi... Il m'enlevait, il me questionnait : « Où est ta maman ? où est ta maman ? » Puis, il m'a embrassée.

Hélène eut un sourire inconscient. Elle riait à ses tendresses. Qu'avait-elle besoin de connaître Henri ? Il lui semblait plus doux de l'ignorer, de l'ignorer à jamais, et de l'accueillir comme celui qu'elle attendait depuis si longtemps. Pourquoi se serait-elle étonnée et inquiétée ? Il venait de se trouver à l'heure dite sur son chemin. Cela était bon. Sa nature franche acceptait tout. Un calme descendait en elle, fait de cette pensée ardente et continue qu'elle aimait et qu'elle était aimée. Et elle se disait qu'elle serait assez forte pour ne pas gâter son bonheur.

Cependant, la nuit venait, un vent froid passa dans l'air. Jeanne, rêveuse, eut un frisson. Elle posa la tête sur la poitrine de sa mère; et, comme si la question se fût rattachée à ses réflexions profondes, elle murmura une seconde fois :

— Tu m'aimes?

Alors, Hélène, souriant toujours, prit sa tête entre ses deux mains et parut chercher un instant sur son visage. Puis elle posa longuement les lèvres près de sa bouche, au-dessus d'un petit signe rose. C'était là, elle le voyait bien, qu'Henri avait baisé l'enfant.

L'arête sombre des coteaux de Meudon entamait déjà le disque lunaire du soleil. Sur Paris, les rayons obliques s'étaient encore allongés. L'ombre du dôme des Invalides, démesurément grandie, noyait tout le quartier Saint-Germain; tandis que l'Opéra, la tour Saint-Jacques, les colonnes et les flèches zébraient de noir la rive droite. Les lignes des façades, les enfoncements des rues, les îlots élevés des toitures, brûlaient avec une intensité plus sourde. Dans les vitres assombries, les paillettes enflammées se mouraient, comme si les maisons fussent tombées en braise. Des cloches lointaines sonnaient, une clameur roulait et s'apaisait. Et le ciel, élargi aux approches du soir, arrondissait sa nappe violâtre veinée d'or et de pourpre au-dessus de la ville rougeoyante. Tout d'un coup, il y eut une reprise formidable de l'incendie, Paris jeta une dernière flambée qui éclaira jusqu'aux faubourgs perdus. Puis, il sembla qu'une cendre grise tombait, et les quartiers restèrent debout, légers et noirâtres comme des charbons éteints.

I

Un matin de mai, Rosalie vint en courant de sa cuisine, sans lâcher le torchon qu'elle tenait à la main. Et, avec sa familiarité de servante gâtée :

— Oh ! madame, arrivez vite... Monsieur l'abbé qui est en bas, dans le jardin du docteur, en train de fouiller la terre !

Hélène ne bougea pas. Mais Jeanne s'était déjà précipitée, pour voir. Quand elle revint, elle s'écria :

— Est-elle bête, Rosalie !... Il ne fouille pas la terre du tout. Il est avec le jardinier, qui met des plantes dans une petite voiture... Mme Deberle cueille toutes ses roses...

— Ça doit être pour l'église, dit tranquillement Hélène, très occupée à un travail de tapisserie.

Quelques minutes plus tard, il y eut un coup de sonnette, et l'abbé Jouve parut, essoufflé d'avoir monté l'escalier trop vite. Il venait annoncer qu'il ne fallait pas compter sur lui, le mardi suivant. Ses soirées étaient prises par les cérémonies du mois de Marie. Le curé l'avait chargé d'orner l'église. Ce serait superbe. Toutes les dames lui donnaient des fleurs. Il attendait deux palmiers de quatre mètres pour les poser à droite et à gauche de l'autel.

— Oh ! maman... maman..., murmura Jeanne, qui écoutait, émerveillée.

— Eh bien ! vous ne savez pas, mon ami, dit Hélène en souriant, puisque vous ne pouvez venir, nous irons vous voir. Voilà que vous avez tourné la tête à Jeanne, avec vos bouquets.

Elle n'était guère dévote, et même elle n'assistait jamais à la messe, prétextant la santé de sa fille qui sortait toute frissonnante des églises. Le vieux prêtre évitait de lui parler religion. Il disait simplement, avec une tolérance pleine de bonhomie, qu'il y a de belles âmes qui font leur salut toutes seules, par leur sagesse et leur charité. Dieu saurait bien la toucher un jour.

Jusqu'au lendemain soir, Jeanne ne songea qu'au mois de Marie. Elle questionnait sa mère, elle rêvait l'église emplie de roses blanches, avec des milliers de cierges, des voix célestes, des odeurs suaves. Et elle voulait être à côté de l'autel, pour mieux voir la robe de dentelle de la Sainte-Vierge, une robe qui valait une fortune, disait l'abbé. Mais Hélène la calmait, en la menaçant de ne pas la mener, si elle se rendait malade à l'avance.

Enfin, le soir, après le dîner, elles partirent. Les nuits étaient encore fraîches. En arrivant rue de l'Annonciation, où se trouve Notre-Dame-de-Grâce, l'enfant grelottait un peu.

— L'église est chauffée, dit sa mère. Nous allons nous mettre près d'une bouche de chaleur.

Quand elle eut poussé la porte rembourrée, qui retomba mollement, une tiédeur les enveloppa, tandis qu'une vive lumière et des chants éclataient. La cérémonie était commencée. Hélène, voyant la nef centrale déjà pleine, voulut suivre un des bas-côtés. Mais elle eut toutes les peines du monde à s'approcher de l'autel. Elle tenait la main de Jeanne, elle avançait patiemment; puis, renonçant à aller plus loin, elle prit les deux premières chaises libres qui se présentèrent. Un pilier leur cachait la moitié du chœur.

— Je ne vois rien, maman, murmura la petite toute chagrine. Nous sommes très mal.

Hélène la fit taire. L'enfant alors se mit à bouder. Elle n'apercevait devant elle que le dos énorme d'une vieille dame. Quand sa mère se retourna, elle la trouva debout sur sa chaise.

— Veux-tu descendre ! dit-elle en étouffant sa voix. Tu es insupportable.

Mais Jeanne s'entêtait.

— Écoute donc, c'est Mme Deberle qui est là bas au milieu, et qui nous fait des signes.

Une vive contrariété donna à la jeune femme un mouvement d'impatience. Elle secoua la petite, qui refusait de s'asseoir. Depuis le bal, pendant trois jours, elle avait évité de retourner chez le docteur, en prétextant mille occupations.

— Maman, continuait Jeanne avec l'obstination des enfants, elle te regarde, elle te dit bonjour.

Alors, il fallut bien qu'Hélène tournât les yeux et saluât. Les deux femmes échangèrent un hochement de tête. Mme Deberle, en robe de soie à mille raies, garnie de dentelles blanches, occupait le centre de la nef, à deux pas du chœur, très fraiche, très voyante. Elle avait amené sa sœur Pauline, qui se mit à gesticuler, à appeler vivement de la main, dès qu'elle vit Hélène les regarder. Juliette, elle aussi, répétait les mêmes signes, plus discrètement. Les chants continuaient, la voix large de la foule roulait sur une gamme descendante, tandis que des notes suraiguës d'enfant piquaient çà et là le rhythme traînard et balancé du cantique.

— Elles te disent de venir, tu vois bien ! reprit Jeanne triomphante.

—C'est inutile; nous sommes parfaitement ici.

—Oh ! maman, allons les retrouver : elles ont deux chaises.

— Non, descends, assieds-toi.

Pourtant, comme ces dames insistaient avec des sourires, sans se préoccuper le moins du monde du léger scandale qu'elles soulevaient, heureuses, au contraire, de voir les gens se tourner vers elles, Hélène dut céder. Elle poussa Jeanne enchantée, elle tâcha de s'ouvrir un passage, les mains un peu tremblantes d'une colère contenue. Ce n'était point une besogne facile. Les dévotes ne voulaient pas se déranger et la toisaient, furieuses, la bouche ouverte, sans s'arrêter de chanter. Elle travailla ainsi pendant cinq grandes minutes, au milieu de la tempête des voix, qui semblaient ronfler plus fort. Quand elle ne pouvait passer, Jeanne regardait toutes ces bouches ouvertes, et elle se serrait contre sa mère. Enfin, elles atteignirent l'espace laissé libre devant le chœur, elles n'eurent plus que quelques pas à faire.

— Arrivez donc, murmura Mme Deberle. L'abbé m'avait dit que vous viendriez, je vous ai gardé deux chaises.

Hélène remercia, en feuilletant tout de suite son livre de messe pour couper court à la conversation. Mais Juliette gardait ses grâces mondaines ; elle était là, charmante et bavarde comme dans son salon, très à l'aise. Aussi se pencha-t-elle, continuant :

— On ne vous voit plus. Je serais allée demain chez vous... Vous n'avez pas été malade au moins ?

— Non, merci... Toutes sortes d'occupations...

— Écoutez, il faut venir dîner demain... En famille, rien que nous...

— Vous êtes trop bonne, nous verrons.

Et elle parut se recueillir et suivre le cantique, décidée à ne plus répondre. Pauline avait pris Jeanne à côté d'elle, pour lui faire partager la bouche de chaleur sur laquelle elle cuisait doucement, avec une jouissance béate de frileuse. Toutes deux, dans le souffle tiède qui montait, se haussaient curieusement, examinant chaque chose, le plafond bas, divisé en panneaux de menuiserie, les colonnes écrasées, reliées par des pleins cintres d'où pendaient des lustres, la chaire en chêne sculpté ; et, par dessus les têtes moutonnantes, que la houle du cantique agitait, elles allaient jusque dans les coins sombres des bas côtés, aux chapelles perdues dont les ors luisaient, au baptistère que fermait une grille, près de la grand'porte. Mais elles revenaient toujours au resplendissement du chœur, peint de couleurs vives, éclatant de dorures ; un lustre de cristal tout flambant pendait de la voûte ; d'immenses candélabres alignaient des gradins de cierges qui piquaient d'une pluie d'étoiles symétriques les fonds de ténèbres de l'église, détachant en lumière le maître-autel, pareil à un grand bouquet de feuillages et de fleurs. En haut, dans une moisson de roses, une Vierge habillée de satin et de dentelle, couronnée de perles, tenait sur son bras un Jésus en robe longue.

— Hein ! tu as chaud ? demanda Pauline. C'est joliment bon.

Mais Jeanne, en extase, contemplait la Vierge au milieu des fleurs. Il lui prenait un frisson. Elle eut peur de n'être plus sage, et elle baissa les yeux, tâchant de s'intéresser au dallage blanc et noir, pour ne pas pleurer. Les voix frêles des enfants de chœur lui mettaient de petits souffles dans les cheveux.

Cependant, Hélène, le visage sur son paroissien, s'écartait chaque fois qu'elle sentait Juliette, qui s'agitait beaucoup, la frôler de ses dentelles. Elle n'était point préparée à cette rencontre, et malgré la belle sérénité qu'elle avait reconquise, malgré le serment qu'elle s'était imposé d'aimer Henri saintement, sans jamais lui appartenir, elle éprouvait un malaise en pensant qu'elle trahissait cette femme, si confiante et si gaie à son côté. Une seule pensée l'occupait : elle n'irait point à ce dîner, et elle cherchait comment elle pourrait rompre peu à peu des relations qui blessaient sa loyauté. Mais les voix ronflantes des chantres, à quelques pas d'elle, l'empêchaient de réfléchir ; elle ne trouvait rien, elle s'abandonnait au bercement du cantique, goûtant un bien être dévot, que jusque là elle n'avait jamais ressenti dans une église.

— Est-ce qu'on vous a conté l'histoire de Mme de Chermette ? demanda Juliette, cédant de nouveau à la démangeaison de parler.

— Non, je ne sais rien.

— Eh bien ! imaginez-vous... Vous avez vu sa grande fille, qui est si longue pour ses quatorze ans ? Il est question de la marier l'année prochaine, et avec ce petit brun que l'on voit toujours dans les jupes de la mère... On en cause, on en cause...

— Ah ! dit Hélène, qui n'écoutait pas.

Mme Deberle donna d'autres détails. Mais, brusquement, le cantique cessa, les orgues gémirent et s'arrêtèrent. Alors, elle se tut, surprise de l'éclat de sa voix au milieu du silence recueilli qui se faisait. Un prêtre venait de paraître dans la chaire. Il y eut un frémissement, puis il parla. Non, certes, Hélène n'irait point à ce dîner. Les yeux fixés sur le prêtre, elle s'imaginait cette première entrevue avec Henri, qu'elle redoutait depuis trois jours ; elle le voyait pâli de colère, lui reprochant de s'être enfermée chez elle ; et elle craignait de ne pas montrer assez de froideur. Dans sa rêverie, le prêtre avait disparu ; elle surprenait seulement des phrases, une voix pénétrante, tombée de haut, qui disait :

— Ce fut un moment ineffable que celui où la Vierge, inclinant la tête, répondit : Voici la servante du Seigneur...

Oh ! elle serait brave, toute sa raison était revenue. Elle goûterait la joie d'être aimée, elle n'avouerait jamais son amour, car elle sentait bien que la paix était à ce prix. Et comme elle aimerait profondément, sans le dire, se contentant d'une parole d'Henri, d'un regard, échangé de loin en loin, lorsqu'un hasard les rapprocherait ! C'était un rêve qui l'emplissait d'une pensée d'éternité. L'église, autour d'elle, lui devenait amicale et douce. Le prêtre disait :

— L'ange disparut. Marie s'absorba dans la contemplation du divin mystère qui s'opérait en elle, inondée de lumière et d'amour...

— Il parle très bien, murmura Juliette en se penchant. Et tout jeune, trente ans à peine, n'est-ce pas ?

Elle était touchée. La religion lui plaisait comme une émotion de bon goût. Donner des fleurs aux églises, avoir de petites affaires avec les prêtres, gens polis, discrets et sentant bon, venir en toilette à l'église, où elle affectait d'accorder une protection mondaine au Dieu des pauvres, lui procurait des joies particulières, d'autant plus que son mari ne pratiquait pas et que ses dévotions prenaient le goût du fruit défendu. Hélène la regarda et lui répondit seulement par un hochement de tête. Toutes deux avaient la face pâmée et souriante. Un grand bruit de chaises et de mouchoirs s'éleva, le prêtre venait de quitter la chaire, en lançant ce dernier cri :

— Oh ! dilatez votre amour, pieuses âmes chrétiennes, Dieu s'est donné à vous, votre cœur est plein de sa présence, votre âme déborde de ses grâces !

Les orgues ronflèrent tout de suite. Les litanies de la Vierge se déroulèrent, avec leurs appels d'ardente tendresse. Il venait des bas-côtés, de l'ombre des chapelles perdues, un chant lointain et assourdi, comme si la terre eût répondu aux voix angéliques des enfants de chœur. Une haleine passait sur les têtes, allongeait les flammes droites des cierges, tandis que, dans son grand bouquet de roses, au milieu des fleurs qui se meurtrissaient en exhalant leur dernier parfum, la Mère divine semblait avoir baissé la tête pour rire à son Jésus.

Hélène se tourna tout d'un coup, prise d'une inquiétude instinctive.

— Tu n'es pas malade, Jeanne ? demanda-t-elle.

L'enfant, très blanche, les yeux humides, comme emportée dans le torrent d'amour des litanies, contemplait l'autel, voyait les roses se multiplier et tomber en pluie. Elle murmura :

— Oh ! non, maman... Je t'assure, je suis contente, bien contente...

Puis, elle demanda :

— Où donc est bon ami ?

Elle parlait de l'abbé. Pauline l'apercevait; il était dans une stalle du chœur. Mais il fallut soulever Jeanne.

— Ah ! je le vois... Il nous regarde, il fait des petits yeux.

L'abbé « faisait des petits yeux, » selon Jeanne, quand il riait en dedans. Hélène alors échangea avec lui un signe de tête affectueux, et ce fut pour elle comme une certitude de paix, une cause dernière de sérénité qui lui rendait l'église chère et l'endormait dans une félicité pleine de tolérance. Des encensoirs se balançaient devant l'autel, de légères fumées montaient ; et il y eut une bénédiction, un ostensoir pareil à un soleil, levé lentement et promené au-dessus des fronts abattus par terre. Hélène restait prosternée, dans un engourdissement heureux, lorsqu'elle entendit Mme Deberle qui disait :

— C'est fini, allons-nous-en.

Un grand remuement de chaises, un piétinement roulaient sous la voûte. Pauline avait pris la main de Jeanne et, tout en marchant la première avec l'enfant, elle la questionnait :

— Tu n'es jamais allée au théâtre ?

— Non. Est-ce que c'est plus beau ?

La petite, le cœur gonflé de gros soupirs, avait un hochement de menton, comme pour déclarer que rien ne pouvait être plus beau. Mais Pauline ne répondit pas; elle venait de se planter devant un prêtre qui passait en surplis, et lorsqu'il fut à quelques pas :

— Oh ! la belle tête ! dit-elle tout haut, avec une conviction qui fit retourner deux dévotes.

Cependant, Hélène s'était relevée. Elle marchait à côté de Juliette, au milieu de la foule qui s'écoulait difficilement. Trempée de tendresse, comme lasse et sans force, elle n'éprouvait plus aucun trouble à la sentir si près d'elle. Un moment, leurs poignets nus s'effleurèrent, et elles se sourirent. Elles étouffaient. Hélène voulut que Juliette passât la première, parce que, disait-elle, elle était plus grande et la protégerait ; et, en effet, les mains avancées, elle veillait comme sur une sœur. Toute leur intimité semblait revenue.

— C'est entendu, n'est-ce pas ? dit madame Deberle, nous comptons sur vous demain soir.

Hélène n'eut plus la volonté de dire non. Dans la rue, elle verrait. [illegible]n, elles sortirent des dernières. Pauline et Jeanne les attendaient sur le trottoir d'en face. Mais une voix larmoyante les arrêta.

— Ah ! ma bonne dame, qu'il y a donc longtemps que je n'ai eu le bonheur de vous voir !

C'était la mère Fétu. Elle mendiait à la porte de l'église. Barrant le passage à Hélène, comme si elle l'avait guettée, elle continua :

— Ah ! j'ai été bien malade, toujours là, dans le ventre, vous savez... Maintenant c'est quasiment des coups de marteau... Et rien de rien, ma bonne dame... Je n'ai pas osé vous faire dire ça... Que le bon Dieu vous le rende !

Hélène venait de lui glisser une pièce de monnaie dans la main, en lui promettant de songer à elle.

— Tiens ! dit Mme Deberle restée debout sous la porte, quelqu'un cause avec Pauline et Jeanne... Mais c'est Henri !

— Oui, oui, reprit la mère Fétu qui promenait ses minces regards sur les deux dames, c'est le bon docteur... Je l'ai vu pendant toute la cérémonie, il n'a pas quitté le trottoir, il vous attendait, bien sûr... En voilà un saint homme ! Je dis ça parce que c'est la vérité, devant Dieu qui nous entend... Oh ! je vous connais, madame ; vous avez là un mari qui mérite d'être heureux. Que le ciel exauce vos désirs, que toutes ses bénédictions soient avec vous ! Au nom du Père, du Fils, du Saint-Esprit, ainsi soit-il !

Et, dans les mille rides de son visage, frisé comme une vieille pomme, ses petits yeux marchaient toujours, inquiets et malicieux, allant de Juliette à Hélène, sans qu'on pût savoir nettement à laquelle des deux elle s'adressait en parlant du bon docteur. Elle les accompagna d'un marmottement continu, où des lambeaux de phrases pleurnicheuses se mêlaient à des exclamations dévotes.

Hélène fut surprise et touchée de la réserve d'Henri. Il osa à peine lever les regards sur elle, troublé, l'air souffrant et triste. Sa femme l'ayant plaisanté au sujet de ses opinions qui l'empêchaient d'entrer dans une église, il expliqua simplement qu'il était venu à la rencontre de ces dames en fumant un cigare ; et Hélène crut comprendre qu'il avait voulu la revoir et lui montrer combien elle avait tort de redouter quelque brutalité nouvelle. Sans doute, il s'était juré comme elle de se montrer raisonnable, de l'aimer purement, loyalement, au-dessus de tout. Elle n'examina pas s'il pouvait être sincère avec lui-même, cela la rendait trop malheureuse de le voir malheureux. Aussi, en quittant les Deberle, rue Vineuse, dit-elle gaiement :

— Eh bien ! c'est entendu, à demain sept heures.

Alors, les relations se nouèrent plus étroitement encore, une vie charmante commença. Pour Hélène, c'était comme si Henri n'avait jamais cédé à une minute de folie; elle avait rêvé cela; ils s'aimaient, mais ils ne se le diraient plus, ils se contenteraient de le savoir. Heures délicieuses pendant lesquelles, sans parler de leur tendresse, ils s'en entretenaient continuellement, par un geste, par une inflexion de voix, par un silence même. Tout les ramenait à cet amour, tout les baignait dans une passion qu'ils emportaient avec eux, autour d'eux, comme le seul air où ils pussent vivre. Et ils avaient l'excuse de leur loyauté, ils jouaient en toute conscience cette comédie de leur cœur, car ils ne se permettaient pas un serrement de main, ce qui donnait pour eux une volupté sans pareille au simple bonjour dont ils s'accueillaient.

Chaque soir, ces dames firent la partie de se rendre à l'église. Mme Deberle, enchantée, y goûtait un plaisir nouveau, qui la changeait un peu des soirées dansantes, des concerts, des premières représentations; elle adorait les émotions neuves, on ne la rencontrait plus qu'avec des sœurs et des abbés. Le fond de religion qu'elle tenait du pensionnat remontait à sa tête de jeune femme écervelée, et se traduisait par de petites pratiques qui l'amusaient, comme si elle se fût souvenue des jeux de son enfance. Hélène, grandie en dehors de toute éducation dévote, se laissait aller au charme des exercices du mois de Marie, heureuse de la joie que Jeanne paraissait y prendre. On dînait plus tôt, on bousculait Rosalie pour ne pas arriver en retard et se trouver mal placé. Puis on prenait Juliette en passant. Un soir, on avait emmené Lucien; mais il s'était si mal conduit, que maintenant on le laissait à la maison. Et, en entrant dans l'église chaude, toute braisillante de cierges, c'était une sensation de mollesse et d'apaisement qui peu à peu devenait nécessaire à Hélène. Lorsqu'elle avait eu des doutes dans la journée, qu'une anxiété vague l'avait saisie à la pensée d'Henri, l'église le soir l'endormait de nouveau. Les cantiques montaient, avec le débordement des passions divines. Les fleurs, fraîchement coupées, alourdissaient de leur parfum l'air étouffé sous la voûte. Elle respirait là toute la première ivresse du printemps, l'adoration de la femme haussée jusqu'au culte, et elle se grisait dans ce mystère d'amour et de pureté, en face de Marie vierge et mère, couronnée de ses roses blanches. Chaque jour, elle restait agenouillée davantage. Elle se surprenait parfois les mains jointes. Puis, la cérémonie achevée, il y avait la douceur du retour. Henri attendait à la porte, les soirées se faisaient tièdes, on rentrait par les rues noires et silencieuses de Passy, en échangeant de rares paroles.

— Mais vous devenez dévote, ma chère! dit un jour Mme Deberle en riant.

C'était vrai, Hélène laissait entrer la dévotion dans son cœur grand ouvert. Jamais elle n'aurait cru qu'il fût si bon d'aimer. Elle revenait là comme à un lieu d'attendrissement où il lui était permis d'avoir les yeux humides, de rester sans une pensée, anéantie dans une adoration muette. Chaque soir, pendant une heure, elle ne se défendait plus; l'épanouissement d'amour qu'elle portait secrètement en elle, qu'elle contenait toute la journée, pouvait enfin monter de sa poitrine, s'élargir en des prières, devant tous, au milieu du frisson religieux de la foule. Les petites pratiques, les oraisons balbutiées, les agenouillements, les salutations, ces paroles et ces gestes vagues sans cesse répétés la berçaient et lui semblaient l'unique langage, toujours la même passion, traduite par le même mot ou le même signe. Elle avait le besoin de croire, elle était ravie dans la charité divine.

Et Juliette ne plaisantait pas seulement Hélène, elle prétendait qu'Henri lui-même tournait à la dévotion. Est-ce que, maintenant, il n'entrait pas les attendre dans l'église! Un athée, un payen qui déclarait avoir cherché l'âme du bout de son scalpel et ne pas l'avoir trouvée encore! Dès qu'elle l'apercevait, en arrière de la chaire, debout derrière une colonne, Juliette poussait le coude d'Hélène.

— Regardez donc, il est déjà là... Vous savez qu'il n'a pas voulu se confesser pour notre mariage... Non, il a une figure impayable, il nous contemple d'un air si drôle! Regardez-le donc!

Hélène ne levait pas tout de suite la tête. La cérémonie allait finir, l'encens fumait, les orgues éclataient d'allégresse. Mais, comme son amie n'était pas femme à la laisser tranquille, elle devait répondre.

— Oui, oui, je le vois, balbutiait-elle sans tourner les yeux.

Elle l'avait deviné, elle le sentait là, à l'hosanna qu'elle entendait monter de toute l'église. Le souffle d'Henri lui semblait venir jusqu'à sa nuque sur l'aile des cantiques, et elle croyait voir derrière elle ses regards qui éclairaient la nef et l'enveloppaient, agenouillée, d'un rayon d'or. Alors, elle priait avec une ferveur si grande que les paroles lui manquaient. Lui, très grave, très pâle, avait la mine correcte d'un mari qui venait chercher ces dames chez Dieu, comme il serait allé les attendre dans le foyer d'un théâtre. Mais, quand ils se rejoignaient, au milieu de la lente sortie des dévotes, tous deux se trouvaient comme liés davantage l'un à l'autre, rapprochés, unis par toutes ces fleurs et tous ces chants; et ils évitaient de se parler, car ils avaient leurs cœurs sur les lèvres.

Au bout de quinze jours, Mme Deberle se lassa. Elle sautait d'une passion à une autre, tourmentée du besoin de faire ce que tout le monde faisait. A présent, elle se donnait aux ventes de charité, montant soixante étages par après-midi, pour aller quêter des toiles chez tous les peintres connus, et employant ses soirées à présider avec une sonnette des réunions de dames patronesses. Aussi, un jeudi soir, Hélène et sa fille se trouvèrent-elles seules à l'église. Après le sermon, comme les chantres attaquaient le *Magnificat*, la jeune femme, avertie par un élancement de son cœur, tourna vivement la tête : Henri était là, à la place accoutumée. Alors, elle demeura le front baissé jusqu'à la fin de la cérémonie, dans l'attente du retour.

— Ah! c'est gentil d'être venu! dit Jeanne à la sortie, avec sa familiarité d'enfant. J'aurais eu peur, dans ces rues noires.

Mais Henri affectait la surprise. Il croyait rencontrer sa femme.

Hélène laissa la petite répondre, elle suivait le docteur et Jeanne, sans parler. Comme ils passaient tous trois sous le porche, une voix se lamenta :

— La charité... Dieu vous le rende...

Chaque soir, Jeanne glissait une pièce de dix sous dans la main de la mère Fétu. Lorsque celle-ci aperçut le docteur seul avec Hélène, elle secoua simplement la tête, d'un air d'intelligence, au lieu d'éclater en remerciements bruyants, comme d'habitude. Et, l'église s'étant vidée, elle se mit à les suivre, de ses pieds traînards, en marmottant de sourdes paroles. Au lieu de rentrer par la rue de Passy, ces dames quelquefois revenaient par la rue Raynouard, lorsque la nuit était belle, allongeant ainsi le chemin de cinq ou six minutes. Ce soir-là, Hélène prit la rue Raynouard, désireuse d'ombre et de silence, cédant au charme de cette longue chaussée déserte qu'un bec de gaz de loin en loin éclairait, sans que l'ombre d'un passant remuât sur le pavé.

A cette heure, dans ce quartier écarté, Passy dormait déjà avec le petit souffle d'une ville de province. Aux deux bords des trottoirs, des hôtels s'alignaient, des pensionnats de demoiselles, noirs et ensommeillés, des tables d'hôte dont les cuisines luisaient encore. Pas une boutique ne trouait l'ombre du rayon de sa vitrine. Et c'était une grande joie pour Hélène et Henri que cette solitude. Il n'avait point osé lui offrir le bras. Jeanne marchait entre eux, au milieu de la chaussée, sablée comme une allée de parc. Les maisons cessaient, des murs s'étendaient, au-dessus desquels retombaient des manteaux de clématites et des touffes de lilas en fleurs. De grands jardins coupaient les hôtels, une grille, par moments, laissait voir des enfoncements sombres de verdure, où des pelouses d'un ton plus tendre pâlissaient parmi les arbres; tandis que, dans des vases que l'on devinait confusément, des bouquets d'iris embaumaient l'air. Tous trois ralentissaient le pas sous la tiédeur de cette nuit printanière qui les trempait de parfums; et lorsque Jeanne, par un jeu d'enfant, s'avançait le visage levé vers le ciel, elle répétait :

— Oh! maman, vois donc, que d'étoiles!

Mais, derrière eux, le pas traînard de la mère Fétu semblait être l'écho des leurs. Elle se rapprochait; on entendait ce bout de phrase latine : « *Ave Maria, gratia plena* » sans cesse recommencé sur le même bredouillement. La mère Fétu disait son chapelet en rentrant chez elle.

— Il me reste une pièce, si je la lui donnais? demanda Jeanne à sa mère.

Et, sans attendre la réponse, elle s'échappa, courut à la vieille, qui allait s'engager dans le passage des Eaux. La mère Fétu prit la pièce, en invoquant toutes les saintes du paradis. Mais elle avait saisi en même temps la main de l'enfant; elle la retenait, et changeant de voix :

— Elle est donc malade, l'autre dame?

— Non, répondit Jeanne étonnée.

— Ah! que le ciel la conserve! qu'il la comble de prospérités, elle et son mari!... Ne vous sauvez pas, ma bonne petite demoiselle. Laissez-moi dire un *Ave Maria* à l'intention de votre maman, et vous répondrez : *Amen*, avec moi... Votre maman le permet, vous la rattraperez.

Cependant, Hélène et Henri étaient restés tout frissonnants de se trouver ainsi brusquement seuls, dans l'ombre d'une rangée de grands marronniers qui bordaient la rue. Ils firent doucement quelques pas. Par terre, les marronniers avaient laissé tomber une pluie de leurs petites fleurs, et ils marchaient sur ce tapis rose. Puis, ils s'arrêtèrent, le cœur trop gonflé pour aller plus loin

— Pardonnez-moi, dit simplement Henri.

— Oui, oui, balbutia Hélène. Je vous en supplie, taisez-vous.

Mais elle avait senti sa main qui effleurait la sienne. Elle recula. Heureusement, Jeanne revenait en courant.

— Maman! maman! cria-t-elle, elle m'a fait dire un *Ave*, pour que ça te porte bonheur.

Et tous trois tournèrent dans la rue Vineuse, pendant que la mère Fétu descendait l'escalier du passage des Eaux, en achevant son chapelet.

Le mois s'écoula. Mme Deberle se montra aux exercices deux ou trois fois encore. Un dimanche, le dernier, Henri osa de nouveau attendre Hélène et Jeanne. Le retour fut délicieux. Ce mois avait passé dans une douceur extraordinaire. La petite église semblait être venue comme pour calmer et préparer la passion. Hélène s'était tranquillisée d'abord, heureuse de ce refuge de la religion où elle croyait pouvoir aimer sans honte; mais le trava sourd avait continué, et quand elle s'éveillait de son engourdissement dévot, elle se sentait envahie tout entière, liée par des liens qui lui auraient arraché la chair, si elle avait voulu les rompre. Henri restait respectueux. Pourtant, elle voyait bien une flamme remonter à son visage. Elle craignait quelque emportement de désir fou. Elle-même se faisait peur, secouée de brusques accès de fièvre.

Une après-midi, en revenant d'une promenade avec Jeanne, elle prit la rue de l'Annonciation, elle entra à l'église. La petite se plaignait d'une grande fatigue. Jusqu'au dernier jour, elle n'avait point voulu avouer que la cérémonie du soir la brisait, tant elle y goûtait une jouissance profonde; mais ses joues étaient devenues d'une pâleur de cire et le docteur conseillait de lui faire faire de longues courses.

— Mets-toi là, dit sa mère. Tu te reposeras... Nous ne resterons que dix minutes.

Elle l'avait assise près d'un pilier. Elle-même s'agenouilla, quelques chaises plus loin. Des ouvriers, au fond de la nef, déclouaient des tentures, déménageaient des pots de fleurs, les exercices du mois de Marie étant finis de la veille. Hélène, la face dans ses mains, ne voyait rien, n'entendait rien, se demandant avec anxiété si elle ne devait pas avouer à l'abbé Jouve la crise terrible qu'elle traversait. Il lui donnerait un conseil, il lui rendrait peut-être sa tranquillité perdue. Mais, au fond d'elle, une joie débordante montait, de son angoisse elle-même. Elle chérissait son mal, elle tremblait que le prêtre ne réussit à la guérir. Les dix minutes s'écoulèrent, une heure se passa. Elle s'abîmait dans la lutte de son cœur.

Et comme elle relevait enfin la tête, les yeux mouillés de larmes, elle aperçut l'abbé Jouve à côté d'elle, la regardant d'un air chagrin. C'était lui qui dirigeait les ouvriers. Il venait de s'avancer, en reconnaissant Jeanne.

— Qu'avez-vous donc, mon enfant? demanda-t-il à Hélène, qui se mettait vivement debout et essuyait ses larmes.

Elle ne trouva rien à répondre, craignant de retomber à genoux et d'éclater en sanglots. Alors, il s'approcha davantage, il reprit doucement :

— Je ne veux pas vous interroger, mais pourquoi ne vous confiez-vous pas à moi, au prêtre et non plus à l'ami?... J'ai laissé Dieu vous toucher; je vous attends maintenant, car il y a ici pour vous des trésors de consolation.

— Plus tard, balbutia-t-elle, plus tard, je vous le promets.

Cependant, Jeanne avait d'abord patienté sagement, s'amusant à examiner les vitraux, les statues de la grand'porte, les scènes du Chemin de la Croix, traitées en petits bas-reliefs, le long des nefs latérales. Puis, la fraîcheur de l'église était descendue sur elle comme un suaire; et, dans cette lassitude qui l'empêchait même de penser, un malaise lui venait du silence religieux des chapelles, du prolongement sonore des moindres bruits, de ce lieu sacré où il lui semblait qu'elle allait mourir. Mais sa grande peine était surtout de voir emporter les fleurs. A mesure que les grands bouquets de roses disparaissaient, l'autel se montrait, nu et froid. Ces marbres la glaçaient, sans un cierge, sans une fumée d'encens. Un moment, la Vierge vêtue de dentelles chancela et tomba à la renverse dans les bras de deux ouvriers. Alors, Jeanne jeta un faible cri, ses bras s'élargirent, elle se roidit, tordue par la crise qui la menaçait depuis quelques jours.

Et lorsque Hélène, affolée, put l'emporter dans un fiacre, aidée de l'abbé qui se désolait, elle se retourna vers le porche, les mains tendues et tremblantes.

— C'est cette église! c'est cette église! répétait-elle avec une violence où il y avait le regret et le reproche du mois de tendresse dévote qu'elle avait goûté là.

II

Le soir, Jeanne allait mieux. Elle put se lever et faire quelques pas. Pour rassurer sa mère, elle s'entêta et se traîna dans la salle à manger, où elle s'assit devant son assiette vide.

— Ce ne sera rien, disait-elle en tâchant de sourire. Tu sais bien que je suis une patraque... Mange, toi. Je veux que tu manges.

Et elle-même, voyant que sa mère la regardait pâlir et grelotter, sans pouvoir avaler une bouchée, finit par feindre une pointe d'appétit. Elle prendrait un peu de confiture, elle le jurait. Alors, Hélène se hâta, tandis que l'enfant, toujours souriante, avec un petit tremblement nerveux de la tête, la contemplait de son air d'adoration. Puis, au dessert, elle voulut tenir sa promesse. Mais des pleurs parurent au bord de ses paupières.

— Ça ne passe pas, vois-tu, murmura-t-elle. Il ne faut point me gronder.

Elle éprouvait une terrible lassitude qui l'anéantissait. Ses jambes lui semblaient mortes, et, continuellement, une main de fer la serrait aux épaules. Mais elle se faisait brave, elle retenait les légers cris que lui arrachaient des douleurs lancinantes dans le cou. Un moment, elle s'oublia, la tête trop lourde, se rapetissant sous la souffrance, oppressée, défaillante. Et sa mère, en la voyant si maigrie, si faible et si adorable, ne put achever la poire qu'elle s'efforçait de manger. Des sanglots l'étranglaient. Elle laissa tomber sa serviette, vint prendre Jeanne entre ses bras.

— Mon enfant, mon enfant... balbutia-t-elle, le cœur crevé par la vue de cette salle à manger, où la petite l'avait si souvent égayée de sa gourmandise, lorsqu'elle était bien portante.

Jeanne se redressait, en retrouvant son sourire.

— Ne te fais pas de peine, je te dis que ce ne sera rien... Je suis un peu fatiguée, c'est vrai. Maintenant que tu as fini, tu vas me recoucher... Je voulais te voir à table, parce que je te connais, tu n'aurais pas avalé gros comme ça de pain.

Hélène l'emporta. Elle avait roulé son petit lit près du sien, dans la chambre. Quand Jeanne fut allongée, couverte jusqu'au menton, elle se trouva beaucoup mieux. Elle ne se plaignait plus que de douleurs sourdes, derrière la tête. Une gaieté fit briller un instant ses yeux. Puis, elle s'attendrit, son affection passionnée paraissait grandir, depuis qu'elle souffrait. Hélène dut l'embrasser, en jurant qu'elle l'aimait bien, et lui promettre de l'embrasser encore, quand elle se coucherait.

— Ça ne fait rien si je dors, répétait Jeanne. Je te sens tout de même.

Et elle ferma les yeux, elle s'endormit. Hélène resta près d'elle, à regarder son sommeil. Comme Rosalie venait sur la pointe des pieds lui demander si elle pouvait se coucher, elle lui répondit affirmativement d'un signe de tête. Onze heures sonnèrent, Hélène était toujours là, silencieuse et navrée, lorsqu'elle crut entendre frapper légèrement à la porte du palier. Elle prit la lampe et, très surprise, alla voir.

— Qui est là ?

— Moi, ouvrez, répondit une voix étouffée.

C'était la voix d'Henri. Elle ouvrit vivement, trouvant cette visite naturelle. Sans doute, le docteur avait appris la crise de Jeanne, et il venait, bien qu'elle ne l'eût pas fait appeler, par un sentiment qu'elle ne s'expliquait pas nettement elle-même. Elle hésitait, prise d'une sorte de pudeur à le mettre de moitié dans la santé de l'enfant.

Mais Henri ne lui laissa pas le temps de parler. Il l'avait suivie dans la salle à manger, tremblant, le sang au visage ; et il lui saisit la main, en bégayant.

— Je vous en prie, pardonnez-moi... Il y a trois jours que je ne vous ai vue, je n'ai pu résister au besoin de vous voir. Oh ! ne me chassez pas, laissez-moi vous regarder, et je m'en irai, je vous le jure.

Elle avait dégagé sa main. Lui, recula, les yeux sur elle, continuant :

— Ne craignez rien, je vous aime... C'est tout à l'heure, en rentrant, que ce besoin m'a pris. Je serais resté à votre porte, si vous ne m'aviez pas ouvert. Oui, je sais bien que tout cela est fou, et je vous en supplie, pardonnez-moi, pardonnez-moi...

Il avait joint les mains, tandis qu'elle l'écoutait, très grave, avec une sévérité muette qui le torturait. Mais, devant cet accueil, tout le flot de sa passion coula.

— Ah ! ce n'est plus possible... Pourquoi jouons-nous cette atroce comédie ?... Je vous aime, je vous aime à en mourir, et nous restons comme des étrangers, il ne m'est pas seulement permis de vous dire que je vous aime... Je ne puis plus, entendez-vous ! Mon cœur éclaterait ; je ferais quelque folie, pire que celle de ce soir ; je vous prendrais entre mes bras, devant tous, et je vous emporterais...

Un désir éperdu lui faisait tendre les bras. Il s'était rapproché, il baisait sa robe, ses mains fiévreuses s'égaraient. Elle, toute droite, restait glacée.

— Alors, vous ne savez rien ? demanda-t-elle.

Et, comme il avait saisi son bras nu sous la manche ouverte du peignoir et qu'il le couvrait de baisers avides, elle eut enfin un mouvement d'impatience.

— Laissez donc ! Vous voyez bien que je ne vous entends seulement pas. Est-ce que je songe à ces choses !

Elle se calma, elle posa une seconde fois sa question.

— Alors, vous ne savez rien ?... Eh bien ! ma fille est malade. Je suis contente de vous voir, vous allez me rassurer.

Prenant la lampe, elle marcha la première ; mais, sur le seuil, elle se retourna, pour lui dire durement, avec son clair regard :

— Je vous défends de recommencer ici... Jamais, jamais!

Il l'avait suivie, frémissant encore, comprenant mal ce qu'elle lui disait. Dans la chambre, à cette heure de nuit, au milieu des linges et des vêtements épars, il respirait de nouveau cette odeur de verveine qui l'avait tant troublé, le premier soir où il avait vu Hélène échevelée, son châle glissé des épaules. Se retrouver là et s'agenouiller, boire toute cette odeur d'amour qui flottait, et attendre ainsi le jour en adoration, et s'oublier dans la possession de son rêve! Ses tempes éclataient, il s'appuya au petit lit de fer de l'enfant.

— Elle s'est endormie, dit Hélène à voix basse. Regardez-la.

Il n'entendait point, sa passion ne voulait pas faire silence. Elle s'était penchée devant lui, il avait aperçu sa nuque dorée, avec de fins cheveux qui frisaient. Et il ferma les yeux, pour résister au besoin de la baiser à cette place.

— Docteur, voyez donc, elle brûle... Ce n'est pas grave, dites?

Alors, dans le désir fou qui lui battait le crâne, il tâta machinalement le pouls de Jeanne, cédant à l'habitude de la profession. Mais la lutte était trop forte, il resta un moment immobile, sans paraître savoir qu'il tenait cette pauvre petite main dans la sienne.

— Dites, elle a une grosse fièvre?

— Une grosse fièvre, vous croyez? répéta-t-il en balbutiant.

La petite main chauffait la sienne. Il y eut un nouveau silence. Le médecin s'éveillait en lui.

— C'est vrai, murmura-t-il.

Il tira sa montre, il compta les pulsations. Dans ses yeux, une flamme s'éteignait. Peu à peu, sa face pâlit, il se baissa, inquiet, regardant Jeanne attentivement. Et il laissa échapper :

— L'accès est très violent, vous avez raison... Mon Dieu, la pauvre enfant!

Puis, comme Hélène l'interrogeait d'un regard épouvanté, il la rassura vivement.

— Je la sauverai, je vous le jure... Confiez-la moi, et je vous la rendrai, je veux vous la rendre.

Son désir était mort, il n'avait plus que la passion de la servir. Tout son sang-froid revenait, ses yeux clairs ne quittaient plus le visage de Jeanne.

— Éclairez-moi, reprit-il d'une voix brève.

Il s'était assis, questionnant la mère sur les faits qui avaient précédé la crise, lorsque l'enfant s'éveilla en gémissant. Elle se plaignait d'un mal de tête affreux, et comme Hélène voulut la hausser sur l'oreiller, elle jeta un cri, elle pleura et répéta qu'elle avait le dos cassé. Les douleurs dans le cou et dans les épaules étaient devenues tellement vives qu'elle ne pouvait plus faire un mouvement sans pousser un sanglot. Hélène, agenouillée de l'autre côté du lit, l'encourageait, lui souriait, le cœur crevé de la voir souffrir ainsi.

— Il y a donc quelqu'un, maman? demanda-t-elle en se tournant et en apercevant le docteur.

— C'est un ami, tu le connais.

L'enfant l'examina un instant, pensive et comme hésitante.

Puis une tendresse passa sur son visage.

— Oui, oui, je le connais. Je l'aime bien.

Et se tournant vers lui, de son air câlin :

— Il faut me guérir, monsieur, n'est-ce pas? pour que maman soit contente... Je boirai tout ce que vous me donnerez, bien sûr.

Le docteur lui avait repris le pouls, Hélène tenait son autre main; et, entre eux, elle les regardait l'un après l'autre, avec le léger tremblement nerveux de sa tête, d'un air attentif, comme si elle ne les avait jamais si bien vus. Puis, un malaise l'agita. Ses petites mains se crispèrent et les retinrent :

— Ne vous en allez pas; j'ai peur... Défendez-moi; empêchez que tous ces gens ne s'approchent... Je ne veux que vous, je ne veux que vous deux, tout près, oh! tout près, contre moi, ensemble...

Et elle les attirait, les rapprochait d'une façon convulsive, en répétant :

— Ensemble, ensemble...

Le délire reparut ainsi à plusieurs reprises. Dans les moments de calme, Jeanne cédait à des somnolences, qui la laissaient sans souffle, comme morte. Quand elle sortait en sursaut de ces courts sommeils, elle n'entendait plus, elle ne voyait plus, les oreilles pleines de bourdonnements et les yeux voilés de fumées blanches. Le docteur veilla une partie de la nuit qui fut très mauvaise. Il n'était descendu un instant que pour aller prendre lui-même une potion. Vers le matin, lorsqu'il partit, Hélène le suivit anxieusement dans l'antichambre.

— Eh bien, docteur?

— Nous la sauverons, dit-il de nouveau. Son état est très grave, mais ne doutez pas, je vous en supplie; comptez sur moi... Je reviendrai ce matin à dix heures.

Hélène, en rentrant dans la chambre, trouva Jeanne sur son séant, grelottant et cherchant autour d'elle d'un air égaré.

— Vous m'avez laissée, vous m'avez laissée, cria-t-elle en pleurant. Oh! j'ai peur, je ne veux pas être toute seule...

Sa mère la consolait, mais elle cherchait toujours.

— Où est-il, petite mère? Oh! dis-lui de ne pas s'en aller... Je veux qu'il soit là, je veux...

— Il va revenir, mon ange, répétait Hélène qui mêlait ses larmes aux siennes. Il ne nous quittera pas, je te le jure. Il nous aime trop... Voyons, sois sage, recouche-toi. Moi, je reste là, j'attends qu'il revienne.

— Bien vrai, bien vrai? murmura l'enfant qui retomba peu à peu dans une somnolence profonde.

Alors commencèrent des jours affreux, trois semaines d'abominables angoisses. La fièvre ne cessa pas une heure. Jeanne ne trouvait un peu de calme que lorsque le docteur était là et qu'elle lui avait donné une de ses petites mains, tandis que sa mère tenait l'autre. Elle se réfugiait en eux, elle partageait entre eux son adoration tyrannique, comme si elle eût compris sous quelle protection d'ardente tendresse elle se mettait. Son exquise sensibilité nerveuse, affinée encore par la maladie, l'avertissait sans doute que seul un miracle de leur amour pouvait la sauver, et elle les regardait pendant des heures, aux deux côtés de son lit, les yeux graves et profonds, noyés d'une larme qui roulait lentement. Toute la passion humaine, entrevue et devinée, passait dans ce regard de petite fille moribonde. Elle ne parlait point, ses traits effilés restaient muets, elle leur disait tout d'une pression chaude de ses petites mains, les suppliant de ne pas s'éloigner, leur faisant entendre quel repos elle goûtait à les voir ainsi ensemble. Lorsque, après une absence de quelques heures, le médecin reparaissait, c'était pour elle un ravissement, ses yeux qui n'avaient pas quitté la porte s'emplissaient de clarté; puis, tranquille, elle s'endormait, rassurée de les voir, lui et sa mère, tourner autour d'elle et causer à voix basse.

Le lendemain de la crise, le docteur Bodin s'était présenté. Mais Jeanne avait boudé, tournant la tête, refusant de se laisser examiner.

—Pas lui, maman, murmurait-elle, pas lui, je t'en prie.

Et comme il revenait le jour suivant, Hélène dut lui parler des répugnances de l'enfant. Aussi le vieux médecin n'entrait-il plus dans la chambre. Il montait tous les deux jours, prenait des nouvelles, causait parfois avec son confrère, le docteur Deberle, qui se montrait déférent pour son grand âge.

D'ailleurs, il ne fallait point chercher à tromper Jeanne. Ses sens prenaient une finesse extraordinaire. L'abbé et M. Rambaud arrivaient chaque soir, s'asseyaient, passaient là une heure dans un silence navré. Un soir, comme le docteur s'en allait, Hélène fit signe à M. Rambaud de prendre la main de la petite endormie, pour qu'elle ne s'aperçût pas du départ de son bon ami. Mais, au bout de deux ou trois minutes, Jeanne ouvrit les yeux, retira brusquement sa main. Et elle pleura, elle dit qu'on lui faisait des méchancetés.

— Tu ne m'aimes donc plus, tu ne veux donc plus de moi? répétait le pauvre M. Rambaud, les larmes aux yeux.

Elle le regardait sans répondre, elle semblait ne plus même vouloir le reconnaître. Et le digne homme retournait dans son coin, le cœur gros. Il avait fini par entrer sans bruit et se glisser dans l'embrasure d'une fenêtre, où, à demi-caché derrière un rideau, il passait la soirée, engourdi de chagrin, les regards fixés sur le lit de la malade. L'abbé aussi était là, avec sa grosse tête toute pâle, sur ses épaules maigres. Il se mouchait bruyamment pour cacher ses larmes. Le danger que courait sa petite amie le bouleversait au point qu'il en oubliait ses pauvres.

Mais les deux frères avaient beau se reculer au fond de la pièce, Jeanne les sentait là; et ils la gênaient, elle se retournait d'un air de malaise, même lorsqu'elle était assoupie par la fièvre. Sa mère alors se penchait pour entendre les mots qu'elle balbutiait.

— Oh! maman, j'ai mal!... Tout ça m'étouffe... Renvoie le monde, tout de suite, tout de suite....

Hélène, le plus doucement possible, expliquait aux deux frères que la petite voulait dormir. Et ils comprenaient, ils s'en allaient en baissant la tête. Dès qu'ils étaient partis, Jeanne respirait fortement, jetait un coup d'œil autour de la chambre, puis reportait avec une douceur infinie ses regards sur sa mère et le docteur.

— Bonsoir, murmurait-elle. Je suis bien, restez là.

Pendant trois semaines, elle les retint ainsi. Henri était d'abord venu deux fois par jour, puis il passa les soirées entières, il donna à l'enfant toutes les heures dont il pouvait disposer. Au début, il avait craint une fièvre typhoïde; mais des symptômes tellement contradictoires se présentaient, qu'il se trouva bientôt très perplexe. Il était sans doute en face d'une de ces affections chloro-anémiques si insaisissables et dont les complications sont si terribles, à l'âge où la femme se forme dans l'enfant. Successivement, il redouta une lésion du cœur et un commencement de phthisie. Ce qui l'inquiétait surtout, c'était l'exaltation nerveuse de Jeanne qu'il ne savait comment calmer, et cette fièvre intense, entêtée, qui refusait de céder à la médication la plus énergique. Tant que la fièvre ne cessait pas, le danger lui paraissait tel, qu'il n'osait donner aucune assurance à Hélène. Toute son énergie, toute sa science, il apportait tout à cette cure, avec l'unique pensée qu'il soignait là son bonheur, sa vie elle-même. Il voulait rendre cette enfant à sa mère, il le voulait comme une chose d'une nécessité absolue, sans laquelle le monde allait crouler sous ses pieds. Et ce n'était point un calcul, c'était une force qui l'emportait. Un grand silence, plein d'une attente solennelle, se faisait en lui; pas une fois, pendant ces trois semaines d'anxiété, sa passion ne s'éveilla; il ne frissonnait plus sous le souffle d'Hélène, et lorsque leurs regards se rencontraient, ils avaient la tristesse amicale de deux êtres que menace un malheur commun. L'angoisse de la mère semblait avoir tué l'amour.

Pourtant, à chaque minute, leurs cœurs se fondaient davantage l'un dans l'autre. Ils ne vivaient plus que de la même pensée. Dès qu'il arrivait, il apprenait en la regardant de quelle façon Jeanne avait passé la nuit, et il n'avait pas besoin de parler pour qu'elle sût comment il trouvait la petite malade. D'ailleurs, avec son beau courage de mère, elle lui avait fait jurer de ne pas la tromper, de dire ses craintes. Toujours debout, n'ayant pas dormi trois heures de suite en vingt nuits, elle montrait une énergie et une tranquillité surhumaines, sans une larme, domptant son désespoir pour garder sa tête dans cette lutte contre la maladie de son enfant. Il s'était produit un vide immense en elle et autour d'elle, où le monde environnant, ses sentiments de chaque heure, la conscience même de sa propre existence, avaient disparu. Rien n'existait plus. Elle ne tenait à la vie que par cette chère créature agonisante et cet homme qui lui promettait un miracle. C'était lui, et lui seul, qu'elle voyait, qu'elle entendait, dont les moindres mots prenaient une importance suprême, auquel elle s'abandonnait sans réserve, avec le rêve d'être en lui pour lui donner de sa force. Sourdement, invinciblement, cette possession s'accomplissait. Lorsque Jeanne traversait une heure de danger, presque chaque soir, à ce moment où la fièvre redoublait, ils étaient là, silencieux et seuls, dans la chambre moite; et, malgré eux, comme s'ils avaient voulu se sentir deux contre la mort, leurs mains se rencontraient au bord du lit, une longue étreinte les rapprochait, tremblants d'inquiétude et de pitié, jusqu'à ce qu'un faible soupir de l'enfant, une haleine apaisée et régulière les eût avertis que la crise était passée. Alors, d'un hochement de tête, ils se rassuraient. Cette fois encore, leur amour avait vaincu. Et chaque fois leur étreinte devenait plus rude, ils s'unissaient plus étroitement.

Un soir, Hélène devina qu'Henri lui cachait quelque chose. Il était là depuis dix minutes, examinant Jeanne, sans une parole. La petite se plaignait d'une soif intolérable; elle étranglait, sa gorge séchée laissait entendre un sifflement continu. Puis, une somnolence l'avait prise, le visage très rouge, si faible, si alourdie, qu'elle ne pouvait plus même lever les paupières. Et elle restait inerte, on aurait pu croire qu'elle était morte, sans le sifflement de sa gorge.

— Vous la trouvez bien mal, n'est-ce pas? demanda Hélène de sa voix brève.

Il répondit que non, qu'il n'y avait pas de changement. Mais il était très pâle, il demeurait assis et immobile, comme écrasé par son impuissance.

Alors, malgré la tension de tout son être, elle s'affaissa sur une chaise, de l'autre côté du lit.

— Allons, dites-moi tout. Vous avez juré de tout me dire... Elle est perdue?

Et, comme il se taisait, elle reprit avec violence :

— Vous voyez bien que je suis forte... Est-ce que je pleure? est-ce que je me désespère?... Parlez. Je veux savoir la vérité.

Henri la regardait fixement. Il parla avec lenteur.

— Eh bien, dit-il, si d'ici à une heure elle ne sort pas de cette somnolence, ce sera fini.

Hélène n'eut pas un sanglot. Elle était toute froide, avec une horreur qui soulevait sa chevelure. Ses yeux s'abaissèrent sur Jeanne, elle tomba à genoux et prit son enfant entre ses bras, d'un geste superbe de possession, comme pour la garder contre son épaule. Pendant une longue minute, elle pencha son visage tout près du sien, la buvant du regard, voulant lui donner de son souffle, de sa vie à elle. La respiration haletante de la petite malade devenait plus courte.

— Il n'y a donc rien à faire, reprit Hélène en levant la tête. Pourquoi restez-vous là? Faites quelque chose...

Il eut un geste découragé.

— Faites quelque chose... Est-ce que je sais? N'importe quoi. Il doit y avoir quelque chose à faire... Vous n'allez pas la laisser mourir. Ce n'est pas possible.

— Je ferai tout, dit simplement le docteur.

Il s'était levé. Alors commença une lutte suprême. Tout son sang-froid et toute sa décision de praticien lui revenaient. Jusque là, il n'avait point osé employer les moyens violents, craignant d'affaiblir ce petit corps déjà si pauvre de vie. Mais il n'hésita plus, il envoya Rosalie chercher douze sangsues; et il ne cacha pas à la mère que c'était une tentative désespérée, qui pouvait sauver ou tuer son enfant. Quand les sangsues furent là, il lui vit un moment de défaillance.

— Oh! mon Dieu, murmurait-elle, mon Dieu, si vous la tuez...

Il dut lui arracher un consentement.

— Eh bien! mettez-les, mais que le ciel vous inspire!

Elle n'avait pas lâché Jeanne, elle refusa de se relever, voulant garder sa tête sur son épaule. Lui, blanc comme un linge, ne parla plus, absorbé dans l'effort qu'il tentait. D'abord, les sangsues ne prirent pas. Les minutes s'écoulaient, le balancier de la pendule, dans la grande chambre noyée d'ombre, mettait seul son bruit impitoyable et entêté. Chaque seconde emportait un espoir. Sous le cercle de clarté jaune qui tombait de l'abat-jour, la nudité adorable et souffrante de Jeanne, au milieu des draps rejetés, avait une pâleur de cire. Hélène, les yeux secs, étranglée, regardait ces petits membres déjà morts; et, pour voir une goutte du sang de sa fille, elle eût volontiers donné tout le sien. Enfin, une goutte rouge parut, les sangsues prenaient. Une à une, elles se fixèrent. L'existence de l'enfant se décidait. Ce furent des minutes terribles, d'une émotion poignante. Était-ce le dernier souffle, ce soupir que poussait Jeanne? était-ce le retour de la vie? Un instant, Hélène, la sentant se raidir, crut qu'elle passait, et elle eut la furieuse envie d'arracher ces bêtes qui buvaient si goulument; mais une force supérieure la retenait, elle restait béante et glacée. Le balancier continuait à battre, la chambre anxieuse semblait attendre.

L'enfant s'agita. Ses paupières lentes se levèrent, puis elle les referma, comme étonnée et lasse. Une vibration légère, pareille à un souffle, passait sur son visage. Elle remua les lèvres. Hélène, avide, tendue, se penchait, dans une attente farouche.

— Maman, maman, murmura Jeanne.

Henri alors vint au chevet, près de la jeune femme, en disant:

— Elle est sauvée.

— Elle est sauvée... elle est sauvée... répétait Hélène, bégayante, inondée d'une telle joie, qu'elle s'était affaissée par terre, près du lit, regardant sa fille, regardant le docteur d'un air fou.

Et, d'un mouvement violent, elle se leva, elle se jeta au cou du docteur.

— Ah! je t'aime! s'écria-t-elle.

Elle le baisait, elle l'étreignait. C'était son aveu, cet aveu si longtemps retardé, qui lui échappait enfin, dans cette crise de son cœur. La mère et l'amante se confondaient, à ce moment délicieux; elle offrait son amour tout brûlant de sa reconnaissance.

— Je pleure, tu vois, je puis pleurer, balbutiait-elle. Mon Dieu! que je t'aime, et que nous allons être heureux!

Elle le tutoyait, elle sanglotait. La source de ses larmes, tarie depuis trois semaines, ruisselait sur ses joues. Elle était demeurée entre ses bras, tendant les joues à ses baisers, caressante et familière comme un enfant, emportée dans cet épanouissement de toutes ses tendresses. Puis, elle retomba à genoux, elle reprit Jeanne pour l'endormir contre son épaule; et, de temps à autre, pendant que sa fille reposait, elle levait sur Henri des yeux humides de passion.

Ce fut une nuit de félicité. Le docteur resta très tard. Il avait décidé Hélène à coucher la petite malade. Allongée dans son lit, sa fine tête brune au milieu de l'oreiller et bien bordée de tous les côtés, la couverture au menton, Jeanne fermait les yeux sans dormir, soulagée et anéantie. La lampe, posée sur le guéridon que l'on avait roulé près de la cheminée, n'éclairait qu'un bout de la chambre, laissant dans une ombre vague Hélène et Henri, assis à leurs places habituelles, aux deux bords de l'étroite couche. Mais l'enfant ne les séparait pas, les rapprochait au contraire, ajoutait de son innocence à leur première soirée d'amour. Tous deux goûtaient un apaisement attendri, après les longs jours d'angoisse qu'ils venaient de passer. Enfin, ils se retrouvaient, ils se sentaient et se revoyaient là, côte à côte, avec leurs cœurs plus largement ouverts; et ils comprenaient bien qu'ils s'aimaient davantage, dans ces terreurs et ces joies communes, dont ils sortaient tout frissonnants. Une bonté, une charité les noyaient, les laissaient amollis et sans force. La chambre devenait complice, si tiède, si discrète, emplie de cette religion qui met son silence ému autour du lit d'un malade. Hélène, par moments, se levait, allait sur la pointe des pieds chercher une potion, remonter la lampe, donner un ordre à Rosalie; pendant que le docteur, qui la suivait des yeux, lui faisait signe de marcher doucement. Puis, quand elle se rasseyait, ils échangeaient un sourire. Ils ne parlaient pas, ils restaient les mains abandonnées, s'intéressant uniquement à Jeanne, qui était comme leur amour lui-même. Mais, parfois, en s'occupant d'elle, lorsqu'ils remontaient la couverture ou qu'ils lui soulevaient la tête, leurs mains se rencontraient et elles s'oubliaient un instant l'une près de l'autre. C'était la seule caresse, involontaire et furtive, qu'ils se permettaient.

— Je ne dors pas, murmurait Jeanne, je sais bien que vous êtes là.

Alors, ils s'égayaient de l'entendre parler. Leurs mains se séparaient, ils n'avaient pas d'autres désirs. L'enfant les satisfaisait et les calmait.

— Tu es bien, ma chérie? demandait Hélène, quand elle la voyait remuer.

Jeanne ne répondait pas tout de suite. Elle parlait comme dans un rêve.

— Oh! oui, je ne me sens plus... Mais je vous entends, ça me fait plaisir.

Puis, au bout d'un instant, elle faisait un effort, soulevant les paupières, les regardant. Et elle souriait divinement, en refermant les yeux. Vers deux heures, lorsque le docteur s'en alla, Hélène l'accompagna jusqu'à l'antichambre. Là, sans parler, elle lui tendit les bras, et il l'attira, il l'embrassa, dans une étreinte muette.

Le lendemain, quand l'abbé et M. Rambaud se présentèrent, Hélène laissa échapper un mouvement d'impatience. Ils la dérangeaient dans son coin de bonheur. Et, comme ils la questionnaient, tremblant d'apprendre de mauvaises nouvelles, elle eut la cruauté de leur dire que Jeanne n'allait pas mieux. Elle répondit cela sans réflexion, poussée par le besoin égoïste de garder pour elle et pour Henri la joie de l'avoir sauvée et d'être seuls à le savoir. Pourquoi voulait-on partager leur bonheur? Il leur appartenait, il lui aurait semblé diminué si quelqu'un l'avait connu. Elle aurait cru qu'un étranger entrait dans son amour.

Le prêtre s'était approché du lit.

— Jeanne, c'est nous, tes bons amis... Tu ne nous reconnais pas?

Elle fit un grave signe de tête. Elle les reconnaissait bien, mais elle ne voulait pas causer, pensive, levant des regards d'intelligence vers sa mère. Et les deux bonnes gens s'en allèrent, plus navrés que les autres soirs.

Trois jours après, Henri permit à la petite malade son premier œuf à la coque. Ce fut toute une grosse affaire. Jeanne voulut absolument le manger, seule avec sa mère et le docteur, la porte fermée. Comme M. Rambaud justement se trouvait là, elle murmura à l'oreille de sa mère, qui étalait déjà une serviette sur le lit, en guise de nappe :

— Attends, quand il sera parti.

Puis, dès qu'il se fut éloigné :

— Tout de suite, tout de suite... C'est plus gentil, quand il n'y a pas de monde.

Hélène l'avait assise, pendant qu'Henri mettait deux oreillers derrière elle, pour la soutenir. Et, la serviette étalée, une assiette sur les genoux, Jeanne attendait avec un sourire.

— Je vais te le casser, veux-tu? demanda sa mère.

— Oui, c'est cela, maman.

— Et moi, je vais te couper trois mouillettes, dit le docteur.

— Oh! quatre, j'en mangerai bien quatre, tu verras.

Elle tutoyait le docteur maintenant. Quand il lui donna la première mouillette, elle prit sa main, et comme elle avait gardé celle de sa mère, elle les baisa toutes deux, allant de l'une à l'autre avec la même affection passionnée.

— Allons, sois raisonnable, reprit Hélène, qui la voyait près d'éclater en sanglots; mange bien ton œuf pour nous faire plaisir.

Jeanne alors commença; mais elle était si faible qu'après la première mouillette, elle se trouva toute lasse. Elle souriait à chaque bouchée, en disant qu'elle avait les dents molles. Ses mains étaient devenues maladroites; sa tête pâlie se penchait; et elle s'arrêtait pour regarder son assiette. Henri l'encourageait. Hélène avait des larmes au bord des yeux. Mon Dieu! elle voyait son enfant manger! Elle suivait le pain, ce premier œuf l'attendrissait jusqu'aux entrailles. La brusque pensée de Jeanne, morte, raidie sous un drap, vint la glacer. Et elle mangeait, elle mangeait si gentiment, avec ses gestes ralentis, ses hésitations de convalescente!

— Tu ne gronderas pas, maman... Je fais ce que je peux, j'en suis à ma seconde mouillette... Es-tu contente?

— Oui, bien contente, ma chérie... Tu ne sais pas toute la joie que tu me donnes.

Et dans le débordement de bonheur qui l'étouffait, elle s'appuya contre l'épaule d'Henri, s'oubliant, s'abandonnant à ses tendresses. Tous deux continuaient à rire à l'enfant. Mais celle-ci, lentement, parut prise d'un malaise : elle levait sur eux des regards furtifs, puis elle baissait la tête, ne mangeant plus, tandis qu'une ombre de méfiance et de colère blêmissait son visage. Il fallut la recoucher.

III

La convalescence dura des mois. En août, Jeanne était encore au lit. Elle se levait une heure ou deux, vers le soir, et c'était une immense fatigue pour elle que d'aller jusqu'à la fenêtre, où elle restait allongée dans un fauteuil, en face de Paris incendié par le soleil couchant. Ses pauvres jambes refusaient de la porter; comme elle le disait avec un pâle sourire, elle n'avait point assez de sang pour un petit oiseau, il fallait attendre qu'elle mangeât beaucoup de soupe. On lui coupait de la viande crue dans du bouillon. Elle avait fini par aimer ça, parce qu'elle aurait bien voulu descendre jouer au jardin.

Ces semaines, ces mois qui coulaient, passèrent, monotones et charmants, sans qu'Hélène comptât les jours. Elle ne sortait plus, elle oubliait le monde entier, auprès de Jeanne. Pas une nouvelle du dehors n'arrivait jusqu'à elle. C'était, devant Paris emplissant l'horizon de sa fumée et de son bruit, une retraite plus reculée et plus close que les saints ermitages perdus dans les rocs. Son enfant était sauvée, cette certitude lui suffisait, et elle employait ses journées à guetter le retour de la santé, heureuse d'une nuance, d'un regard brillant, d'un geste gai. A chaque heure, elle retrouvait sa fille davantage, avec ses beaux yeux et ses cheveux qui redevenaient souples. Il lui semblait qu'elle lui donnait la vie une seconde fois. Plus la résurrection était lente, et plus elle en goûtait les délices, se souvenant des jours lointains où elle la nourrissait, éprouvant à la voir reprendre des forces une émotion plus vive encore qu'autrefois, lorsqu'elle mesurait ses deux petits pieds dans ses mains jointes, pour savoir si elle marcherait bientôt.

Cependant, une inquiétude lui restait. A plusieurs reprises, elle avait remarqué cette ombre qui blémissait le visage de Jeanne, tout d'un coup méfiante et farouche. Pourquoi, au milieu d'une gaieté, changeait-elle ainsi brusquement? Souffrait-elle, lui cachait-elle quelque réveil de la douleur?

— Dis-moi, ma chérie, qu'as-tu?... Tu riais tout à l'heure, et te voici le cœur gros. Réponds-moi, as-tu bobo quelque part?

Mais Jeanne, violemment, tournait la tête, s'enfonçait la face dans l'oreiller.

— Je n'ai rien, disait-elle d'une voix brève. Je t'en prie, laisse-moi.

Et elle gardait des rancunes d'une après-midi entière, les yeux fixés sur le mur, s'entêtant, tombant à de grandes tristesses que sa mère désolée ne pouvait comprendre. Le docteur ne savait que dire; les accès se produisaient toujours lorsqu'il était là, et il les attribuait à l'état nerveux de la petite malade. Surtout il recommandait qu'on évitât de la contrarier.

Une après-midi, Jeanne dormait. Henri qui l'avait trouvée très bien, s'était attardé dans la chambre, causant avec Hélène, occupée de nouveau à ses éternels travaux de couture devant la fenêtre. Depuis la terrible nuit, où, dans un cri de passion, elle lui avait avoué son amour, tous deux vivaient sans une secousse, se traitant avec une familiarité fraternelle. Ils se laissaient aller à cette douceur de savoir qu'ils s'aimaient, insoucieux du lendemain, oublieux de tout. Leur tendresse avait le charme d'une amitié. Auprès du lit de Jeanne, dans cette pièce émue encore de l'agonie de l'enfant, une chasteté les protégeait contre toute surprise des sens. Cela les calmait, d'entendre son haleine d'innocente. Pourtant, à mesure que la malade se montrait plus forte, leur amour, lui aussi, prenait des forces; du sang lui venait, ils demeuraient côte à côte, frémissants, jouissant de l'heure présente, sans vouloir se demander ce qu'ils feraient, lorsque Jeanne serait debout et que leur passion éclaterait, libre et bien portante.

Pendant des heures, ils se berçaient de quelques paroles, dites de loin en loin, à voix basse, pour ne pas réveiller la petite. Les paroles avaient beau être banales, elles les touchaient toujours profondément. Ce jour-là, ils étaient très attendris l'un et l'autre.

— Je vous jure qu'elle va beaucoup mieux, dit le docteur. Avant quinze jours, elle pourra descendre au jardin.

Hélène piquait vivement son aiguille. Elle murmura:

— Hier, elle a encore été bien triste... Mais, ce matin, elle riait; elle m'a promis d'être sage.

Il y eut un long silence. L'enfant dormait toujours, d'un sommeil qui les enveloppait l'un et l'autre d'une grande paix. Quand elle reposait ainsi, ils se sentaient soulagés, ils s'appartenaient davantage.

— Vous n'avez plus vu le jardin? reprit Henri. Il est plein de fleurs à présent.

— Les marguerites ont poussé, n'est-ce pas? demanda-t-elle.

— Oui, la corbeille est superbe... Les clématites sont montées jusque dans les ormes. On dirait un nid de feuilles.

Le silence recommença. Hélène, cessant de coudre, l'avait regardé avec un sourire, et leur pensée commune les promenait tous deux dans des allées profondes, des allées idéales, noires d'ombre et où tombaient des pluies de roses. Lui, penché sur elle, buvait la légère odeur de verveine, qui montait de son peignoir. Mais un froissement de linge les troubla.

— Elle s'éveille, dit Hélène qui leva la tête.

Henri s'était reculé. Il jeta également un regard du côté du lit. Jeanne venait de prendre son oreiller entre ses petits bras; et, le menton enfoncé dans la plume, elle avait à présent la face entièrement tournée vers eux. Mais ses paupières restaient closes; elle parut se rendormir, l'haleine de nouveau lente et régulière.

— Vous cousez donc toujours? demanda-t-il au bout d'un silence, en se rapprochant.

— Je ne puis rester les mains inoccupées, répondit-elle. C'est machinal, ça règle mes pensées... Pendant des heures, je pense à la même chose sans fatigue.

Il ne dit plus rien, il suivait son aiguille qui piquait le calicot avec un petit bruit cadencé; et il lui semblait que ce fil emportait et nouait un peu de leurs deux existences. Pendant des heures, elle aurait pu coudre, il aurait entendu le langage de l'aiguille, ce bercement qui ramenait en eux le même mot, sans les lasser jamais. C'était leur seul désir, des journées passées ainsi, dans ce coin de paix, à être là muets, l'un près de l'autre, tandis que l'enfant dormait et qu'ils évitaient de remuer afin de ne point troubler son sommeil. Immobilité délicieuse, silence où ils entendaient leurs cœurs, douceur infinie qui les ravissait dans une sensation unique d'amour et d'éternité.

— Vous êtes bonne, vous êtes bonne, murmura-t-il à plusieurs reprises, ne trouvant que cette parole pour exprimer la joie qu'il lui devait.

Elle avait de nouveau levé la tête, souriante, n'éprouvant aucune gêne de se voir si ardemment aimée. Le visage d'Henri était près du sien. Un instant, ils demeurèrent à se contempler, tandis que des larmes noyaient leurs regards.

— Laissez-moi travailler, dit-elle à voix très basse. Je n'aurai jamais fini.

Mais, à ce moment, une inquiétude brusque et instinctive la fit se tourner. Et elle vit Jeanne, la face toute pâle, qui les regardait, de ses yeux grandis, d'un noir d'encre. L'enfant n'avait pas bougé, le menton dans la plume, serrant toujours l'oreiller entre ses petits bras. Elle venait seulement d'ouvrir les yeux, et elle les regardait.

— Jeanne, qu'as-tu? demanda Hélène. Es-tu malade? veux-tu quelque chose?

Elle ne répondait pas, elle ne bougeait pas, n'abaissait même pas les paupières, avec ses grands yeux fixes, d'où sortait une flamme. L'ombre farouche était descendue sur son front, ses joues blémissaient et se creusaient. Déjà elle renversait ses poignets, comme à l'approche d'une crise de convulsions. Hélène s'était avancée, en la suppliant de parler; mais elle gardait sa raideur entêtée, elle arrêtait sur sa mère des regards si noirs, que celle-ci finissait par rougir et balbutier.

— Docteur, voyez donc, que lui prend-il?

Henri s'était levé, en reculant vivement sa chaise de la chaise d'Hélène. Il vint près du lit, voulut s'emparer d'une des petites mains qui étreignaient si rudement l'oreiller. Alors, à ce contact, Jeanne parut recevoir une secousse, et d'un bond elle se tourna vers le mur, en disant :

— Laissez-moi, vous!... Vous me faites du mal!

Elle s'était enfouie sous la couverture. Vainement, pendant un quart d'heure, tous deux essayèrent de la calmer par de douces paroles. Elle restait sourde et immobile. Puis, comme ils insistaient, elle se souleva les mains jointes, suppliante.

— Je vous en prie, laissez-moi tous les deux... Vous me faites du mal; laissez-moi.

Hélène, bouleversée, alla se rasseoir devant la fenêtre. Mais Henri ne reprit pas sa place auprès d'elle. Ils venaient de comprendre enfin, Jeanne était jalouse. Ils ne trouvèrent plus un mot, et après avoir marché une minute en silence, il se retira, en voyant les regards anxieux qu'elle jetait sur le lit. Quand il ne fut plus dans la chambre, elle retourna près de sa fille, l'enleva de force entre ses bras. Et elle lui parlait longuement.

— Ecoute, ma mignonne, je suis seule... Regarde-moi, réponds-moi... Tu ne souffres pas? Alors, c'est que je t'ai fait de la peine? Il faut tout me dire. Tu sais que tu ne me caches jamais rien... Dis? c'est à moi que tu en veux? Qu'est-ce que tu as sur le cœur?

Mais elle eut beau l'interroger, donner à ses questions toutes les formes, Jeanne jurait toujours qu'elle n'avait rien. Puis, brusquement, elle cria, elle répéta :

— Tu ne m'aimes plus... tu ne m'aimes plus...

Et elle éclata en gros sanglots, elle noua ses bras convulsifs autour du cou de sa mère, en lui couvrant le visage de baisers avides. Hélène, le cœur meurtri, étouffant d'une tristesse indicible, la garda longtemps sur sa poitrine, en mêlant ses larmes aux siennes et en lui faisant le serment de ne jamais aimer personne autant qu'elle.

A partir de ce jour, la jalousie de Jeanne s'éveilla pour une parole, pour un regard. Tant qu'elle s'était trouvée en danger, un instinct lui avait fait accepter cet amour qu'elle sentait si tendre autour d'elle et qui la sauvait. Mais, à présent, elle redevenait forte, elle ne voulait plus partager sa mère. Alors, elle se prit d'une rancune pour le docteur, d'une rancune qui grandissait sourdement et tournait à la haine, à mesure qu'elle se portait mieux. Cela couvait dans sa tête obstinée, dans son petit être raidi et muet. Jamais elle ne consentit à s'en expliquer nettement. Elle-même ne savait pas. Elle avait mal là, quand le docteur s'approchait trop près de sa mère; et elle mettait ses deux mains sur sa poitrine. C'était tout, ça la brûlait, tandis qu'une colère furieuse l'étranglait et la pâlissait. Et elle ne pouvait pas empêcher ça; elle trouvait les gens bien injustes et se raidissait davantage, sans répondre, lorsqu'on la grondait d'être si méchante. Hélène, tremblante, n'osant la pousser à se rendre compte de son malaise, détournait les yeux devant ce regard noir d'une enfant de onze ans, où semblait luire trop tôt toute la vie de passion d'une femme.

— Jeanne, tu me fais beaucoup de peine, lui disait-elle les larmes aux yeux, lorsqu'elle la voyait sombre et défiante, dans un accès d'emportement fou qu'elle contenait et dont elle étouffait.

Mais cette parole, toute-puissante autrefois, qui la ramenait pleurante et repentante aux bras de sa mère, ne la touchait plus. Son caractère changeait. Dix fois dans une journée, elle montrait des humeurs différentes. Le plus souvent, elle avait une voix brève et impérative, parlant à sa mère comme elle aurait parlé à Rosalie, la dérangeant pour les plus petits services, s'impatientant et se plaignant toujours.

— Donne-moi une tasse de tisane... Comme tu es longue! On me laisse mourir de soif.

Puis, lorsqu'Hélène lui donnait la tasse :

— Ce n'est pas sucré.. Je n'en veux pas.

Elle se recouchait violemment; elle repoussait la tisane, disait qu'elle était trop sucrée maintenant. On le faisait exprès, on ne voulait plus la soigner. Hélène, craignant de l'affoler davantage, ne répondait pas, la regardait, avec de grosses larmes sur les joues.

Jeanne surtout réservait ses colères pour les heures où venait le médecin. Dès qu'il entrait, elle s'aplatissait dans le lit, elle baissait sournoisement la tête, comme ces animaux sauvages qui ne tolèrent pas l'approche d'un étranger. Certains jours, elle refusait de parler, lui abandonnant son pouls, se laissant examiner, inerte, les yeux au plafond. D'autres jours, elle ne voulait même pas le voir, et elle se cachait les yeux de ses deux mains, si rageusement, qu'il aurait fallu lui tordre les bras, pour les écarter. Un soir, elle eut cette parole cruelle, comme sa mère lui présentait une cuillerée de potion :

— Non, ça m'empoisonne.

Hélène resta saisie, le cœur traversé d'une douleur aiguë, craignant d'aller au fond de cette parole.

— Que dis-tu, mon enfant? demanda-t-elle. Sais-tu bien ce que tu dis?... Les remèdes ne sont jamais bons. Il faut prendre celui-là.

Mais Jeanne garda son silence obstiné, tournant la tête pour ne pas avaler la potion. A partir de ce jour, elle fut capricieuse, prenant ou ne prenant pas les remèdes, selon son humeur du moment. Elle flairait les fioles, les examinait avec méfiance sur la table de nuit. Et quand elle en avait refusé une, elle la reconnaissait; elle serait plutôt morte que d'en boire une goutte. Le digne M. Rambaud pouvait seul la décider parfois. Elle l'accablait maintenant d'une tendresse exagérée, surtout lorsque le docteur était là; et elle coulait vers sa mère des regards luisants, pour voir si elle souffrait de cette affection qu'elle témoignait à un autre.

— Ah! c'est toi, bon ami! criait-elle dès qu'il paraissait. Viens t'asseoir là, tout près... Tu as des oranges?

Elle se soulevait, pour fouiller en riant dans ses poches, où il y avait toujours des friandises. Puis elle l'embrassait, elle jouait toute une comédie de passion, satisfaite et vengée du tourment qu'elle croyait deviner sur la face pâle de sa mère. M. Rambaud rayonnait d'avoir ainsi fait sa paix avec sa petite chérie. Mais, dans l'antichambre, Hélène, en allant à sa rencontre, venait de l'avertir, d'un mot rapide. Alors, tout d'un coup, il semblait apercevoir la potion sur la table.

— Tiens! tu bois donc du sirop?

Le visage de Jeanne s'assombrissait. Elle disait à demi-voix :

— Non, non, c'est mauvais, ça pue, je ne bois pas de ça!

— Comment! tu ne bois pas de ça, reprenait M. Rambaud, d'un air gai. Mais je parie que c'est très bon... Veux-tu me permettre d'en boire un peu?

Et, sans attendre la permission, il s'en versait une large cuillère et l'avalait sans une grimace, en affectant une satisfaction gourmande.

— Oh! exquis! murmurait-il. Tu as bien tort... Attends, rien qu'un petit peu.

Jeanne, amusée, ne se défendait plus. Elle voulait bien de tout ce que M. Rambaud avait goûté, elle suivait avec attention ses mouvements, semblait étudier sur son visage l'effet de la drogue. Et le brave homme, en un mois, se gorgea ainsi de pharmacie. Lorsqu'Hélène le remerciait, il haussait les épaules.

— Laissez donc! c'est très bon! finissait-il par dire, convaincu lui-même, partageant pour son plaisir les médicaments de la petite.

Il passait les soirées auprès d'elle. L'abbé, lui aussi, venait régulièrement tous les deux jours. Et elle les gardait le plus longtemps possible, elle se fâchait lorsqu'elle les voyait prendre leurs chapeaux. A présent, elle redoutait d'être seule avec sa mère et le docteur, elle aurait voulu qu'il y eût toujours du monde là, pour les séparer.

Souvent elle appelait Rosalie sans motif et la retenait. Quand ils restaient seuls, ses regards ne les quittaient plus, les poursuivaient dans tous les coins de la chambre. Elle pâlissait, dès qu'ils se touchaient la main, et s'ils venaient à échanger une parole à voix basse, elle se soulevait, irritée, voulant savoir. Même elle ne tolérait plus que la robe de sa mère, sur le tapis, effleurât le pied du docteur. Ils ne pouvaient se rapprocher, se regarder, sans qu'aussitôt elle fût prise d'un tremblement. Sa chair endolorie, son pauvre petit être innocent et malade avait une irritation de sensibilité extrême, qui la faisait brusquement se retourner, lorsqu'elle devinait que, derrière elle, ils s'étaient souri. Les jours où ils s'aimaient davantage, elle le sentait dans l'air qu'ils lui apportaient et qu'elle respirait ; et, ces jours-là, elle était plus sombre, elle souffrait comme souffrent les femmes nerveuses, à l'approche de quelque violent orage.

— Comment va-t-elle ? demandait chaque jour Hélène à Henri, en le reconduisant. Vous ne me cachez rien.

— Je vous jure qu'elle est hors de danger, répondait le docteur. Il n'y a plus là qu'une question de temps.

— Mais ces colères, ces larmes, ces pâleurs qui m'inquiètent ?

Il mettait alors cette surexcitation nerveuse sur le compte de la convalescence elle-même. La médication énergique qu'il lui faisait suivre, les anti-spasmodiques, les fortifiants, calmeraient cela. Autour d'Hélène, tout le monde regardait Jeanne comme sauvée, et elle s'était peu à peu abandonnée à cette certitude, elle finissait par traiter les crises comme des bobos d'enfant gâtée, sans importance. Après les six semaines d'angoisse qu'elle venait de traverser, elle éprouvait un besoin de vivre. Sa fille, maintenant, pouvait se passer de ses soins pendant des heures ; c'était une détente délicieuse, un repos et une volupté que de vivre ces heures pour elle-même, elle qui depuis si longtemps ne savait plus si elle existait. Elle fouillait ses tiroirs, retrouvait avec joie des objets oubliés, s'occupait à toutes sortes de menues besognes, pour reprendre le train heureux de sa vie journalière. Et, dans ce renouveau, son amour grandissait, Henri était comme la récompense qu'elle s'accordait d'avoir tant souffert. A présent, lorsqu'il lui serrait la main, elle lui rendait son étreinte, des étreintes de plus en plus courtes et rudes, qui lui laissaient aux doigts une légère douleur dont elle jouissait. Au fond de cette chambre, ils se trouvaient hors du monde, ayant perdu le souvenir de tout obstacle, et rien ne les séparait plus que cette enfant, secouée de leur passion.

Alors, justement, ce fut Jeanne qui fouetta leurs désirs. Toujours entre eux, avec ses regards qui les épiaient, elle les forçait à une contrainte, à une comédie d'indifférence dont ils sortaient plus frissonnants et plus éperdus. Pendant des journées, ils ne pouvaient échanger un mot, en sentant qu'elle les écoutait, même lorsqu'elle paraissait prise de somnolence. Un soir, Hélène avait accompagné Henri, et, dans l'antichambre, muette, vaincue, elle tombait entre ses bras, lorsque Jeanne, derrière la porte refermée, s'était mise à crier : « Maman ! maman ! » d'une voix furieuse, comme si elle avait reçu le contre-coup du baiser ardent dont le médecin effleurait les cheveux de sa mère. Vivement, Hélène dut rentrer, car elle venait d'entendre l'enfant sauter du lit. Elle la trouva, grelottante, exaspérée, accourant en chemise. Jeanne ne voulait plus qu'on la quittât. A partir de ce jour, il ne leur resta qu'une poignée de main, à l'arrivée et au départ. Mme Deberle était depuis quinze jours aux bains de mer avec son petit Lucien ; le docteur disposait de toutes ses heures, et il n'osait passer plus de dix minutes auprès d'Hélène. Ils avaient dû cesser leurs longues causeries si douces, devant la fenêtre. Quand ils se regardaient, une flamme grandissante s'allumait dans leurs yeux.

Ce qui surtout acheva de les torturer, ce furent les changements d'humeur de Jeanne. Elle fondit en larmes, un matin, comme le docteur se penchait au-dessus d'elle, et elle lui demanda pardon. Durant tout un jour, sa haine se tourna en une tendresse fébrile ; elle voulut qu'il restât près de son lit, elle appela sa mère vingt fois, comme pour les voir côte à côte, émus et souriants. Hélène, ravie, rêvait déjà une longue suite de journées semblables. Mais, dès le lendemain, lorsque Henri arriva, l'enfant le reçut si durement, qu'Hélène, d'un regard, le supplia de se retirer ; toute la nuit, Jeanne s'était agitée, avec le regret furieux d'avoir été bonne. Alors, continuellement, de pareilles scènes se reproduisirent. La petite malade, parfois, rapprochait les amants, en se faisant brusquement caressante, lasse de rancune, ayant le besoin d'être aimée, voulant, elle aussi, un peu de cet amour qu'elle devinait autour d'elle. Puis, tout d'un coup, une colère lui venait, elle les séparait comme s'ils l'avaient trompée, refusant des caresses qui n'étaient pas pour elle seule. Ses raccommodements et ses ruptures avaient l'emportement d'une femme jalouse, les crises de larmes, les rages d'autant plus douloureuses qu'elle croyait s'être montrée plus aimante. Et les deux amants, ramenés et éloignés ainsi, dans une perpétuelle incertitude, n'osant risquer un sourire sans consulter le visage de Jeanne, s'adoraient chaque jour davantage. Après les heures exquises que l'enfant leur accordait, dans ses moments de caresses passionnées, les mauvaises heures arrivaient comme des coups de fouet, qui leur donnaient l'âpre besoin d'être heureux malgré tout.

Un sentiment de révolte anima peu à peu Hélène. Certes, elle serait morte pour sa fille, elle n'aurait point hésité à lui faire le sacrifice de sa vie. Mais pourquoi la méchante enfant la torturait-elle à ce point? Puisqu'elle était hors de danger, ne pouvait-elle laisser sa mère être heureuse? Hélène souffrait trop de cette lutte entre sa maternité et son amour. Maintenant, quand elle s'abandonnait à une de ces rêveries qui la berçaient, quelque rêve vague où elle se voyait marcher avec Henri dans un pays inconnu et charmant, tout d'un coup l'image raidie de Jeanne se levait; et c'étaient de continuels déchirements dans ses entrailles et dans son cœur. Elle se heurtait sans cesse contre ses deux tendresses. Souvent, elle se surprenait, les yeux baignés de larmes, se demandant quelle partie d'elle-même il lui faudrait arracher.

Une nuit, le docteur vint, malgré la défense formelle d'Hélène. Depuis huit jours, ils n'avaient pu échanger une parole. Elle refusait de le recevoir; mais lui, doucement, la poussa dans la chambre, comme pour la rassurer. Là, tous deux croyaient être sûrs d'eux-mêmes. Jeanne dormait profondément. Ils s'assirent à leur place accoutumée, près de la fenêtre, loin de la lampe; et une ombre calme les enveloppait. Pendant deux heures, ils causèrent, rapprochant leurs visages pour parler plus bas, si bas, qu'ils mettaient à peine un souffle dans la grande chambre ensommeillée. Parfois, ils tournaient la tête, jetant un coup d'œil sur le fin profil de Jeanne, dont les petites mains jointes reposaient au milieu du drap. Mais ils finirent par l'oublier. Leur balbutiement montait. Hélène, tout d'un coup, s'éveilla, dégagea ses mains qui brûlaient sous les baisers d'Henri. Et elle eut l'horreur froide de l'abomination qu'ils avaient failli commettre là.

— Maman! maman! bégayait Jeanne, brusquement agitée, comme tourmentée de quelque cauchemar.

Elle se débattait dans son petit lit, les yeux lourds de sommeil, en cherchant à se mettre sur son séant.

— Cachez-vous, je vous en supplie, cachez-vous, répétait Hélène avec angoisse. Vous la tuez, si vous restez là.

Henri se cacha vivement dans l'embrasure de la fenêtre, derrière un des rideaux de velours bleu. Mais l'enfant continuait à se plaindre.

— Maman, maman, oh! que je souffre!

— Je suis là, près de toi, ma chérie... Où souffres-tu?

— Je ne sais pas... C'est par là, vois-tu. Ça me brûle.

Elle avait ouvert les yeux, la face contractée, et elle appuyait ses deux petites mains sur sa poitrine.

— Ça m'a pris tout d'un coup... Je dormais, n'est-ce pas? J'ai senti comme un grand feu.

— Mais c'est passé, tu ne sens plus rien?

— Si, si, toujours.

Et, d'un regard inquiet, elle faisait le tour de la chambre. Maintenant, elle était complètement réveillée, l'ombre farouche descendait et blémissait ses joues.

— Tu es seule, maman? demanda-t-elle.

— Mais oui, ma chérie!

Elle secoua la tête, regardant toujours, flairant l'air, avec une agitation qui grandissait.

— Non, non, je le sais bien... Il y a quelqu'un... J'ai peur, maman, j'ai peur! Oh! tu me trompes, tu n'es pas seule...

Une crise nerveuse se déclarait, elle se renversa dans le lit en sanglottant, en se cachant sous la couverture, comme pour échapper à quelque danger. Hélène, affolée, fit immédiatement sortir Henri. Il voulait rester pour soigner l'enfant. Mais elle le poussa dehors. Elle revint, elle reprit Jeanne entre ses bras, pendant que celle-ci répétait cette plainte, qui résumait toujours ses grosses douleurs.

— Tu ne m'aimes plus, tu ne m'aimes plus!

— Tais-toi, mon ange, ne dis pas cela, cria la mère. Je t'aime plus que tout au monde... Tu verras bien si je t'aime!

Elle la soigna toute la nuit, épouvantée de voir son amour retentir si douloureusement dans cette chère créature de souffrance. Sa fille vivait son amour, et quand Jeanne se fut rendormie, plus calme, elle resta devant le lit, profondément triste et songeuse, résolue à lui donner son cœur. Le lendemain, elle exigea une consultation. Le docteur Bodin vint comme par hasard et examina la petite malade, qu'il ausculta en plaisantant. Puis, il eut un long entretien avec le docteur Deberle, qui attendait dans la salle à manger. Tous deux tombèrent d'accord que l'état présent n'offrait aucune inquiétude; mais ils craignaient des complications, ils interrogèrent longuement Hélène, en se sentant devant une de ces névroses qui ont une histoire dans les familles et qui déconcertent la science. Alors elle leur dit ce qu'ils savaient déjà en partie, son aïeule enfermée dans la maison d'aliénés des Tulettes, à quelques kilomètres de Plassans, sa mère morte tout d'un coup d'une phthisie aiguë, après une vie d'affolement et de crises nerveuses. Elle, tenait de son père, auquel elle ressemblait de visage, et dont elle avait le sage équilibre. Jeanne était tout le portrait de l'aïeule; mais elle restait plus frêle, elle n'en aurait jamais la haute taille ni la forte charpente osseuse. Les deux médecins hochèrent la tête. Il fallait de grands ménagements. On ne pouvait trop prendre de précautions avec ces affections chloro-anémiques, qui favorisent le développement de tant de maladies cruelles.

— Evitez-lui toutes les émotions, dit le docteur Bodin en se retirant. Elle a besoin d'une existence absolument calme. De nouvelles crises lui seraient fatales... Quand elle sera sur pied, on verra à lui donner la force de vivre comme tout le monde.

Henri avait écouté le vieux médecin avec une déférence qu'il ne montrait pas d'habitude envers ses confrères. Il le consultait sur Jeanne, de l'air d'un élève qui doute de lui, qui ne sait plus quel traitement adopter. La vérité était qu'il finissait par trembler devant cette enfant, en comprenant qu'elle échappait à sa science, qu'il la tuait et qu'il perdait la mère. Une semaine se passa. Hélène ne le recevait plus dans la chambre de la malade. Alors, de lui-même, frappé au cœur, malade, il cessa ses visites.

Vers la fin du mois d'août, Jeanne put enfin se lever et marcher dans l'appartement. Elle ne souffrait plus; depuis quinze jours, elle n'avait pas eu de crise. Sa mère toute à elle, toujours auprès d'elle, avait suffi pour la guérir. Dans les premiers temps, l'enfant restait méfiante, goûtait ses baisers, s'inquiétait de ses mouvements, exigeait sa main pour s'endormir et voulait la garder en dormant. Puis, voyant que personne ne venait plus, qu'elle ne la partageait plus, elle avait repris confiance, souriante, heureuse de recommencer leur bonne vie d'autrefois, toutes seules à travailler devant la fenêtre. Chaque jour, elle redevenait rose. Rosalie disait qu'elle fleurissait à vue d'œil.

Certains soirs, cependant, à la tombée de la nuit, Hélène s'abandonnait. Depuis la maladie de sa fille, elle restait grave, un peu pâle, avec une grande ride au front qu'elle n'avait point auparavant. Et lorsque Jeanne s'apercevait d'un de ces moments de lassitude, d'une de ces heures désespérées et vides, elle-même se sentait très malheureuse, le cœur gros d'un vague remords. Doucement, sans parler, elle se pendait à son cou. Puis, à voix basse :

— Tu es heureuse, petite mère?

Hélène avait un tressaillement. Elle souriait, elle se hâtait de répondre :

— Mais oui, ma chérie.

L'enfant insistait.

— Tu es heureuse, tu es heureuse?... Bien sûr?

— Bien sûr... Pourquoi veux-tu que je ne sois pas heureuse?

Alors, Jeanne la serrait étroitement dans ses petits bras, comme pour la récompenser. Elle voulait l'aimer si fort, disait-elle, si fort, qu'on n'aurait pas pu trouver une mère aussi heureuse dans tout Paris.

IV

En août, le jardin du docteur Deberle était un véritable puits de feuillage. Contre la grille, les lilas et les faux ébéniers allongeaient leurs branches, tandis que les plantes grimpantes, les lierres, les chèvrefeuilles, surtout les clématites, poussaient de toutes parts des jets sans fin qui se glissaient, se nouaient, retombaient en pluie, allaient jusque dans les ormes du fond, après avoir couru le long des murailles; et là, on aurait dit une tente attachée d'un arbre à l'autre, les ormes se dressaient comme les piliers puissants et touffus d'un salon de verdure. Ce jardin était si petit, que le moindre pan d'ombre le couvrait. Au milieu, le soleil à midi faisait une seule tache jaune, dessinant la rondeur de la pelouse, flanquée de ses deux corbeilles. Contre le perron, il y avait un grand rosier, des roses thé énormes qui s'épanouissaient par centaines. Le soir, quand la chaleur tombait, le parfum en devenait pénétrant, une odeur chaude de roses s'alourdissait sous les ormes. Et rien n'était plus charmant que ce coin perdu, si embaumé, où les voisins ne pouvaient voir, et qui apportait un rêve de forêt vierge, pendant que des orgues de Barbarie jouaient des polkas dans la rue Vineuse.

— Madame, disait chaque jour Rosalie, pourquoi mademoiselle ne descend-elle pas dans le jardin?... Elle serait joliment à son aise sous les arbres.

La cuisine de Rosalie était envahie par les branches d'un des ormeaux. Elle arrachait des feuilles avec la main, elle vivait dans la joie de ce colossal bouquet, au fond duquel elle n'apercevait plus rien. Mais Hélène répondait :

— Elle n'est pas encore assez forte, la fraîcheur de l'ombre lui ferait du mal.

Cependant, Rosalie s'entêtait. Quand elle croyait avoir une bonne idée, elle ne la lâchait point aisément. Madame avait tort de croire que l'ombre faisait du mal. C'était plutôt que madame craignait de déranger le monde; mais elle se trompait, mademoiselle ne dérangerait pour sûr personne, car il n'y avait jamais âme qui vive dans le jardin, le monsieur n'y paraissait plus et la dame devait rester aux bains de mer jusqu'au milieu de septembre; cela était si vrai, que la concierge avait demandé à Zéphyrin de donner un coup de râteau, et que, depuis deux dimanches, Zéphyrin et elle y passaient l'après-midi. Oh! c'était joli, c'était joli à ne pas croire!

Hélène refusait toujours. Jeanne semblait avoir une grosse envie de descendre dans le jardin, dont elle avait souvent parlé pendant sa maladie; mais un sentiment singulier, un embarras qui lui faisait baisser les yeux, paraissait l'empêcher d'insister auprès de sa mère. Enfin, le dimanche suivant, la bonne se présenta tout essoufflée en disant:

— Oh! madame, il n'y a personne, je vous le jure. Il n'y a que moi et Zéphyrin qui ratisse... Laissez-la venir. Vous ne pouvez pas vous imaginer comme on est bien. Descendez un peu, rien qu'un peu, pour voir.

Et elle était si convaincue, qu'Hélène céda. Elle enveloppa Jeanne dans un châle et dit à Rosalie de prendre une grosse couverture. L'enfant, ravie, d'un ravissement muet que témoignaient seuls ses grands yeux brillants, voulut descendre l'escalier sans être aidée, pour montrer sa force. Derrière elle, sa mère avançait les bras, prête à la soutenir. En bas, lorsqu'elles mirent les pieds dans le jardin, toutes deux poussèrent un cri. Elles ne le reconnaissaient pas, tant ce fourré impénétrable ressemblait peu au coin propre et bourgeois qu'elles avaient vu en avril.

— Quand je vous le disais! répétait Rosalie triomphante.

Les massifs s'étaient élargis, changeant les allées en étroits sentiers, dessinant tout un labyrinthe où les jupes s'accrochaient au passage. On aurait cru l'enfoncement lointain d'une forêt, sous la voûte des feuillages qui laissait tomber une lumière verte, d'une douceur et d'un mystère charmants. Hélène cherchait l'orme au pied duquel elle s'était assise en avril.

— Mais, dit-elle, je ne veux pas qu'elle reste là. L'ombre est trop fraîche.

— Attendez donc, reprit la bonne. Vous allez voir.

En trois pas, on traversait la forêt. Et là, au milieu du trou de verdure, sur la pelouse, on trouvait le soleil, un large rayon d'or qui tombait, tiède et silencieux, comme dans une clairière En regardant en l'air, on ne voyait que des branches, se détachant sur la nappe bleue du ciel, avec une légèreté de dentelle. Les roses thé du grand rosier, un peu fanées par la chaleur, dormaient sur leurs tiges. Dans les corbeilles, des marguerites rouges et blanches, d'un ton ancien, dessinaient des bouts de vieilles tapisseries.

— Vous allez voir, répétait Rosalie. Laissez-moi faire. C'est moi qui vais l'arranger.

Elle venait de plier et d'étaler la couverture au bord d'une allée, à l'endroit où l'ombre finissait. Puis, elle fit asseoir Jeanne, les épaules couvertes de son châle, en lui disant d'allonger ses petites jambes. De cette façon, l'enfant avait la tête à l'ombre et les pieds au soleil.

— Tu es bien, ma chérie? demanda Hélène.

— Oh! oui, répondit-elle. Tu vois, je n'ai pas froid. On dirait que je me chauffe à un grand feu... Oh! comme on respire, comme c'est bon!

Alors Hélène, qui regardait d'un air inquiet les volets fermés de l'hôtel, dit qu'elle remontait un instant. Et elle adressa toutes sortes de recommandations à Rosalie: elle veillerait bien au soleil, elle ne laisserait pas Jeanne là plus d'une demi-heure, elle ne la quitterait pas du regard.

— N'aie donc pas peur, maman! s'écria la petite, qui riait. Il ne passe point de voitures ici.

Quand elle fut seule, elle prit des poignées de graviers, à côté d'elle, jouant à les faire tomber en pluie, d'une main dans l'autre. Cependant, Zéphyrin ratissait. Lorsqu'il avait vu madame et mademoiselle, il s'était hâté de remettre sa capote, pendue à une branche; et il restait debout, appuyé sur son rateau, ne ratissant plus, par respect. Durant toute la maladie de Jeanne, il était venu à son habitude chaque dimanche; mais il se glissait dans la cuisine avec tant de précautions qu'Hélène n'aurait jamais soupçonné sa présence, si Rosalie, chaque fois, n'avait demandé des nouvelles de sa part, en ajoutant qu'il partageait le chagrin de la maison. Oh! il se faisait aux belles manières, comme elle le disait; il se décrassait joliment à Paris. Aussi, appuyé sur son rateau, adressait-il à Jeanne un branlement de tête sympathique. Lorsqu'elle l'aperçut, elle sourit.

— J'ai été bien malade, lui dit-elle.

— Je sais, mademoiselle, répondit-il en mettant une main sur son cœur.

Puis, il voulut trouver quelque chose de gentil, une plaisanterie qui égayât la situation. Et il ajouta:

— Votre santé s'est reposée, voyez-vous. Maintenant, ça va ronfler.

Jeanne avait repris une poignée de cailloux. Alors, content de lui, riant d'un rire silencieux qui lui fendait la bouche d'une oreille à l'autre, il se remit à ratisser, de toute la force de ses bras. Le rateau, sur le gravier, avait un bruit strident et régulier. Au bout de quelques minutes, Rosalie, qui voyait la petite absorbée dans son jeu, heureuse et bien tranquille, s'éloigna d'elle pas à pas, comme attirée par le grincement du râteau. Zéphyrin était de l'autre côté de la pelouse, en plein soleil.

— Tu sues comme un bœuf, murmura-t-elle. Ote-donc ta capote. Mademoiselle ne sera pas offensée, va!

Il retira sa capote et la pendit de nouveau à une branche. Son pantalon rouge, maintenu par une ceinture de cuir, lui montait très haut, tandis que sa chemise de grosse toile bise, serrée au cou par un col de crin, était si raide, qu'elle bouffait et l'arrondissait encore. Il retroussa ses manches en se dandinant, histoire de montrer une fois de plus à Rosalie deux cœurs enflammés qu'il s'était fait tatouer au régiment, avec cette devise : *Pour toujours*.

— Es-tu allé à la messe, ce matin ? demanda Rosalie qui lui faisait subir tous les dimanches cet interrogatoire.

— A la messe... à la messe... répéta-t-il en ricanant.

Ses deux oreilles rouges s'écartaient de sa tête tondue très ras, et toute sa petite personne ronde exprimait un air profondément goguenard.

— Sans doute que j'y suis allé, à la messe, finit-il par dire.

— Tu mens! reprit violemment Rosalie. Je vois bien que tu mens, ton nez remue!... Ah! Zéphyrin, tu te perds, tu n'as seulement plus de religion... Méfie-toi!

Pour toute réponse, d'un geste galant, il voulut la prendre à la taille. Mais elle parut scandalisée, elle cria :

— Je te fais remettre ta capote, si tu n'es pas convenable!... Tu n'as pas honte! Voilà mademoiselle qui te regarde.

Alors, Zéphyrin ratissa de plus belle. Jeanne, en effet, venait de lever les yeux. Le jeu la lassait un peu; après les cailloux, elle avait ramassé des feuilles et arraché de l'herbe; mais une paresse l'envahissait, elle jouait mieux à ne rien faire, à regarder le soleil qui la gagnait petit à petit. Tout à l'heure, ses jambes seules, jusqu'aux genoux, trempaient dans ce bain chaud de rayons; maintenant, elle en avait jusqu'à la taille, et la chaleur montait toujours, elle la sentait qui grandissait en elle comme une caresse, avec des chatouilles bien gentilles. Ce qui l'amusait surtout, c'était les taches rondes, d'un beau jaune d'or, qui dansaient sur son châle. On aurait dit des bêtes. Et elle renversait la tête, pour voir si elles grimperaient jusqu'à sa figure. En attendant, elle avait joint ses deux petites mains dans du soleil. Commes elles étaient maigres! comme elles étaient transparentes! Le soleil passait au travers, et elles lui semblaient jolies tout de même, d'un rose de coquillage, fines et allongées, pareilles aux menottes enfantines d'un Jésus. Puis, le grand air, ces gros arbres autour d'elle, cette chaleur l'avaient un peu étourdie. Il lui semblait dormir, et pourtant elle voyait, elle entendait. Cela était très bon, très doux.

— Mademoiselle, si vous vous reculiez, dit Rosalie qui était revenue près d'elle. Le soleil vous chauffe trop.

Mais Jeanne, d'un geste, refusa de remuer. Elle se trouvait trop bien. A présent, elle ne s'occupait plus que de la bonne et du petit soldat, cédant à une de ces curiosités d'enfant pour les choses qu'on leur cache. Sournoisement, elle baissa les yeux, voulant faire croire qu'elle ne regardait pas; et, entre ses longs cils, elle guettait, pendant qu'elle semblait tout assoupie dans le soleil.

Rosalie demeura encore là quelques minutes. Mais elle était sans force contre le bruit du râteau. De nouveau, elle rejoignit Zéphyrin, pas à pas, comme malgré elle. Elle le grondait de ses nouvelles allures; mais, au fond, elle était saisie, prise au cœur, pleine d'une sourde admiration. Le petit soldat, dans ses longues flâneries avec les camarades, au Jardin-des-Plantes et sur la place du Château-d'Eau, où était sa caserne, acquérait les grâces balancées et fleuries du tourlourou parisien. Il en apprenait la rhétorique, les épanouissements galants, les entortillements de style, si flatteurs pour les dames. Des fois, elle restait suffoquée de plaisir, en écoutant des phrases qu'il lui rapportait avec un dandinement des épaules, et dans lesquelles des mots qu'elle ne comprenait pas la faisaient devenir toute rouge d'orgueil. L'uniforme, maintenant, ne le gênait plus; il jetait les bras à se les décrocher, d'un air crâne; il avait surtout une façon de porter son shako sur la nuque, qui découvrait sa face ronde, le nez en avant, tandis que le shako, mollement, accompagnait le roulis du corps. C'était irrésistible, elle le trouvait distingué. Puis, il s'émancipait, buvait la goutte, prenait la taille au sexe. Bien sûr qu'il en savait plus long qu'elle, à présent, avec ses manières de ricaner et de ne pas en dire davantage. Paris le dégourdissait trop. Et, ravie, furieuse, elle se plantait devant lui, hésitant entre les deux envies de le griffer ou de se laisser dire des bêtises.

Cependant, Zéphyrin, en ratissant, avait tourné l'allée. Il se trouvait derrière un grand fusain, lançant à Rosalie des œillades obliques, pendant qu'il semblait l'amener contre lui, à petits coups, avec son rateau. Quand elle fut tout près, il la pinça rudement à la hanche.

— Crie pas, c'est comme je t'aime, murmura-t-il en grasseyant. Et mets ça pardessus.

Il l'embrassait au petit bonheur, sur l'oreille. Puis, comme Rosalie, à son tour, le pinçait au sang, il lui colla un autre baiser, sur le nez cette fois. Elle était écarlate, bien contente au fond, exaspérée de ne pouvoir lui allonger un soufflet, à cause de mademoiselle.

— Je me suis piquée, dit-elle en revenant près de Jeanne, pour expliquer le léger cri qu'elle avait jeté.

Mais l'enfant avait vu la scène au travers des branches grêles du fusain. Le pantalon rouge et la chemise du soldat faisaient une tache vive dans la verdure. Elle leva lentement les yeux sur Rosalie, la regarda un instant, pendant qu'elle rougissait davantage, les lèvres humides, les cheveux envolés. Puis elle baissa de nouveau les paupières, reprit une poignée de cailloux, n'eut pas la force de jouer; et elle resta les deux mains dans la terre chaude, somnolente, au milieu de la grande vibration du soleil. Un flot de santé remontait en elle et l'étouffait. Les arbres lui semblaient gigantesques et puissants, les roses la noyaient dans un parfum. Elle songeait à des choses vagues, surprise et ravie.

— A quoi pensez-vous donc, mademoiselle? demanda Rosalie inquiète.

— Je ne sais pas, à rien, répondit Jeanne. Ah! si, je sais... Vois-tu, je voudrais vivre très vieille...

Et elle ne put expliquer cette parole. C'était une idée qui lui venait, disait-elle. Mais, le soir, après le dîner, comme elle restait songeuse et que sa mère l'interrogeait, elle posa tout à coup cette question :

— Maman, est-ce que les cousins et les cousines se marient ensemble?

— Sans doute, dit Hélène. Pourquoi me demandes-tu ça?

— Pour rien... Pour savoir...

Hélène était d'ailleurs habituée à ses questions extraordinaires. L'enfant se trouva si bien de l'heure passée dans le jardin, qu'elle y descendit tous les jours de soleil. Les répugnances d'Hélène disparurent peu à peu; l'hôtel demeurait fermé, Henri ne se montrait pas, elle avait fini par rester et s'asseoir près de Jeanne, sur un bout de la couverture. Mais, le dimanche suivant, elle s'inquiéta en voyant, le matin, les fenêtres ouvertes.

— Pardi! on fait prendre l'air aux appartements, disait Rosalie, pour l'engager à descendre. Quand je vous jure qu'il n'y a personne!

Ce jour-là, le temps était plus chaud encore. Une grêle de flèches d'or criblait les feuillages. Jeanne, qui commençait à devenir forte, marcha pendant près de dix minutes, appuyée au bras de sa mère. Puis fatiguée, elle revint sur sa couverture, en faisant à Hélène une petite place. Toutes deux se souriaient, amusées de se voir ainsi par terre. Zéphyrin, qui avait fini de ratisser, aidait Rosalie à cueillir du persil, dont des touffes perdues poussaient le long de la muraille du fond.

Tout d'un coup, il y eut un grand bruit dans l'hôtel, et, comme Hélène songeait à se sauver, Mme Deberle parut sur le perron. Elle arrivait, en robe de voyage, parlant haut, très affairée. Mais, quand elle aperçut Mme Grandjean et sa fille par terre, devant la pelouse, elle se précipita, les combla de caresses et les étourdit de paroles :

— Comment! c'est vous?... Ah! que je suis heureuse de vous voir... Embrasse-moi, ma petite Jeanne. Tu as été bien malade, n'est-ce pas, mon pauvre chat? Mais ça va mieux, te voilà toute rose... Que de fois j'ai pensé à vous, ma chère! Je vous ai écrit, vous avez reçu mes lettres? Vous avez dû passer des heures bien terribles. Enfin, c'est fini... Voulez-vous me permettre de vous embrasser?

Hélène, très gênée, s'était mise debout. Elle dût se laisser poser deux baisers sur les joues et les rendre. Mais ces caresses la glaçaient, elle balbutiait.

— Vous nous excuserez d'avoir envahi votre jardin... C'était pour Jeanne...

— Vous voulez rire! reprit impétueusement Juliette. N'êtes-vous pas ici chez vous?... Vous savez bien que je me serais fâchée si vous n'étiez pas descendue.

Elle les quitta un instant, remonta le perron pour crier à travers les pièces toutes ouvertes :

— Pierre, n'oubliez rien, il y a dix-sept colis!

Mais elle revint tout de suite et parla de son voyage.

— Oh! une saison adorable. Nous étions à Trouville, vous savez. Un monde sur la plage, à s'écraser! Et tout ce qu'il y a de mieux... J'ai eu des visites, oh! des visites... Papa est venu passer quinze jours avec Pauline. N'importe, on est content de rentrer chez soi... Ah! je ne vous ai pas dit... Mais non, je vous conterai ça plus tard.

Elle se baissa, embrassa Jeanne de nouveau, puis devint sérieuse et posa brusquement cette question :

— Est-ce que vous trouvez que j'ai beaucoup bruni.

— Non, je ne m'aperçois pas, répondit Hélène, qui la regardait.

Juliette avait ses yeux clairs et vides, ses mains potelées, son joli visage aimable. Elle ne vieillissait pas ; l'air de la mer lui-même n'avait pu entamer la sérénité de son indifférence. Elle semblait revenir d'une course dans Paris, d'une tournée chez ses fournisseurs, avec le reflet des étalages sur toute sa personne. Pourtant, elle débordait d'affection, et Hélène demeurait d'autant plus embarrassée qu'elle se sentait raide et mauvaise. Au milieu de la couverture, Jeanne ne bougeait pas ; elle levait seulement sa fine tête souffrante, et regardait, les mains serrées frileusement au soleil.

— Attendez, vous n'avez pas vu Lucien, s'écria brusquement Juliette. Il faut le voir... Il est énorme.

Et lorsqu'on lui eut amené le petit garçon, que la femme de chambre débarbouillait de la poussière du voyage, elle le poussa, elle le retourna pour le montrer. Lucien, gros, joufflu, tout hâlé d'avoir joué sur la plage, au vent du large, crevait de santé, un peu empâté même, et l'air bourru, parce qu'on venait de le laver. Il était mal essuyé, une joue humide encore, rose du frottement de la serviette. Quand il aperçut Jeanne, il s'arrêta, surpris. Elle le regardait, avec son pauvre visage maigri, d'une pâleur de linge, dans le ruissellement noir de ses cheveux, dont les boucles tombaient jusqu'aux épaules. Ses beaux yeux élargis et tristes lui tenaient toute la face ; et, malgré la forte chaleur, elle avait un petit tremblement, tandis que ses mains frileuses se tendaient toujours comme devant un grand feu.

— Eh bien ! tu ne vas pas l'embrasser ? dit Juliette.

Mais Lucien semblait avoir peur. Il finit par se décider, avec précaution, en allongeant les lèvres, pour approcher de la malade le moins possible. Et il se recula vite. Hélène avait de grosses larmes au bord des yeux. Comme cet enfant se portait ! Et sa Jeanne qui était si essoufflée pour avoir fait le tour de la pelouse ! Il y avait des mères bien heureuses ! Juliette, tout d'un coup, comprit sa cruauté. Alors, elle se fâcha contre Lucien.

— Tiens, tu es une bête !... Est-ce qu'on embrasse les demoiselles comme ça ?... Vous n'avez pas idée, ma chère, il est devenu impossible, à Trouville.

Elle s'embrouillait. Heureusement pour elle, le docteur parut. Elle s'en tira par une exclamation :

— Ah ! voilà Henri !

Il ne les attendait que le soir. Mais elle avait pris un autre train. Et elle expliquait longuement pourquoi, sans parvenir à être claire. Le docteur écoutait en souriant.

— Enfin, vous êtes ici, dit-il. C'est tout ce qu'il faut.

Il venait d'adresser à Hélène un salut muet. Un instant, il laissa tomber sur Jeanne un regard, puis il détourna la tête. L'enfant avait soutenu ce regard gravement ; et, dénouant ses mains, d'un geste instinctif, elle saisit la robe de sa mère et l'attira près d'elle. Hélène se baissa, en lui disant qu'elles allaient remonter ; mais Jeanne refusa d'un signe. Lentement, elle promenait ses yeux du groupe des Deberle au visage de sa mère, en murmurant :

— Je t'en prie, maman, je suis bien... Attends un peu... Tu vois que nous ne les gênons pas.

En effet, le docteur s'était reculé et avait pris entre ses bras le petit Lucien. Hélène dut assister à cette scène de famille.

— Hein ? est-il fort ? disait Juliette.

Henri, après avoir regardé son fils attentivement pendant quelques secondes, se mit à rire et à le baiser.

— Ah ! le gaillard ! répétait-il. Il pousse comme un charme.

— Eh bien ! et moi, on m'oublie ? demanda la jeune femme.

Elle avançait la tête. Alors, il ne lâcha pas Lucien, il le garda sur un bras, tout en se penchant pour baiser sa femme au visage. Tous trois se souriaient.

— C'est gentil, au moins ! déclara Juliette.

Sur la couverture, Jeanne n'avait pas remué. Mais ses petites mains se crispaient ; et, involontairement, elle donna une secousse à sa mère, dont elle ne lâchait pas la jupe. Hélène, très pâle, la supplia encore de remonter ; l'enfant ne répondit pas, levant toujours vers elle de lents regards. Lorsque le docteur embrassa sa femme, Jeanne parut absorbée, la face grise d'ombre, avec une flamme courte dans les yeux. Elle les épiait, elle les écoutait.

— Il est trop lourd, disait le docteur, en remettant Lucien par terre. Alors, la saison a été bonne ?... J'ai vu hier Malignon, il m'a conté son séjour là-bas... Tu l'as donc laissé partir avant vous ?

— Oh ! il est insupportable ! murmura Juliette, qui devint sérieuse, avec un air de figure embarrassé. Il nous a fait enrager tout le temps.

— Ton père espérait pour Pauline... Notre homme ne s'est pas prononcé ?

— Qui ! lui, Malignon ? cria-t-elle, surprise et comme offensée.

Puis elle eut un geste d'ennui.

— Ah ! laisse donc, un toqué... Que je

suis heureuse d'être chez moi !

Et elle eut, sans transition apparente, une de ces effusions qui surprenaient, avec sa nature d'oiseau charmant. Elle se serra de nouveau contre son mari, levant la tête, quêtant encore une caresse. Lui, indulgent et tendre, la tint un moment entre ses bras et la baisa à deux reprises. Ils semblaient avoir oublié qu'ils n'étaient pas seuls.

Jeanne, toute frémissante, ne les quittait pas des yeux. Une colère gonflait ses lèvres décolorées, elle avait son air farouche de femme jalouse et méchante. Un instant, elle éprouva une souffrance si vive qu'elle dut tourner la tête. Et ce fut à ce moment qu'elle aperçut, au fond du jardin, Rosalie et Zéphyrin qui continuaient à chercher du persil. Pour ne pas déranger le monde sans doute, ils s'étaient coulés au plus épais des massifs, accroupis l'un et l'autre. Zéphyrin, sournoisement, avait pris un pied de Rosalie, et celle-ci, sans parler, lui allongeait des tapes. Jeanne, entre deux branches, voyait la face du petit soldat, une lune bonne enfant, très rouge et crevant d'un rire amoureux. Il y eut une poussée, la bonne et le petit soldat roulèrent derrière les verdures. Le soleil tombait d'aplomb, les arbres dormaient dans l'air chaud, sans qu'une feuille remuât. Il venait de dessous les ormes une odeur forte et humide, l'odeur grasse de la terre que la bêche ne retournait jamais. Lentement, les dernières roses thé laissaient leurs pétales se faner et pleuvoir une à une sur le perron. Alors, Jeanne, la poitrine gonflée, ramena les yeux sur sa mère ; et, en la retrouvant immobile et glacée, muette devant ce qui se passait là, elle eut pour elle un regard de suprême angoisse, un de ces regards profonds d'enfant que l'on n'ose interroger.

Cependant, Mme Deberle s'était rapprochée, en disant :

— J'espère que nous allons nous voir... Puisque Jeanne se trouve bien, il faut qu'elle descende toutes les après-midi.

Hélène cherchait déjà une excuse, prétextait qu'elle ne voulait pas trop la fatiguer ; mais l'enfant intervint vivement :

— Non, non, le soleil est si bon... Nous descendrons, madame. Vous me garderez ma place, n'est-ce pas ?

Et comme le docteur restait en arrière, elle lui sourit.

— Docteur, dites donc à maman que l'air ne me fait pas de mal.

Il s'avança, et cet homme fait à la douleur humaine eut une rougeur légère aux joues, parce que cette enfant lui parlait avec douceur.

— Sans doute, murmura-t-il, le grand air ne peut que hâter la convalescence.

— Ah ! tu vois bien, petite mère, il faudra que nous venions, dit-elle avec un adorable regard de tendresse, tandis que des larmes s'étranglaient dans sa gorge.

Mais Pierre avait reparu sur le perron ; les dix-sept colis de madame étaient rentrés. Juliette, suivie de son mari et de Lucien, se sauva, en déclarant qu'elle était sale à faire peur et qu'elle allait prendre un bain. Quand elles furent seules, Hélène s'agenouilla sur la couverture, comme pour renouer le châle autour du cou de Jeanne. Elle n'osait parler. Puis, à voix basse :

— Tu n'es donc plus fâchée contre le docteur ?

L'enfant fit un long signe de tête.

— Non, maman.

Il y eut un silence. Hélène, de ses mains tremblantes et maladroites, semblait ne pouvoir serrer le nœud du châle. Jeanne alors murmura :

— Pourquoi en aime-t-il d'autres ?... Je ne veux pas...

Et son regard noir devint dur, tandis que ses petites mains tendues caressaient les épaules de sa mère. Celle-ci voulut se récrier ; mais elle eut peur des paroles qui lui venaient aux lèvres. Le soleil baissait ; toutes deux remontèrent. Cependant, Zéphyrin avait reparu, avec un bouquet de persil, qu'il épluchait en lançant à Rosalie des regards assassins. La bonne, à distance, se méfiait, maintenant qu'il n'y avait plus personne ; et comme il la pinçait, au moment où elle se baissait pour rouler la couverture, elle lui appliqua un coup de poing dans le dos, qui rendit un bruit de tonneau vide. Cela le remplit d'aise. Il en riait encore en dedans, lorsqu'il rentra dans la cuisine, épluchant toujours son persil.

A partir de ce jour, Jeanne mit une obstination à descendre dans le jardin, dès qu'elle y entendait la voix de Mme Deberle. Elle écoutait avidement les cancans de Rosalie sur le petit hôtel voisin, s'inquiétant de la vie qu'on y menait, s'échappant de la chambre parfois et venant elle-même guetter à la fenêtre de la cuisine. En bas, enfoncée dans un petit fauteuil que Juliette lui faisait apporter du salon, elle paraissait surveiller la famille, réservée avec Lucien, impatiente de ses questions et de ses jeux, surtout lorsque le docteur était là. Alors, elle s'allongeait, comme lasse, les yeux ouverts, regardant. C'était pour Hélène une grande gêne que ces après-midi. Les amabilités bruyantes de Mme Deberle la laissaient toute froide ; et quand il lui fallait se montrer affectueuse elle aussi, elle se méprisait de mentir de la sorte. Mais elle revenait pourtant, elle revenait malgré une souffrance plus vive, celle de vivre dans l'intimité tendre de cette famille, qui se baisait devant elle. Chaque fois qu'Henri, à son retour, mettait un baiser sur les cheveux de Juliette, elle avait un élancement au cœur. Et, à ces moments-là, si, pour cacher son visage pâlissant, elle feignait de s'occuper de Jeanne, elle trouvait l'enfant plus pâle qu'elle, avec ses yeux noirs grands ouverts, le menton convulsé d'une colère contenue. Jeanne endurait ses tourments. Les jours où sa mère, à bout de force, agonisait d'amour en détournant les yeux, elle-même restait si sombre et si brisée, qu'il fallait la remonter et la coucher. Elle ne pouvait plus voir le docteur s'approcher de sa femme sans changer de visage, frémissante, le poursuivant du regard enflammé d'une femme trahie.

— Je tousse le matin, lui dit-elle un jour. Il faut monter; vous me verrez.

Des pluies vinrent en septembre. Jeanne voulut que le docteur recommençât ses visites. Elle allait beaucoup mieux pourtant. Et dès qu'il était là, elle retombait dans ses humeurs fantasques. Sa mère, pour la contenter, avait dû accepter deux ou trois dîners chez les Deberle. L'intimité s'était renouée plus étroite. L'enfant, le cœur si longtemps déchiré par un combat obscur, parut se calmer, lorsque la santé fut enfin revenue. Elle répétait sa question :

— Tu es heureuse, petite mère?

— Oui, bien heureuse, ma chérie.

Alors, elle rayonnait. On devait lui pardonner ses anciennes méchancetés, disait-elle. Elle en parlait comme d'une attaque indépendante de sa volonté, d'un mal de tête qui l'aurait prise tout d'un coup. Quelque chose se gonflait en elle, bien sûr elle ne savait pas quoi. Toutes sortes d'idées se battaient, des idées vagues de vilains rêves qu'elle n'aurait seulement pu répéter. Mais c'était passé, elle guérissait, ça ne reviendrait plus.

V

La nuit tombait. Du ciel pâli, où brillaient les premières étoiles, une cendre fine semblait pleuvoir sur la grande ville, qu'elle ensevelissait lentement, sans relâche. De grands tas d'ombre emplissaient déjà les creux, tandis qu'une barre, comme un flot d'encre, montait du fond de l'horizon, mangeant les restes du jour, les lueurs hésitantes qui se retiraient vers le couchant. Il n'y avait plus, au-dessous de Passy, que quelques nappes de toitures encore distinctes. Puis, le flot roula, ce furent les ténèbres.

— Quelle chaude soirée! murmura Hélène, assise devant la fenêtre, alanguie par les souffles tièdes que Paris lui envoyait.

— Une belle nuit pour les pauvres gens, dit l'abbé, debout derrière elle. L'automne sera doux.

Ce mardi-là, Jeanne s'était assoupie au dessert, et sa mère l'avait couchée, en la voyant un peu lasse. Elle dormait déjà dans son petit lit, pendant que sur le guéridon, à côté d'elle, M. Rambaud s'occupait gravement à raccommoder un joujou, une poupée mécanique parlant et marchant, dont il avait fait cadeau à l'enfant, et que celle-ci avait cassée; il excellait dans ces sortes de travaux. Hélène, manquant d'air, souffrant de ces dernières chaleurs de septembre, venait d'ouvrir la fenêtre toute grande, soulagée par cette mer d'ombre, cette immensité noire qui s'étendait devant elle. Elle avait roulé un fauteuil pour s'isoler, elle fut surprise d'entendre l'abbé si près d'elle. Il reprit doucement :

— Avez-vous bien couvert la petite?... L'air est toujours vif à cette hauteur.

Mais elle avait un besoin de silence, elle ne répondit pas. Elle goûtait le charme du crépuscule, l'effacement dernier des choses, l'assoupissement des bruits. Une lueur de veilleuse brûlait à la pointe des flèches et des tours; Saint-Augustin s'éteignit d'abord, le Panthéon un instant garda une lueur bleuâtre, le dôme éclatant des Invalides se coucha comme une lune dans une marée montante de nuages. C'était l'Océan, la nuit, avec son étendue élargie et comme reculée au fond des ténèbres, un abîme d'obscurité où l'on devinait un monde. Un souffle énorme et doux venait de la ville invisible. Dans la voix haute et prolongée qui ronflait, des sons distincts s'élevaient, un brusque roulement d'omnibus sur le quai, le sifflement d'un train traversant le Point-du-Jour; et la Seine, grossie par les dernières pluies, passait très large avec la respiration forte d'un être vivant, allongé tout en bas, dans un pli d'ombre. Une odeur chaude fumait des toits encore brûlants, tandis que la rivière, dans cette exhalaison lente des ardeurs de la journée, mettait de petites haleines fraîches. Paris, disparu au fond de ce néant, avait le repos rêveur d'un colosse qui laisse la nuit l'envelopper, et reste là, immobile un moment, les yeux ouverts.

Rien n'attendrissait plus Hélène que cette minute d'arrêt dans la vie de la cité. Depuis trois mois qu'elle ne sortait pas, clouée près du lit de Jeanne, elle n'avait pas d'autre compagnon de veillée au chevet de la malade que le grand Paris étalé à l'horizon. Par ces chaleurs de juillet et d'août, les croisées restaient presque continuellement ouvertes, et elle ne pouvait traverser la pièce, bouger, tourner la tête sans voir avec elle la ville développant son éternel tableau. Il était là, par tous les temps, se mettant de moitié dans ses douleurs et ses espérances, comme un ami qui s'imposait. Elle l'ignorait toujours, elle n'avait jamais été si loin de lui, plus insoucieuse de ses rues et de son peuple, maintenant qu'elle se cloîtrait; mais elle aimait pourtant à le retrouver, elle se sentait moins seule. Il emplissait sa solitude. Ces quelques pieds carrés, cette chambre de souffrance dont elle fermait si soigneusement la porte, s'ouvrait toute grande à lui par ses deux fenêtres. Bien souvent, elle avait pleuré en le regardant, lorsqu'elle venait s'accouder pour cacher ses larmes à la malade; un jour, le jour où elle l'avait cru perdue, elle était restée longtemps, suffoquée, étranglée, suivant des yeux les fumées de la Manutention qui s'envolaient. Souvent aussi, dans les heures d'espoir, elle avait confié l'allégresse de son cœur aux lointains des faubourgs, les regards perdus sur le poudroiement indistinct des maisons. Aujourd'hui, il n'était plus un monument qui ne lui rappelât une émotion triste ou heureuse; toute cette ville géante et inconnue avait vécu de sa vie, et elle voulait, dans son ignorance, se faire d'elle une idée de bonté. Mais jamais elle ne l'aimait davantage qu'au crépuscule, lorsque, la journée finie, elle consentait à un quart d'heure d'apaisement, d'oubli et de songerie, en attendant que le gaz fût allumé. Il y avait là un évanouissement de Paris dans la paix du silence et de l'ombre qui la touchait aux larmes.

— Que d'étoiles ! murmura l'abbé Jouve. Elles brillent par milliers.

Il venait de prendre une chaise et de s'asseoir près d'elle. Alors, elle leva les yeux, regardant le ciel d'été. Les constellations plantaient leurs clous d'or. Une planète, presque au ras de l'horizon, luisait comme une escarboucle, tandis qu'une poussière d'étoiles presque invisibles sablait la voûte d'un sable pailleté d'étincelles. Le Chariot, lentement, tournait, son brancard en l'air.

— Tenez, dit-elle à son tour, cette petite étoile bleue, dans ce coin du ciel, je la retrouve tous les soirs... Mais elle s'en va, elle recule chaque nuit.

Maintenant, l'abbé ne la gênait point. Elle le sentait à son côté, comme une paix de plus. Ils échangèrent quelques paroles, espacées par de longs silences. A deux reprises, elle le questionna sur des noms d'étoiles; toujours la vue du ciel l'avait tourmentée. Mais il hésitait, il ne savait pas.

— Vous voyez, demandait-elle, cette belle étoile qui a un éclat si pur ?

— A gauche, n'est-ce pas ? disait-il, près d'une autre moins grosse, verdâtre... Il y en a trop, j'ai oublié.

Ils se turent, les yeux toujours levés, éblouis et pris d'un léger frisson en face de ce fourmillement d'astres qui grandissait. Derrière les milliers d'étoiles, d'autres milliers d'étoiles apparaissaient, et cela sans cesse, dans la profondeur infinie du ciel. C'était un continuel épanouissement, une braise attisée de mondes brûlant du feu calme des pierreries. La voie lactée blanchissait déjà, développait ses atomes de soleil si innombrables et si lointains, qu'ils ne sont plus, à la rondeur du firmament, qu'une écharpe de lumière.

— Cela me fait peur, dit Hélène à voix très basse.

Et elle pencha la tête, pour ne plus voir; elle ramena ses regards sur le vide béant où Paris semblait s'être englouti. Là, pas une lueur encore, la nuit complète, également épandue; un aveuglement de ténèbres. La voix haute et prolongée avait pris une douceur plus tendre.

— Vous pleurez ? demanda l'abbé, qui venait d'entendre un sanglot.

— Oui, répondit simplement Hélène.

Ils ne se voyaient point. Elle pleurait longuement, avec un murmure de tout son être. Cependant, derrière eux, Jeanne mettait le calme innocent de son sommeil, tandis que M. Rambaud, absorbé, inclinait sa tête grisonnante au-dessus de la poupée dont il avait démonté les membres. Mais lui, par moments, laissait échapper des bruits secs de ressorts qui se détendaient, des bégaiements d'enfant que ses gros doigts tiraient le plus doucement possible du mécanisme détraqué. Et quand la poupée avait parlé trop fort, il s'arrêtait net, inquiet et fâché, regardant s'il ne venait pas de réveiller Jeanne. Puis, il se remettait à son raccommodage avec précaution, n'ayant pour outil qu'une paire de ciseaux et un poinçon.

— Pourquoi pleurez-vous, ma fille ? reprit le prêtre. Ne puis-je donc vous apporter aucune consolation ?

— Ah ! laissez, murmura Hélène; ces larmes me font du bien... Tout à l'heure, tout à l'heure...

Elle étouffait trop pour répondre. Une première fois, à cette même place, une crise de pleurs l'avait brisée; mais elle était seule, elle avait pu sangloter dans les ténèbres, défaillante, attendant que la source de l'émotion qui la gonflait se fût tarie. Pourtant, elle ne se connaissait aucun chagrin : sa fille était sauvée, elle-même avait repris le train monotone et charmant de son existence. C'était brusquement en elle comme le sentiment poignant d'une immense douleur, d'un vide insondable qu'elle ne comblerait jamais, d'un désespoir sans borne où elle sombrait avec tous ceux qui lui étaient chers. Et elle n'aurait su dire quel malheur la menaçait ainsi, elle était sans espérance et elle pleurait.

Déjà, dans l'église parfumée des fleurs du mois de Marie, pleine de voix murmurantes, elle avait eu des attendrissements pareils. Le vaste horizon de Paris, au crépuscule, la touchait d'une profonde impression religieuse. La plaine semblait s'élargir, une mélancolie montait de ces deux millions d'existences, qui s'effaçaient et s'apaisaient. Puis, quand il faisait noir, quand la ville s'était évanouie avec ses bruits mourants, son cœur serré éclatait, ses larmes débordaient en face de cette paix souveraine. Elle aurait joint les mains et balbutié des prières. Un besoin de foi, d'amour, d'anéantissement divin lui donnait un grand frisson. Et c'était alors que le lever des étoiles la bouleversait d'une jouissance et d'une terreur sacrées.

Au bout d'un long silence, l'abbé Jouve insista.

— Ma fille, il faut vous confier à moi. Pourquoi hésitez-vous?

Elle pleurait encore, mais avec une douceur d'enfant, comme lasse et sans force.

— L'église vous effraie, continua-t-il. Un instant, je vous ai crue conquise à Dieu. Mais il en a été autrement. Le ciel a ses desseins... Eh bien! puisque vous vous défiez du prêtre, pourquoi refuseriez-vous plus longtemps une confidence à l'ami?

Hélène ne répondait toujours point. Il ajouta encore :

— Vous m'avez promis de parler, un jour où je vous ai déjà trouvée en larmes. Croyez-vous que l'heure ne soit pas venue? Parlez et vous serez consolée.

Alors ses pleurs recommencèrent et elle balbutia :

— Oh! oui, vous avez raison... Oui, je suis affligée et j'ai besoin de vous... Mon Dieu! si vous pouviez me rendre le calme!... Mais ce n'est pas à l'ami, c'est au prêtre que je dois m'adresser. Lui seul sera assez puissant...

Il l'interrompit.

— Laissez le prêtre, l'ami suffira... J'ai bien peu l'usage du monde. Cependant, j'ai cru comprendre...

— Il faut que je vous confesse ces choses, continuait-elle sans l'écouter. Quand j'étais petite, je n'entrais guère dans les églises; jeune femme, je n'y ai jamais remis les pieds; aujourd'hui, je ne puis assister à une cérémonie, sans être profondément troublée... Et là, tenez, tout à l'heure, ce qui m'a fait sangloter, c'est cette voix de Paris qui ressemble à un ronflement d'orgues, c'est cette immensité de la nuit, c'est ce beau ciel... Ah! je voudrais croire. Aidez-moi, enseignez-moi.

L'abbé Jouve la calma en posant légèrement la main sur la sienne.

— Dites-moi tout, répondit-il simplement.

Elle se débattit un instant, pleine d'angoisse.

— Je n'ai rien, je vous jure... Je ne vous cache rien... Je pleure sans raison, parce que j'étouffe, parce que mes larmes jaillissent d'elles-mêmes... Vous connaissez ma vie. Je n'y trouverais à cette heure ni une tristesse, ni une faute, ni un remords... Et je ne sais pas, je ne sais pas...

Sa voix s'éteignit. Alors, le prêtre laissa tomber lentement cette parole :

— Vous aimez, ma fille.

Elle tressaillit, elle n'osa protester. Le silence recommença. Dans la mer de ténèbres qui dormait devant eux, une étincelle avait lui. C'était à leurs pieds, quelque part dans l'abîme, à un endroit qu'ils n'auraient pu préciser. Et une à une d'autres étincelles parurent. Elles naissaient dans la nuit avec un brusque sursaut, tout d'un coup, et restaient fixes, scintillantes comme des étoiles. Il semblait que ce fût un nouveau lever d'astres, à la surface d'un lac sombre. Bientôt elles dessinèrent une double ligne droite, qui partait du Trocadéro et s'en allait vers Paris par légers bonds de lumière; puis d'autres lignes de points lumineux coupèrent celle-ci, des courbes s'indiquèrent, une constellation s'élargit, étrange et magnifique. Hélène ne parlait toujours pas, suivant du regard ces scintillements, dont les feux continuaient le ciel au-dessous de l'horizon, dans un prolongement de l'infini, comme si la terre eût disparu et qu'on eût aperçu de tous côtés la rondeur céleste. Et elle retrouvait là l'émotion qui l'avait brisée quelques minutes auparavant, lorsque le Chariot s'était mis lentement à tourner autour de l'axe du pôle, le brancard en l'air. Paris, qui s'allumait, s'étendait, mélancolique et profond, apportant les songeries terrifiantes d'un firmament où pullulent les mondes.

Cependant, le prêtre, de cette voix monotone et douce que lui donnait l'habitude du confessionnal, chuchotait longuement à son oreille. Il l'avait avertie un soir, il lui avait bien dit que la solitude ne lui valait rien. On ne se mettait pas impunément en dehors de la vie commune. Elle s'était trop cloîtrée, elle avait ouvert la porte aux rêveries dangereuses. Hélène se révolta; elle voulut mentir.

— Mais vous vous trompez, mon ami, je vous assure...

— Vous n'êtes même plus franche, murmura-t-il tristement. Je vous le dis encore, pourquoi ne vous confiez-vous pas à moi?... Je ne désire que votre paix.

Il la sentait trembler à côté de lui, agitée d'un cruel combat intérieur. Et il chercha à lui faciliter l'aveu.

— Je suis bien vieux, ma fille ; j'ai vu souvent des femmes qui venaient à nous, avec des larmes, des prières, un besoin de croire et de s'agenouiller... Aussi ne puis-je guère me tromper aujourd'hui. Ces femmes, qui semblent chercher Dieu si ardemment, ne sont que de pauvres cœurs troublés par la passion. C'est un homme qu'elles adorent dans nos églises...

Elle crut qu'il l'accusait d'hypocrisie; elle l'interrompit vivement.

— Vous me torturez, vous m'obligez à un examen de conscience qui me déchire... Je vous assure que je ne puis lire en moi. Je ne sais pas, non, je ne sais pas... Mais jamais je n'ai voulu d'un mensonge...

— Je le crois, dit-il, ne vous défendez point.

Elle ne l'écoutait pas, au comble de l'agitation, dans l'effort qu'elle faisait pour voir enfin clair en elle. L'aveu lui échappa, bas, étranglé.

— Eh bien ! oui, j'aime... et c'est tout. Ensuite, je ne sais plus, je ne sais plus...

Maintenant, il évitait d'intervenir, craignant de l'arrêter. Elle parla alors dans la fièvre, par petites phrases courtes et haletantes ; et elle prenait une joie amère à confesser son amour, à partager avec ce vieillard son secret qui l'étouffait depuis si longtemps.

— Je vous jure que je ne puis rien m'expliquer à moi-même... J'aime, oh ! j'aime à en être folle... Cela est venu sans que je le sache. Peut-être bien tout d'un coup. Pourtant, je n'en ai senti la douceur qu'à la longue... D'ailleurs, pourquoi me faire plus forte que je ne suis ? je n'ai pas cherché à fuir, j'étais trop heureuse ; aujourd'hui, j'ai encore moins de courage, je préférerais mourir que de ne plus aimer... Voyez, ma fille a été malade, j'ai failli la perdre ; eh bien ! mon amour a été aussi profond que ma douleur, il est revenu tout puissant après ces jours terribles, et il me possède, et je me sens emportée...

Elle reprit haleine, tremblante, balbutiante.

— Enfin je suis à bout de force... Vous aviez raison, mon ami, cela me soulage de vous confier ces choses... Mais, je vous en prie, dites-moi ce qui se passe au fond de mon cœur. J'étais si calme, j'étais si heureuse. C'est un coup de foudre dans ma vie. Pourquoi moi ? Pourquoi pas une autre ? car je n'avais rien fait pour cela, je me croyais bien protégée... Et si vous saviez ! Je ne me reconnais plus. Il y a des moments où je m'épouvante. Je n'ai que cette idée... Ah ! aidez-moi, sauvez-moi !

Voyant qu'elle se taisait, accablée, le prêtre, machinalement, avec sa liberté accoutumée de confesseur, posa une question.

— Le nom, dites-moi le nom ?

Et comme il devinait son geste de surprise, il s'expliqua.

— Oui, le nom de la personne... Vous pouvez tout me dire. Il faut que je sache tout.

Mais elle hésitait, lorsqu'un bruit particulier lui fit tourner la tête. C'était la poupée qui, entre les doigts de M. Rambaud, reprenait peu à peu sa vie mécanique ; elle venait de faire trois pas sur le guéridon, avec le grincement des rouages fonctionnant mal encore ; puis, elle avait culbuté à la renverse, et, sans le digne homme, elle rebondissait par terre. Il la suivait les mains tendues, prêt à la soutenir et plein d'une anxiété paternelle. Quand il vit Hélène se tourner, il lui adressa un sourire et un signe de tête confiant, comme pour lui promettre que la poupée allait marcher. Et il se remit à fouiller le joujou avec ses ciseaux et son poinçon. Jeanne dormait.

Alors Hélène, détendue par ce milieu de paix, cédant à un abandon, murmura un nom à l'oreille du prêtre. Celui-ci ne bougea pas. Dans l'ombre, on ne pouvait voir son visage. Il parla, au bout d'un silence.

— Je le savais, mais je voulais recevoir votre aveu... Ma fille, vous devez beaucoup souffrir.

Et il ne prononça aucune phrase banale sur les devoirs. Hélène, anéantie, triste à mourir de cette pitié sereine de l'abbé, suivait de nouveau les étincelles qui pailletaient d'or le manteau sombre de Paris. Elles se multipliaient à l'infini. C'était comme ces feux qui courent dans la cendre noire d'un papier brûlé; mais les feux allumés ne s'éteignaient plus; ils gagnaient de proche en proche, avec une vivacité dansante. D'abord, ces points lumineux étaient partis du Trocadéro, allant vers le cœur de Paris. Bientôt, un autre foyer apparut à gauche, vers Montmartre; puis, un autre à droite, derrière les Invalides, et un autre encore, plus en arrière, du côté du Panthéon ; et de tous ces foyers à la fois semblaient descendre des vols de petites flammes. Mais de grands espaces de ténèbres séparaient encore ces voies lactées roulant des astres. Dans les profondeurs de l'horizon surtout, les ténèbres étaient si épaisses, que les lueurs s'y noyaient.

— Écoutez, reprit le prêtre, il faut quitter cette maison.

Mais elle protesta, elle se fit suppliante.

— Oh ! non, je vous en prie, ne me demandez pas ce sacrifice... Je vous jure que j'aurai du courage... Voyez, je pleure, je souffre, mais je suis sûre de moi. Jamais je ne commettrai une action indigne.

Il hochait la tête.

— Ne faites pas ce serment, murmura-t-il. Dans ces folies de la passion, qui peut répondre de soi ?.. Allez ma fille, j'ai reçu parfois des confessions bien tristes...

Elle l'interrompit, blessée de ce doute, humble pourtant.

— N'ai-je pas mon enfant qui me protège? Jeanne est là, et cela suffit. Tant qu'elle sera près de moi, je ne puis succomber.

L'abbé ne répondit pas. Il n'osait insister sur ses craintes. Il reprit, après un silence :

— Vous vous souvenez de notre conversation... Je n'ai pas changé d'opinion, ma fille. Il faut vous marier.

— Moi ! dit-elle, écrasée. Mais je viens de vous avouer... Vous savez bien que je ne peux pas...

— Il faut vous marier, répéta-t-il avec plus de force. Vous épouserez un honnête homme...

Il semblait avoir grandi dans sa vieille soutane. Sa grosse tête ridicule, qui se penchait d'ordinaire sur une épaule, les yeux à demi clos, se relevait, et ses regards étaient si larges et si clairs, qu'elle les voyait luire dans la nuit.

— Vous épouserez un honnête homme qui sera un père pour votre Jeanne et qui vous rendra à toute votre loyauté.

— Mais je ne l'aime pas... Mon Dieu ! je je ne l'aime pas...

— Vous l'aimerez, ma fille... Il vous aime et il est bon.

Hélène se débattait, baissait la voix, en entendant le petit bruit que M. Rambaud faisait derrière eux. Il était si patient et si fort, dans son espoir, que, depuis six mois il ne l'avait pas importunée de son amour. Il attendait avec une tranquillité confiante, naturellement prêt aux abnégations les plus héroïques. L'abbé fit le mouvement de se tourner.

— Voulez-vous que je lui dise tout ?... Il vous tendra la main, il vous sauvera. Et vous le comblerez d'une joie immense.

Elle l'arrêta, éperdue. Son cœur se révoltait. Tous deux l'effrayaient, ces hommes si paisibles et si tendres, dont la raison gardait cette froideur à côté des fièvres de sa passion. Dans quel monde vivaient-ils donc pour nier ainsi ce dont elle souffrait tant ? Le prêtre eut un geste large de la main, montrant le vaste horizon.

— Ma fille, voyez cette belle nuit, cette paix suprême en face de votre agitation... Pourquoi refusez-vous d'être heureuse ?

Paris entier était allumé. Les petites flammes dansantes avaient criblé la mer des ténèbres d'un bout de l'horizon à l'autre, et maintenant leurs millions d'étoiles brûlaient avec un éclat fixe, dans une sérénité de nuit d'été. Pas un souffle de vent, pas un frisson n'effarait ces lumières qui semblaient comme suspendues dans l'espace. Paris, qu'on ne voyait pas, en était reculé au fond de l'infini, aussi vaste qu'un firmament. Cependant, en bas des pentes du Trocadéro, une lueur rapide, les lanternes d'un fiacre ou d'un omnibus, coupait l'ombre de la fusée continue d'une étoile filante; et là, dans le rayonnement des becs de gaz, qui dégageaient comme une buée jaune, on distinguait vaguement des façades brouillées, des coins d'arbres, d'un vert cru de décor. Sur le pont des Invalides, les étoiles filantes partaient de droite et de gauche, se croisant sans relâche, tandis que, en dessous, le long d'un ruban de ténèbres plus épaisses, se détachait un prodige, une bande de comètes dont les queues d'or s'allongeaient en pluie d'étincelles; c'étaient, dans les eaux noires de la Seine, les réverbérations des lanternes du pont. Mais, au delà, l'inconnu commençait, il n'y avait plus que des feux célestes qui semblaient ne pas tenir à la terre. La longue courbe de la rivière était indiquée par deux cordons de gaz entre lesquels coulait un fleuve opaque d'obscurité, et que rattachaient d'autres cordons, de place en place; on eût dit une échelle de lumière, renversée au milieu de Paris, posant ses deux extrémités au bord du ciel, dans les étoiles. A gauche, une autre trouée descendait, les Champs-Elysées menaient un défilé régulier d'astres de l'Arc-de-Triomphe à la place de la Concorde, où luisait le scintillement d'une pléiade; puis les Tuileries, le Louvre, les pâtés de maisons du bord de l'eau, l'Hôtel de Ville tout au fond, faisaient des barres sombres que séparait de loin en loin le carré lumineux d'une grande place; et, plus en arrière, dans la débandade des quartiers, les clartés s'éparpillaient, sans qu'on pût retrouver autre chose qu'un enfoncement de rue, un bout tournant de boulevard, un élargissement de carrefour incendié. Sur l'autre rive à droite, l'Esplanade seule se dessinait nettement, avec son rectangle de flammes, pareil à quelque Orion des nuits d'hiver, qui aurait perdu son baudrier; les longues rues du quartier Saint-Germain espaçaient des clartés tristes; au delà, les quartiers populeux braisillaient, allumés de petits feux courts et serrés, luisant dans une confusion de nébuleuse. C'étaient, jusqu'aux faubourgs, et tout autour de l'horizon, une fourmilière de becs de gaz et de fenêtres éclairées, comme une poussière qui emplissait les lointains de la ville de ces myriades de soleils, de ces atomes planétaires que l'œil humain ne peut découvrir. Les édifices avaient sombré, pas un falot n'était attaché à leur mâture. Par moments, on aurait pu croire à quelque fête géante, à un monument cyclopéen illuminé, avec ses escaliers, ses rampes, ses fenêtres, ses frontons, ses terrasses, ses toitures, son monde de pierre, dont des lignes de lampions traceraient en traits phosphorescents l'étrange et énorme architecture. Mais la sensation qui revenait était celle d'un agrandissement du ciel, d'une naissance de constellations dans l'abîme de l'infini.

Hélène, en suivant le geste large du prêtre, avait promené sur Paris allumé un long regard. Là aussi, elle ignorait le nom des étoiles. Volontiers elle aurait demandé quelle était cette lueur vive là-bas, à gauche, qu'elle regardait tous les soirs. D'autres l'intéressaient ; il y en avait qu'elle aimait, tandis que certaines la laissaient inquiète et fâchée. Elle sentait là un inconnu profond et redoutable.

— Mon père, dit-elle, employant pour la première fois ce nom de tendresse et de respect, laissez-moi vivre... C'est la beauté de cette nuit qui m'agite... Vous vous êtes trompé, vous ne pouvez à cette heure me donner de consolation, car vous ne sauriez m'entendre.

Le prêtre ouvrit les bras, puis les laissa retomber avec une lenteur résignée. Et, après un silence, il parla à voix basse :

— Sans doute, cela devait être ainsi... Vous appelez au secours et vous n'acceptez pas le salut. Que de cris désespérés j'ai entendus, et que de larmes je n'ai pu empêcher !... Ecoutez, ma fille, promettez-moi une seule chose : si jamais la vie devient trop lourde pour vous, songez qu'un honnête homme vous aime et qu'il vous attend... Vous n'aurez qu'à mettre votre main dans la sienne pour retrouver le calme.

— Je vous le promets, répondit Hélène avec gravité.

Et comme elle faisait ce serment, il y eut, dans la chambre, un léger rire. C'était Jeanne qui venait de se réveiller et qui regardait sa poupée marcher sur le guéridon. M. Rambaud, enchanté de son raccommodage, avançait toujours les mains de peur de quelque accident. Mais la poupée était solide; elle tapait ses petits talons, elle tournait la tête et lâchait à chaque pas les mêmes mots, d'une voix de perruche.

— Oh ! c'est une niche ! murmurait Jeanne, encore ensommeillée. Qu'est-ce que tu lui as donc fait, dis ? Elle était cassée, et la voilà en vie... Donne un peu, fais voir... Tu es trop gentil...

Cependant, sur Paris allumé, une nuée lumineuse montait. On eût dit l'haleine rouge d'un brasier. D'abord, ce ne fut qu'une pâleur dans la nuit, un reflet à peine sensible. Puis, peu à peu, à mesure que la soirée s'avançait, elle devenait saignante ; et, suspendue en l'air, immobile au-dessus de la cité, faite de toutes les flammes et de toute la vie grondante qui s'exhalaient d'elle, elle était comme un de ces nuages de foudre et d'incendie qui couronnent la bouche des volcans.

FIN DE LA TROISIÈME PARTIE

QUATRIÈME PARTIE

I

On avait servi les rince-bouche, et les dames, délicatement, s'essuyaient les doigts. Il y eut un moment de silence et d'attente, autour de la table. Mme Deberle jeta un regard, pour voir si tout le monde avait fini; puis, elle se leva sans parler, tandis que ses invités l'imitaient, au milieu d'un grand remuement de chaises. Un vieux monsieur, qui se trouvait à sa droite, s'était hâté de lui offrir le bras.

— Non, non, murmura-t-elle en le menant elle-même vers une porte. Nous allons prendre le café dans le petit salon.

Des couples la suivirent. Au bout, venaient deux dames et deux messieurs, qui continuaient une conversation, sans songer à se joindre au défilé. Mais, dans le petit salon, la gêne cessa, la gaieté du dessert reparut. Le café était déjà servi sur un guéridon, dans un vaste plateau de laque. Mme Deberle tourna autour, avec la bonne grâce d'une maîtresse de maison qui s'inquiète des goûts différents de ses convives. A la vérité, c'était Pauline qui se remuait le plus et qui se réservait de servir les messieurs. Il y avait là une douzaine de personnes, le nombre à peu près réglementaire que les Deberle invitaient chaque mercredi, à partir de décembre. Le soir, vers dix heures, il venait beaucoup de monde.

— Monsieur de Guiraud, une tasse de café? disait Pauline, arrêtée devant un petit homme chauve. Ah! non, je sais, vous n'en prenez pas... Alors, un verre de chartreuse?

Mais elle s'embrouillait dans son service et apportait un verre de cognac. Et, souriante, elle faisait le tour des invités avec son aplomb, regardant les gens dans les yeux, circulant à l'aise avec sa longue traîne. Elle portait une superbe robe blanche de cachemire de l'Inde, garnie de cygne et ouverte en carré sur la poitrine. Cependant, lorsque tous les messieurs furent debout, leur tasse à la main, buvant à petites gorgées en écartant le menton, elle s'attaqua à un grand jeune homme, le fils Tissot, qui était stupide, mais auquel elle trouvait une belle tête.

Hélène n'avait pas voulu de café. Elle s'était assise à l'écart, l'air un peu las, vêtue d'une robe de velours noir, sans garniture, qui la drapait sévèrement. On fumait dans le petit salon, les boîtes de cigares se trouvaient près d'elle, sur une console. Le docteur s'approcha, choisit un cigare, en lui demandant :

— Jeanne va bien ?

— Très bien, répondit-elle. Nous sommes allées au Bois aujourd'hui, elle a joué comme une perdue... Oh! elle doit dormir, à cette heure.

Tous deux causaient amicalement. Ils se regardaient avec une familiarité souriante de gens qui se voyaient tous les jours. Mais la voix de Mme Deberle s'éleva.

— Tenez, madame Grandjean peut vous le dire... N'est-ce pas, je suis revenue de Trouville vers le dix septembre? Il pleuvait, la plage était insupportable.

Trois ou quatre dames l'entouraient, tandis qu'elle parlait de son séjour au bord de la mer. Hélène dût se lever et se joindre au groupe.

— Nous avons passé un mois à Dinard, raconta Mme de Chermette. Oh! un pays délicieux, un monde charmant!

— Il y avait un jardin derrière le chalet, puis une terrasse sur la mer, continuait Mme Deberle. Vous savez que je m'étais décidée à emmener mon landau et mon cocher... C'est bien plus commode pour les promenades... Mais madame Levasseur est venue nous voir...

— Oui, un dimanche, dit celle-ci. Nous étions à Cabourg... Oh! vous aviez là une installation tout à fait bien, un peu cher, je crois...

— A propos, interrompit madame Berthier, en s'adressant à Juliette, est-ce que monsieur Malignon ne vous a pas appris à nager?

Hélène remarqua sur le visage de Mme Deberle une gêne, une contrariété subite. Déjà plusieurs fois, elle avait cru s'apercevoir que le nom de Malignon, prononcé à l'improviste devant elle, l'ennuyait. Mais la jeune femme s'était remise.

— Un beau nageur! s'écria-t-elle. Si jamais celui-là donne des leçons à quelqu'un!... Moi, j'ai une peur affreuse de l'eau froide. Rien que la vue des gens qui se baignent me fait grelotter.

Et elle eut un joli frisson, en remontant ses épaules potelées, comme un oiseau mouillé qui se secoue.

— Alors c'est un conte? dit Mme de Guiraud.

— Mais bien sûr. Je parie que c'est lui qui l'a inventé. Il m'exècre depuis qu'il a passé là-bas un mois avec nous.

Du monde commençait à arriver. Les dames, en cheveux, les bras arrondis, souriaient avec un balancement de tête; les hommes, en habit, le chapeau à la main, s'inclinaient, tâchaient de trouver une phrase. Mme Deberle, tout en causant, tendait le bout des doigts aux familiers de la maison; et beaucoup ne disaient rien, saluaient et passaient. Cependant, Mlle Aurélie venait d'entrer. Tout de suite, elle s'extasia sur la robe de Juliette, une robe de velours frappé bleu marine, garnie de faille. Alors, les dames, qui se trouvaient là, parurent seulement apercevoir la robe. Oh! délicieuse, vraiment délicieuse! Elle sortait de chez Worms. On en causa cinq minutes. Le café était pris, les invités avaient reposé les tasses vides un peu partout, sur le plateau, sur les consoles; seul, le vieux monsieur n'en finissait pas, s'arrêtant à chaque gorgée pour causer avec une dame. Une odeur chaude, l'arôme du café mêlé aux légers parfums des toilettes, montait.

— Vous savez, que je n'ai rien eu, dit le fils Tissot à Pauline, qui lui parlait d'un peintre chez lequel son père l'avait conduite voir des tableaux.

— Comment vous n'avez rien eu?... Je vous ai apporté une tasse de café.

— Non, mademoiselle, je vous assure.

— Mais je veux absolument que vous ayez quelque chose... Attendez, voici de la chartreuse.

Mme Deberle avait appelé discrètement son mari d'un signe de tête. Le docteur comprit, ouvrit lui-même la porte du grand salon, où l'on passa, tandis qu'un domestique enlevait le plateau. Il faisait presque froid dans le grand salon, que six lampes et un lustre à dix bougies éclairaient d'une vive lumière blanche. Des dames étaient déjà là, rangées en cercle devant la cheminée; il n'y avait que deux ou trois hommes debout au milieu des jupes étalées. Et, par la porte du salon réséda laissée grande ouverte, on entendit la voix aiguë de Pauline, restée seule avec le fils Tissot.

— Maintenant que je l'ai versé, vous allez le boire, bien sûr... Qu'est-ce que vous voulez que j'en fasse? Pierre a emporté le plateau.

Puis, on la vit apparaître, toute blanche, dans sa robe garnie de cygne, et elle annonça, avec un sourire qui montrait ses dents entre ses lèvres fraîches:

— Voici le beau Malignon.

Dans le salon, les poignées de mains et les salutations recommençaient. M. Deberle s'était mis près de la porte, causant avec trois ou quatre personnes, et il n'avait qu'à se tourner pour accueillir les gens qui arrivaient. Mme Deberle, assise au milieu des dames sur un pouf très bas, se levait seulement à l'entrée des invités qu'elle voulait honorer. Quand Malignon se présenta, elle affecta de tourner la tête. Il était très correctement mis, frisé au petit fer, les cheveux séparés par une raie qui lui descendait jusqu'à la nuque. Sur le seuil, il avait fixé dans son œil droit un monocle, d'une légère grimace, « pleine de chic, » comme le répétait Pauline; et il promenait un regard autour du salon. Nonchalamment, il serra la main du docteur, sans rien dire, puis s'avança vers Mme Deberle, devant laquelle il plia sa longue taille, pincée dans son habit noir.

— Ah! c'est vous, dit-elle de façon à être entendue. Il paraît que vous nagez maintenant.

Il ne comprit pas, mais il répondit tout de même, pour faire de l'esprit:

— Sans doute... Un jour, j'ai sauvé un terre-neuve qui se noyait.

Les dames trouvèrent cela charmant. Mme Deberle elle-même parut désarmée.

— Je vous permets les terre-neuve, reprit-elle. Seulement, vous savez bien que je ne me suis pas baignée une seule fois à Trouville.

— Ah! oui, la leçon que je vous ai donnée! s'écria-t-il. Eh bien! est-ce qu'un soir, dans votre salle à manger, je ne vous ai pas dit qu'il fallait remuer les pieds et les mains?

Toutes ces dames se mirent à rire. Il était délicieux. Juliette haussa les épaules. On ne pouvait pas causer sérieusement avec lui. Et elle se leva pour aller au-devant d'une dame qui avait un grand talent de pianiste et qui venait pour la première fois chez elle. Hélène, assise près du feu, avec son beau calme, regardait et écoutait. Malignon surtout semblait l'intéresser. Elle l'avait vu faire une évolution savante pour se rapprocher de Mme Deberle, qu'elle entendait causer derrière son fauteuil. Tout d'un coup, les voix changèrent, et elle se renversa afin de mieux entendre. La voix de Malignon disait :

— Pourquoi n'êtes-vous pas venue hier? Je vous ai attendue toute l'après-midi.

— Laissez-moi, vous êtes fou, murmurait Juliette.

Ici la voix de Malignon s'éleva grasseyante.

— Ah! vous ne croyez pas l'histoire de mon terre-neuve. Mais j'ai reçu une médaille, je vous la montrerai.

Et il ajouta très bas :

— Vous m'aviez promis..... Rappelez-vous...

Toute une famille arrivait, la voix de Mme Deberle éclata en compliments, tandis que Malignon reparaissait au milieu des dames, son monocle dans l'œil. Hélène resta toute pâle des paroles rapides qu'elle venait de surprendre. C'était un coup de foudre pour elle, quelque chose d'inattendu et de monstrueux. Comment cette femme si heureuse, d'un visage si calme, aux joues blanches et reposées, pouvait-elle trahir son mari? Elle lui avait toujours connu une cervelle d'oiseau, une pointe d'égoïsme aimable qui la gardait contre les ennuis d'une sottise. Et avec un Malignon encore! Tout d'un coup, elle revit les après-midi au jardin, Juliette souriante et affectueuse sous le baiser dont le docteur effleurait ses cheveux. Ils s'aimaient pourtant. Alors, par un sentiment qu'elle ne s'expliqua pas, elle fut pleine de colère contre Juliette, comme si elle venait d'être personnellement trompée. Cela l'humiliait pour Henri, un dégoût et une fureur jalouse l'emplissaient, et son malaise se lisait si clairement sur sa face, que Mlle Aurélie lui demanda :

— Qu'est-ce que vous avez?... Vous êtes souffrante?

La vieille demoiselle s'était assise près d'elle, en l'apercevant seule. Elle lui témoignait une vive amitié, charmée de la façon complaisante dont elle écoutait pendant des heures ses commérages.

Mais Hélène ne répondit pas. Elle avait un besoin, celui de voir Henri, de savoir à l'instant ce qu'il faisait, quelle figure il avait. Elle se souleva, le chercha dans le salon, finit par le trouver. Il causait, debout devant un gros homme blême, et il était bien tranquille, l'air satisfait, avec son sourire fin. Un moment, elle l'examina. Elle éprouvait pour lui une commisération qui le rapetissait un peu, en même temps qu'elle l'aimait davantage, d'une tendresse où il entrait une vague idée de protection. Son sentiment, encore mal défini, était qu'elle devait à cette heure compenser autour de lui le bonheur perdu.

— Ah bien! murmurait Mlle Aurélie, cela va être gai, si la sœur de Mme de Guiraud chante... C'est la dixième fois que j'entends les *Tourterelles*. Elle n'a que ça, cet hiver... Vous savez qu'elle est séparée de son mari. Vous voyez ce monsieur brun, là-bas, près de la porte. Ils sont au mieux. Juliette est bien forcée de le recevoir, sans cela elle ne viendrait pas...

— Ah! dit Hélène.

Mme Deberle, vivement, allait de groupe en groupe, priant qu'on fît silence pour écouter la sœur de Mme de Guiraud. Le salon s'était empli, une trentaine de dames en occupaient le milieu, assises, chuchottant et riant; deux cependant restaient debout, causant plus haut, avec de jolis mouvements d'épaules; tandis que cinq ou six messieurs, très à l'aise, plaisantaient et semblaient là chez eux, comme perdus sous les jupes. Quelques chuts! discrets coururent, le bruit des voix tomba, les visages prirent une expression immobile et ennuyée; et il n'y eut plus que le battement des éventails dans l'air chaud du salon.

La sœur de Mme de Guiraud chantait, mais Hélène n'écoutait pas. Maintenant, elle regardait Malignon, en face d'elle, qui semblait goûter les *Tourterelles*, en affectant un amour immodéré de la musique. Était-ce possible! ce garçon-là! Sans doute, c'était à Trouville que Madame Deberle, seule, ennuyée, avait joué quelque jeu dangereux. Hélène se demandait où pouvait en être la liaison. Les paroles qu'elle venait de surprendre semblaient indiquer que Juliette n'avait pas cédé encore. En tous cas, la chute paraissait prochaine. Malignon marquait la mesure d'un balancement ravi; Mme Deberle avait l'admiration complaisante d'une maîtresse de maison qui veille à l'amusement de ses invités, pendant que le docteur se taisait, patient et aimable, attendant la fin du morceau pour reprendre son entretien avec le gros homme blême.

De légers applaudissements s'élevèrent, lorsque la chanteuse se tut. Et des voix se pâmaient.

— Délicieux! ravissant!

Mais le beau Malignon, allongeant ses bras par dessus les coiffures des dames, tapait ses doigts gantés, sans faire de bruit, en répétant : « Brava! brava! » d'une voix chantante qui dominait les autres.

Tout de suite, cet enthousiasme tomba, les visages détendus se sourirent, quelques dames se levèrent, tandis que les conversations repartaient, au milieu du soulagement général. La chaleur grandissait, une odeur musquée s'envolait des toilettes sous le battement des éventails. Par moments, dans le murmure des causeries, un rire perlé sonnait, un mot dit à voix haute faisait tourner cette pièce. Cependant, Juliette, à trois reprises déjà, était allée dans le petit salon, pour supplier les messieurs qui s'y réfugiaient, de ne pas abandonner ainsi les dames; et elle les menaçait en riant de faire fermer cette pièce. Ils la suivaient, et deux minutes plus tard ils avaient encore disparu.

— C'est insupportable, disait-elle presque fâchée, on ne peut pas en retenir un.

Mademoiselle Aurélie nommait les dames présentes à Hélène, qui venait seulement aux soirées du docteur pour la seconde fois. Il y avait là toute la haute bourgeoisie de Passy, des gens très distingués et très riches, disait-elle. Et elle citait ensuite les couturières des dames. Puis, se penchant :

— Décidément, c'est fait... Madame de Chermette marie sa fille à ce grand blond avec lequel elle est restée dix-huit mois... Au moins, voilà une belle-mère qui aimera son gendre.

Mais elle s'interrompit, très surprise.

— Tiens, le mari de madame Levasseur qui cause avec l'amant de sa femme... Ça m'étonne. Juliette avait bien juré de ne plus les recevoir ensemble.

Hélène, d'un regard lent, faisait le tour du salon. Dans ce monde respectable, parmi cette bourgeoisie d'apparence si honnête, il n'y avait donc que des femmes coupables? Son rigorisme provincial ne pouvait s'expliquer les promiscuités tolérées de la vie parisienne. Mais alors, tout devenait permis! Et, amèrement, elle se raillait d'avoir tant souffert, lorsque Juliette l'appelait son amie et mettait sa main dans la sienne. Vraiment, elle était bien sotte de garder de si beaux scrupules! L'adultère s'embourgeoisait là d'une béate façon, avec une pointe de raffinement coquet. La pente en devenait commode et naturelle. Pourquoi ne pas faire comme les autres? Mme Deberle, maintenant, semblait remise avec Malignon; et, petite, pelotonnant dans un fauteuil ses rondeurs de jolie brune douillette, elle riait des traits d'esprit qu'il disait. M. Deberle vint à passer, souriant lui aussi.

— Vous ne vous disputez donc pas ce soir? demanda-t-il.

— Non, répondit Juliette très galement. Il dit trop de bêtises... Si tu savais toutes les bêtises qu'il nous dit.

On chanta de nouveau. Mais le silence fut plus difficile à obtenir. C'était le fils Tissot qui disait un duo de la *Favorite* avec une dame très mûre, coiffée à l'enfant. Pauline, debout à une des portes, au milieu des habits noirs, regardait le chanteur avec une admiration ouverte, comme elle avait vu regarder des œuvres d'art.

— Oh! la belle tête! laissa-t-elle échapper, pendant une phrase étouffée de l'accompagnement, et si haut, que tout le salon l'entendit.

La soirée s'avançait, une lassitude noyait les figures. Des dames, assises depuis deux heures sur le même fauteuil, avaient un air d'ennui inconscient, heureuses pourtant de s'ennuyer là. Entre deux morceaux, écoutés d'une oreille, les causeries reprenaient, et il semblait que ce fût la sonorité vide du piano qui continuât. M. Letellier racontait qu'il était allé surveiller une commande de soie à Lyon; les eaux de la Saône ne se mélangeaient pas aux eaux du Rhône, cela l'avait beaucoup frappé. M. de Guiraud, un magistrat, laissait tomber des mots sentencieux sur la nécessité d'endiguer le vice à Paris. On entourait un monsieur qui connaissait un Chinois et qui donnait des détails. Deux dames, dans un coin, causaient de leurs domestiques. Mme Berthier aurait voulu monter en ballon; et toutes ces dames se récriaient, en trouvant cette idée inconvenante. Cependant, dans le groupe de femmes où trônait Malignon, on causait littérature; Mme Tissot déclarait Balzac illisible; il ne disait pas non, seulement il faisait remarquer que Balzac avait, de loin en loin, une page bien écrite.

— Un peu de silence! vint dire Pauline. Elle va jouer.

C'était la pianiste, la dame qui avait un si beau talent. Toutes les têtes se tournèrent par politesse. Mais, au milieu du silence qui s'établissait, on entendit de grosses voix d'homme qui discutaient dans le petit salon réséda. Mme Deberle parut désespérée; elle se donnait un mal infini.

— Ils sont assommants, murmura-t-elle. Qu'ils restent là-bas, puisqu'ils ne veulent pas venir avec nous; mais, au moins, qu'ils se taisent!

Et elle envoya Pauline, qui, enchantée, courut au petit salon.

— Vous savez, messieurs, on va jouer, dit-elle, avec sa tranquille hardiesse de vierge, dans sa robe de reine. On vous prie de vous taire.

Elle parlait très haut, elle avait la voix perçante. Et comme elle ne s'en alla pas, qu'elle resta là avec les hommes, à rire et à plaisanter, le bruit devint beaucoup plus fort. La discussion continua, elle donnait des arguments. Dans le salon, Mme Deberle était au supplice; la pianiste ayant frappé les premiers accords, elle n'osait se lever et devait se contenter de regarder la porte grande ouverte de la pièce voisine, avec des yeux menaçants. D'ailleurs, on était fatigué de musique, on resta froid. La pianiste se rassit, les lèvres pincées, malgré les compliments exagérés que Mme Deberle crut devoir lui adresser.

Hélène souffrait. Henri ne semblait pas la voir. Il ne s'était plus approché d'elle. Par moments, il lui souriait de loin. Au commencement de la soirée, elle avait éprouvé un soulagement à le trouver si raisonnable. Mais, depuis qu'elle connaissait l'histoire des deux autres, elle aurait souhaité quelque chose, elle ne savait quoi, une marque de tendresse, quitte même à être compromise. Un désir l'agitait, confus, mêlé à toutes sortes de sentiments mauvais. Est-ce qu'il ne l'aimait plus, pour rester si indifférent? Certes, il choisissait son heure. Ah! si elle avait pu tout lui dire, lui apprendre l'indignité de cette femme qui portait son nom! Alors, tandis que le piano égrenait de petites gammes vives, elle faisait un rêve: Henri avait chassé Juliette, et elle était avec lui comme sa femme, dans des pays lointains dont ils ignoraient la langue.

Une voix la fit tressaillir.

— Vous ne prenez donc rien? demandait Pauline.

Le salon était vide. On venait de passer dans la salle à manger, pour le thé. Hélène se leva péniblement. Tout se brouillait dans sa tête. Elle pensait qu'elle avait rêvé cela, les paroles entendues, la chute prochaine de Juliette, l'adultère bourgeois, souriant et paisible. Si ces choses étaient vraies, Henri serait près d'elle, et elle lui ouvrirait les bras.

— Vous prendrez bien une tasse de thé?

Elle sourit, elle remercia Mme Deberle qui lui avait gardé une place à la table. Des assiettes de pâtisseries et de sucreries couvraient la nappe, tandis qu'une grande brioche et deux gâteaux montés s'élevaient symétriquement sur des compotiers; et, comme la place manquait, les tasses à thé se touchaient presque, séparées de deux en deux par d'étroites serviettes grises, à longues franges. Les dames seules étaient assises. Elles mangeaient du bout de leurs mains dégantées des petits fours et des fruits confits, se passant le pot à crème, se servant elles-mêmes avec des gestes délicats. Pourtant, trois ou quatre s'étaient dévouées et servaient les hommes. Ceux-ci, debout autour de la salle à manger, tenaient leurs tasses et buvaient, en prenant toutes sortes de précautions pour se garer des coups de coude involontaires. D'autres étaient restés dans les deux salons et attendaient que les gâteaux vinssent à eux. C'était l'heure où Pauline triomphait. On causait plus fort, des rires et des bruits cristallins d'argenterie sonnaient, l'odeur de musc se chauffait encore des parfums pénétrants du thé.

— Passez-moi donc la brioche, dit Mlle Aurélie qui se trouvait justement auprès d'Hélène. Toutes ces sucreries ne sont pas sérieuses.

Elle avait déjà vidé deux assiettes. Puis, la bouche pleine:

— Voilà le monde qui se retire... On va être à son aise.

Des dames s'en allaient en effet, après avoir serré la main de Mme Deberle. Beaucoup d'hommes étaient partis, discrètement. L'appartement se vidait. Alors, des messieurs s'assirent à leur tour devant la table. Mais Mlle Aurélie ne lâcha pas la place. Elle aurait bien voulu un verre de punch.

— Je vais vous en chercher un, dit Hélène, qui se leva.

— Oh! non, merci... Ne prenez pas cette peine.

Depuis un instant, Hélène surveillait Malignon. Il était allé donner une poignée de main au docteur, il saluait maintenant Juliette, sur le seuil de la porte. Elle avait son visage blanc, ses yeux clairs; et, à son sourire complaisant, on aurait pu croire qu'il la complimentait au sujet de sa soirée. Comme Pierre versait le punch sur un dressoir, près de la porte, Hélène s'avança et manœuvra de façon à se trouver cachée derrière le retour de la portière. Elle écouta.

— Je vous en prie, disait Malignon, venez après-demain... Je vous attendrai toute l'après-midi...

— Vous ne pouvez donc pas être sérieux, répondait Mme Deberle en riant. En dites-vous des bêtises!

Mais il insistait, répétant toujours:

— Je vous attendrai... Venez après-demain... Vous savez où?

Alors, rapidement, elle murmura:

— Eh bien, oui, après-demain.

Malignon salua et partit. Mme de Chermette et Mme Tissot s'en allaient ensemble. Juliette, gaiement, les accompagna dans l'antichambre, en disant à la première, de son air le plus aimable:

— J'irai vous voir après-demain... J'ai un tas de visites, ce jour-là, et il fait si vilain depuis quelque temps!

Hélène était restée immobile, très pâle. Cependant, Pierre, qui avait versé le punch, lui tendait le verre. Elle le prit machinalement, elle le porta à Mlle Aurélie qui, maintenant, attaquait les fruits confits.

— Oh! vous êtes trop gentille, s'écria la vieille demoiselle. J'aurais fait signe à Pierre... Voyez-vous, on a tort de ne pas offrir du punch aux dames... Quand on a mon âge...

Mais elle s'interrompit, en remarquant la pâleur d'Hélène :

— Vous n'avez pas l'air bien... Prenez donc un verre de punch.

— Merci, ce n'est rien... La chaleur est si forte...

Elle chancelait, elle retourna dans le salon désert, et se laissa tomber sur un fauteuil. Les lampes brûlaient, rougeâtres; une d'elles était près de s'éteindre, tandis que les bougies du lustre, très basses, menaçaient de faire éclater les bobèches. On entendait venir de la salle à manger les adieux des derniers invités. Hélène avait oublié ce départ, elle voulait rester là, pour réfléchir. Ainsi, ce n'était pas un rêve, Juliette irait chez cet homme. Après-demain, elle savait le jour. Qu'allait-elle faire, à cette heure? Oh! elle ne se gênerait plus, c'était le cri qui revenait sans cesse en elle. Puis, elle pensa que son devoir était de parler à Juliette, de lui éviter la faute. Mais cette bonne pensée la glaçait, et elle l'écartait comme importune. Dans la cheminée, qu'elle regardait fixement, une buche éteinte craquait. L'air alourdi et dormant gardait l'odeur des chevelures.

— Tiens! vous êtes là, cria Juliette en entrant. Ah! c'est gentil de ne pas être partie tout de suite... Enfin, on respire!

Et comme Hélène, surprise, faisait mine de se lever :

— Attendez donc, rien ne vous presse... Henri, donne-moi mon flacon.

Trois ou quatre personnes restaient, des familiers. On s'assit devant le feu mort, on causa avec un abandon charmant, dans la lassitude déjà ensommeillée de la grande pièce. Les portes étaient ouvertes, on apercevait le petit salon vide, la salle à manger vide, tout l'appartement encore éclairé et tombé à un lourd silence. Henri se montrait d'une galanterie tendre pour sa femme; il venait de monter prendre dans leur chambre son flacon, qu'elle respirait en fermant lentement les yeux; et il lui demandait si elle ne s'était pas trop fatiguée. Oui, elle éprouvait un peu de fatigue; mais elle était contente, tout avait bien marché. Alors elle raconta que, les soirs où elle recevait, elle ne pouvait s'endormir, elle se retournait dans son lit jusqu'à quatre heures du matin. Henri eut un sourire, on plaisanta. Hélène les regardait et elle frissonnait, dans cet engourdissement du sommeil qui semblait prendre la maison entière.

Cependant, il n'y avait plus là que deux personnes. Pierre était allé chercher une voiture. Et Hélène demeura la dernière. Une heure sonna. Henri, ne se gênant plus, se haussa et souffla deux bougies du lustre qui chauffaient les bobèches. On eût dit un coucher, les lumières éteintes une à une, la pièce se noyant dans une ombre d'alcôve.

— Je vous empêche de vous mettre au lit, dit Hélène en se levant brusquement Renvoyez-moi donc.

Elle était devenue très rouge, le sang l'étouffait. Ils l'accompagnèrent dans l'antichambre. Mais là, comme il faisait froid, le docteur s'inquiéta pour sa femme, dont le corsage était très ouvert.

— Rentre, tu prendras du mal... Tu as trop chaud pour rester là.

— Eh bien! adieu, dit Juliette, qui embrassa Hélène, comme elle le faisait dans ses heures de tendresse. Venez me voir plus souvent.

Henri avait pris le manteau de fourrure, le tenait élargi, pour aider Hélène à le mettre. Quand elle eut glissé ses deux bras, il remonta lui-même le collet, l'habillant ainsi avec un sourire, devant une immense glace qui couvrait un mur de l'antichambre. Ils étaient seuls, ils se voyaient dans la glace. Alors, tout d'un coup, sans se tourner, empaquetée dans sa fourrure, elle se renversa entre ses bras. Depuis trois mois, ils n'avaient échangé que des poignées de main amicales; ils voulaient ne plus s'aimer. Lui, cessa de sourire; sa figure changeait, ardente et gonflée. Il la serra follement, il la baisa au cou. Et elle plia la tête en arrière pour lui rendre son baiser.

Hélène n'avait pas dormi de la nuit. Elle se retournait, fiévreuse, et lorsqu'elle glissait à un assoupissement, toujours la même angoisse la réveillait en sursaut. Dans le cauchemar de ce demi-sommeil, elle était tourmentée d'une idée fixe, elle aurait voulu connaître le lieu du rendez-vous. Il lui semblait que cela la soulagerait. Ce ne pouvait être le petit entresol de Malignon, rue Taitbout, dont on parlait souvent chez les Deberle. Où donc? où donc? Et sa tête travaillait malgré elle, et elle avait tout oublié de l'aventure pour s'enfoncer dans cette recherche pleine d'énervement et de sourds désirs.

Quand le jour parut, elle s'habilla, elle se surprit à dire tout haut :

— C'est pour demain.

Un pied chaussé, les mains abandonnées, elle songeait maintenant que c'était peut-être dans quelque hôtel garni, une chambre perdue, louée au mois. Puis, cette supposition la répugna. Elle s'imaginait un appartement délicieux, avec des tentures épaisses, des fleurs, de grands feux clairs brûlant dans toutes les cheminées. Et ce n'était plus Juliette et Malignon qui se trouvaient là, elle se voyait avec Henri au fond de cette molle retraite, où les bruits du dehors n'arrivaient pas. Elle frissonna dans son peignoir mal attaché. Où donc était-ce? où donc?

— Bonjour, petite mère! cria Jeanne, qui s'éveillait à son tour.

Elle couchait de nouveau dans le cabinet, depuis qu'elle était bien portante. Elle vint pieds nus et en chemise, comme tous les jours, se jeter au cou d'Hélène. Puis, elle repartit en courant, elle se fourra encore un instant dans son lit chaud. Cela l'amusait, elle riait sous la couverture. Une seconde fois, elle recommença.

— Bonjour, petite mère.

Et elle repartit. Cette fois, elle riait aux éclats, elle avait rejeté le drap par dessus sa tête; elle disait là dessous, d'une grosse voix étouffée:

— Je n'y suis plus... je n'y suis plus...

Mais Hélène ne jouait pas comme les autres matins. Alors, Jeanne, ennuyée, se rendormit. Il faisait trop petit jour. Vers huit heures, Rosalie se montra et se mit à conter sa matinée. Oh! un beau gâchis dehors, e le avait failli laisser ses souliers dans la crotte, en allant chercher son lait. Un vrai temps de dégel; l'air était doux avec ça, on étouffait. Puis, brusquement, elle se souvint: il était venu une vieille femme pour madame, la veille.

— Tiens! cria-t-elle en entendant sonner, je parie que la voilà!

C'était la mère Fétu, mais très propre, superbe, avec un bonnet blanc, une robe neuve et un tartan croisé sur la poitrine. Elle gardait pourtant sa voix pleurarde.

— Oui, ma bonne dame, c'est moi, je me suis permis... C'est pour quelque chose que j'ai à vous demander...

Hélène la regardait, un peu surprise de la voir si cossue.

— Vous allez mieux, mère Fétu?

— Oui, oui, je vais mieux, si on peut dire... Vous savez, j'ai toujours quelque chose de bien drôle dans le ventre; ça me bat, mais enfin ça va mieux... Alors, j'ai eu une chance. Ça m'a étonnée, parce que, voyez-vous, la chance et moi, nous ne nous rencontrons guère... Un monsieur m'a chargée de son ménage. Oh! c'est une histoire...

Sa voix se ralentissait, ses petits yeux vifs tournaient dans les mille plis de son visage. Elle semblait attendre qu'Hélène la questionnât. Mais celle-ci, assise près du feu que Rosalie venait d'allumer, n'écoutait que d'une oreille distraite, l'air absorbé et souffrant.

— Qu'avez-vous à me demander, mère Fétu? dit-elle.

La vieille ne répondit pas tout de suite. Elle regardait la chambre, les meubles de palissandre, les tentures de velours bleu. Et de son air humble et flatteur de pauvre, elle murmura:

— C'est joliment beau, chez vous, madame, excusez-moi... Mon monsieur a une chambre comme ça, mais la sienne est rose... Oh! toute une histoire! Imaginez-vous un jeune homme de la bonne société qui est venu louer un appartement dans notre maison. Ce n'est pas pour dire, mais au premier et au second, les appartements chez nous sont très gentils. Et puis, c'est si tranquille! pas une voiture, on se croirait à la campagne... Alors, les ouvriers sont restés plus de quinze jours; ils ont fait de la chambre un bijou...

Elle s'arrêta, voyant qu'Hélène devenait attentive.

— C'est pour son travail, reprit-elle en traînant la voix davantage; il dit que c'est pour son travail... Nous n'avons pas de concierge, vous savez. C'est ça qui lui plaît. Il n'aime pas les concierges, cet homme, et, vrai! il a raison...

Mais, de nouveau, elle s'interrompit, comme frappée d'une idée subite.

— Attendez donc! vous devez le connaître, mon monsieur... Il voit une de vos amies.

— Ah! dit Hélène toute pâle.

— Bien sûr, la dame d'à côté, celle avec qui vous alliez à l'église... Elle est venue l'autre jour.

Les yeux de la mère Fétu se rapetissaient, en guignant l'émotion de la bonne dame. Celle ci tâcha de poser une question d'un ton calme; mais sa gorge s'étranglait.

— Elle est montée chez lui?

—Non, elle s'est ravisée, elle avait peut-être oublié quelque chose... Moi, j'étais sur la porte. Elle m'a demandé monsieur Vincent; puis elle s'est refourrée dans son fiacre, en criant au cocher: Il est trop tard, retournez... Oh! c'est une dame bien vive, bien gentille, bien comme il faut. On n'en voit pas beaucoup de comme ça. Le bon Dieu n'en met pas des masses sur la terre. Tenez, après vous, il n'y a qu'elle; c'est ce que je me disais encore hier... Que le ciel vous bénisse tous!

Et elle continuait, enfilant les phrases vides, avec une aisance de dévote rompue à l'exercice du chapelet. D'ailleurs, le travail sourd et continu qui se faisait dans les rides de sa face n'en était pas interrompu. Elle rayonnait à présent, très satisfaite.

— Alors, reprit-elle sans transition, je voudrais bien avoir une paire de bons souliers. Mon monsieur a été trop gentil, je ne puis pas lui demander ça... Vous voyez, je suis couverte; seulement, il me faudrait une paire de bons souliers. Les miens sont troués, regardez, et, par ces temps de boue, on attrape des coliques... Vrai, j'ai eu des coliques hier, je me suis tortillée toute l'après-midi... Avec une paire de bons souliers...

— Je vous en porterai une paire, mère Fétu, dit Hélène, en la congédiant d'un geste.

Puis, comme la vieille s'en allait à reculons, avec des révérences et des remerciements, elle lui demanda :

— A quelle heure vous trouve-t-on seule ?

— Mon monsieur n'y est jamais après six heures, répondit-elle. Mais ne vous donnez pas cette peine, je viendrai moi-même, je prendrai les souliers chez votre concierge... Enfin, ce sera comme vous voudrez. Vous êtes un ange du paradis. Le bon Dieu vous rendra tout ça.

On l'entendit qui s'exclamait encore sur le palier. Hélène, assise, restait dans la stupeur du renseignement que cette femme venait de lui apporter, avec un si étrange à-propos. Elle savait où, maintenant. Une chambre rose dans cette vieille maison délabrée. Elle revoyait l'escalier suintant l'humidité, les portes jaunes, à chaque étage, noircies par des mains grasses, toute cette misère qui l'apitoyait l'hiver précédent, lorsqu'elle montait visiter la mère Fétu; et elle tâchait de s'imaginer la chambre rose au milieu de ces laideurs de la pauvreté. Mais, comme elle restait plongée dans une profonde rêverie, deux petites mains tièdes se posèrent sur ses yeux rougis par l'insomnie, tandis qu'une voix rieuse demandait :

— Qui est-ce?... qui est-ce ?

C'était Jeanne qui venait de s'habiller toute seule. La voix de la mère Fétu l'avait réveillée ; et, voyant qu'on avait fermé la porte du cabinet, elle s'était vite dépêchée, pour attraper sa mère.

— Qui est-ce?... qui est-ce?... répétait-elle, gagnée de plus en plus par le rire.

Et comme Rosalie entrait, apportant le déjeuner :

— Tu sais, ne parle pas... On ne te demande rien...

— Finis donc, folle ! dit Hélène. Je me doute bien que c'est toi.

L'enfant se laissa glisser sur les genoux de sa mère, et là, renversée, se balançant, heureuse de son invention, elle continuait d'un air convaincu :

— Dame! ça aurait pu être une autre petite fille... Hein? une petite fille qui t'aurait apporté une lettre de sa maman pour t'inviter à dîner... Alors, elle t'aurait bouché les yeux...

— Ne fais pas la bête, reprit Hélène, en la mettant debout. Qu'est-ce que tu racontes là?... Servez-nous, Rosalie.

Mais la bonne examinait la petite, en disant que mademoiselle s'était drôlement attifée. Jeanne, en effet, dans sa hâte, n'avait pas même mis ses souliers. Elle était en jupon, un court jupon de flanelle, dont la fente laissait passer un coin de la chemise. Sa camisole de molleton, dégrafée, montrait sa nudité de gamine, une poitrine plate et d'une finesse exquise, où des lignes tremblées s'indiquaient, avec les taches à peine rosées du bout des seins. Et, les cheveux embroussaillés, marchant sur ses bas entrés de travers, elle était adorable ainsi, toute blanche dans ses linges à la diable.

Elle se pencha, se regarda, puis éclata de rire.

— Je suis gentille, maman, vois donc !... Dis, veux-tu? je vais rester comme ça... C'est gentil !

Hélène eut un geste d'impatience, qu'elle réprima; et elle posa la question de tous les matins :

— Est-ce que tu es débarbouillée ?

— Oh! maman, murmura l'enfant, subitement chagrine, oh ! maman... Il pleut, il fait trop laid...

— Alors, tu n'auras pas à déjeuner... Débarbouillez-la, Rosalie.

D'ordinaire, c'était elle qui veillait à ce soin. Mais elle éprouvait un véritable malaise, elle se serrait contre la flamme, grelottante, bien que le temps fût très doux. Rosalie venait d'approcher de la cheminée le guéridon, sur lequel elle avait mis une serviette et posé deux bols de porcelaine blanche. Devant le feu, le café au lait, dans une bouillotte d'argent, un cadeau de M. Rambaud, frémissait. A cette heure matinale, la chambre défaite, assoupie encore et pleine du désordre de la nuit, avait une intimité souriante.

— Maman, maman ! criait Jeanne du fond du cabinet, elle me frotte trop fort, ça m'écorche... Oh ! là, là, que c'est froid !

Hélène, reprise par sa rêverie, les yeux fixés sur la bouillotte, n'écoutait point. Elle voulait savoir, elle irait. Cela l'irritait et la troublait, de penser au mystère du rendez-vous, dans ce coin perdu et sordide de Paris. Elle trouvait ce mystère d'un goût détestable, elle reconnaissait l'esprit de Malignon, une imagination de roman, une toquade de faire revivre à bon compte les petites maisons de la Régence. Et pourtant, malgré ses répugnances, elle restait enfiévrée, attirée, les sens occupés du silence et du demi-jour qui devaient régner dans la chambre rose.

— Mademoiselle, répétait Rosalie, si vous ne vous laissez pas faire, je vais appeler madame...

— Tiens ! tu me mets du savon dans les yeux, répondait Jeanne, dont la voix était grosse de larmes. J'en ai assez, lâche-moi... Les oreilles, ce sera pour demain.

Mais le ruissellement de l'eau continuait, on entendait l'éponge s'égoutter dans la cuvette. Il y eut un bruit de lutte. L'enfant pleura. Presque aussitôt, elle reparut très gaie, criant :

— C'est fini, c'est fini...

Et elle se secouait, les cheveux mouillés encore, toute rose d'avoir été frottée, d'une fraîcheur qui sentait bon. En se débattant, elle avait fait glisser sa camisole ; son jupon se dénouait ; ses bas tombaient, montrant ses petites jambes. Pour le coup, comme disait Rosalie, mademoiselle ressemblait à un Jésus. Mais Jeanne était très fière d'être propre ; elle ne voulait pas qu'on la rhabillât.

— Regarde un peu, maman, regarde mes mains, et mon cou, et mes oreilles... Hein? laisse-moi me chauffer, je suis trop bien... Tu ne diras pas, j'ai mérité de déjeuner, aujourd'hui.

Elle s'était pelotonnée devant le feu, dans son petit fauteuil. Alors, Rosalie versa le café au lait. Jeanne prit son bol sur ses genoux, et gravement, avec des mines de grande personne, elle trempa sa rôtie. Hélène, d'habitude, lui défendait de manger ainsi. Mais elle demeurait préoccupée. Elle laissa son pain, se contenta de boire le café. Jeanne guettait le pain ; elle en cassa une bouchée, puis une autre, l'acheva, silencieuse, jouissant du grand feu qui chauffait ses membres nus. A la dernière bouchée, un remords la saisit pourtant. Des larmes lui vinrent aux yeux, elle posa le bol et se jeta au cou de sa mère, en la voyant si pâle.

— Maman, est-ce que tu es malade à ton tour?... Je ne t'ai pas fait de la peine, dis?

— Non, ma chérie, tu es bien gentille au contraire, murmura Hélène, qui l'embrassa, Mais je suis un peu lasse, j'ai mal dormi... Joue, ne t'inquiète pas.

Elle pensait que la journée serait terriblement longue. Qu'allait-elle faire pour attendre la nuit? Depuis quelque temps, elle ne touchait plus à une aiguille, le travail lui semblait d'un poids énorme. Un ennui lourd l'écrasait. Pendant des heures, elle restait assise, les mains abandonnées, étouffant dans sa chambre, ayant le besoin de sortir pour respirer et ne bougeant pas. C'était cette chambre qui la rendait malade; elle la détestait en songeant aux deux années qu'elle y avait déjà vécues, elle la trouvait odieuse avec son velours bleu, son immense horizon de grande ville, et rêvait un petit appartement dans le tapage d'une rue, qui l'aurait étourdie. Mon Dieu ! comme les heures étaient lentes ! Elle prit un livre, mais l'idée fixe qui battait dans sa tête levait continuellement les mêmes images entre ses yeux et la page commencée.

Cependant, Rosalie avait fait la chambre, Jeanne était coiffée et habillée. Alors, au milieu des meubles rangés, pendant que sa mère, devant la fenêtre, s'efforçait de lire, l'enfant qui était dans un de ses jours de gaieté bruyante, commença une grande partie. Elle était toute seule; mais cela ne l'embarrassait guère, elle faisait très bien trois et quatre personnes, avec une conviction et une gravité fort drôles. D'abord elle joua à la dame qui va en visite. Elle disparaissait dans la salle à manger; puis elle rentrait en saluant, en souriant, en tournant la tête d'une façon coquette.

— Bonjour, madame... Comment allez-vous, madame?... Il y a si longtemps qu'on ne vous a vue. C'est un miracle, vraiment... Mon Dieu ! j'ai été souffrante, madame. Oui, j'ai eu le choléra, c'est très désagréable... Oh ! ça ne paraît pas du tout, vous rajeunissez, ma parole d'honneur... Et vos enfants, madame? Moi j'en ai eu trois, depuis l'été dernier...

Elle continuait ses révérences devant le guéridon, qui représentait sans doute la dame chez laquelle elle était en visite. Puis elle approchait des siéges, soutenait une conversation générale qui durait une heure, avec une abondance de phrases vraiment extraordinaire.

— Ne fais pas la bête, Jeanne, disait sa mère de loin en loin, lorsque le bruit de l'enfant l'impatientait.

— Mais, maman, je suis chez mon amie... Elle me parle, il faut bien que je lui réponde... N'est-ce pas que lorsqu'on sert du thé, on ne met pas des gâteaux dans ses poches?

Et elle repartait.

— Adieu, madame. Il était délicieux, votre thé... Bien des choses à monsieur votre mari...

Tout d'un coup, ce fut autre chose. Elle sortait en voiture, elle allait faire des emplettes, à califourchon sur une chaise, comme un garçon.

— Jean, pas si vite, j'ai peur... Arrêtez-moi donc ! nous sommes devant la modiste... Mademoiselle, combien ce chapeau? Trois cents francs, ce n'est pas cher. Mais il n'est pas joli. Je voudrais un oiseau dessus, un oiseau gros comme ça... Allons, Jean, conduisez-moi chez l'épicier. Vous n'avez pas du miel? Si, madame, en voilà. Oh ! qu'il est bon ! Je n'en veux pas ; donnez-moi deux sous de sucre... Mais, faites donc attention, Jean ! Voilà que la voiture a versé ! Monsieur le sergent de ville, c'est la charrette qui s'est jetée sur nous... Vous n'avez pas de mal, madame? Non, monsieur, pas du tout... Jean, Jean ! nous rentrons. Hope là ! hope là ! Attendez, je vais commander des chemises. Trois douzaines de chemises pour madame... Il me faut aussi des bottines et un corset... Tiens, c'est un monsieur à cheval que je connais. Il est très bien, ce monsieur. Bonjour, monsieur; bonjour... Hope là ! hope là ! Mon Dieu, on n'en finit plus !

Et elle s'éventait, elle faisait la dame qui rentre chez elle et qui gronde ses gens. Jamais son imagination ne restait à court; c'était une fièvre, un épanouissement continu d'imaginations fantasques, tout le raccourci de la vie bouillant dans sa petite tête et sortant par lambeaux. La matinée, l'après-midi, elle tourna, dansa, bavarda; et quand elle était lasse, un tabouret, une ombrelle aperçue dans un coin, un chiffon ramassé par terre, suffisaient pour la lancer dans un nouveau jeu, avec une richesse d'invention plus grande. Elle créait tout, les personnages, les lieux, les scènes; elle s'amusait comme si elle avait eu avec elle douze enfants de son âge.

Enfin, la nuit arriva. Six heures allaient sonner. Hélène, s'éveillant de la somnolence inquiète où elle avait passé la journée, jeta vivement un châle sur ses épaules

— Tu sors, maman? demanda Jeanne étonnée.

— Oui, ma chérie, une course dans le quartier. Je ne resterai pas longtemps... Sois sage.

Dehors, le dégel continuait. Un fleuve de boue coulait sur les chaussées. Hélène entra, rue de Passy, dans un magasin de chaussures, où elle avait déjà conduit la mère Fetu. Puis, elle revint rue Raynouard. Le ciel était gris, un brouillard montait du pavé. La rue s'enfonçait devant elle, déserte et inquiétante, malgré l'heure peu avancée, avec ses rares becs de gaz, qui, dans la buée d'humidité, faisaient des taches jaunes. Elle pressait le pas, rasant les maisons, se cachant comme si elle fût allée à un rendez-vous. Mais, lorsqu'elle tourna brusquement dans le passage des Eaux, elle s'arrêta sous la voûte, prise d'une véritable peur. Le passage s'ouvrait sous ses pieds comme un trou noir. Elle n'en voyait pas le fond, elle apercevait seulement au milieu de ce boyau de ténèbres la lueur tremblotante du seul réverbère qui l'éclairait. Enfin, elle se décida, elle prit la rampe de fer pour ne pas tomber. Du bout des pieds, elle tâtait les larges marches. A droite et à gauche, les murs se resserraient, allongés démesurément par la nuit, tandis que les branches dépouillées des arbres, au-dessus, mettaient vaguement des profils de bras gigantesques aux mains tendues et crispées. Le silence surtout l'épouvantait. Elle tremblait à la pensée que la porte d'un des jardins allait s'ouvrir et qu'un homme se jetterait sur elle. Personne ne passait, elle descendait le plus vite possible. Tout d'un coup, une ombre sortit de l'obscurité; un frisson la glaçait, lorsque l'ombre toussa; c'était une vieille femme qui montait péniblement. Alors, elle se sentit rassurée, elle releva plus soigneusement sa robe qui traînait dans la crotte. La boue était si épaisse que ses bottines restaient collées sur les marches. En bas, elle se tourna d'un mouvement instinctif. L'humidité des branches s'égouttait dans le passage, le réverbère avait une clarté de lampe de mineur, accrochée au flanc d'un puits que des infiltrations rendent dangereux.

Hélène monta droit au grenier où elle était venue si souvent, en haut de la grande maison délabrée. Mais elle eut beau frapper, personne ne bougea. Elle redescendit alors, très-embarrassée, s'entêtant pourtant. La mère Fetu se trouvait sans doute à l'appartement du premier. Seulement, Hélène n'osait se présenter là. Elle resta cinq minutes dans l'allée, qu'un quinquet à huile éclairait. Elle remonta, hésita, regarda les portes; et elle s'en allait, lorsque la vieille femme parut sur le palier.

— Comment, vous êtes là, ma bonne dame ! cria-t-elle. Mais entrez donc ! ne restez pas à prendre du mal dans l'escalier... Oh ! il est traître, une vraie petite mort...

— Non, merci, dit Hélène, voici votre paire de souliers, mère Fetu...

Et elle regardait la porte que la mère Fetu avait laissée ouverte derrière elle. On apercevait le coin d'un fourneau.

— Je suis toute seule, je vous jure, répétait la vieille. Entrez .. C'est la cuisine par ici... Ah ! vous n'êtes pas fière avec le pauvre monde. Ça, on peut bien le dire...

Alors, malgré sa répugnance, honteuse de ce qu'elle faisait là, Hélène la suivit.

— Voici votre paire de souliers, mère Fetu...

— Mon Dieu ! comment vous remercier... Oh ! les bons souliers... Attendez, je vais les mettre. C'est tout mon pied, ça entre comme un gant... A la bonne heure ! au moins, on peut marcher avec ça, on ne craint pas la pluie... Vous me sauvez, vous me prolongez de dix ans, ma bonne dame. Ce n'est pas une flatterie, c'est ce que je pense, aussi vrai que voilà une lampe qui nous éclaire. Non, je ne suis pas flatteuse... On n'a pas le temps de vous demander, mais le bon Dieu vous rendra tout ça...

Elle s'attendrissait en parlant, elle avait pris les mains d'Hélène et les baisait. Celle-ci se recula. Du vin chauffait dans une casserole; sur la table, près de la lampe, une bouteille de bordeaux à moitié vide allongeait son cou mince. D'ailleurs, il n'y avait là que quatre assiettes, un verre, deux poêlons, une marmite. On sentait que la mère Fétu campait dans cette cuisine de garçon, dont elle n'allumait les fourneaux que pour elle. En voyant les yeux d'Hélène se diriger vers la casserole, elle toussa, elle se fit dolente.

— Ça me reprend dans le ventre, gémit-elle. Le médecin a beau dire, je dois avoir un ver... Alors, une goutte de vin me remet... Je suis bien affligée, ma bonne dame. Je ne souhaite mon mal à personne, c'est trop mauvais... Enfin, je me dorlote un peu maintenant; lorsqu'on en a vu de toutes les couleurs, il est permis de se dorloter, n'est-ce pas?... J'ai eu la chance de tomber sur un monsieur bien aimable. Que le ciel le bénisse!

Et elle mit deux gros morceaux de sucre dans son vin. Elle engraissait encore, ses petits yeux disparaissaient sous la bouffissure de son visage. Une félicité béate ralentissait ses mouvements. L'ambition de toute sa vie semblait enfin satisfaite. Elle était née pour ça. Comme elle serrait son sucre, Hélène aperçut au fond d'une armoire des gourmandises, un pot de confiture, un paquet de biscuits, jusqu'à des cigares volés au monsieur.

— Eh bien! adieu, mère Fétu, je m'en vais, dit-elle.

Mais la vieille poussait la casserole sur le coin du fourneau, en murmurant:

— Attendez donc, c'est trop chaud, je boirai ça tout à l'heure... Non, non, ne sortez pas par ici. Je vous demande pardon de vous avoir reçue dans la cuisine... Faisons le tour.

Elle avait pris la lampe, elle s'était engagée dans un étroit couloir. Hélène, dont le cœur battait, passa derrière elle. Le couloir, lézardé, enfumé, suait une humidité âcre. Mais une porte tourna, elle marchait maintenant sur un épais tapis. La mère Fétu avait fait quelques pas au milieu d'une chambre close et silencieuse.

— Hein? dit-elle en levant la lampe, c'est gentil.

C'étaient deux pièces carrées qui communiquaient entre elles par une porte dont on avait enlevé les vantaux; une portière seulement les séparait. Toutes deux étaient tendues de la même cretonne rose à médaillons Louis XV, avec des Amours joufflus s'ébattant parmi des guirlandes de fleurs. Dans la première pièce, il y avait un guéridon, deux bergères, des fauteuils; dans la seconde, plus petite, un lit immense tenait toute la place. La mère Fétu fit remarquer au plafond une veilleuse de cristal, suspendue par des chaînes dorées. Cette veilleuse représentait, pour elle, le comble du luxe. Et elle donnait des explications.

— Vous ne vous imaginez pas le drôle de corps. Il allume tout en plein midi, et il reste là, à fumer un cigare, en regardant en l'air... Ça l'amuse, paraît-il, cet homme... N'importe, il a dû en dépenser de l'argent!

Hélène, sans parler, faisait le tour des pièces. Elle les trouvait inconvenantes et prétentieuses. Elles étaient trop roses, le lit était trop grand, les meubles trop neufs. On sentait là une tentative de séduction blessante dans sa fatuité. Une modiste aurait succombé tout de suite. Et, cependant, un trouble peu à peu agitait Hélène, tandis que la vieille continuait, en clignant les yeux :

— Il se fait appeler monsieur Vincent... Moi, ça m'est égal. Du moment qu'il paie, ce garçon...

— Au revoir, mère Fétu, répéta Hélène qui étouffait.

Elle voulut s'en aller, elle ouvrit une porte et se trouva dans une enfilade de trois petites pièces d'une nudité et d'une saleté horribles. Les papiers arrachés pendaient, les plafonds étaient noirs, des plâtras traînaient sur les carreaux défoncés. Une odeur de misère ancienne suintait.

— Pas par là, pas par là, criait la mère Fétu. D'ordinaire, cette porte est fermée pourtant... Ce sont les autres chambres, celles qu'il n'a point fait arranger. N'est-ce pas? ça lui avait déjà coûté assez cher... Ah! dame, c'est moins joli, bien sûr... Par ici, ma bonne dame, par ici...

Et, lorsqu'Hélène repassa dans le boudoir aux tentures roses, elle l'arrêta pour lui baiser la main de nouveau.

— Allez, je ne suis pas ingrate... Je me souviendrai toujours de ces souliers-là. C'est qu'ils me vont, et qu'ils sont chauds, et que je marcherais trois lieues avec... Qu'est-ce que je pourrais bien demander au bon Dieu pour vous? O mon Dieu, entendez-moi, accomplissez tous ses désirs, faites qu'elle soit la plus heureuse des femmes. Vous qui lisez dans mon cœur, vous savez ce que je lui souhaite. Au nom du Père, du Fils, du Saint-Esprit, ainsi soit-il!

Une exaltation dévote l'avait subitement prise, et elle multipliait les signes de croix, elle envoyait des génuflexions au grand lit et à la veilleuse de cristal. Puis, ouvrant la porte qui donnait sur le palier, elle ajouta à l'oreille d'Hélène, d'une voix changée :

— Quand vous voudrez, frappez à la cuisine : j'y suis toujours.

Hélène, étourdie, regardant derrière elle comme si elle venait de sortir d'un lieu suspect, descendit l'escalier, remonta le passage des Eaux, se retrouva rue Vineuse, sans avoir conscience du chemin parcouru. Là seulement la dernière phrase de la vieille femme la frappa. Certes, non, elle ne remettrait pas les pieds dans cette maison! Elle n'avait plus d'aumônes à y porter. Pourquoi donc aurait-elle frappé à la cuisine? A présent, elle était satisfaite, elle avait vu. Et elle éprouvait un mépris contre elle et contre les autres. Quelle vilenie d'être allée là! Malgré elle, les deux chambres avec leur cretonne reparaissaient sans cesse devant ses yeux; elle en avait emporté dans un regard les moindres détails, jusqu'à la place occupée par les sièges et aux plis des rideaux qui drapaient le lit. Mais, toujours, à la suite, les trois autres petites pièces, les pièces sales, vides et abandonnées, défilaient; et cette vision, ces murs lépreux cachés sous les amours joufflus, lui causaient autant de colère que de dégoût.

— Ah bien! madame, cria Rosalie, qui guettait dans l'escalier, le dîner sera bon! Voilà une demi-heure que tout brûle!

Jeanne, à table, accabla sa mère de questions. Où était-elle allée? qu'avait-elle fait? Puis, comme elle ne recevait que des réponses brèves, elle s'égaya toute seule en jouant à la dînette. Près d'elle, sur une chaise, elle avait assis sa poupée, et elle lui passait fraternellement la moitié de son dessert.

— Surtout, mademoiselle, mangez proprement... Essuyez-vous donc... Oh! la petite sale, elle ne sait pas seulement mettre sa serviette... Là, vous êtes belle... Tenez, voici un biscuit. Qu'est-ce que vous dites? Vous voulez de la confiture dessus?... Hein! c'est meilleur comme ça... Laissez-moi vous peler votre quartier de pomme...

Et elle posait la part de la poupée sur la chaise. Mais, lorsque son assiette fut vide, elle reprit une à une les friandises, et elle les mangeait, en parlant pour la poupée.

— Oh! c'est exquis!... Jamais je n'ai mangé d'aussi bonne confiture. Où donc prenez-vous cette confiture-là, madame? Je dirai à mon mari de m'en apporter un pot... Est-ce que c'est dans votre jardin, madame, que vous cueillez ces belles pommes?

Elle s'endormit en jouant, elle tomba dans la chambre avec sa poupée entre les bras. Depuis le matin, elle ne s'était pas arrêtée. Ses petites jambes n'en pouvaient plus, la fatigue du jeu l'avait foudroyée, et elle riait encore en dormant, elle devait rêver qu'elle jouait toujours. Sa mère la coucha, inerte, abandonnée, en train de faire quelque grande partie avec les anges.

Maintenant, Hélène était seule dans la chambre. Elle s'enferma, elle passa une soirée affreuse, près du feu mort. Renversée au fond d'un fauteuil, éprouvant des douleurs dans tous les membres, elle avait la tête malade. Sa volonté lui échappait, des pensées inavouables faisaient en elle un travail sourd. C'était comme une femme méchante et sensuelle qu'elle ne connaissait point et qui lui parlait d'une voix souveraine, à laquelle elle ne pouvait désobéir. Lorsque minuit sonnèrent, elle se coucha péniblement. Mais, au lit, ses tourments devinrent plus intolérables. Elle dormait à moitié, se retournant comme sur une braise. Des images, grandies par l'insomnie, la poursuivaient. Puis une idée se planta dans son crâne, et elle eût beau la repousser, l'idée s'enfonçait, la serrait à la gorge, l'écrasait tout entière dans un étau. Vers deux heures, tout d'un coup, elle se leva avec la raideur et la pâle résolution d'une somnambule, elle ralluma la lampe et écrivit une lettre en déguisant son écriture. C'était une dénonciation vague, un billet de trois lignes priant le docteur Deberle de se rendre le jour même à tel lieu, à telle heure, sans explication, sans signature. Elle cacheta l'enveloppe, mit la lettre dans la poche de sa robe, jetée sur un fauteuil; ses mouvements avaient une tranquillité, une précision extraordinaires. Et, quand elle se fut couchée, elle s'endormit tout de suite, elle resta sans souffle, anéantie par un sommeil de plomb.

III

Le lendemain, Rosalie ne put servir le café au lait que vers neuf heures. Hélène s'était levée tard, courbaturée, toute pâle du cauchemar de la nuit. Elle fouilla dans la poche de sa robe, sentit la lettre, la renfonça et vint s'asseoir devant le guéridon, sans parler. Jeanne aussi avait la tête lourde, la mine grise et inquiète. Elle quittait son petit lit à regret, n'ayant pas le cœur au jeu ce matin-là. Le ciel était couleur de suie, une lumière louche attristait la chambre, tandis que de brusques averses, de temps à autre, cinglaient les vitres.

— Mademoiselle est dans ses noirs, disait Rosalie, qui causait toute seule. Elle ne peut pas être dans ses roses deux jours de suite... Voilà ce que c'est que d'avoir tant sauté hier.

— Est-ce que tu es malade, Jeanne? demanda Hélène.

— Non, maman, répondit la petite. C'est ce vilain ciel.

Hélène retomba dans son silence. Elle acheva son café, resta là, absorbée, les yeux sur la flamme. Depuis deux jours, son air profondément réfléchi n'était qu'un engourdissement ; elle retournait pendant des heures la même idée, sans pouvoir la joindre à une autre ; c'était comme des impasses au fond desquelles elle se débattait. En se levant, elle venait de se dire que son devoir lui commandait de parler tout de suite à Juliette, de la faire renoncer au rendez-vous de l'après-midi. Comment ? elle l'ignorait ; mais la nécessité de sa démarche l'avait tout d'un coup frappée, et il n'y avait plus, dans sa tête, que la pensée de cette tentative qui s'imposait et l'obsédait. Quand dix heures sonnèrent, elle s'habilla. Jeanne la regardait ; puis, lorsqu'elle lui vit prendre son chapeau, elle serra ses petites mains comme si elle avait eu froid, tandis qu'une ombre de souffrance descendait sur son visage. D'habitude, elle se montrait très jalouse des sorties de sa mère, ne voulant pas la quitter, exigeant d'aller partout avec elle. Elle était déjà si triste, sans savoir pourquoi ; elle se renfonça dans son coin, la tête basse, le cœur gros.

— Rosalie, dit Hélène, dépêchez-vous de finir la chambre... Ne sortez pas. Je reviens à l'instant.

Et elle se pencha, embrassa rapidement Jeanne, sans remarquer son chagrin. Quand elle fut sortie, l'enfant, qui avait mis sa dignité à ne pas se plaindre, eut un sanglot.

— Oh ! que c'est laid ! mademoiselle, répétait la bonne en manière de consolation. Pardi ! on ne vous la volera pas, votre maman. Il faut bien lui laisser faire ses affaires.. Vous ne pouvez pas être toujours pendue à ses jupes.

Cependant, Hélène avait tourné le coin de la rue Vineuse, filant le long des murs pour se protéger contre une averse qui crevait justement à ce moment-là. Ce fut Pierre qui lui ouvrit ; mais il parut embarrassé.

— Mme Deberle est chez elle ?

— Oui, madame ; seulement, je ne sais pas...

Et comme Hélène, en intime, se dirigeait vers le salon, il se permit de l'arrêter.

— Attendez, madame, je vais voir.

Il se coula alors dans la pièce, en entrouvrant la porte le moins possible, et l'on entendit aussitôt la voix de Juliette, qui se fâchait.

— Comment, vous avez laissé entrer ! Je vous avais formellement défendu... C'est incroyable, on ne peut être tranquille une minute.

Hélène poussa la porte, résolue à accomplir ce qu'elle croyait être son devoir.

— Tiens, c'est vous ! dit Juliette, en l'apercevant. J'avais mal entendu...

Mais elle gardait son air fâché. Evidemment, la visiteuse la gênait.

— Est-ce que je vous dérange ? demanda celle-ci.

— Non, non... Vous allez comprendre. C'est une surprise que nous ménageons. Nous répétons *le Caprice*, pour le jouer à un de mes samedis. Précisément, nous avions choisi le matin, afin que personne ne pût se douter... Oh ! restez maintenant. Vous serez discrète, voilà tout.

Et, tapant dans ses mains, s'adressant à Mme Berthier, qui était debout au milieu du salon, elle reprit, sans plus s'occuper d'Hélène :

— Voyons, voyons, travaillons... Il me semble que vous ne mettez pas assez de finesse dans cette phrase : « Faire une bourse en cachette de son mari, cela passerait, aux yeux de bien des gens, pour un peu plus que romanesque... » Répétez cela.

Hélène, très étonnée de l'occupation où elle la trouvait, s'était assise en arrière et examinait le spectacle imprévu qu'elle avait sous les yeux. On venait de repousser contre les murs les siéges et les tables, le tapis restait libre. Mme Berthier, une blonde délicate, disait son monologue, en levant les yeux au plafond, pour chercher les mots ; tandis que la forte Mme de Guiraud, une belle brune, qui s'était chargée du rôle de Mme de Léry, attendait dans un fauteuil le moment de faire son entrée. Ces dames, en petite toilette du matin, n'avaient retiré ni leurs chapeaux ni leurs gants. Et, devant elles, tenant à la main le volume de Musset, Juliette, ébouriffée, enveloppée dans un grand peignoir de cachemire blanc, prenait un air convaincu de régisseur qui indique aux artistes des inflexions de voix et des jeux de scène. Comme le jour était très bas, on avait relevé les petits rideaux de tulle brodé, l'étroit jardin s'enfonçait, noir d'humidité.

— Vous n'êtes pas assez émue, déclarait Juliette en se fâchant presque. Mettez plus d'intention dans cette phrase : « Nous allons donc, ma chère petite bourse, vous faire votre dernière toilette... » Recommencez.

— Je serai très mauvaise, dit languissamment Mme Berthier, je vous assure que je serai très mauvaise... Pourquoi ne jouez-vous pas ça à ma place ? Vous feriez une Mathilde délicieuse.

— Oh ! moi, non... Il faut une blonde d'abord. Ensuite, je suis un très bon professeur, mais je n'exécute pas... Travaillons, travaillons.

Hélène restait dans son coin. Mme Berthier, tout à son rôle, ne s'était pas même tournée. Mme de Guiraud lui avait adressé un léger signe de tête. Et elle sentait qu'elle était de trop, qu'elle aurait dû refuser de s'asseoir. Ce qui la retenait, ce n'était plus tant la pensée d'un devoir à accomplir, qu'un singulier sentiment, profond et confus, qu'elle avait parfois éprouvé là. Elle souffrait de la façon indifférente dont Juliette la recevait. Il y avait chez celle-ci de continuels caprices d'amitié; elle adorait les gens pendant un mois, se jetait à leur cou, ne semblait vivre que pour eux; puis, un matin, sans dire pourquoi, elle ne paraissait plus les connaître; sans doute, elle obéissait, comme en toutes choses, à une mode, au besoin d'aimer les personnes qu'on aimait autour d'elle. Ces brusques sautes d'affection blessaient beaucoup Hélène, dont l'esprit large et calme rêvait toujours d'éternité. Elle était souvent sortie de chez les Deberle très triste, emportant un véritable désespoir du peu de fondement qu'on pouvait faire sur les amitiés humaines. Mais, ce jour-là, dans la crise qu'elle traversait, c'était une douleur plus vive encore.

— Nous passons la scène de Chavigny, dit Juliette. Il ne viendra pas ce matin... Voyons l'entrée de Mme de Léry. A vous, Madame de Guiraud... Prenez la réplique.

Et elle lut :

— « Figurez-vous que je lui montre cette bourse... »

Mme de Guiraud s'était levée, et, parlant d'une voix de tête, se donnant un air fou, elle commença :

— « Tiens, c'est assez gentil. Voyons donc. »

Hélène, lorsque le domestique lui avait ouvert, s'imaginait une toute autre scène. Elle croyait trouver Juliette nerveuse, très pâle, frissonnant à la pensée du rendez-vous, hésitante et attirée; et elle se voyait elle-même la conjurant de réfléchir, jusqu'à ce que la jeune femme, étranglée de sanglots, se jetât entre ses bras. Alors, elles auraient pleuré ensemble, Hélène se serait retirée avec la pensée qu'Henri désormais était perdu pour elle, mais qu'elle avait assuré son bonheur. Et nullement, elle tombait sur cette répétition, à laquelle elle ne comprenait rien; elle trouvait Juliette le visage reposé, ayant bien dormi à coup sûr, l'esprit assez libre pour se fâcher à propos d'un geste de Mme Berthier, ne se préoccupant pas le moins du monde de ce qu'elle pourrait faire l'après-midi. Cette indifférence, cette légèreté glaçaient Hélène, qui arrivait toute brûlante de passion.

Elle voulut parler. Elle demanda, au hasard :

— Qui est-ce qui fait ce Chavigny ?

— Malignon, dit Hélène, en se tournant d'un air étonné. Il a joué Chavigny tout l'hiver dernier... L'ennuyeux, c'est qu'on ne peut pas l'avoir aux répétitions... Écoutez, mesdames, je vais lire le rôle de Chavigny. Sans cela, nous n'en sortirons jamais.

Et, dès lors, elle joua elle aussi, faisant l'homme, avec un grossissement involontaire de la voix et des airs cavaliers qu'elle prenait, entraînée par la situation. Mme Berthier roucoulait, la grosse Mme de Guiraud se donnait une peine infinie pour être vive et spirituelle. Pierre entra mettre du bois au feu; et, d'un regard en dessous, il examinait ces dames, qu'il trouvait drôles.

Cependant, Hélène, toujours résolue, malgré le serrement de son cœur, essaya de prendre Juliette à l'écart.

— Une minute seulement. J'ai quelque chose à vous dire.

— Oh! impossible, ma chère... Vous voyez bien, je suis prise... Demain, si vous avez le temps.

Hélène se tut. Le ton détaché de la jeune femme l'irritait. Elle sentait une colère à la voir si paisible, lorsqu'elle-même endurait depuis la veille une si douloureuse agonie. Un instant, elle fut sur le point de se lever et de laisser aller les choses. Elle était bien sotte de vouloir sauver cette femme, tout son cauchemar de la nuit recommençait, sa main dans sa poche venait de trouver la lettre et la serrait, brûlante de fièvre. Pourquoi donc aurait-elle aimé les autres, puisqu'on ne l'aimait pas elle-même, puisqu'on ne souffrait pas comme elle? Et un besoin mauvais grandissait et l'étourdissait.

— Oh! très bien, cria tout d'un coup Juliette.

Mme Berthier appuyait la tête à l'épaule de Mme de Guiraud, en sanglotant, en répétant :

— « Je suis sûre qu'il l'aime, j'en suis sûre. »

— Vous aurez un succès fou avec ce cri-là, reprit Juliette. Prenez un temps, n'est-ce pas?... « Je suis sûre qu'il l'aime, j'en suis sûre... » Et laissez votre tête. C'est adorable... A vous, Mme de Guiraud.

— « Non, mon enfant, ça ne se peut pas; c'est un caprice, une fantaisie... » déclama la grosse dame.

— Parfait! s'écria de nouveau Juliette. Mais la scène est longue. Hein? reposons-nous un instant... Il faut que nous réglions bien ce mouvement-là.

Alors, toutes trois, elles discutèrent l'arrangement du salon. La porte de la salle à manger, à gauche, servirait pour les entrées et les sorties; on placerait un fauteuil à droite, un canapé au fond, et l'on pousserait la table près de la cheminée. Hélène s'était levée et les suivait, comme si elle se fût intéressée à cette mise en place. Elle avait renoncé au projet de provoquer une explication, elle voulait simplement faire une dernière tentative, en empêchant Juliette de se trouver au rendez-vous.

— Je venais, lui dit-elle, vous demander

si ce n'est pas aujourd'hui que vous faites une visite à Mme de Chermette.

— Oui, cette après-midi.

— Alors, si vous le permettez, je viendrai vous prendre, car il y a longtemps que j'ai promis à cette dame d'aller la voir.

Juliette eut une seconde d'embarras. Mais elle se remit tout de suite.

— Certainement, je serai très heureuse... Seulement, j'ai un tas de courses, je passe chez des fournisseurs d'abord, je ne sais vraiment pas à quelle heure j'arriverai chez Mme de Chermette.

— Ça ne fait rien, reprit Hélène; ça me promènera.

— Ecoutez, je puis vous parler franchement... Eh bien! n'insistez pas, vous me gêneriez... Ce sera pour l'autre lundi.

Cela était dit sans une émotion, si nettement et avec un si tranquille sourire, qu'Hélène, confondue, n'ajouta rien. Elle dut donner un coup de main à Juliette, qui voulait tout de suite porter le guéridon près de la cheminée. Puis, elle se recula, tandis que la répétition continuait. Après la fin de la scène, Mme de Guiraud, dans son monologue, lança avec beaucoup de force ces deux phrases :

— « Mais quel abîme est donc le cœur de l'homme! Ah! ma foi, nous valons mieux qu'eux! »

Qu'allait-elle faire, maintenant? Et Hélène, dans le tumulte que cette question soulevait en elle, n'avait plus que des pensées confuses de violence. Elle éprouvait l'irrésistible besoin de se venger du beau calme de Juliette, comme si cette sérénité était une injure à la fièvre qui l'agitait. Certes, non, elle n'essayerait pas davantage de la sauver. Elle rêvait sa perte, pour voir si elle garderait toujours le sang-froid de son indifférence. Puis, elle se méprisait d'avoir eu des délicatesses et des scrupules. Vingt fois, elle aurait dû dire à Henri : « Je t'aime, prends-moi tout entière, » et ne pas frissonner, et montrer le visage blanc et reposé de cette femme, qui, trois heures avant un premier rendez-vous, jouait la comédie chez elle. A cette minute encore, elle tremblait plus qu'elle; c'était là ce qui l'affolait, la conscience de son emportement au milieu de la paix rieuse de ce salon, la peur d'éclater tout d'un coup en paroles passionnées. Elle était donc lâche? Ah! elle voulait son bonheur, à présent; elle l'aurait, quand elle devrait détruire à jamais celui des autres!

Une porte s'était ouverte, elle entendit tout d'un coup la voix d'Henri qui disait :

— Continuez, ne faites pas attention... Je passe seulement.

La répétition allait finir. Juliette, qui lisait toujours le rôle de Chavigny, venait de saisir la main de madame de Guiraud.

— « Ernestine, je vous adore! » cria-t-elle, dans un élan plein de conviction.

— « Vous n'aimez donc plus madame de Blainville? » récita Mme de Guiraud.

Mais Juliette refusa de continuer, tant que son mari resterait là. Les hommes n'avaient pas besoin de savoir. Alors, le docteur se montra très aimable pour ces dames; il les complimenta, il leur promit un grand succès. Ganté de noir, très correct avec son visage rasé, il rentrait de ses visites. En arrivant, il avait simplement salué Hélène d'un petit signe de tête. Lui, avait vu, à la Comédie-Française, une très grande actrice dans le rôle de Mme de Léry, et il indiquait à Mme de Guiraud des jeux de scène.

— Au moment où Chavigny va tomber a vos pieds, vous vous approchez de la cheminée et vous jetez la bourse au feu. Froidement, n'est-ce pas? sans colère, en femme qui joue l'amour...

— Bon, bon, laisse-nous, répétait Juliette. Nous savons tout ça.

Et comme il poussait enfin la porte de son cabinet, elle reprit le mouvement.

— « Ernestine, je vous adore! »

Henri, avant de sortir, avait salué Hélène du même signe de tête. Elle était restée muette, s'attendant à quelque catastrophe. Ce brusque passage du mari lui semblait plein de menaces. Mais lorsqu'il ne fut plus là, il lui apparut rapetissé, avec sa politesse et son aveuglement. Lui aussi s'occupait de cette comédie imbécile! Et il n'avait pas eu une flamme dans le regard en la trouvant là. Alors, toute la maison lui devint hostile et glaciale. C'était un écroulement, rien ne la retenait plus, car elle détestait Henri autant que Juliette. Au fond de sa poche, elle avait pris la lettre entre ses doigts crispés. Elle balbutia un « au revoir », elle s'en alla, dans un vertige qui faisait tourner les meubles autour d'elle; tandis que ces mots prononcés par Mme de Guiraud retentissaient à ses oreilles sonnantes :

— « Adieu. Vous m'en voudrez peut-être aujourd'hui, mais vous aurez demain quelque amitié pour moi, et, croyez-moi, cela vaut mieux qu'un caprice. »

Sur le trottoir, lorsqu'Hélène eut refermé la porte, elle tira la lettre d'un geste violent et comme mécanique, et elle la glissa dans la boîte. Puis, elle demeura là quelques secondes, stupide, à regarder l'étroite lame de cuivre qui était retombée.

— C'est fait, dit-elle à demi-voix.

Elle revoyait les deux chambres tendues de cretonne rose, les bergères, le grand lit; il y avait là Malignon et Juliette; tout d'un coup le mur se fendait, le mari entrait; et elle ne savait plus, elle était très calme. D'un regard instinctif, elle regarda si personne ne l'avait aperçue mettant la lettre. La rue était vide. Elle tourna le coin, elle remonta.

— Tu as été sage, ma chérie? dit-elle en embrassant Jeanne.

La petite, assise sur le même fauteuil, leva son visage boudeur. Sans répondre, elle jeta ses deux bras autour du cou de sa mère, et la baisa, en poussant un gros soupir. Elle avait bien du chagrin.

Au déjeuner, Rosalie s'étonna.

— Madame a donc fait une longue course?

— Pourquoi donc? demanda Hélène.

— C'est que madame mange d'un tel appétit... Il y a longtemps que madame n'a si bien mangé...

C'était vrai. Elle avait très faim, un brusque soulagement lui creusait l'estomac. Elle se sentait dans une paix, dans un bien-être indicibles. Après les secousses de ces deux derniers jours, un silence venait de se faire en elle, ses membres étaient délassés et assouplis comme au sortir d'un bain. Elle n'éprouvait plus que la sensation d'une lourdeur quelque part, un poids vague qui l'appesantissait; mais elle goûtait même là une jouissance, elle ne pensait plus, engourdie de sommeil, les yeux ouverts.

Au sortir de table, lorsqu'elle rentra dans la chambre, ses regards allèrent droit à la pendule, qui marquait midi vingt-cinq minutes. Le rendez-vous de Juliette était pour trois heures. Encore deux heures et demie. Elle fit ce calcul machinalement. D'ailleurs, elle n'avait aucune hâte, les aiguilles marchaient, personne au monde maintenant n'avait le pouvoir de les arrêter; et elle laissait les faits s'accomplir. Depuis deux jours, un bonnet d'enfant commencé traînait sur le guéridon. Elle le prit et se mit à coudre devant la fenêtre. L'aiguille piquait avec son petit bruit dans le calicot neuf, un grand silence endormait la chambre. Jeanne s'était assise à sa place habituelle; mais elle restait les mains lasses, abandonnées.

— Maman, dit-elle, je ne peux pas travailler, ça ne m'amuse pas.

— Eh bien, ma chérie, ne fais rien... Tiens, tu m'enfileras mes aiguilles.

Alors, l'enfant, muette, l'air souffrant, s'occupa avec des gestes ralentis. Elle coupait soigneusement des bouts de fil égaux, mettait un temps infini à trouver le trou de l'aiguille; et elle n'arrivait que juste, sa mère usait une à une les aiguilles qu'elle lui préparait.

— Tu vois, murmura-t-elle, ça va plus vite... Ce soir, mes six petits bonnets seront terminés.

Et elle se tourna pour regarder la pendule. Une heure dix minutes. Encore près de deux heures. Maintenant, Juliette devait commencer à s'habiller. Henri avait reçu la lettre. Oh! certainement, il irait. Les indications étaient précises, il trouverait tout de suite. Mais ces choses lui semblaient très loin encore et la laissaient froide. Elle cousait à points réguliers, avec une application d'ouvrière. Les minutes, une à une, s'écoulaient. Deux heures sonnèrent.

Un coup de sonnette l'étonna.

— Qui est-ce donc, petite mère? demanda Jeanne, qui avait tressailli sur sa chaise.

Et comme M. Rambaud entrait:

— C'est toi!... Pourquoi sonnes-tu si fort? Tu m'as fait peur.

Le digne homme parut consterné. Il avait eu la main un peu lourde, en effet.

— Je ne suis pas gentille aujourd'hui, j'ai mal, continuait l'enfant. Il ne faut pas me faire peur.

Alors, M. Rambaud s'inquiéta. Qu'avait donc la pauvre chérie? Et il ne s'assit, rassuré, qu'en apercevant Hélène lui adresser un léger signe, pour l'avertir que l'enfant était dans ses noirs, comme disait Rosalie. D'ordinaire, il ne venait jamais dans la journée. Aussi voulut-il expliquer tout de suite sa visite. C'était pour un compatriote, un vieil ouvrier qui ne trouvait plus de travail, à cause de son grand âge, et qui avait sa femme paralytique, dans une petite chambre, grande comme la main. On ne se figurait pas une pareille misère. Le matin même, il était monté chez eux, afin de se rendre compte. Un trou sous les toits, avec une fenêtre à tabatière qui laissait passer la pluie; là-dedans, une paillasse, une femme enveloppée dans un ancien rideau; et l'homme hébété, accroupi par terre, n'ayant même plus le courage de donner un coup de balai.

— Oh! les malheureux, les malheureux! répétait Hélène, tout d'un coup émue aux larmes.

Ce n'était pas le vieil ouvrier qui embarrassait M. Rambaud. Il le prendrait chez lui, il trouverait bien à l'occuper. Mais la femme, cette paralytique que son mari n'osait pas laisser un instant seule et qu'il fallait rouler comme un paquet, où la mettre, qu'en faire?

— J'ai songé à vous, continua-t-il, il faut que vous la fassiez entrer tout de suite dans un hospice... Je serais allé directement chez M. Deberle, mais j'ai pensé que vous le connaissez davantage, que vous auriez plus d'influence... S'il veut bien s'en occuper, l'affaire sera faite demain.

Jeanne avait écouté, toute pâle, tremblante d'un frisson de pitié. Elle joignit les mains, elle murmura :

— Oh ! maman, sois bonne, fais entrer la pauvre femme...

— Mais, bien sûr ! dit Hélène, dont l'émotion grandissait. Dès que je vais pouvoir, je parlerai au docteur, il s'occupera lui-même des démarches... Donnez-moi les noms et l'adresse, monsieur Rambaud.

Celui-ci écrivit une note sur le guéridon. Puis, se levant :

— Il est deux heures trente-cinq, dit-il. Vous pourriez peut-être trouver le docteur chez lui.

Elle s'était levée également, elle regarda la pendule, avec un sursaut de tout son corps. Il était bien deux heures trente-cinq, et l'aiguille marchait. Elle balbutia, elle dit que le docteur ne se trouvait sûrement pas chez lui, qu'il devait être parti pour ses visites. Ses regards ne quittaient plus la pendule. Cependant, M. Rambaud, qui avait pris son chapeau, la tenait debout, recommençait son histoire. Ces pauvres gens avaient tout vendu, jusqu'à leur poêle ; depuis le commencement de l'hiver, ils passaient les jours et les nuits sans feu. A la fin décembre, ils étaient restés quatre jours sans manger. Hélène eut une exclamation douloureuse. L'aiguille marquait trois heures moins vingt. M. Rambaud mit encore deux grandes minutes à partir.

— Eh bien ! je compte sur vous, dit-il. Je regarde la chose comme faite... Nous en causerons demain.

Et, se penchant pour embrasser Jeanne :

— Au revoir, ma chérie.

— Au revoir... Sois tranquille, maman n'oubliera pas, je lui ferai souvenir.

Lorsque Hélène revint de l'antichambre, où elle avait accompagné M. Rambaud, l'aiguille était au quart. Dans un quart d'heure, tout serait fini. Immobile devant la cheminée, elle eut la brusque vision de la scène qui allait se passer : Juliette se trouvait déjà là, Henri entrait et la surprenait. Elle connaissait la chambre, elle percevait les moindres détails avec une netteté effrayante. Alors, secouée encore par l'histoire lamentable de M. Rambaud, elle sentit un grand frisson froid qui lui montait des membres à la face. Et un cri éclatait en elle. C'était une infamie, ce qu'elle avait fait, cette lettre écrite, cette dénonciation lâche. Cela lui apparaissait tout d'un coup ainsi, dans une lueur vive qui l'aveuglait. Vraiment, elle avait commis une infamie pareille ; et elle se rappelait le geste dont elle avait jeté la lettre dans la boîte, avec la stupeur d'une personne qui en aurait regardé une autre commettre une mauvaise action, sans avoir eu l'idée d'intervenir. Elle sortait comme d'un rêve. Que s'était-il donc passé ? et pourquoi était-elle là, à suivre toujours les aiguilles sur ce cadran ? Deux minutes nouvelles s'étaient écoulées.

— Maman, dit Jeanne, si tu veux, nous irons voir le docteur ensemble, ce soir... Ça me promènera. J'étouffe aujourd'hui.

Mais Hélène n'entendait pas. Encore treize minutes. Elle ne pouvait pourtant pas laisser s'accomplir une telle abomination. Il n'y avait plus en elle, dans ce réveil tumultueux, qu'une volonté furieuse d'empêcher cela. Il le fallait, elle ne vivrait plus autrement. Et, folle, elle courut dans la chambre.

— Ah ! tu m'emmènes ! cria Jeanne joyeusement. Nous allons voir le docteur tout de suite, n'est-ce pas, petite mère ?

— Non, non, répondait-elle, cherchant ses bottines, se baissant pour regarder sous le lit.

Elle ne les trouva pas ; elle eut un geste de suprême insouciance, en pensant qu'elle pouvait bien sortir avec les petits souliers d'appartement qu'elle avait aux pieds. Maintenant, elle bouleversait l'armoire à glace pour trouver son châle. Jeanne s'était approchée, très câline.

— Alors, tu ne vas pas chez le docteur, petite mère ?

— Non.

— Dis, emmène-moi tout de même... Oh ! emmène-moi, tu me feras tant plaisir.

Mais elle avait enfin son châle, elle le jetait sur ses épaules. Mon Dieu ! plus que douze minutes, juste le temps de courir. Elle irait là-bas, elle ferait quelque chose, n'importe quoi. En chemin, elle verrait.

— Dis, petite mère, emmène-moi, répétait Jeanne d'une voix de plus en plus basse et touchante.

— Je ne puis t'emmener, dit Hélène. Je vais quelque part où les enfants ne vont pas... Donne-moi mon chapeau.

Le visage de Jeanne avait blêmi. Ses yeux noircirent, sa voix devint brève. Elle demanda :

— Où vas-tu ?

La mère ne répondit pas, occupée à nouer les brides de son chapeau. L'enfant continuait :

— Tu sors toujours sans moi, à présent... Hier, tu es sortie ; aujourd'hui, tu es sortie ; et voilà que tu t'en vas encore. Moi, je ne puis pas, j'ai trop de peine, j'ai peur ici, toute seule... Oh ! je mourrai, si tu me laisses... Entends-tu, je mourrai, petite mère...

Puis, sanglotante, prise d'une crise de douleur et de rage, elle se cramponna à la jupe d'Hélène.

— Voyons, lâche-moi, sois raisonnable, je vais revenir, disait celle-ci.

— Non, je ne veux pas... non, je ne veux pas... bégayait l'enfant. Oh! tu ne m'aimes plus, sans cela tu m'emmènerais... Oh! je sens bien que tu aimes mieux les autres... Emmène-moi, emmène-moi, ou je vais rester là par terre, tu me retrouveras par terre....

Et elle nouait ses petits bras autour des jambes d'Hélène, elle pleurait dans les plis de sa robe, s'accrochant à elle, se faisant lourde pour l'empêcher d'avancer. L'aiguille marchait, il était trois heures moins dix. Alors, Hélène pensa que jamais elle n'arriverait assez tôt; et, la tête perdue, elle repoussa Jeanne violemment, en criant:

— Quelle enfant insupportable! C'est une vraie tyrannie!... Si tu pleures, tu auras affaire à moi!

Elle sortit, referma rudement la porte. Jeanne avait reculé en chancelant jusqu'à la fenêtre, les larmes coupées par cette brutalité, raidie et toute blanche. Elle tendit les bras vers la porte, cria encore à deux reprises: « Maman! maman! » Et elle resta là, retombée sur sa chaise, les yeux agrandis, la face bouleversée par cette pensée jalouse que sa mère la trompait.

Dans la rue, Hélène hâtait le pas. La pluie avait cessé; seules, de grosses gouttes, coulant des gouttières, lui mouillaient lourdement les épaules. Elle s'était promis de réfléchir dehors, d'arrêter un plan. Mais elle n'avait plus que le besoin d'arriver. Lorsqu'elle s'engagea dans le passage des Eaux, elle eut une seconde d'hésitation. L'escalier se trouvait changé en torrent, les ruisseaux de la rue Raynouard débordaient et s'engouffraient. Il y avait, le long des marches, entre les murs resserrés, des rejaillissements d'écume; tandis que des pointes de pavé apparaissaient, luisantes, lavées par l'averse. Un coup de lumière blafarde, tombant du ciel gris, blanchissait le passage, entre les branches noires des arbres. Elle retroussa à peine sa jupe, elle descendit. L'eau montait à ses chevilles, ses petits souliers manquèrent de rester dans les flaques; et elle entendait autour d'elle, tout le long de la descente, un chuchottement clair, pareil au murmure des petites rivières qui coulent sous les herbes, au fond des bois.

Tout d'un coup, elle se trouva dans l'escalier, devant la porte. Elle demeura là, haletante, torturée, ne sachant plus. Puis, elle se souvint, elle préféra frapper à la cuisine.

— Comment, c'est vous! dit la mère Fétu.

Elle n'avait plus sa voix larmoyante. Ses yeux minces luisaient, pendant qu'un rire de vieille complaisante frétillait dans les mille rides de son visage. Elle ne se gênait plus, elle lui tapota dans les mains, en écoutant ses paroles entrecoupées. Hélène lui donna vingt francs.

— Dieu vous le rende! balbutia la mère Fétu par habitude. Tout ce que vous voudrez, ma petite.

IV

Malignon, renversé dans un fauteuil, allongeant les jambes devant le grand feu qui flambait, attendait tranquillement. Il avait eu le raffinement de fermer les rideaux des fenêtres et d'allumer les bougies. La première pièce, où il se trouvait, était vivement éclairée par un petit lustre et deux candélabres. Dans la chambre, au contraire, une obscurité régnait; seule la suspension de cristal mettait là un crépuscule à demi-éteint. Malignon tira sa montre.

— Fichtre! murmura-t-il, est-ce qu'elle me ferait encore poser aujourd'hui?

Et il eut un léger bâillement. Il attendait depuis une heure, il ne s'amusait guère. Cependant, il se leva, donna un coup d'œil aux préparatifs. L'arrangement des fauteuils ne lui plut pas, il roula une causeuse devant la cheminée. Les bougies brûlaient avec des reflets roses dans les tentures de cretonne, la pièce se chauffait, silencieuse, étouffée; tandis que, au dehors, soufflaient de brusques coups de vent. Puis, il visita une dernière fois la chambre, et là il goûta une satisfaction de vanité: elle lui paraissait très bien, tout à fait « chic », capitonnée comme une alcôve, le lit perdu dans une ombre voluptueuse. Au moment où il donnait une bonne tournure aux dentelles des oreillers, on frappa trois coups rapides. C'était le signal.

— Enfin, dit-il tout haut, d'un air triomphant.

Et il courut ouvrir. Juliette entra, la voilette baissée, empaquetée dans un manteau de fourrures. Pendant que Malignon refermait doucement la porte, elle resta un instant immobile, sans qu'on pût voir l'émotion qui lui coupait la parole. Mais, avant que le jeune homme ait eu le temps de lui prendre la main, elle releva sa voilette, elle montra son visage souriant, un peu pâle, très calme.

— Tiens! vous avez allumé, s'écria-t-elle. Je croyais que vous détestiez ça, les bougies en plein jour.

Malignon, qui s'apprêtait à la serrer dans ses bras, d'un geste passionné qu'il avait médité, fut décontenancé et expliqua que le jour était trop laid, que ses fenêtres donnaient sur des terrains vagues. D'ailleurs, il adorait la nuit.

— On ne sait jamais avec vous, reprit-elle en le plaisantant. Le printemps dernier, à mon bal d'enfants, vous m'avez fait toute une affaire : on était dans un caveau, on aurait cru entrer chez un mort... Enfin, mettons que votre goût a changé.

Elle semblait en visite, affectant une assurance qui grossissait un peu sa voix. C'était le seul indice de son trouble. Par moments, elle avait aussi une légère contraction du menton, comme si elle eût éprouvé une gêne dans la gorge. Mais ses yeux brillaient, elle goûtait le vif plaisir de son imprudence. Cela la changeait, elle songeait à Mme de Chermette, qui avait un amant. Mon Dieu ! c'était drôle tout de même.

— Voyons votre installation, reprit-elle.

Et elle fit le tour de la pièce. Il la suivait, réfléchissant qu'il aurait dû l'embrasser tout de suite ; maintenant, il ne pouvait plus, il devait attendre. Pourtant, elle regardait les meubles, examinait les murs, levait la tête, se reculait, tout en parlant.

— Je n'aime guère votre cretonne. Elle est d'un commun ! Où avez-vous trouvé ce rose abominable ?... Tiens, voilà une chaise qui serait gentille, si le bois n'était pas si doré... Et pas un tableau, pas un bibelot ; rien que votre lustre et vos candélabres qui manquent de style... Ah bien ! mon cher, je vous conseille de vous moquer encore de mon pavillon japonais !

Elle riait, elle se vengeait de ses anciennes attaques dont elle lui avait toujours tenu rancune.

— Il est joli, votre goût, parlons-en !... Mais vous ne savez pas que mon magot vaut mieux que tout votre mobilier !... Un commis de nouveautés n'aurait pas voulu de ce rose-là. Vous avez donc fait le rêve de séduire votre blanchisseuse ?

Malignon, très vexé, ne répondait rien. Il voulut la conduire dans la chambre. Mais elle resta sur le seuil, en disant qu'elle n'entrait pas dans les endroits où il faisait si noir. D'ailleurs, elle voyait suffisamment, la chambre valait le salon. Tout ça sortait du faubourg Saint-Antoine. Et ce fut surtout la suspension qui l'égaya. Elle fut impitoyable ; elle revenait sans cesse à cette veilleuse de camelotte, le rêve des petites ouvrières qui ne sont pas dans leurs meubles. On trouvait des suspensions pareilles dans tous les bazars pour sept francs cinquante.

— Je l'ai payée quatre-vingt-dix francs, finit par crier Malignon, impatienté.

Alors, elle parut enchantée de l'avoir mis en colère. Il s'était calmé, il lui demanda sournoisement :

— Vous ne retirez pas votre manteau ?

— Si, répondit-elle ; il fait une chaleur chez vous !

Elle ôta même son chapeau, qu'il alla porter avec la fourrure sur le lit. Quand il revint, il la trouva assise devant le feu, regardant encore autour d'elle. Elle était redevenue sérieuse ; elle consentit à se montrer conciliante.

— C'est très laid, mais vous n'êtes tout de même pas mal. Les deux pièces auraient pu être très bien.

— Oh ! pour ce que je veux en faire ! laissa échapper Malignon, avec un geste d'insouciance.

Il regretta tout de suite cette parole stupide. On ne pouvait pas être plus grossier ni plus maladroit. Elle avait baissé la tête, reprise d'une gêne douloureuse à la gorge. Pendant un instant, elle venait d'oublier pourquoi elle était là. Il voulut au moins profiter de l'embarras où il l'avait mise.

— Juliette, murmura-t-il en se penchant vers elle.

Elle le fit asseoir d'un geste. C'était aux bains de mer, à Trouville, que Malignon, ennuyé par la vue de l'Océan, avait eu la belle idée de tomber amoureux. Un soir, il lui prit la main. Depuis trois années déjà, ils vivaient dans une familiarité querelleuse. Elle ne se fâcha pas, plaisanta d'abord. Puis, la tête vide, le cœur parfaitement libre, elle s'imagina qu'elle l'aimait. Jusqu'à ce jour, elle avait à peu près fait tout ce que faisaient ses amies, autour d'elle ; mais une passion lui avait manqué, la curiosité et le besoin d'être comme les autres la poussèrent. Dans les commencements, si le jeune homme s'était montré brutal, elle aurait infailliblement succombé. Il eut la fatuité de vouloir vaincre par son esprit, et il la laissa s'habituer au jeu de coquette qu'elle jouait. Aussi, dès sa première violence, une nuit qu'ils regardaient la mer ensemble, comme des amants d'opéra comique, l'avait-elle chassé, étonnée et irritée qu'il dérangeât ce roman dont elle s'amusait. A Paris, Malignon s'était juré d'être plus habile. Il venait de la reprendre dans une période d'ennui, à la fin d'un hiver long et fatigant, lorsque les plaisirs connus, les dîners, les bals, les premières représentations, commençaient à la désoler par leur monotonie. L'idée d'un appartement meublé tout exprès dans un quartier perdu, le mystère d'un pareil rendez-vous, la pointe d'odeur suspecte qu'elle flairait là l'avaient séduite. Cela lui semblait drôle, il fallait bien tout voir. Et elle avait au fond d'elle un si beau calme qu'elle n'était guère plus troublée chez Malignon que chez les peintres où elle montait quêter des toiles pour ses ventes de charité.

— Juliette, Juliette, répétait le jeune homme, en cherchant des inflexions de voix caressantes.

— Allons, soyez raisonnable, dit-elle simplement.

Et elle prit un écran chinois sur la cheminée, elle continua, très à l'aise, comme si elle se trouvait dans son propre salon :

— Vous savez que nous avons répété ce matin... Je crains bien de n'avoir pas eu la main heureuse en choisissant Mme Berthier. Elle fait une Mathilde pleurnicheuse, insupportable... Ce monologue si joli, quand elle s'adresse à sa bourse : « Pauvre petite, je te baisais tout à l'heure... » eh bien! elle récite ça comme une pensionnaire qui a préparé un compliment... Je suis très inquiète.

— Et Mme de Guiraud? demanda-t-il en rapprochant sa chaise et en lui prenant la main.

— Oh! elle est parfaite... J'ai déniché là une excellente Mme de Léry, qui aura du mordant, de la verve...

Elle lui abandonnait sa main qu'il baisait entre deux phrases, sans qu'elle parût s'en apercevoir.

— Mais le pis, voyez-vous, disait-elle, c'est que vous ne soyez pas là. D'abord, vous feriez des observations à Mme Berthier; ensuite, il est impossible que nous arrivions à un bon ensemble, si vous ne venez jamais.

Il avait réussi à lui passer un bras derrière la taille.

— Du moment où je sais mon rôle..., murmura-t-il.

— Oui, c'est très bien; seulement, il y a la mise en scène à régler... Vous n'êtes guère gentil, de ne pas nous consacrer trois ou quatre matinées.

Elle ne put continuer, il lui mettait une pluie de baisers sur le cou. Alors, elle dut remarquer qu'il la tenait dans ses bras, et elle se dégagea, en le souffletant légèrement avec l'écran chinois qu'elle avait gardé. Sans doute elle s'était juré de ne pas le laisser aller plus loin. Son visage blanc rougissait sous l'ardent reflet du feu, ses lèvres s'amincissaient dans la moue d'une curieuse que ses sensations étonnent. Vraiment, ce n'était que cela! Il aurait fallu voir jusqu'au bout; et une peur la prenait.

— Prenez garde, balbutia-t-elle en souriant d'un air contraint, je vais encore me fâcher...

Mais il crut l'avoir touchée. Il pensait très froidement : « Si je la laisse sortir d'ici comme elle est entrée, elle est perdue pour moi. » Les paroles étaient inutiles, il lui reprit les mains, voulut remonter aux épaules. Un instant, elle parut s'abandonner. Elle n'avait qu'à fermer les yeux, elle saurait tout. Cette envie lui venait, et elle la discutait au fond d'elle, avec une grande lucidité. Cependant, il lui sembla que quelqu'un criait non. C'était elle qui avait crié, avant même de s'être répondu.

— Non, non, répétait-elle. Lâchez-moi, vous me faites du mal... Je ne veux pas, je ne veux pas.

Comme il ne disait toujours rien, la poussant vers la chambre, elle se dégagea violemment. Elle obéissait à des mouvements singuliers, en dehors de ses désirs, et elle était irritée contre elle-même et contre lui. Dans son trouble, des paroles entrecoupées lui échappaient. Ah! certes, il la récompensait bien mal de sa confiance. Qu'espérait-il donc en montrant cette brutalité? Elle le traita même de lâche. Jamais de la vie elle ne le reverrait. Mais il la laissait parler pour s'étourdir, il la poursuivait avec un rire méchant et bête. Alors, elle finit par balbutier, réfugiée derrière un fauteuil, tout d'un coup vaincue, comprenant qu'elle lui appartenait, sans qu'il eût encore avancé les mains pour la prendre. Ce fut une des minutes les plus désagréables de son existence.

Et ils étaient là, face à face, le visage changé, honteux et violent, lorsqu'un bruit éclata. Ils ne comprirent pas d'abord. On avait ouvert une porte, des pas traversaient vivement la chambre, tandis qu'une voix leur criait :

— Sauvez-vous, sauvez-vous... Vous allez être surpris.

C'était Hélène. Tous deux, stupéfiés, la regardaient. Leur étonnement était si grand, qu'ils en oubliaient l'embarras de leur situation. Juliette n'eut pas un mouvement de gêne.

— Sauvez-vous, répétait Hélène. Votre mari sera ici dans deux minutes.

— Mon mari, bégaya la jeune femme, mon mari... Pourquoi ça? à propos de quoi?

Elle devenait imbécile. Tout se brouillait dans sa tête. Cela lui paraissait prodigieux qu'Hélène fût là et qu'elle lui parlât de son mari. Mais celle-ci eut un geste de colère.

— Ah! si vous croyez que j'ai le temps de vous expliquer... Il va venir. Vous voilà avertie. Partez vite; partez tous les deux.

Alors Juliette entra dans une agitation extraordinaire. Elle courait au milieu des pièces, bouleversée, lâchant des mots sans suite :

— Ah! mon Dieu, ah! mon Dieu... Je vous remercie... Où est mon manteau? Que c'est bête, cette chambre toute noire!

Donnez-moi mon manteau, apportez une bougie que je trouve mon manteau... Ma chère, ne faites pas attention si je ne vous remercie pas.. Je ne sais où sont les manches; non, je ne sais plus, je ne peux plus...

La peur la paralysait, il fallut qu'Hélène l'aidât à mettre son manteau. Elle posa son chapeau de travers, ne noua pas même les brides. Mais le pis fut qu'on perdit une grande minute à chercher sa voilette, qui était tombée sous le lit. Et elle disait entre ses dents, les mains éperdues et tremblantes, tâtant sur elle si elle n'oubliait rien de compromettant :

— Quelle leçon! quelle leçon!... Ah! c'est bien fini, par exemple!

Malignon, très pâle, avait une figure sotte. Il piétinait, se sentant détesté et ridicule. La seule réflexion nette qu'il fût en état de faire, était que décidément il n'avait pas de chance. Il ne lui vint aux lèvres que cette pauvre question :

— Alors, vous croyez que je dois m'en aller aussi?

Et comme on ne lui répondait pas, il prit sa canne, en continuant de causer, pour affecter un beau sang-froid. On avait tout le temps. Justement, il existait un autre escalier, un petit escalier de service abandonné, mais où l'on pouvait passer encore. Le fiacre de Mme Deberle était resté devant la porte; il les emmènerait tous deux par les quais. Et il répétait :

— Calmez-vous donc. Ça s'arrange très bien... Tenez, c'est par ici.

Il avait ouvert une porte; on apercevait l'enfilade des trois petites pièces, noires et délabrées, laissées dans toute leur crasse et leur poussière. Une bouffée d'air humide entra. Juliette, avant de s'engager dans cette misère ignoble, eut une dernière révolte, demandant tout haut :

— Comment ai-je pu venir! Quelle abomination!... Jamais je ne me pardonnerai.

— Dépêchez-vous, disait Hélène, aussi anxieuse qu'elle.

Elle la poussa. Alors, la jeune femme se jeta à son cou en pleurant. C'était une réaction nerveuse. Une honte la prenait; elle aurait voulu se défendre, dire pourquoi on l'avait trouvée chez cet homme. Puis, d'un mouvement instinctif, elle retroussa ses jupons, comme si elle allait traverser un ruisseau, et elle s'en alla. Malignon, qui était passé le premier, déblayait du bout de sa botte les platras qui encombraient l'escalier de service. Les portes se refermèrent.

Cependant, Hélène était restée debout au milieu du petit salon. Elle écoutait. Un silence s'était fait autour d'elle, un grand silence, chaud et enfermé, que troublait seul le pétillement des bûches réduites en braise. Ses oreilles sonnaient, elle n'entendait rien. Mais, au bout d'un temps qui lui parut interminable, il y eut un brusque roulement de voiture. C'était le fiacre de Juliette qui partait. Alors, elle soupira, elle eut toute seule un geste muet de remerciement, tandis qu'une joie mouillait ses yeux. La pensée qu'elle venait de réparer une mauvaise action, qu'elle n'aurait pas l'éternel remords d'avoir bassement agi, la noyait d'un sentiment plein de douceur et de vague reconnaissance. Elle était soulagée, très attendrie, mais tout d'un coup si faible, après la crise atroce dont elle sortait, qu'elle ne se sentait plus la force de s'éloigner à son tour. Jamais elle n'avait éprouvé la sensation d'un tel bonheur ni d'une telle lassitude. Au fond, elle songeait qu'Henri allait venir et qu'il devait trouver quelqu'un là. On frappa, elle ouvrit tout de suite.

Ce fut d'abord une grande surprise. Henri entrait, préoccupé de cette lettre sans signature qu'il avait reçue, le visage fâché et blêmi d'inquiétude. Mais, quand il l'aperçut, un cri lui échappa.

— Vous!... Mon Dieu! c'était vous!

Et il y avait, dans ce cri, encore plus de stupeur que de joie. Il ne s'attendait guère à ce rendez-vous donné avec tant de hardiesse. Puis tous ses désirs d'homme furent éveillés par cette offre si imprévue qu'elle semblait lui faire, dans le mystère voluptueux de cette retraite. Il ne reconnaissait plus en elle cette tension de la volonté qui la tenait rigide, au milieu même de ses attendrissements; et c'était pour lui un coup de fouet qui le rendait à toute sa passion.

— Vous m'aimez, vous m'aimez, balbutia-t-il. Enfin, vous voilà, et moi qui n'avais pas compris!

Il ouvrait les bras, il voulait la prendre. Hélène, calme et lasse, lui avait souri à son entrée. Maintenant, saisie, toute pâle, elle reculait. Sans doute, elle l'attendait, et elle s'était dit qu'ils causeraient ensemble un instant, qu'elle lui conterait une histoire. Elle avait alors la tête trop pleine, elle se promettait de songer à cette histoire sur le moment même. Et brusquement, la situation lui apparaissait, nette, brutale. Henri croyait à un rendez-vous. Jamais elle n'avait voulu cela. Elle se révoltait.

— Henri, je vous en prie... Laissez-moi vous dire...

Mais il lui avait pris les poignets, il l'attirait lentement, comme pour la vaincre tout de suite d'un baiser. L'amour grandi en lui pendant des mois, puis endormi par la rupture de leur intimité, éclatait d'autant plus violent qu'il commençait à oublier Hélène. Tout le sang de son cœur montait à ses joues; et elle se débattait, en lui voyant cette face ardente, tout d'un coup changée, qu'elle reconnaissait et qui l'effrayait. Déjà deux fois il l'avait regardée avec ces regards fous. Une minute plus tôt, il ne songeait sûrement pas à elle.

— Laissez-moi, vous me faites peur... Je vous jure que vous vous trompez.

Elle le repoussait. Alors, il parut surpris de nouveau.

— C'est bien vous qui m'avez écrit, n'est-ce pas? demanda-t-il.

Elle hésita une seconde. Que dire, que répondre?

— Oui, murmura-t-elle enfin.

Mais il devenait méfiant, en la trouvant si froide, secouée d'une émotion qu'il ne s'expliquait pas.

— Vous m'avez écrit de venir, je suis venu... Pourquoi me chassez vous maintenant?

Hélène avait baissé la tête. Un frémissement l'agitait.

Mon Dieu! elle ne pouvait pourtant pas livrer Juliette après l'avoir sauvée; et c'était comme un abîme où elle se sentait glisser elle-même. Henri, à présent, regardait les deux pièces, s'étonnant de leur éclairage et de leur décoration. Il osa l'interroger, ne dissimulant plus son inquiétude.

— Vous êtes ici chez vous?

Et comme elle ne répondait pas, il parla avec plus de vivacité.

— Votre lettre m'a beaucoup tourmenté... Par grâce, dites-moi ce qu'il en est. Je ne puis croire que vous ayez loué dans cette maison; et d'ailleurs ce n'est pas vous qui avez meublé ces pièces... Hélène, vous me cachez quelque chose. Je vous en prie, rassurez-moi.

Elle n'écoutait plus, elle songeait qu'il avait raison de croire à un rendez-vous. Pourquoi lui aurait-elle écrit et qu'aurait-elle fait là, si elle ne l'avait pas attendu? Elle n'était même plus certaine de ne pas lui avoir donné ce rendez-vous. C'était comme une étreinte qui l'enveloppait lentement, et dans laquelle, peu à peu, elle disparaissait.

Lui, la pressait davantage. Il la questionnait de tout près, les lèvres sur les lèvres, pour lui arracher la vérité.

— Vous m'attendiez, vous m'attendiez?

Alors, s'abandonnant, sans force, reprise par cette lassitude et cette douceur qui la brisaient, elle consentit à dire ce qu'il dirait, à vouloir ce qu'il voudrait.

— Je vous attendais, Henri...

Leurs bouches se rapprochaient encore.

— Mais, dites-moi pourquoi cette lettre... Et je vous trouve ici!... Où sommes-nous donc?

— Ne m'interrogez pas, ne cherchez jamais à savoir... Il faut me jurer cela... C'est moi, je suis près de vous, vous le voyez bien. Que demandez-vous de plus?

— Vous m'aimez?

— Oui, je vous aime.

— Vous êtes à moi, Hélène, à moi tout entière?

— Oui, tout entière.

Les lèvres sur les lèvres, ils s'étaient baisés. Elle avait tout oublié, elle cédait à une force supérieure. Cela lui semblait maintenant naturel et nécessaire. Une paix s'était faite en elle, il ne lui venait plus que des sensations et des souvenirs de jeunesse. Par une journée d'hiver semblable, lorsqu'elle était jeune fille, rue des Petites-Maries, elle avait manqué mourir, dans une pièce sans air, devant un grand feu de charbon allumé pour un repassage. Un autre jour, en été, les fenêtres étaient ouvertes, et un pinson égaré dans la rue noire avait d'un coup d'aile fait le tour de sa chambre. Pourquoi donc songeait-elle à sa mort, pourquoi voyait-elle cet oiseau s'envoler? Elle se sentait pleine de mélancolie et d'enfantillage, dans l'anéantissement délicieux de tout son être.

— Mais tu es toute mouillée, murmura Henri. Tu es donc venue à pied?

Il baissait la voix pour la tutoyer, il lui parlait à l'oreille, comme si on avait pu l'entendre. Maintenant qu'elle se livrait, ses désirs tremblaient devant elle, il l'enveloppait d'une caresse ardente et timide, n'osant plus, retardant l'heure. Un souci fraternel lui venait pour sa santé, il avait le besoin de s'occuper d'elle, dans quelque chose d'intime et de petit.

— Tu as les pieds trempés, tu vas prendre du mal, répétait-il. Mon Dieu! s'il y a du bon sens à courir les rues avec des souliers pareils!

Il l'avait fait asseoir devant le feu et s'était agenouillé. Elle souriait, sans se défendre, lui abandonnant ses pieds pour qu'il la déchaussât. Ses petits souliers d'appartement, crevés dans les flaques du passage des Eaux, étaient lourds comme des éponges. Il les retira, les posa aux deux côtés de la cheminée. Les bas, eux aussi, restaient tout humides, marqués d'une tache boueuse jusqu'à la cheville. Alors, sans qu'elle songeât à rougir, d'un geste fâché et plein de tendresse dans sa brusquerie, il les lui enleva, en disant:

— C'est comme ça qu'on s'enrhume. Chauffe-toi.

Et il avait poussé un tabouret. Les deux pieds de neige, devant la flamme, s'éclairaient d'un reflet rose. On étouffait un peu. Au fond, la chambre avec son grand lit dormait; la veilleuse s'était noyée, un des rideaux de la portière, détaché de son embrasse, masquait à moitié la porte. Dans le petit salon, les bougies, qui brûlaient très hautes, avaient mis l'odeur chaude d'une fin de soirée. Et, par moments, on entendait au dehors le ruissellement d'une averse, un roulement sourd et continu dans le grand silence.

— Oui, c'est vrai, j'ai froid, dit-elle avec un frisson, malgré la grosse chaleur.

Ses pieds de neige étaient glacés. Alors il voulut absolument les prendre dans ses mains. Ses mains brûlaient, elles les réchaufferaient tout de suite.

— Les sens-tu ? demandait-il. Tes pieds sont si petits que je puis les envelopper tout entiers.

Et il les serrait dans ses doigts fiévreux. Les bouts roses passaient seulement. Elle haussait les talons, on entendait le léger frôlement des chevilles. Il ouvrait les mains, les regardait quelques secondes, si fins, si délicats, avec leur pouce un peu écarté. La tentation fut trop forte, il les baisa. Puis, comme elle tressaillait :

— Non, non, chauffe-toi... quand tu auras chaud.

Tous deux avaient perdu la conscience du temps et des lieux. Ils éprouvaient la vague sensation d'être très avant dans une longue nuit d'hiver. Ces bougies tirant sur leur fin, dans la moiteur ensommeillée de la pièce, leur faisaient croire qu'ils avaient dû veiller pendant des heures. Mais ils ne savaient plus où. Autour d'eux, un désert se déroulait; pas un bruit, pas une voix humaine, l'impression d'une mer vaste et noire où soufflait une tempête. Ils étaient hors du monde, à mille lieues des terres. Et cet oubli des liens qui les attachaient aux êtres et aux choses était si absolu, qu'il leur semblait naître là, à l'instant même, et devoir mourir là, tout à l'heure, lorsqu'ils se prendraient aux bras l'un de l'autre. Toute leur vie tenait dans cette pièce étroi te, endehors de laquelle il n'y avait rien.

Même ils ne trouvaient plus de paroles. Les mots ne rendaient plus leurs sentiments. Leurs mois de tendresse, les longs jours qu'ils avaient mis à s'aimer disparaissaient. Peut-être s'étaient-ils connus ailleurs, mais cette ancienne rencontre n'importait pas. Seule, la minute présente existait, et ils la faisaient durer, ne parlant pas de leur amour, habitués déjà l'un à l'autre comme après dix ans de mariage.

— As-tu chaud ?

— Oh ! oui, merci.

Mais une inquiétude la fit se pencher. Elle murmura :

— Jamais mes souliers ne seront secs.

Lui, la rassura, prit les petits souliers, les appuya contre les chenets, en disant à voix très basse :

— Comme cela, ils sécheront, je t'assure.

Et il se retourna, baisa encore ses pieds, monta à sa taille. La braise qui emplissait l'âtre les brûlait tous les deux. Elle n'eut pas une révolte devant ces mains tâtonnantes, que le désir de nouveau faisait trembler. Dans l'effac ment de tout ce qui l'entourait et de ce qu'elle était elle-même, le seul souvenir de sa jeunesse demeurait encore, une pièce où il faisait aussi chaud, un grand fourneau avec des fers, sur lequel elle se penchait; et elle se rappelait qu'elle avait éprouvé un anéantissement pareil à celui qu'elle ressentait, que cela était aussi doux, que les baisers dont Henri la couvrait ne lui donnaient pas une mort lente plus voluptueuse. Lorsque, tout d'un coup, il la saisit entre ses bras, pour l'emmener dans la chambre, elle eut pourtant une anxiété dernière. Elle croyait que quelqu'un avait crié, il lui semblait qu'elle oubliait quelqu'un sanglottant dans l'ombre. Mais ce ne fut qu'un frisson, elle regarda autour de la pièce, elle ne vit personne. Cette pièce lui était inconnue, aucun objet ne lui parla. Dans la rue, une averse plus violente tombait avec une clameur prolongée. Alors, comme prise d'un besoin de sommeil, elle s'abattit sur l'épaule d'Henri, elle se laissa emporter. Derrière eux, l'autre rideau de la portière s'échappa de son embrasse.

Quand Hélène revint, les pieds nus, chercher ses souliers devant le feu qui se mourait, elle pensait que jamais ils ne s'étaient moins aimés que ce jour-là.

V

Jeanne, les yeux sur la porte, restait dans le gros chagrin du brusque départ de sa mère. Elle tourna la tête, la chambre était vide et silencieuse ; mais, dans cette paix lourde, elle entendait encore le prolongement des bruits, des pas précipités qui s'en allaient, un froissement de jupe, la porte du palier refermée violemment. Puis, il n'y avait plus rien. Et elle était seule.

Toute seule, toute seule. Sur le lit, le peignoir de sa mère, jeté à la volée, pendait, la jupe élargie, une manche ramenée contre le traversin, dans l'attitude étrangement écrasée d'une personne qui serait tombée là, sanglotante et comme vidée par une immense douleur. Des linges traînaient. Un fichu noir faisait par terre une tache de deuil. Dans le désordre des sièges bousculés, du guéridon poussé devant l'armoire à glace, elle était toute seule, elle sentait des larmes l'étrangler de nouveau, en regardant ce peignoir où sa mère n'était plus, étiré dans une maigreur de morte. Elle joignit les mains, elle appela une dernière fois : « Maman ! maman ! » Mais les tentures de velours bleu assourdissaient la chambre. C'était fini, elle était seule.

Alors, le temps coula ; trois heures sonnèrent à la pendule. Un jour bas et louche entrait par les fenêtres. Des nuées couleur de suie passaient, qui assombrissaient encore le ciel. A travers les vitres, couvertes d'une légère buée, on apercevait un Paris brouillé, effacé dans une vapeur d'eau, avec des lointains perdus dans de grandes fumées. La ville elle-même n'était pas là pour tenir compagnie à l'enfant, comme par ces claires après-midi où il lui semblait qu'en se penchant un peu elle allait toucher les quartiers avec la main.

Qu'allait-elle faire? Ses petits bras désespérés se serrèrent contre sa poitrine. Son abandon lui apparaissait noir, sans borne, d'une injustice et d'une méchanceté qui l'enrageaient. Elle n'avait jamais rien vu d'aussi vilain, elle pensait que tout allait disparaître, que rien ne reviendrait jamais plus. Puis, elle aperçut près d'elle, dans un fauteuil, sa poupée, assise le dos contre un coussin, les jambes allongées, qui la regardait comme une personne. Ce n'était pas sa poupée mécanique, mais une grande poupée avec une tête de carton, des cheveux frisés, des yeux d'émail, dont le regard fixe la troublait parfois ; depuis deux ans qu'elle jouait avec, à la déshabiller et à la rhabiller, la tête s'était écorchée au menton et aux joues, les membres de peau rose bourrés de son avaient pris un alanguissement, une mollesse dégingandée de vieux linges. La poupée, pour le moment, se trouvait en toilette de nuit, vêtue d'une seule chemise, les bras disloqués, l'un en l'air, l'autre en bas ; et, renversée sur les reins, montrant ses pieds raccommodés avec du fil noir, elle continuait à regarder Jeanne fixement. Alors, celle-ci, en voyant que quelqu'un était là avec elle, se sentit un instant moins malheureuse. Elle la prit entre ses bras, la serra bien fort, tandis que la tête se balançait en arrière, le cou cassé, et que les jambes pendaient comme des ficelles. Et elle lui parlait, lui disant qu'elle était la plus sage, qu'elle avait bon cœur, que jamais elle ne sortait et ne la laissait toute seule ; aussi, en récompense, allait-elle lui mettre sa belle robe jaune. C'était son petit chat, son cher petit cœur, son trésor, son bébé chéri. Toute frémissante, se retenant pour ne pas pleurer encore, elle la couvrit de baisers.

Mais elle n'avait pas le cœur au jeu, elle ne lui mit pas sa belle robe jaune. Cette furie de caresses l'avait un peu vengée, la poupée retomba sur son bras comme une loque. Elle s'était levée, elle regardait dehors, le front appuyé contre une vitre. La pluie avait cessé, les nuages de la dernière averse, emportés par un coup de vent, roulaient à l'horizon, vers les hauteurs du Père-Lachaise que noyaient des hachures grises ; et Paris, sur ce fond d'orage, éclairé d'une lumière uniforme, prenait une grandeur solitaire et triste. Sous le ciel bas, d'une couleur de rouille, à peine mouchetée de quelques nuées plus sombres, il semblait dépeuplé, pareil à ces villes des cauchemars que l'on aperçoit dans un reflet d'astre mort. Bien sûr, ce n'était guère joli. Et elle songeait vaguement à tout ce qu'elle avait aimé, depuis qu'elle était au monde. Le bon ami le plus ancien dont elle se souvenait, à Marseille, était un gros chat rouge, qui pesait très lourd ; elle le prenait sous le ventre en serrant ses deux petits bras, elle le portait comme ça d'une chaise à une autre, sans qu'il se mît en colère ; puis il avait disparu, c'était la première méchanceté qu'elle se rappelât. Ensuite, elle avait eu un moineau ; celui-là était mort, elle l'avait ramassé un matin par terre, dans la cage ; ça faisait deux qui s'en allaient et qui ne l'aimaient plus. Elle ne comptait pas ses joujoux qui se cassaient pour lui causer du chagrin, toutes sortes d'injustices dont elle souffrait beaucoup, parce qu'elle était trop bête ; une poupée surtout, pas plus haute que la main, l'avait désespérée en se laissant écraser la tête ; même elle la chérissait tant, qu'elle l'avait enterrée en cachette dans un coin de la cour, et plus tard, prise du besoin de la revoir et l'ayant déterrée, elle s'était rendue malade de peur, en la retrouvant si noire et si laide.

Toujours, c'étaient les autres qui avaient cessé de l'aimer les premiers. Ils étaient partis, ils s'étaient abîmés, ils étaient morts enfin, il y avait de leur faute. Pourquoi donc? Elle ne changeait pas, elle. Jamais elle n'avait voulu faire de la peine à personne. Quand elle aimait les gens, ça durait toute la vie. Elle ne comprenait pas l'abandon. Cela était une chose énorme, monstrueuse, qui ne pouvait entrer dans son petit cœur sans le faire éclater. Un frisson la prenait, aux pensées qui s'éveillaient confusément en elle. Alors, on se quittait un jour, on partait chacun de son côté, on ne se voyait plus, on ne s'aimait plus. Et les yeux sur Paris, immense et mélancolique, elle restait toute froide, devant ce que sa passion de douze ans devinait des cruautés de l'existence.

Cependant, son haleine avait encore terni la vitre. Elle effaça de la main la buée qui l'empêchait de voir. Des monuments, au loin, lavés par l'averse, avaient des miroitements de glaces brunies. Des files de maisons, propres et nettes, avec leurs façades pâles, au milieu des toitures, semblaient des pièces de linge qui séchaient, quelque lessive colossale étendue sur des prés à l'herbe rousse. Le jour blanchissait, la queue du nuage qui couvrait encore la ville d'une vapeur, laissait passer le rayonnement laiteux du soleil ; et l'on sentait une gaieté hésitante au-dessus des quartiers, certains coins qui s'éclairaient et où le ciel allait rire. Mais Jeanne ne s'intéressait pas aux profondeurs de l'horizon ; elle regardait en bas, sur le quai et sur les pentes du Trocadéro, la vie des rues recommencer après cette rude pluie, qui tombait par brusques ondées. Les fiacres reprenaient leurs cahots ralentis, tandis que les omnibus, dans le silence des chaussées encore désertes, passaient avec une secousse et un redoublement de sonorité. Des parapluies se fermaient, des passants abrités sous les arbres se hasardaient d'un trottoir à l'autre, au milieu du ruissellement des flaques coulant aux ruisseaux. Une dame avait surtout arrêté ses regards; elle la voyait debout sous la tente d'une marchande de jouets et de pain d'épice, près du pont, et cette dame avait avec elle sa petite fille, une demoiselle très bien mise. Sans doute la pluie les avait surprises pendant une promenade; elles s'étaient réfugiées là. Il ne pleuvait plus, la petite fille voulait rester tout de même, dévalisant la boutique, ravie de l'aventure ; sa mère, enfin, lui avait acheté un cerceau; toutes deux s'en allaient ; l'enfant qui courait, rieuse et lâchée, poussait le cerceau sur le trottoir du quai. Alors, Jeanne redevint très triste, sa poupée lui parut affreuse. C'était un cerceau qu'elle aurait voulu, et être là-bas, et courir, pendant que sa mère, derrière elle, aurait marché à petits pas, en lui criant de ne pas aller si loin. Tout se brouillait. Pour mieux voir, elle passait à chaque minute la main sur la vitre. On lui avait défendu d'ouvrir la fenêtre ; mais elle se sentait pleine de révolte, elle pouvait bien regarder dehors au moins, puisqu'on ne l'avait pas emmenée Elle ouvrit, elle s'accouda comme une grande personne, comme sa mère, lorsqu'elle se mettait là et qu'elle ne parlait plus.

L'air était doux, d'une douceur humide, qui lui sembla très bonne. Seulement, à peine se trouvait-elle là, qu'une ombre immense, peu à peu étendue sur l'horizon, lui fit lever la tête. Elle avait, au dessus d'elle, la sensation d'un oiseau géant, les ailes élargies. D'abord, elle ne vit rien, le ciel restait clair; mais une tache sombre se montra au bord du toit, déborda autour de la maison, envahit le ciel. C'était, poussée par un vent de tempête, une nouvelle nuée venant de l'Ouest et traversant la vallée de la Seine. Le jour avait baissé rapidement; la ville était noire, dans une lueur livide qui donnait aux façades un ton de vieille rouille. Presque aussitôt la pluie tomba, une pluie à grosses gouttes, dont le flot creva d'abord en bas, sur les promenades. La chaussée fut balayée. Des parapluies se retournèrent, des promeneurs, fuyant de tous côtés, disparurent comme des pailles. Il y avait une pauvre dame qui tenait à deux mains ses jupons, tandis que l'averse s'abattait sur son chapeau avec une raideur de gouttière. Et la pluie marchait, on pouvait suivre le vol du nuage à la course furieuse de l'eau vers Paris ; la barre des grosses gouttes s'avançait par les larges avenues des quais, dans un galop de cheval emporté, soulevant une poussière, dont la petite fumée blanche roulait au ras du sol avec une vitesse prodigieuse ; elle courait le long des Champs-Elysées, elle s'engouffrait dans les longues rues droites du quartier Saint-Germain, emplissait d'un bond les larges étendues, les places vides, les carrefours déserts. En quelques secondes, derrière cette trame de plus en plus épaisse, la ville pâlit, sembla se fondre. Ce fut comme un rideau tiré obliquement du vaste ciel à la terre. Des vapeurs montaient, l'immense clapotement avait un bruit assourdissant de ferrailles remuées.

Jeanne, étourdie par la clameur, effrayée d'un tel déluge, avait quitté la barre d'appui. Elle ne distinguait plus rien, il lui semblait qu'un mur blafard s'était bâti là. Mais elle adorait la pluie, elle revint s'accouder, finit par allonger les bras, pour avoir les mains mouillées. Cela l'amusait, les grosses gouttes qui s'écrasaient sur ses doigts; elle laissait ses mains, elle se trempait jusqu'aux manches. Sa poupée devait, comme elle, avoir mal à la tête. Aussi l'avait-elle posée à califourchon sur la barre, le dos contre le mur. Et, en voyant les gouttes l'éclabousser, elle pensait que ça lui ferait du bien. La poupée, très raide, avec l'éternel sourire de ses petites dents, avait une épaule qui ruisselait, tandis que des souffles de vent enlevaient sa chemise. Son pauvre corps, à moitié vide de son, grelottait.

Pourquoi donc sa mère ne l'avait-elle pas emmenée? Toutes les réflexions de Jeanne aboutissaient à cette question. Elle trouvait dans cette eau qui lui battait les mains, une nouvelle tentation d'être dehors. On devait être très bien dans la rue. Et elle revoyait, derrière le voile de l'averse, la petite fille courant avec son cerceau, sur le trottoir. On ne pouvait pas dire, sa mère l'avait emmenée, celle-là. Même elles semblaient joliment contentes toutes les deux. Ça prouvait qu'on sortait les petites filles, quand il pleuvait. Mais il fallait vouloir, et l'on n'avait pas voulu. Pourquoi donc, pourquoi donc? Alors, elle songeait encore à son chat rouge qui s'en était allé, la queue en l'air, sur les maisons d'en face, puis à cette petite bête de moineau qu'elle avait essayé de faire manger, quand il était mort, et qui n'avait pas eu l'air de comprendre. Ces choses-là lui arrivaient toujours, on ne l'aimait pas assez fort, parce que, lorsque l'on aime les gens, on fait tout ce qu'ils demandent; et cela lui aurait causé tant de plaisir de se promener, cette après-midi-là! Oh! elle aurait été prête en deux minutes; les jours où elle voulait, elle s'habillait vite; ses bottines que Rosalie boutonnait, son paletot, son chapeau, et c'était fini. Bien sûr, sa mère était pressée, elle avait peur d'être en retard. Où allait-elle donc? Quand elle descendait chez ses amis, elle ne bousculait pas comme ça ses affaires; quand elle devait passer une heure au bois de Boulogne, elle l'emmenait doucement par la main, elle s'arrêtait avec elle à chaque boutique de la rue de Passy. Et Jeanne ne devinait pas, ses sourcils noirs se fronçaient, ses traits si fins prenaient cette dureté jalouse qui lui donnait un visage blême de vieille fille méchante. Elle sentait confusément que sa mère était quelque part où les enfants ne vont pas, et que justement elle ne l'avait pas emmenée, pour lui cacher des choses. A ces pensées, son cœur se serrait d'une tristesse indicible, elle avait mal.

La pluie devenait plus fine, des transparences se faisaient à travers le rideau qui voilait Paris. Le dôme des Invalides reparut le premier, léger et tremblant, dans la vibration luisante de l'averse. Puis, des quartiers émergèrent du flot qui se retirait, la ville sembla lentement sortir d'un déluge, avec ses monuments et ses toits qui ruisselaient, tandis que des fleuves emplissaient encore les rues d'une vapeur. Mais, tout d'un coup, une flamme jaillit, un rayon tomba au milieu de l'ondée. Alors, pendant un instant, ce fut comme un sourire dans des larmes. Il ne pleuvait plus sur le quartier des Champs-Élysées, la pluie sabrait la rive gauche, la cité, les lointains des faubourgs, et l'on en voyait les gouttes filer comme des traits d'acier, minces et serrées dans le soleil. Vers la droite, un arc-en-ciel s'allumait. A mesure que le rayon s'élargissait, des hachures roses et bleues peinturluraient l'horizon d'un bariolage d'aquarelle enfantine. Il y eut un flamboiement, une tombée de neige d'or sur une ville de cristal. Et le rayon s'éteignit brusquement, un nuage avait roulé, le sourire se noyait dans les larmes, Paris s'égouttait avec un long bruit de sanglots, sous le ciel couleur de plomb.

Jeanne, les manches trempées, eut un accès de toux. Mais elle ne sentait pas le froid qui la pénétrait, tout d'un coup occupée de la pensée que sa mère était descendue dans Paris. Elle avait fini par connaître trois monuments, les Invalides, le Panthéon, la Tour Saint-Jacques; elle répétait leurs noms, elle les désignait du doigt, sans s'imaginer comment ils étaient, quand on les regardait de près. Sans doute sa mère se trouvait là-bas, et elle la mettait au Panthéon, parce que celui-là était le plus éloigné et qu'il l'étonnait le plus, bleuâtre comme une fumée, énorme et planté tout en l'air comme le panache de la ville. Puis, elle se questionnait, qu'est-ce que sa mère pouvait bien faire si loin? Paris restait pour elle cet endroit où les enfants ne vont pas. On ne l'y menait jamais. Et, maintenant, voilà qu'il lui prenait sa mère! Oui, c'était Paris, bien sûr. Il lui avait toujours causé une sourde terreur. A ce moment, elle le détestait, elle aurait voulu savoir, pour se dire tranquillement: « Maman est là, elle fait ceci. » Mais ça lui semblait trop grand, on ne retrouvait personne. Ses regards sautaient à l'autre bout de la plaine. N'était-ce pas plutôt dans ce tas de maisons, à gauche, sur une colline? ou tout près, au milieu, sous les beaux arbres dont les branches nues ressemblaient à des fagots de bois mort? Si elle avait pu soulever les toitures! Qu'était-ce donc, ce monument si noir, qui lui semblait un mauvais endroit? et cette rue, où courait quelque chose de gros? et tout ce quartier dont elle avait peur, parce qu'elle croyait qu'on s'y battait? Elle ne voyait pas bien, on s'embrassait peut-être; mais, sans mentir, ça remuait, c'était très laid, les petites filles ne devaient pas regarder. Toutes sortes de suppositions vagues, qui lui donnaient envie de pleurer, troublaient son ignorance d'enfant. L'inconnu de Paris, avec ses fumées, son grondement continu, sa vie puissante et abominable, soufflait jusqu'à elle par ce temps mou de dégel, une odeur de misère, d'ordure et de crime, qui faisait tourner sa jeune tête, comme si elle s'était penchée au dessus d'un de ces puits empestés, exhalant l'asphyxie de leur boue invisible. Les Invalides, le Panthéon, la tour Saint-Jacques, elle les nommait, elle les comptait; puis, elle ne savait plus, elle restait effrayée et honteuse, avec la pensée entêtée que sa mère était dans ces vilaines choses, quelque part qu'elle ne devinait point, tout au fond, là-bas.

Brusquement, Jeanne se tourna. Elle aurait juré qu'on avait marché dans la chambre; même il lui semblait qu'une main légère venait de lui effleurer l'épaule. Mais la chambre était vide, dans le lourd désordre où Hélène l'avait laissée ; le peignoir pleurait toujours, allongé, écrasé sur le traversin. Alors Jeanne, toute blanche, les lèvres serrées, fit d'un regard le tour de la pièce, et son cœur se brisa. Elle était seule, elle était seule. Mon Dieu ! sa mère, en partant l'avait poussée, et très fort, à la jeter par terre. Cela lui revenait dans une angoisse, la douleur de cette brutalité la reprenait aux poignets et aux épaules. Bien sûr, sa mère était partie fâchée ; elle se l'imaginait marchant dehors avec sa tristesse, elle aurait voulu qu'elle rentrât pour faire sa paix tout de suite. Cependant, une colère l'assombrissait ; puisque sa mère ne rentrait pas, jamais elle ne demanderait pardon. Pourquoi l'avait-on battue ? Elle était gentille, elle n'avait rien à se reprocher. On lui parlait si doucement d'ordinaire, cette correction la révoltait. Il fallait qu'il y eût contre elle des choses qu'elle ne savait pas, et elle avait cette sensation de ses peurs d'enfant, lorsqu'on la menaçait du loup et qu'elle regardait, sans l'apercevoir ; c'était dans l'ombre comme des affaires qui allaient l'écraser. Elle n'aurait pas pu dire au juste, pourtant elle se doutait un peu ; cela restait très confus, elle blémissait, les cils baissés, les membres tremblants, dans l'agitation intérieure des idées qui s'éveillaient. Des brûlures la piquaient partout sur la peau, des chaleurs la traversaient. La supposition que sa mère devait aimer plus qu'elle les gens où elle avait couru en la bousculant si fort, lui fit tout d'un coup porter les deux mains à sa poitrine. Elle devinait à présent, elle savait où, et comment, et pourquoi : bien sûr, sa mère la trahissait.

Sur Paris, une grande anxiété s'était faite, dans l'attente d'une nouvelle bourrasque. L'air obscurci avait un murmure, d'épais nuages planaient. Jeanne, à la fenêtre, toussa violemment ; mais elle se sentait comme vengée d'avoir froid, elle aurait voulu prendre du mal et mourir. Les mains contre la poitrine, elle sentait là grandir son malaise. C'était un engourdissement plein d'angoisse, dans lequel son corps s'abandonnait. Elle grelottait de peur, et elle ne voulait pas se retourner, trop fatiguée, trop effrayée à la pensée de regarder encore dans la chambre. Quand on est petite on n'a pas de force. Mais elle attendait avec une horreur de tous ses membres innocents et vierges. Ses épaules furent prises, puis ses reins, puis ses jambes. On la liait dans une étreinte, qui la raidissait, suffoquée, révoltée. Qu'était-ce donc, ce mal nouveau, dont la crise subite l'emplissait de honte, de sanglots et d'amère douceur ? Quand on la taquinait, qu'on la chatouillait malgré ses rires, elle avait éprouvé parfois cette exaspération. Et brusquement, du fond de son être, de son sexe de femme éveillé, une vive douleur jaillit comme un coup reçu de loin. Alors, défaillante, elle eut un cri étouffé : « Maman ! maman » ! sans qu'on pût savoir si elle appelait sa mère à son secours, ou si elle l'accusait de lui avoir envoyé ce mal dont elle se mourait.

A ce moment, la tempête éclatait. Dans le silence lourd d'anxiété, au dessus de la ville devenue noire, le vent hurla ; et l'on entendit le craquement prolongé de Paris, les persiennes qui battaient, les ardoises qui volaient, les tuyaux de cheminée et les gouttières qui rebondissaient sur le pavé des rues. Il y eut un calme de quelques secondes ; puis, un nouveau souffle courut, emplit l'horizon d'une haleine si colossale, que l'océan des toitures, ébranlé, sembla soulever ses vagues et disparut dans un tourbillon. Pendant un instant, ce fut le chaos. Les nuages, très bas, poussés par cette bourras[illegible] de l'ouest, emplissaient le ciel d'une b[illegible] de géants. D'énormes, élargis com[illegible] des taches d'encre, passaient au milieu [illegible] plus petits, dispersés et flottants, sem[illegible]ables à des haillons que le vent déchiquetait et emportait fil à fil. Un instant, deux nuées se rencontrèrent, s'attaquèrent et se fondirent, avec des éclats, qui semèrent de débris fumants l'espace couleur de rouille ; et chaque fois que l'ouragan sautait ainsi, soufflant de tous les points de la vallée, il y avait en l'air un écrasement d'armées, un écroulement immense dont les décombres menaçaient d'engloutir Paris. Il ne pleuvait pas encore. Tout à coup, un nuage creva sur le centre de la ville, mettant au-dessus d'elle une trombe d'eau qui remontait le cours de la Seine. Le ruban vert du fleuve, criblé et sali par le clapotement des grosses gouttes, se changeait en un ruisseau de boue ; et, un à un, derrière l'averse, les ponts reparaissaient, amincis, légers dans la vapeur, mouillés et luisants comme de l'acier poli ; tandis que, à droite et à gauche, les quais déserts secouaient furieusement leurs arbres au-dessus de la ligne grise des trottoirs. Tout au fond, sur Notre-Dame, le nuage se partagea, versa un tel torrent, que la Cité fut submergée ; en haut du quartier noyé, les tours seules se montraient dans une éclaircie, ainsi que des épaves. Mais d'autres déluges tombaient, la rive droite à trois reprises parut engloutie. Un premier flot ravagea les faubourgs lointains, s'élargissant, battant les pointes de Saint-Vincent-de-Paul et de la Tour Saint-Jacques, qui blanchissaient sous l'eau, comme des récifs. Puis, deux nouvelles ondées ruisselèrent, l'une sur les Champs-Elysées, l'autre vers Montmartre ;

par moments, on distinguait les verrières du Palais de l'Industrie fumant dans le rejaillissement de la pluie écrasée et volante, Saint-Augustin dont la coupole roulait au fond d'un brouillard comme une lune éteinte, la Madeleine qui allongeait sa toiture plate pareille aux dalles lavées à grande eau de quelque parvis en ruine; pendant que, en arrière, la masse énorme et sombrée de l'Opéra faisait songer à un vaisseau démâté, la carène prise entre deux rocs, résistante aux assauts de la tempête. La rive gauche, pourtant, restait vague, sous une poussière, la queue des averses voisines. On voyait le dôme des Invalides, les flèches de Sainte-Clotilde, les tours de Saint-Sulpice mollissant et se fondant dans l'air trempé d'humidité. Un nuage s'élargit, la colonnade du Panthéon fut changée en fontaine gigantesque; des nappes tombaient des corniches et des frontons, la hauteur lâchait des écluses qui menaçaient d'inonder les quartiers bas. Et, dès ce moment, les coups de pluie frappèrent la ville à toutes places, au milieu d'une perturbation profonde; on eût dit que le ciel se jetait sur la terre; des éboulements se produisaient; des rues entières s'abîmaient, coulant à fond et surnageant dans des secousses dont la violence semblait annoncer la fin de la cité. Un grondement continu montait, la voix des ruisseaux grossis, le tonnerre des eaux se vidant sur les toits et sur les pavés. Cependant, au-dessus de Paris boueux et jaune, que ces giboulées noyaient peu à peu du même ton sale, les nuages s'effrangeaient et se fondaient, pâlissant, passant à un rouge livide, un rouge de vieux cuivre, également épandu, sans une fissure ni une tache. La pluie s'amincissait, raide et pointue; et, quand une rafale violente soufflait encore, de grandes ondes moiraient les hachures grises, on entendait les gouttes obliques, presque horizontales, fouetter les murs avec un sifflement, jusqu'à ce que, le vent tombé, elles redevinssent droites, piquant le sol dans un apaisement obstiné, du coteau de Passy à la campagne plate de Charenton. Alors l'immense cité, comme détruite et morte à la suite d'une suprême convulsion, étendit son champ de pierres renversées, sous l'effacement du ciel.

Jeanne avait de nouveau balbutié: « Maman! maman! » et une immense fatigue la laissait toute faible, en face de Paris englouti. Elle ne souffrait plus; c'était, après l'élancement qui l'avait traversée, comme un anéantissement endolori de ses membres. Dans cette lassitude, elle gardait le goût de l'amère douceur dont elle venait de frissonner, tandis que le regret de quelque chose d'irrémédiable pleurait en elle. Tout lui semblait fini, elle comprenait qu'elle devenait très vieille. Maintenant, sa mère n'était pas plus âgée. Aussi s'abandonnait-elle, affaissée à la fenêtre, les cheveux envolés par le vent, le visage mouillé de gouttes de pluie. Les heures pouvaient couler, elle ne regarderait même plus si quelqu'un entrait dans la chambre. Cela lui était égal, d'être seule et oubliée. Un tel désespoir emplissait son cœur d'enfant, qu'il faisait noir autour d'elle. Si on la grondait comme autrefois, quand elle était malade, ce serait très injuste. Ça la brûlait, ça la prenait comme un mal de tête, et elle ne se reconnaissait plus, elle sentait une autre personne qui vivait dans ses os. Bien sûr, tout à l'heure, on lui avait cassé quelque part une affaire, car elle avait reçu un trop gros coup. Cette fois, ça devait être le dernier, c'était trop fort. Pourtant, est-ce qu'il y avait de sa faute? Elle ne pouvait pas empêcher ça. Il lui fallait bien se laisser faire ce qu'on voulait. Vrai, elle était trop lasse, à la fin. Sur la barre d'appui, elle avait noué ses deux petits bras, et une somnolence la prenait, la tête appuyée, ouvrant de temps à autre ses yeux très grands, pour voir l'averse.

Toujours, toujours la pluie tombait. Le ciel blême fondait en eau. Il était d'un gris d'ardoise, sans un coin d'éclaircie. Un dernier souffle de vent avait passé, on n'entendait qu'un murmure monotone. La pluie souveraine battait sans fin, au milieu d'une solennelle immobilité, la ville qu'elle avait conquise, silencieuse et déserte. Et c'était, derrière le cristal rayé de ce déluge, un Paris fantôme, aux lignes tremblantes, qui paraissait se dissoudre et s'évaporer. Il n'apportait plus à Jeanne qu'un besoin de sommeil, avec de vilains rêves, comme si tout son inconnu, tout le mal qu'elle ignorait, se fût exhalé en brouillard pour la pénétrer et la faire tousser. Chaque fois qu'elle ouvrait les yeux, des hoquets de toux la secouaient, et elle restait là quelques secondes à le regarder; puis, en laissant retomber sa tête, elle en emportait l'image, il lui semblait qu'il s'étalait sur elle et l'écrasait.

La pluie tombait toujours. Quelle heure pouvait-il être, maintenant? Jeanne n'aurait pas pu dire. Peut-être la pendule ne marchait-elle plus. Cela lui paraissait trop fatigant de se retourner. Il y avait au moins huit jours que sa mère était partie. Elle avait cessé de l'attendre, elle se résignait à ne jamais la revoir. Puis, elle oubliait tout, les misères qu'on lui avait faites, le mal étrange dont elle venait de souffrir, même l'abandon où sa mère la laissait. Une pesanteur descendait en elle avec un froid de pierre. Elle était seulement bien malheureuse, oh! malheureuse autant que les petits pauvres perdus sous les portes, auxquels elle donnait des sous. Jamais ça ne finirait, elle serait ainsi pendant des années, c'était trop grand et trop lourd pour une petite fille. Mon Dieu! mon Dieu! comme on toussait, comme on grelottait, quand on ne vous aimait plus! Ses paupières appesanties se fermaient, dans le vertige d'un assoupissement fiévreux, et sa dernière pensée était un vague souvenir d'enfance, une visite à un moulin, avec du blé jaune, des graines toutes mignonnes, qui coulaient sous des meules grosses comme des maisons.

Des heures, des heures passaient, chaque minute apportait un siècle. La pluie tombait sans relâche, du même train tranquille et continu, comme ayant tout le temps, l'éternité, pour noyer la plaine. Jeanne dormait. Près d'elle, sa poupée, pliée sur la barre d'appui, les jambes dans la chambre et la tête dehors, semblait une noyée, trempée d'eau, avec sa chemise qui se collait à sa peau rose, ses cheveux qui pendaient, son visage de carton décoloré, les yeux fixes et ouverts; et elle était pitoyable à faire pleurer, si maigre, les membres vides, dégingandée dans une posture comique et navrante de petite morte. Jeanne, endormie, toussait; mais elle n'ouvrait plus les yeux, sa tête roulait sur ses bras croisés, la toux s'achevait en un sifflement, sans qu'elle s'éveillât. Il n'y avait plus rien, elle dormait dans un néant, elle ne retirait même pas sa main dont les doigts rougis laissaient couler des gouttes claires, une à une, au fond des vastes espaces qui se creusaient sous la fenêtre. Cela dura encore des heures, des heures. A l'horizon, Paris s'était évanoui comme une ombre de ville, le ciel et la terre se confondaient dans le chaos brouillé de l'étendue, la pluie grise tombait toujours, entêtée.

FIN DE LA QUATRIÈME PARTIE

CINQUIÈME PARTIE

I

Il faisait nuit depuis longtemps, lorsque Hélène rentra.

Pendant qu'elle montait péniblement l'escalier en s'aidant de la rampe, son parapluie ruisselant s'égouttait sur les marches. Devant sa porte, elle resta quelques secondes à souffler, encore étourdie du roulement de l'averse autour d'elle, du coudoiement des gens qui couraient, du reflet des réverbères dansant le long des flaques. Elle marchait dans un rêve, dans la surprise de ces baisers qu'elle venait de recevoir et de rendre; et, tandis qu'elle cherchait sa clef, elle songeait qu'elle n'avait ni remords ni joie. Cela était ainsi, elle n'avait pas pu faire que cela fût autrement. Quand elle aurait dormi, peut-être rassemblerait-elle ses idées. Mais elle ne trouvait pas sa clef; sans doute elle l'avait oubliée dans la poche de son autre robe. Alors, elle fut très contrariée, il lui sembla qu'elle s'était mise à la porte de chez elle. Elle dut sonner.

— Ah! c'est madame, dit Rosalie en ouvrant. Je commençais à être inquiète.

Et, prenant le parapluie pour le porter à la cuisine, sur la pierre de l'évier :

— Hein? quel chien de temps!... Zéphyrin, qui vient d'arriver, était trempé comme une soupe... Je me suis permis de le retenir à dîner, madame. Il a la permission de dix heures.

Hélène, machinalement, la suivait à la cuisine. Elle ne parlait pas, elle semblait avoir le besoin de revoir toutes les pièces de son appartement, avant d'ôter son chapeau. Puis, après un silence :

— Vous avez bien fait, ma fille, répondit-elle.

Elle se tint un instant sur le seuil, regardant les fourneaux allumés. D'un geste instinctif, elle ouvrit une armoire et la referma. Tous les meubles étaient à leur place, elle les retrouvait, et cela lui causait un plaisir. Cependant, Zéphyrin s'était levé respectueusement. Elle lui sourit, en lui adressant un léger signe de tête.

— Je ne savais plus si je devais mettre le rôti, reprit la bonne.

— Quelle heure est-il donc? demanda-t-elle.

— Mais bientôt sept heures, madame.

— Comment! sept heures!

Et elle resta très étonnée. Elle avait perdu la conscience du temps. En effet, il pouvait bien être sept heures, la nuit lui semblait, maintenant, tombée depuis des siècles. Ce fut pour elle un réveil.

— Et Jeanne? dit-elle.

— Oh! elle a été bien sage, madame. Même je crois qu'elle s'est endormie, car je ne l'ai plus entendue.

— Vous ne lui avez donc pas donné de la lumière?

Rosalie resta embarrassée, ne voulant pas raconter que Zéphyrin lui avait apporté des images et qu'elle s'était amusée à les regarder. Mademoiselle n'avait pas bougé, c'était que mademoiselle n'avait besoin de rien. Mais Hélène ne l'écoutait plus. Elle entra dans la chambre, où un grand froid la saisit.

— Jeanne! Jeanne! appela-t-elle.

Aucune voix ne répondait. Elle se heurta contre un fauteuil, en voulant s'avancer. La porte de la salle à manger, qu'elle avait laissée entrebâillée, éclairait un coin du tapis. Elle eut un frisson, on aurait dit que la pluie tombait dans la pièce, avec ses souffles humides et son ruissellement continu. Alors, en se tournant, elle aperçut le carré pâle que la fenêtre taillait dans le gris du ciel.

— Qui donc a ouvert cette fenêtre? cria-t-elle. Jeanne! Jeanne!

Toujours pas de réponse. Une inquiétude mortelle la serrait au cœur. Elle voulut voir à cette fenêtre; mais, en tâtant, elle sentit une chevelure, Jeanne était là. Et, comme Rosalie arrivait avec une lampe, l'enfant apparut, toute blanche, dormant la joue sur ses bras croisés, tandis que l'éclaboussement des gouttes tombant du toit la mouillait. Elle ne soufflait plus, abattue de désespoir et de fatigue. Ses grandes paupières bleuâtres retenaient dans leurs cils deux grosses larmes.

— Malheureuse enfant! balbutiait Hélène, s'il est permis!... Mon Dieu, elle est toute froide!... S'endormir là, et par un pareil temps, lorsqu'on lui avait défendu de toucher à la fenêtre!... Jeanne, Jeanne, réponds-moi, réveille-toi!

Rosalie s'était prudemment esquivée. La petite, que sa mère avait enlevée entre ses bras, laissait aller sa tête, comme ne pouvant secouer le sommeil de plomb qui s'était emparé d'elle. Pourtant, elle ouvrit enfin les yeux, les referma; et elle restait engourdie, hébétée, les yeux blessés par la lumière.

— Jeanne, c'est moi... Qu'as-tu? regarde, je viens de rentrer.

Mais elle ne comprenait pas, murmurant d'un air de stupeur:

— Ah!... ah!...

Elle examinait sa mère, comme si elle ne l'eût pas reconnue. Puis, tout d'un coup, elle grelotta, elle parut sentir le grand froid de la chambre. Ses idées revenaient, les larmes de ses cils roulèrent sur ses joues. Elle se débattait, voulant qu'on ne la touchât pas.

— C'est toi, c'est toi... Oh! laisse, tu me serres trop. J'étais si bien!

Et, glissée de ses bras, elle avait peur d'elle. D'un regard inquiet, elle remontait de ses mains à ses épaules; une des mains était dégantée, elle reculait devant le poignet nu, la paume moite, les doigts tièdes, de l'air sauvage dont elle fuyait devant la caresse d'une main étrangère. Ce n'était plus la même odeur de verveine, les doigts avaient dû s'allonger, la paume gardait une mollesse; et l'enfant restait exaspérée au contact de cette peau qui lui semblait changée.

— Voyons, je ne te gronde pas, continuait Hélène. Mais, vraiment, est-ce raisonnable?.. Embrasse-moi.

Jeanne reculait toujours. Elle ne se souvenait pas d'avoir vu cette robe, ni ce manteau à sa mère. La ceinture était lâche, les plis tombaient d'une façon qui l'irritait. Pour quoi donc revenait-elle si mal habillée, avec quelque chose de très laid et de si triste dans toutes ses affaires? Elle avait de la boue à son jupon, ses souliers étaient crevés, rien ne lui tenait sur le corps, comme elle le disait elle-même, lorsqu'elle se fâchait contre les petites filles qui ne savaient pas s'habiller.

— Embrasse-moi, Jeanne.

Mais l'enfant ne reconnaissait pas davantage la voix, qui lui paraissait plus grasse et plus forte. Elle était montée au visage, elle s'étonnait de la petitesse lassée des yeux, de la rougeur fiévreuse des lèvres, de l'ombre étrange dont la face entière était noyée. Et elle étouffait dans cette ombre, dans cet air que sa mère apportait. C'était en elle une colère croissante, où il y avait de la rancune, de la répulsion et de la terreur. Elle n'aimait pas ça, elle recommençait à avoir mal dans la poitrine, comme lorsqu'on lui faisait de la peine. Alors, énervée par l'approche de ces choses subtiles et rudes qu'elle flairait, comprenant qu'elle respirait là l'odeur de la trahison, elle éclata en sanglots.

— Non, non, je t'en prie... Oh! tu m'as laissée seule, oh! j'ai été trop malheureuse...

— Mais puisque je suis rentrée, ma chérie... Ne pleure pas, je suis rentrée.

— Non, non, c'est fini... Je ne te veux plus... Oh! j'ai attendu, j'ai attendu, j'ai trop mal.

Hélène l'avait reprise et l'attirait doucement, tandis que l'enfant s'entêtait, répétant:

— Non, non, ce n'est plus la même chose, tu n'es plus la même.

— Comment? Qu'est-ce que tu dis là, mon enfant?

— Je ne sais pas, tu n'es plus la même... Oh! c'est bien sûr.

— Tu veux dire que je ne t'aime plus?

— Je ne sais pas, tu n'es plus la même... Ne dis pas non... Tu ne sens plus la même chose. C'est fini, fini, fini. Je veux mourir.

Toute pâle, Hélène la tenait de nouveau dans ses bras. Ça se voyait donc sur son visage? Elle la baisa au front, mais la petite frissonna, d'un air de si profond malaise, qu'elle ne lui donna pas un second baiser. Elle la garda pourtant. Ni l'une ni l'autre ne parlait plus. Jeanne appuyait la tête contre l'épaule de sa mère, et elle pleurait tout bas, dans la révolte nerveuse qu'elle éprouvait à être là. Hélène songeait qu'il ne fallait pas donner d'importance aux caprices des enfants. Mais elle se disait cela pour s'épargner un remords. Une lourdeur, dans ses membres et dans sa tête, l'empêchait toujours de penser. Au fond, elle avait une sourde honte, le poids de sa fille sur son épaule la faisait rougir. C'était, pour elle également, une sensation d'angoisse, une répugnance, comme un affolement de pudeur. Alors, elle remit Jeanne par terre. Toutes deux furent soulagées.

— Maintenant, sois raisonnable, essuye tes yeux, reprit Hélène. Nous arrangerons tout ça.

L'enfant obéit, se fit très douce, un peu craintive, avec des regards en dessous. Mais, brusquement, une quinte de toux la secoua.

— Mon Dieu! te voilà malade, maintenant. Je ne puis vraiment m'absenter une seconde... Tu as eu froid?

— Oui, maman, dans le dos.

— Tiens! entortilles-toi dans ce châle. Le poêle de la salle à manger est allumé. Tu vas te réchauffer... Est-ce que tu as faim?

Jeanne hésita, elle allait dire la vérité, répondre non; mais elle eut un nouveau regard oblique, et se recula, en disant à demi-voix.

— Oui, maman.

— Allons, ce ne sera rien, déclara Hélène, qui avait besoin de se rassurer. Mais, je t'en prie, méchante enfant, ne me fais plus de ces peurs.

Comme Rosalie revenait dire que madame était servie, elle la gronda vivement. La petite bonne baissait la tête, en murmurant que c'était bien vrai, qu'elle aurait dû un peu mieux veiller sur mademoiselle. Puis, pour calmer madame, elle l'aida à se déshabiller. Vraiment, madame était dans un joli état! Agenouillée sur le tapis, elle lui ôta d'abord les souliers et les bas; puis, elle apprêta le peignoir. Jeanne, avec une flamme entre ses cils baissés, suivait les vêtements qui tombaient un à un, comme si elle les eût interrogés, en s'attendant à voir glisser de ces linges trempés de boue les choses qu'on ne lui disait pas. Le cordon d'un jupon surtout ne voulait pas céder; Rosalie dut travailler un instant pour en défaire le nœud; et l'enfant se rapprocha, attirée, partageant l'impatience de la bonne, se fâchant contre ce nœud, prise de la curiosité de savoir comment il était fait. Mais elle ne put rester, elle se réfugia derrière un fauteuil, loin du tas des vêtements dont la tiédeur l'importunait. Elle tournait la tête. Jamais sa mère changeant de robe ne l'avait ainsi gênée.

— Madame doit se sentir à son aise, disait Rosalie. C'est joliment bon, du linge sec, lorsqu'on est trempé.

Hélène, dans son peignoir de molleton bleu, poussa un léger soupir, comme si elle eût en effet éprouvé un bien-être. Elle se retrouvait chez elle, allégée, n'ayant plus à ses épaules le poids de ces vêtements qu'elle avait traînés. La bonne eut beau lui répéter que le potage était sur la table, elle voulut même se laver le visage et les mains à grande eau. Quand elle fut toute blanche, humide encore, le peignoir boutonné jusqu'au menton, Jeanne revint près d'elle, lui prit une main et la baisa.

A table pourtant, la mère et la fille ne parlèrent point. Le poêle ronflait, la petite salle à manger s'égayait, avec son acajou luisant et ses porcelaines claires. Mais Hélène semblait retombée dans cette torpeur qui l'empêchait de penser; une seule sensation l'emplissait; elle mangeait machinalement, d'un air d'appétit. Jeanne, en face d'elle, levait toujours ses regards par-dessus son verre, sournoisement, ne perdant pas un de ses gestes. Elle toussa. Sa mère, qui l'oubliait et ne la voyait même plus, s'inquiéta aussitôt.

— Comment! tu tousses encore!.. Tu ne te réchauffes donc pas?

— Oh! si, maman, j'ai bien chaud.

Elle voulut tâter sa petite main, pour voir si elle disait la vérité. Alors, elle s'aperçut qu'elle n'avait pas touché à son pain et que son assiette restait pleine.

— Tu disais que tu avais faim.... Tu n'aimes donc pas ça?

— Mais si, maman. Je mange.

Jeanne faisait un effort, avalait une bouchée. Hélène la surveillait un instant, puis ses yeux devenaient vagues, son souvenir retournait là-bas, dans cette chambre noire d'ombre, dont elle croyait toujours sortir à la minute même. Et l'enfant voyait bien qu'elle ne comptait plus. Vers la fin du repas, ses pauvres membres brisés s'étaient affaissés sur la chaise, elle ressemblait à une petite vieille, avec des rides dans son fin visage de chèvre et ces yeux pâles des filles très âgées que personne n'aimera jamais.

— Mademoiselle ne prend pas de la confiture? demanda Rosalie. Alors, je puis ôter le couvert?

Hélène ne bougeait pas.

— Maman, j'ai sommeil, dit Jeanne, d'une voix changée; veux-tu me permettre de me coucher?... Je serai mieux dans mon lit.

De nouveau, sa mère parut s'éveiller en sursaut.

— Tu souffres, ma chérie! Où souffres-tu? parle donc!

— Mais non, quand je te dis!... J'ai sommeil, il est bien l'heure de dormir.

Elle quitta sa chaise et se redressa, pour faire croire qu'elle n'avait pas de mal. Ses petits pieds engourdis butaient sur le parquet. Dans la chambre, elle s'appuya aux meubles, elle eut le courage de ne pas pleurer, malgré le feu qui la brûlait partout. Sa mère, qui l'avait suivie, voulait la coucher; et elle ne put que nouer ses cheveux pour la nuit, tellement l'enfant avait mis de hâte à retirer elle-même ses vêtements. Elle se glissa toute seule entre les draps, elle ferma vite les yeux.

— Tu es bien? demandait Hélène, en remontant les couvertures et en la bordant.

— Très bien. Laisse-moi, ne me remue pas... Emporte la lumière.

Elle n'avait qu'un désir, être dans le noir pour rouvrir les yeux et souffrir, sans que personne la regardât. Quand la lampe ne fut plus là, elle ouvrit les yeux tout grands.

Cependant, à côté, dans la chambre, Hélène marchait. Un singulier besoin de mouvement la prenait, la pensée de se coucher lui était insupportable. Elle s'approcha de la pendule; neuf heures moins vingt, qu'allait-elle faire? Elle fouilla dans un tiroir, ne se rappela plus ce qu'elle cherchait. Puis, elle se souvint, alla ouvrir la bibliothèque, regarda les livres, sans se décider, ennuyée par la seule lecture des titres. Le silence de la chambre bourdonnait à ses oreilles; cette solitude, cet air lourd lui devenaient une souffrance. Elle aurait souhaité du bruit, du monde, quelque chose qui la tirât d'elle-même. A deux reprises, elle écouta à la porte du cabinet; mais elle n'entendait seulement pas le souffle de Jeanne. Tout dormait, son inquiétude augmentait, elle tournait, déplaçant et replaçant les objets qui lui tombaient sous la main. Mais une pensée brusque lui vint, elle songeait que le petit soldat devait être encore avec Rosalie. Alors, soulagée, très contente à l'idée de n'être plus seule, elle se rendit à la cuisine, en traînant ses pantoufles.

Comme elle était dans l'antichambre et qu'elle poussait déjà la porte vitrée du petit couloir, elle surprit le claquement sonore d'un soufflet, lancé à toute volée. La voix de Rosalie criait :

— Hein! tu me pinceras encore, peut-être!... A bas les pattes!

Tandis que Zéphyrin murmurait en grasseyant:

— Ça ne fait rien, ma belle, c'est comme je t'aime... et ça y est...

Mais la porte avait craqué. Lorsque Hélène entra, le petit soldat et la cuisinière, attablés bien tranquillement, avaient tous les deux le nez dans leur assiette. Ils jouaient l'indifférence, ce n'étaient pas eux. Seulement, ils étaient très rouges, leurs yeux luisaient comme des chandelles, des frétillements les faisaient sauter sur leurs chaises de paille. Rosalie se leva, se précipita.

— Madame désire quelque chose?

Hélène n'avait pas préparé de prétexte. Elle venait pour les voir, pour causer, pour être avec du monde. Mais une honte la prit, elle n'osa pas dire qu'elle n'avait besoin de rien. Une hésitation la fit bégayer.

— Vous avez de l'eau chaude? demanda-t-elle enfin.

— Non, madame, et mon feu s'éteignait... Oh! ça ne fait rien, je vais vous donner ça dans cinq minutes. Ça bout tout de suite.

Elle remit du charbon, posa la bouilloire. Puis, voyant que sa maîtresse restait là, sur le seuil :

— Dans cinq minutes, madame, je vous porte ça.

Alors, Hélène eut un geste vague.

— Je ne suis pas pressée, j'attendrai... Ne vous dérangez pas, ma fille; mangez, mangez... Voilà un garçon qui va être obligé de rentrer à la caserne.

Rosalie consentit à se rasseoir. Zéphyrin, qui se tenait debout, salua militairement et coupa de nouveau sa viande, en élargissant les coudes, pour montrer qu'il savait se conduire. Quand ils mangeaient ainsi ensemble, après le dîner de madame, ils ne tiraient même pas la table au milieu de la cuisine, ils préféraient mettre leurs couverts côte à côte, tournant tous les deux le nez vers la muraille. Comme ça, ils pouvaient se donner des coups de genoux, se pincer, s'allonger des claques, sans perdre un morceau; et, s'ils levaient les yeux, ils avaient la vue réjouissante des casseroles. Un bouquet de laurier et de thym pendait, la boîte aux épices avait une odeur poivrée. Autour d'eux, la cuisine, qui n'était pas rangée encore, étalait la débandade de la desserte; mais elle restait bien agréable tout de même pour des amoureux de bel appétit, faisant là une noce comme les camarades du régiment n'en faisaient pas souvent. Ça sentait surtout le rôti, relevé d'une pointe de vinaigre, le vinaigre de la salade. Les reflets du gaz dansaient dans les cuivres et dans les fers-battus. Comme le fourneau chauffait terriblement, ils avaient entr'ouvert la fenêtre, et des souffles de vent frais, venus du jardin, gonflaient le rideau de cotonnade bleue.

— Vous devez rentrer à dix heures précises? demanda Hélène.

— Oui, madame, sauf votre respect, répondit Zéphyrin.

— C'est qu'il y a une belle course!... Vous prenez l'omnibus?

— Oh! madame, des fois... Voyez-vous, avec un bon petit trot gymnastique, ça va encore mieux.

Elle avait fait un pas dans la cuisine, elle s'appuyait contre le buffet, les mains tombées et nouées sur son peignoir. Elle causa encore du vilain temps de la journée, de ce qu'on mangeait au régiment, de la cherté des œufs. Mais chaque fois qu'elle avait posé une question et qu'ils avaient répondu, la conversation cessait. Elle les gênait, ainsi derrière leurs dos ; ils ne se retournaient plus, parlant dans leurs assiettes, pliant les épaules sous ses regards, tandis qu'ils avalaient de toutes petites bouchées, pour être propres. Elle, calmée, se trouvait bien là.

— Ne vous impatientez pas, madame, dit Rosalie, voilà déjà l'eau qui chante... Si le feu était plus vif...

Hélène ne voulut pas qu'elle se dérangeât. Tout à l'heure. Elle éprouvait seulement une grande lassitude dans les jambes. Machinalement, elle traversa la cuisine, alla près de la fenêtre, où elle voyait la troisième chaise, une chaise de bois, très haute, qui se transformait en escabeau, lorsqu'on la renversait. Mais elle ne s'assit pas tout de suite. Elle avait aperçu, sur un coin de la table, un tas d'images.

— Tiens ! dit-elle en les prenant, avec le désir d'être agréable à Zéphyrin.

Le petit soldat eut un rire silencieux. Il rayonnait, suivant les images du regard, hochant la tête, quand un beau morceau passait sous les yeux de madame.

— Celle-là, dit-il tout d'un coup, je l'ai trouvée rue du Temple... C'est une belle femme, qui a des fleurs dans son panier...

Hélène s'était assise. Elle examinait la belle femme, un couvercle de boite à pastilles, doré et verni, que Zéphyrin avait soigneusement essuyé. Sur le dossier de la chaise, un torchon l'empêchait de s'appuyer. Elle le repoussa, s'absorba de nouveau. Alors, les deux amoureux, en voyant madame si bonne, ne se gênèrent plus. Ils finirent même par l'oublier. Hélène avait laissé, une à une, tomber les images sur ses genoux ; et, vaguement souriante, elle les regardait, elle les écoutait.

— Dis donc, mon petit, murmurait la cuisinière, tu ne reprends pas du gigot ?

Il ne répondait ni oui ni non, se balançait comme si on l'eût chatouillé, puis s'élargissait d'aise, lorsqu'elle lui mettait une épaisse tranche sur son assiette. Ses épaulettes rouges sautaient, tandis que sa tête ronde, aux grandes oreilles écartées, avait le branlement d'une tête de magot, dans son collet jaune. Il riait du dos, éclatant dans sa tunique, qu'il ne déboutonnait jamais à la cuisine, par respect pour madame.

— Ça vaut mieux que les raves du père Rouvet, finit-il par dire, la bouche pleine.

Ça, c'était un souvenir du pays. Tous deux faillirent crever de rire ; et Rosalie se retint après la table, pour ne pas tomber. Un jour, il y avait beau temps, Zéphyrin avait volé trois raves au père Rouvet ; elles étaient dures, les raves, oh ! dures à se casser les dents ; mais Rosalie, tout de même, avait croqué sa part, derrière l'école. Alors, toutes les fois qu'ils mangeaient ensemble, Zéphyrin ne manquait pas de dire :

— Ça vaut mieux que les raves du père Rouvet.

Et toutes les fois, Rosalie crevait si fort, qu'elle cassait le cordon de son jupon. On entendit le cordon qui partait.

— Hein ! tu l'as cassé ? dit le petit soldat triomphant.

Il envoya les mains, il voulait savoir. Mais il reçut des tapes.

— Reste tranquille, tu ne le raccommoderas pas, peut-être... C'est bête, de me casser mon cordon. J'en remets un chaque semaine.

Puis, comme il tâtait tout de même, elle lui prit entre ses gros doigts une pincée de chair sur la main et la tortilla. Cette gentillesse allait encore l'exciter, lorsque Rosalie, d'un coup d'œil furieux, lui montra madame, qui les regardait. Alors, sans trop se troubler, il se gonfla la joue d'une énorme bouchée, clignant les paupières de son air de troupier dégourdi, faisant mine de dire que les femmes ne détestent pas ça, même les dames. Bien sûr, quand les gens s'aiment, on a toujours du plaisir à les voir.

— Vous avez encore cinq ans à rester soldat ? demanda Hélène, affaissée sur la haute chaise de bois, s'oubliant dans une grande douceur.

— Oui, madame, peut-être quatre seulement, si on n'a pas besoin de moi.

Rosalie comprit que madame songeait à son mariage. Elle s'écria, en affectant d'être en colère :

— Oh ! madame, il peut rester dix ans encore, ce n'est pas moi qui irai le réclamer au gouvernement... Il devient trop chatouilleur. Je crois bien qu'on le débauche... Oui, tu as beau rire. Mais, avec moi, ça ne prend pas. Quand M. le maire sera là, nous verrons à plaisanter.

Et, comme il ricanait plus fort, pour se poser en séducteur devant madame, la cuisinière se fâcha tout à fait.

— Va, je te conseille !... Au fond, vous savez, madame, qu'il est aussi godiche. On n'a pas idée comme l'uniforme les rend bêtes. Ce sont des airs qu'il se donne avec les camarades. Si je le mettais à la porte, vous l'entendriez pleurer dans l'escalier... Je me fiche de toi, entends-tu ! Quand je voudrai, est-ce que tu ne seras pas toujours là, pour savoir comment mes bas sont faits ? Oh ! je suis plus futée que toi, mon petit.

Elle le regardait de tout près ; mais, à le voir ainsi, avec sa bonne figure couleur de son qui commençait à être inquiète, elle fut brusquement attendrie. Et, sans transition apparente :

— Ah ! je ne t'ai pas dit, j'ai reçu une lettre de la tante... Les Guignard voudraient vendre leur maison. Oui, presque pour rien... On pourra peut-être plus tard...

— Bigre! dit Zéphyrin épanoui, on serait chez soi là-dedans... Il y a de quoi mettre deux vaches.

Alors, ils se turent. Ils étaient au dessert. Le petit soldat léchait la confiture sur son pain avec une gourmandise d'enfant, tandis que la cuisinière pelait une pomme, soigneusement, d'un air maternel. Lui, pourtant, avait fourré sous la table sa main restée libre, et il lui faisait des minettes le long des genoux, mais si doucement qu'elle feignait de ne pas les sentir. Quand il restait honnête, elle ne se fâchait point. Même elle devait aimer ça, sans l'avouer, car elle avait de légers sauts de contentement sur sa chaise. Enfin, ce jour-là, c'était un régal complet.

— Madame, voilà votre eau qui bout, dit Rosalie après un silence.

Hélène ne bougeait pas. Elle les regardait, elle se sentait comme enveloppée dans leur tendresse. Et elle continuait pour eux leurs rêves, elle se les imaginait là bas, dans la maison des Guignard, avec leurs deux vaches. Cela la faisait sourire, de le voir si sérieux, la main sous la table, tandis que la petite bonne se tenait très raide, pour ne pas avoir l'air. Toutes les distances se trouvaient rapprochées, elle n'avait plus une conscience nette d'elle ni des autres, du lieu où elle était ni de ce qu'elle venait y faire. Les deux amoureux lui semblaient ses enfants. Ils s'aimaient dans son cœur. Une mollesse l'endormait, le visage noyé, sans qu'elle fût blessée du désordre et des odeurs grasses de la cuisine ; les cuivres resplendissaient, elle se voyait dans un éblouissement de soleil. Cette familiarité, cet abaissement d'elle-même la contentaient, comme d'un besoin satisfait. Elle avait seulement très chaud ; le fourneau mettait des gouttes de sueur à son front pâle ; mais, derrière elle, la fenêtre entr'ouverte soufflait sur sa nuque des frissons délicieux.

— Madame, votre eau bout, répéta Rosalie. Il ne va rien rester dans la bouillotte.

Et elle prit la bouillotte, la posa devant elle. Hélène, un instant surprise, dut se lever.

— Ah! oui... Je vous remercie.

Elle n'avait plus de prétexte, elle s'en alla lentement, à regret. Dans sa chambre, la bouillotte l'embarrassa. Mais toute une passion éclatait en elle. Cet engourdissement qui l'avait tenue comme imbécile, s'était échauffé et amolli, pour se fondre en un flot de vie ardente, dont le ruissellement la brûlait. Elle frissonnait brusquement de la volupté qu'elle n'avait point éprouvée. Des souvenirs la bouleversaient, ses sens s'éveillaient trop tard, avec un immense désir inassouvi. Droite au milieu de la pièce, elle eut un étirement de tout son corps, les mains levées et tordues, faisant craquer ses membres énervés. Oh! elle l'aimait, elle le voulait, elle se donnerait comme ça, la fois prochaine.

Et, au moment où elle ôtait son peignoir en regardant ses bras nus, un bruit l'inquiéta, elle crut que Jeanne avait toussé. Alors, elle prit la lampe. L'enfant, les paupières closes, semblait endormie. Mais, lorsque sa mère tranquillisée eut tourné le dos, elle ouvrit ses yeux tout grands, des yeux noirs et fixes, qui la suivaient pendant qu'elle retournait dans la chambre. Elle ne dormait pas encore, elle ne voulait pas qu'on la fît dormir. Une nouvelle crise de toux lui déchira la gorge, et elle enfonça la tête sous la couverture, elle l'étouffa. Maintenant, elle pouvait s'en aller, sa mère ne s'en apercevrait plus. Elle gardait ses yeux ouverts dans la nuit, sachant tout, comme si elle venait de réfléchir, et mourant de ça, sans une plainte.

II

Hélène, le lendemain, eut toutes sortes d'idées pratiques. Elle s'éveilla avec l'impérieux besoin de veiller elle-même sur son bonheur, frissonnante à la crainte de perdre Henri, par quelque imprudence. A cette heure frileuse du lever, tandis que la chambre engourdie dormait encore, elle l'adorait, elle le désirait, dans un élan de tout son être. Jamais elle ne s'était connu ce souci d'être adroite, de surveiller les événements, de tourner les choses à son gré. Sa première pensée fut qu'elle devait voir Juliette le matin même. Elle éviterait ainsi des explications fâcheuses, des recherches qui pouvaient tout compromettre.

Lorsqu'elle arriva chez Mme Deberle, vers neuf heures, elle la trouva déjà levée, pâle et les yeux rougis comme une héroïne de drame, piétinant avec fièvre au milieu de son cabinet de toilette. Et, dès qu'elle l'aperçut, la pauvre femme se jeta dans ses bras en pleurant, en l'appelant son bon ange. Elle n'aimait pas du tout ce Malignon, oh! elle le jurait! Mon Dieu! quelle aventure stupide! Mais elle en serait morte, c'était certain! car, maintenant, elle ne se sentait pas faite le moins du monde pour ces machines-là, les mensonges, les souffrances, les tyrannies d'un sentiment toujours le même. Bien sûr, elle y aurait laissé sa tête. Comme cela lui semblait bon de se retrouver libre! Elle riait d'aise; puis, elle sanglota de nouveau en suppliant son amie de ne pas la mépriser. Au fond de sa fièvre, il y avait une peur terrible, elle croyait que son mari savait tout. La veille, il était rentré agité. Elle accabla Hélène de questions. Alors, celle-ci, avec une audace et une facilité qui l'étonnaient elle-même, lui conta une histoire dont elle inventait les détails un à un, abondamment. Elle lui jura que son mari ne se doutait de rien. C'était elle qui, ayant tout appris et voulant la sauver, avait imaginé d'aller ainsi troubler violemment le rendez-vous. Juliette l'écoutait, acceptait ce roman, le visage éclairé d'une joie débordante, au milieu de ses larmes. Elle se jeta une fois encore à son cou. Et Hélène n'était nullement gênée par ses caresses, elle n'éprouvait aucun des scrupules de loyauté dont elle avait souffert autrefois. Lorsqu'elle la quitta, après lui avoir fait promettre d'être calme, elle riait au fond d'elle de son adresse, elle sortait ravie. A présent qu'elle avait son amour à défendre, elle devenait très forte.

Quelques jours se passèrent. Toute la vie d'Hélène se trouvait déplacée; elle ne vivait plus chez elle, elle vivait chez Henri, par ses pensées de chaque heure. Plus rien n'existait que le petit hôtel voisin, où son cœur battait. Dès qu'elle trouvait un prétexte, elle accourait, elle s'oubliait, heureuse de respirer le même air. Dans ce premier ravissement de la possession, la vue de Juliette l'attendrissait comme une dépendance d'Henri. Pourtant celui-ci n'avait pu encore la rencontrer un instant seule. Elle semblait mettre un raffinement à retarder l'heure d'un second rendez-vous. Un soir, comme il la reconduisait jusqu'au vestibule, elle lui avait seulement fait jurer de ne pas revoir la maison du passage des Eaux, en ajoutant qu'il la compromettrait. Tous deux frémissaient dans l'attente de l'étreinte passionnée dont ils se reprendraient, ils ne savaient plus où, quelque part, une nuit. Et Hélène, hantée de ce désir, n'existait désormais que pour cette minute-là, indifférente à toutes les autres, passant ses journées à l'espérer, très heureuse et ayant seulement au milieu de son bonheur la sensation vaguement inquiète que Jeanne toussait autour d'elle.

Jeanne toussait d'une petite toux sèche, fréquente, qui s'accentuait davantage vers le soir. Elle avait alors de légers accès de fièvre; des sueurs l'affaiblissaient pendant son sommeil. Lorsque sa mère l'interrogeait, elle répondait qu'elle n'était pas malade, qu'elle ne souffrait pas. C'était sans doute une fin de rhume. Et Hélène, tranquillisée par cette explication, n'ayant plus la conscience nette de ce qui se passait à ses côtés, gardait pourtant, dans le ravissement où elle vivait, le sentiment confus d'une douleur, comme un poids dont la meurtrissure la faisait saigner à une place qu'elle n'aurait pu dire. Parfois, au milieu d'une de ces joies sans cause qui la baignaient de tendresse, une anxiété la prenait: il lui semblait qu'un malheur était derrière elle. Elle se retournait et elle souriait. Quand on est trop heureuse, on tremble toujours. Personne n'était là. Jeanne venait de tousser, mais elle buvait de la tisane, ce ne serait rien.

Cependant, une après-midi, le vieux docteur Bodin, qui montait en ami de la maison, avait fait traîner sa visite, préoccupé, étudiant Jeanne du coin de ses petits yeux bleus. Il l'interrogeait en ayant l'air de jouer avec elle. Ce jour-là, il ne laissa pas échapper une parole qui pût effrayer Hélène. Mais, deux jours après, il reparut; et, cette fois, sans examiner Jeanne, avec la gaîté d'un vieillard qui a vu beaucoup de choses, il mit la conversation sur les voyages. Autrefois, il avait servi comme chirurgien militaire; il connaissait toute l'Italie. C'était un pays superbe qu'il fallait admirer au printemps. Pourquoi Mme Grandjean n'y menait-elle pas sa fille? Il en vint ainsi, après une foule de transitions, à conseiller un séjour là-bas, au pays du soleil, comme il le disait. Hélène le regardait fixement. Alors, il se récria, ni l'une ni l'autre n'était malade, certes! seulement, cela rajeunissait de changer d'air! Elle était devenue toute blanche, prise d'un froid mortel, à la pensée de quitter Paris. Mon Dieu! s'en aller si loin, si loin! perdre Henri tout d'un coup, laisser leurs amours sans lendemain! C'était en elle un tel déchirement, qu'elle se pencha vers Jeanne et la questionna, pour cacher son trouble. Est-ce que Jeanne voulait partir? L'enfant avait noué frileusement ses petits doigts. Oh! oui, elle voulait bien! elle voulait bien aller dans du soleil, toutes seules, elle et sa mère, oh! toutes seules; et sur sa pauvre figure maigrie, dont la fièvre brûlait les joues, l'espoir d'une vie nouvelle rayonnait. Mais Hélène n'entendait plus, révoltée et méfiante, persuadée maintenant que tout le monde s'entendait, l'abbé, le docteur Bodin, Jeanne elle-même, pour la séparer d'Henri. En la voyant si blême, le vieux médecin crut qu'il avait manqué de prudence; il se hâta de dire que rien ne pressait, décidé à revenir sur cet entretien un autre jour.

Justement, Mme Deberle devait rester chez elle, cette après-midi-là. Dès que le docteur fut parti, après avoir encore plaisanté un instant, Hélène se hâta de mettre son chapeau. Jeanne refusait de sortir; elle était mieux auprès du feu; elle serait bien sage et n'ouvrirait pas la fenêtre. Depuis quelque temps, elle ne tourmentait plus sa mère pour l'accompagner, elle la suivait seulement d'un long regard. Puis, lorsqu'elle était seule, elle se rapetissait sur sa chaise et demeurait ainsi des heures, sans bouger.

— Maman, est-ce loin, l'Italie? demanda-t-elle quand Hélène s'approcha pour l'embrasser.

— Oh! très loin, répondit celle-ci.

Mais Jeanne la tenait par le cou. Elle ne la laissa pas se relever tout de suite, murmurant:

— Hein? Rosalie garderait ici tes affaires. Nous n'aurions pas besoin d'elle... Vois-tu, avec une malle pas grosse... Oh! ce serait bon, petite mère! Rien que nous deux!... Je reviendrais engraissée, tiens! comme ça.

Elle gonflait les joues et arrondissait les bras. Hélène dit qu'on verrait; puis, elle s'échappa, en recommandant à Rosalie de bien veiller sur mademoiselle. Alors, l'enfant se pelotonna au coin de la cheminée, regardant le feu brûler, enfoncée dans une rêverie. De temps à autre, elle avançait machinalement les mains, pour les chauffer. Le reflet de la flamme fatiguait ses grands yeux. Elle était si perdue qu'elle n'entendit pas entrer M. Rambaud. Il multipliait ses visites depuis quelques jours; il venait, disait-il, pour cette femme paralytique que le docteur Deberle n'avait pu encore faire entrer aux Incurables. Quand il la trouvait seule, il s'asseyait à l'autre coin de la cheminée, il causait avec elle comme avec une grande personne. C'était bien ennuyeux, cette pauvre femme attendait depuis une semaine; mais il descendrait tout à l'heure, il verrait le docteur, qui lui donnerait peut-être une réponse. Pourtant, il ne bougeait pas.

— Ta mère ne t'a donc pas emmenée? demanda-t-il.

Jeanne eut un mouvement des épaules, plein de lassitude. Cela la dérangeait trop d'aller chez les autres. Plus rien ne lui plaisait.

— Tu n'es pas malade, au moins?

— Oh! non, non, pas du tout, murmura-t-elle. Je deviens vieille, je ne peux pas jouer toujours... Maman s'amuse dehors, moi je m'amuse dedans; alors, nous ne sommes pas ensemble.

Il y eut un silence. L'enfant frissonna, présenta les deux mains au brasier qui brûlait avec une grande lueur rose; et elle ressemblait, en effet, à une bonne femme, emmitouflée dans un immense châle de flanelle, un foulard au cou, un autre sur la tête. Au fond de tous ces linges, on la sentait pas plus grosse qu'un oiseau malade, ébouriffé et soufflant dans ses plumes. On ne voyait que ses yeux pâles. M. Rambaud, les mains nouées sur ses genoux, contemplait le feu. Puis, au bout d'une rêverie, se tournant vers Jeanne, il lui demanda si sa mère était sortie la veille. Elle répondit d'un signe affirmatif. Et l'avant-veille, et le jour d'auparavant? Elle disait toujours oui, d'un hochement du menton. Sa mère sortait tous les jours. Alors, M. Rambaud et la petite se regardèrent longuement tous les deux, avec des figures blanches et graves, comme s'ils avaient à mettre en commun un grand chagrin. Ils n'en parlaient point, parce qu'une gamine et un homme vieux ne pouvaient causer de cela ensemble; mais ils savaient bien pourquoi ils étaient si tristes et pourquoi ils aimaient à rester ainsi à droite et à gauche de la cheminée, quand la maison était vide. Cela les consolait beaucoup. Ils se serraient l'un contre l'autre, pour sentir moins leur abandon. Des effusions de tendresse leur venaient, ils auraient voulu s'embrasser et pleurer.

— Tu as froid, bon ami, j'en suis sûre... Approche-toi du feu.

— Mais non, ma chérie, je n'ai pas froid.

— Oh! tu mens, tes mains sont glacées... Approche-toi ou je me fâche.

Puis, c'était lui qui s'inquiétait.

— Je parie qu'on ne t'a pas laissé de tisane... Je vais t'en faire, veux-tu? Oh! je sais très bien la faire... Si je te soignais, tu verrais, tu ne manquerais de rien.

Il ne se permettait pas des allusions plus claires. Jeanne, vivement, disait que la tisane la dégoûtait; on lui en faisait trop boire. Pourtant, des fois, elle consentait à ce que M. Rambaud tournât autour d'elle comme une mère; il lui glissait un oreiller sous les épaules, lui donnait sa potion qu'elle allait oublier, la soutenait dans la chambre, pendue à son bras. C'étaient des gâteries qui les attendrissaient tous les deux. Comme Jeanne le disait avec ses regards profonds qui troublaient tant le bonhomme, ils jouaient au papa et à la petite fille, pendant que sa mère n'était pas là. Tout d'un coup des tristesses les prenaient, elles ne se disaient plus rien, s'examinant à la dérobée, avec de la pitié l'un pour l'autre.

Ce jour-là, après un long silence, l'enfant répéta la question qu'elle avait déjà posée à sa mère:

— Est-ce loin, l'Italie?

— Oh! je crois bien, dit M. Rambaud. C'est là-bas, derrière Marseille, au diable... Pourquoi me demandes-tu ça?

— Parce que, déclara-t-elle gravement.

Puis, elle se plaignit de ne rien savoir. Elle était toujours malade, on ne l'avait jamais mise en pension. Tous deux se turent, la grande chaleur du feu les endormait.

Cependant, Hélène avait trouvé Mme Deberle et sa sœur Pauline dans le pavillon japonais, où elles passaient souvent les après-midi. Il y faisait très chaud, une bouche de calorifère y soufflait une haleine étouffante. Les larges glaces étaient fermées, on apercevait l'étroit jardin en toilette d'hiver, pareil à une grande sépia traitée avec un fini merveilleux, détachant sur la terre brune les petites branches noires des arbres. Les deux sœurs se disputaient vertement.

— Laisse-moi donc tranquille! criait Juliette, notre intérêt bien entendu est de soutenir la Turquie.

— Moi, j'ai causé avec un Russe, répondit Pauline tout aussi animée. On nous aime à Saint-Pétersbourg, nos véritables alliés sont de ce côté.

Mais Juliette prit un air de souveraine gravité, et, croisant les bras:

— Alors, qu'est-ce que tu fais de l'équilibre européen?

La question d'Orient passionnait Paris. La conversation courante était là, toute femme un peu répandue ne pouvait décemment causer d'autre chose. Aussi, depuis deux jours, Mme Deberle se plongeait-elle avec conviction dans la politique extérieure. Elle avait des idées très arrêtées sur les différentes éventualités qui menaçaient de se produire. Sa sœur Pauline l'agaçait beaucoup, parce qu'elle se donnait l'originalité de soutenir la Russie, contrairement aux intérêts évidents de la France. Elle voulait la convaincre, puis elle se fâchait.

— Tiens! tais-toi, tu parles comme une sotte... Si seulement tu avais étudié la question avec moi...

Elle s'interrompit, pour saluer Hélène, qui entrait.

— Bonjour, ma chère. Vous êtes bien gentille d'être venue... Vous ne savez rien. On parlait ce matin d'un ultimatum. La séance de la Chambre des Communes a été très agitée.

— Non, je ne sais rien, répondit Hélène, que la question stupéfiait. Je sors si peu!

D'ailleurs, Juliette n'avait pas attendu la réponse. Elle expliquait à Pauline pourquoi il fallait neutraliser la mer Noire, tout en nommant de temps à autre des généraux anglais et des généraux russes, familièrement, avec une prononciation très correcte. Ah! les choses auraient marché rondement, si on l'avait écoutée! Mais Henri venait de paraître, tenant à la main un paquet de journaux. Hélène comprit qu'il descendait pour elle. Leurs yeux s'étaient cherchés, ils avaient appuyé fortement leurs regards l'un sur l'autre. Ensuite ils s'enveloppèrent tout entiers dans la longue et silencieuse poignée de main qu'ils se donnèrent.

— Qu'est-ce qu'il y a dans les journaux? demanda fiévreusement Juliette.

— Dans les journaux, ma chère? dit le docteur; mais il n'y a jamais rien.

Alors, on oublia un instant la question d'Orient. Il fut, à plusieurs reprises, question de quelqu'un sur qui l'on comptait et qui n'arrivait pas. Pauline faisait remarquer que trois heures allaient sonner. Oh! il viendrait, affirmait Mme Deberle; il avait trop formellement promis; et elle ne nommait personne. Hélène écoutait sans entendre. Tout ce qui n'était pas Henri lui devenait importun. Elle n'apportait plus d'ouvrage, elle faisait des visites de deux heures, étrangère à la conversation, la tête occupée souvent du même rêve enfantin, imaginant que les autres disparaissaient par un prodige et qu'elle restait seule avec lui.

Cependant elle répondit à Juliette qui la questionnait, tandis que le regard d'Henri toujours posé sur le sien, la fatiguait délicieusement. Il passa derrière elle, comme pour relever un des stores, et elle sentit bien qu'il exigeait un rendez-vous, au frisson dont il effleura sa chevelure. Elle consentait, elle n'avait plus la force d'attendre.

— On a sonné, ce doit être lui, dit Pauline tout d'un coup.

Les deux sœurs prirent un air indifférent. Malignon se présenta, plus correct encore que de coutume, avec une pointe de gravité. Il serra les mains qui se tendaient vers lui; mais il évita ses plaisanteries habituelles, il rentrait en cérémonie dans la maison où il n'avait plus paru depuis quelque temps. Pendant que le docteur et Pauline se plaignaient de la rareté de ses visites, Juliette se pencha à l'oreille d'Hélène qui, malgré sa souveraine indifférence, restait surprise.

— Hein? cela vous étonne?... Mon Dieu! je ne lui en veux pas. Au fond, il est si bon garçon qu'on ne peut rester fâché... Imaginez-vous qu'il a déterré un mari pour Pauline. C'est gentil, vous ne trouvez pas?

— Sans doute, murmura Hélène par complaisance.

— Oui, un de ses amis, très riche, qui ne songeait pas du tout à se marier, et qu'il a juré de nous amener... Nous l'attendions aujourd'hui pour avoir la réponse définitive... Alors, vous comprenez, j'ai dû passer par dessus bien des choses. Oh! il n'y a plus de danger, nous nous connaissons maintenant.

Elle eut un joli rire, rougit un peu au souvenir qu'elle évoquait; puis, elle s'empara vivement de Malignon. Hélène souriait également. Ces facilités de l'existence l'excusaient elle-même. On avait bien tort de rêver des drames noirs, tout se dénouait avec une bonhomie charmante. Mais, pendant qu'elle goûtait ainsi un lâche bonheur à se dire que rien n'était défendu, Juliette et Pauline venaient d'ouvrir la porte du pavillon et d'entraîner Malignon dans le jardin. Tout d'un coup, elle entendit derrière sa nuque, la voix d'Henri, basse et ardente:

— Je vous en prie, Hélène, oh! je vous en prie.

Elle tressaillit, regarda autour d'elle avec une soudaine inquiétude. Ils étaient bien seuls, elle aperçut les trois autres marchant à petits pas dans une allée. Henri avait osé la prendre aux épaules, et elle tremblait, et sa terreur était pleine d'ivresse.

— Quand vous voudrez, quand vous voudrez, balbutia-t-elle à deux reprises, comprenant bien qu'il lui demandait un rendez-vous.

Et, rapidement, ils échangèrent encore quelques paroles.

— Attendez-moi ce soir, dans cette maison du passage des Eaux.

— Non, je ne puis pas... Je vous ai expliqué, vous m'avez juré...

— Autre part alors, où il vous plaira, pourvu que je vous voie... Chez vous, si vous voulez, cette nuit?

Elle se révolta. Mais elle ne put refuser que d'un geste, reprise de peur, en voyant les deux femmes et Malignon qui revenaient. Mme Deberle avait feint d'emmener le jeune homme pour lui montrer une merveille, des touffes de violettes en pleines fleurs, malgré le temps froid. Elle hâta le pas, elle rentra la première, rayonnante.

— C'est fait! dit-elle.

— Quoi donc? demanda Hélène, encore toute secouée, ne se rappelant plus.

— Mais ce mariage!... Ah! quel débarras! Pauline commençait à ne pas être commode... Le jeune homme l'a vue et la trouve charmante. Demain, nous dînerons tous chez papa... J'aurais embrassé Malignon pour sa bonne nouvelle.

Henri, avec un sang-froid parfait, avait manœuvré de façon à s'éloigner d'Hélène. Lui aussi trouvait Malignon charmant. Il parut se réjouir beaucoup avec sa femme de voir enfin leur petite sœur placée. Puis, il avertit Hélène qu'elle allait perdre un de ses gants. Elle le remercia. Dans le jardin, on entendait la voix de Pauline qui plaisantait; elle se penchait vers Malignon, lui chuchotait des mots entrecoupés, et éclatait de rire, lorsqu'il lui répondait également à l'oreille. Sans doute il lui faisait des confidences sur le futur. Par la porte du pavillon laissée ouverte, Hélène respirait l'air froid avec délices.

C'était à ce moment, dans la chambre, que Jeanne et M. Rambaud se taisaient, engourdis par la grosse chaleur du brasier. L'enfant sortit de ce long silence, en demandant tout d'un coup, comme si cette demande eût été la conclusion de sa rêverie:

— Veux-tu que nous allions à la cuisine?... Nous verrons si nous n'apercevons pas maman.

— Je veux bien, répondit M. Rambaud.

Elle était plus forte, ce jour-là. Elle vint, sans être soutenue, appuyer son visage à une vitre. M. Rambaud, lui aussi, regardait dans le jardin. Il n'y avait plus de feuilles, on distinguait nettement l'intérieur du pavillon japonais, par les grandes glaces claires. Rosalie, en train de soigner un pot-au-feu, traita mademoiselle de curieuse. Mais l'enfant avait reconnu la robe de sa mère; et elle la montrait, elle s'écrasait la face contre la vitre, pour mieux voir. Cependant, Pauline levait la tête, faisait des signes. Hélène parut, appela de la main.

— On vous a aperçue, mademoiselle, répétait la cuisinière. On vous dit de descendre.

Il fallut que M. Rambaud ouvrît la fenêtre. On le priait d'amener Jeanne, tout le monde la demandait. Jeanne s'était sauvée dans la chambre, refusant violemment, accusant son bon ami d'avoir fait exprès de taper contre la vitre. Elle aimait bien regarder sa mère, mais elle ne voulait plus aller dans cette maison-là; et, à toutes les questions suppliantes que lui adressait M. Rambaud, elle lui répondait par son terrible « parce que », qui expliquait tout.

— Ce n'est pas toi qui devrais me forcer, dit-elle enfin, d'un air sombre.

Mais il lui répétait qu'elle allait causer beaucoup de peine à sa mère, qu'on ne pouvait pas faire des sottises aux gens. Il la couvrirait bien, elle n'aurait pas froid; et, en parlant, il nouait le châle autour de sa taille, il ôtait le foulard qu'elle avait sur la tête, pour la coiffer d'une petite capeline en tricot. Quand elle fut prête, elle protesta encore. Enfin, elle se laissa emmener, à la condition qu'il la remonterait tout de suite, si elle se sentait trop mal. La concierge leur ouvrit la porte de communication, on les accueillit dans le jardin par des exclamations joyeuses. Mme Deberle surtout témoigna beaucoup d'affection à Jeanne; elle l'installa dans un fauteuil, près de la bouche de chaleur, voulut qu'on fermât tout de suite les glaces, en faisant remarquer que l'air était un peu vif pour la chère enfant. Malignon était parti. Et, comme Hélène rentrait les cheveux ébouriffés de la petite, un peu honteuse de la voir ainsi chez le monde, emmaillotée dans un châle et coiffée d'une capeline, Juliette s'écria :

— Laissez donc ! est-ce que nous ne sommes pas en famille ?... Cette pauvre Jeanne! elle nous manquait.

Elle sonna, elle demanda si Mlle Smithson et Lucien n'étaient pas rentrés de leur promenade quotidienne. Ils n'étaient pas rentrés. D'ailleurs, Lucien devenait impossible, il avait fait pleurer la veille les cinq demoiselles Levasseur. On respirait lorsqu'il n'était pas là. N'est-ce pas ? Jeanne préférait rester assise bien tranquillement, comme une belle demoiselle. Et Juliette l'embrassait, tandis que l'enfant, très pâle, remerciait avec un sourire contraint.

— Voulez-vous que nous jouions à pigeon vole ? demanda Pauline, que l'idée de son prochain mariage affolait. Ce n'est pas fatigant.

Mais Jeanne refusa d'un signe de tête. Elle était très bien, on se montrait trop bon pour elle. Longuement, entre ses cils baissés, elle promenait son regard sur les personnes qui l'entouraient. Le docteur venait d'apprendre à M. Rambaud que sa protégée était enfin admise aux Incurables, et celui-ci, très ému, lui serrait les mains, comme s'il avait reçu un grand bienfait personnel. Chacun s'allongea commodément dans un fauteuil, la conversation prit une intimité charmante. Les voix se ralentissaient, des silences se faisaient par moments. Comme Mme Deberle et sa sœur causaient ensemble, Hélène dit aux deux hommes :

— Le docteur Bodin nous a conseillé un voyage en Italie.

— Ah ! c'est pour cela que Jeanne m'a questionné ! s'écria M. Rambaud. Ça te ferait donc plaisir d'aller là bas ?

L'enfant, sans répondre, mit ses deux petites mains sur sa poitrine, tandis que sa face grise s'illuminait. Son regard s'était coulé vers le docteur, avec crainte ; car elle avait compris que sa mère s'adressait uniquement à lui et qu'elle le consultait. Il avait eu un léger tressaillement, il restait très froid. Mais, brusquement, Juliette se jeta dans la conversation, voulant comme d'habitude être à tous les sujets.

— De quoi ? vous parlez de l'Italie ?... Est ce que vous ne disiez pas que vous partez pour l'Italie ?... Ah bien ! la rencontre est drôle ! Justement, ce matin, je tourmentais Henri pour qu'il me menât à Naples... Imaginez-vous que, depuis vingt ans, je rêve de voir Naples. Tous les printemps, il me promet, puis il ne tient pas sa parole.

— Je ne t'ai pas dit que je ne voulais pas, murmura le docteur.

— Comment, tu ne m'as pas dit ?... Tu as refusé carrément, en m'expliquant que tu ne pouvais quitter tes malades.

Jeanne écoutait. Une grande ride coupait son front pur, pendant que, machinalement, elle tordait ses doigts, les uns après les autres.

— Oh ! mes malades, reprit le médecin, pour quelques semaines, je les confierais bien à un confrère... Si je croyais te faire un si grand plaisir...

— Docteur, interrompit Hélène, est-ce que vous êtes aussi d'avis qu'un pareil voyage serait bon pour Jeanne ?

— Excellent, cela la remettrait complètement sur pied... Les enfants se trouvent toujours bien d'un voyage.

— Alors, s'écria Juliette, nous emmenons Lucien, nous partons tous ensemble... Veux-tu ?

— Mais, sans doute, je veux tout ce que tu voudras, répondit-il avec un sourire.

Jeanne, baissant la tête, essuya deux grosses larmes de colère et de douleur qui lui brûlaient les yeux. Et elle se laissa aller au fond du fauteuil, comme pour ne plus entendre et ne plus voir, pendant que Mme Deberle, ravie de cette distraction inespérée qui se présentait à elle, éclatait en paroles bruyantes. Oh ! que son mari était gentil ! Elle l'embrassa pour la peine. Tout de suite elle causa des préparatifs. On partirait la semaine suivante. Mon Dieu ! jamais elle n'aurait le temps de tout apprêter ! Puis, elle voulut tracer un itinéraire ; il fallait passer par là ; on resterait huit jours à Rome, on s'arrêterait dans un petit pays charmant dont Mme de Guiraud lui avait parlé ; et elle finit par se disputer avec Pauline, qui demandait qu'on retardât le voyage, pour en être avec son mari.

— Cette pauvre Jeanne ! dit tout d'un coup Juliette, prise d'un attendrissement ; nous serons une bande pour la soigner, et elle aura son médecin particulier avec elle.

L'enfant, révoltée, n'entendait pas, examinait fixement sa mère et le docteur. Certes, maintenant, Hélène acceptait ce voyage, qui devait la rapprocher d'Henri. C'était une grande joie, s'en aller tous les deux au pays du soleil, vivre les journées côte à côte, profiter des heures libres. Un rire de soulagement montait à ses lèvres, elle avait eu si peur de le perdre, elle était si heureuse de pouvoir partir avec tous ses amours ! Et, pendant que Juliette déroulait les contrées qu'ils traverseraient, tous les deux se souriaient, croyaient déjà marcher dans un printemps idéal, se disaient qu'ils s'aimeraient là, et là encore, partout où ils passeraient ensemble.

Cependant, M. Rambaud, qu'une tristesse avait peu à peu rendu silencieux, s'aperçut du malaise de Jeanne.

— Est-ce que tu n'es pas bien, ma chérie ? demanda-t-il à mi-voix.

— Oh! non, j'ai trop de mal... Remonte-moi, je t'en supplie.

— Mais il faut prévenir ta mère.

— Non, non, maman est occupée, elle n'a pas le temps... Remonte-moi, remonte-moi.

Il la prit dans ses bras, il dit à Hélène qui s'inquiétait, que l'enfant se sentait un peu fatiguée. Alors, elle le pria de l'attendre en haut, elle les suivait. La petite, quoique bien légère, lui glissait des mains, et il dût s'arrêter au second étage. Elle avait appuyé la tête à son épaule, tous deux se regardaient avec beaucoup de chagrin. Pas un bruit ne troublait le silence glacé de l'escalier. Il murmura :

— Tu es contente, n'est-ce pas, d'aller en Italie?

Mais elle éclata en sanglots, balbutiant qu'elle ne voulait plus, qu'elle préférait mourir dans sa chambre. Oh ! elle n'irait pas, elle allait tomber malade, elle le sentait bien. Nulle part, elle n'irait nulle part. On pouvait donner ses petits souliers aux pauvres. Puis, au milieu de ses pleurs, elle lui parla tout bas :

— Tu te rappelles ce que tu m'as demandé un soir?

— Quoi donc, ma mignonne?

— De rester toujours avec maman, toujours, toujours... Eh bien ! si tu veux encore, moi je veux aussi.

Des larmes vinrent aux yeux de M. Rambaud. Il la baisa tendrement, tandis qu'elle ajoutait en baissant la voix davantage :

— Tu es peut-être fâché parce que je me suis mise en colère. Je ne savais pas, vois-tu... Mais c'est toi que je veux. Oh! tout de suite, dis? tout de suite... Je t'aime mieux que l'autre.

En bas, dans le pavillon, Hélène s'oubliait de nouveau. On causait toujours du voyage. Elle éprouvait un besoin impérieux d'ouvrir son cœur gonflé, de dire à Henri tout le bonheur qui l'étouffait. Alors, tandis que Juliette et Pauline discutaient le nombre de robes que la première devait emporter, elle se pencha vers lui, elle lui donna le rendez-vous qu'elle avait refusé une heure auparavant.

— Venez cette nuit, je vous attendrai.

Et, comme elle remontait enfin, elle rencontra Rosalie, bouleversée, qui descendait l'escalier en courant. Dès qu'elle aperçut sa maîtresse, la bonne cria :

— Madame ! madame ! dépêchez-vous !... Mademoiselle n'est pas bien. Elle crache le sang.

III

Au sortir de table, le docteur parla à sa femme d'une dame en couches, auprès de laquelle il serait sans doute forcé de passer la nuit. Il partit à neuf heures, descendit au bord de l'eau, se promena le long des quais déserts, dans la nuit noire ; un petit vent humide soufflait, la Seine grossie roulait des flots d'encre. Lorsqu'onze heures sonnèrent, il remonta les pentes du Trocadéro et vint rôder autour de la maison, dont la grande masse carrée paraissait un épaississement des ténèbres. Mais les vitres de la salle à manger luisaient encore. Il fit le tour, la fenêtre de la cuisine jetait aussi une clarté vive. Alors, il attendit, étonné, peu à peu inquiet. Des ombres passaient sur les rideaux, une agitation semblait emplir l'appartement. Peut-être M. Rambaud était-il resté à dîner? Jamais pourtant le digne homme ne s'oubliait au delà de dix heures. Et il n'osait monter, que dirait-il si c'était Rosalie qui lui ouvrait? Enfin, vers minuit, fou d'impatience, négligeant toutes les précautions, il sonna, il passa sans répondre devant la loge de Mme Bergeret. En haut ce fut Rosalie qui le reçut.

— C'est vous, monsieur. Entrez. Je vais dire que vous êtes arrivé... Madame doit vous attendre.

Elle ne témoignait aucune surprise de le voir à cette heure. Pendant qu'il passait dans la salle à manger, sans trouver une parole, elle continua, bouleversée :

— Oh ! mademoiselle est bien mal, bien mal, monsieur... Quelle nuit! Les jambes me rentrent dans le corps.

Elle disparut dans la chambre. Le docteur, machinalement, s'était assis. Il oubliait qu'il était médecin. Le long du quai, il avait rêvé de cette chambre où Hélène allait l'introduire, en posant un doigt sur ses lèvres, pour ne pas réveiller Jeanne, couchée dans le cabinet de toilette; la veilleuse brûlerait, la pièce serait noyée d'ombre, leurs baisers ne feraient pas de bruit. Et il était là comme en visite, avec son chapeau devant lui, à attendre. Derrière la porte, une toux opiniâtre déchirait seule le grand silence.

Rosalie reparut, traversa rapidement la salle à manger, une cuvette à la main, en lui jetant cette simple parole :

— Madame a dit que vous n'entriez pas.

Il demeura assis, ne pouvant s'en aller. Alors, le rendez-vous serait pour un autre jour? Cela l'hébétait, comme une chose impossible. Puis, il faisait une réflexion : cette pauvre Jeanne manquait vraiment de santé; on n'avait que du chagrin et des contrariétés avec les enfants. Mais la porte se rouvrit, le docteur Bodin vint lui serrer les deux mains, en lui demandant mille pardons. Et, pendant un moment, il enfila des phrases : on était venu le chercher, il n'avait pu refuser ses soins, il serait toujours très heureux de consulter son illustre confrère.

— Sans doute, sans doute, répétait le docteur Deberle, dont les oreilles bourdonnaient.

Alors, le vieux médecin, tranquillisé, affecta d'être perplexe, d'hésiter sur le diagnostic. Baissant la voix, il discutait les symptômes avec des expressions techniques qu'il interrompait et terminait d'un clignement d'yeux. Il y avait une toux sans expectoration, un abattement très grand, une forte fièvre. Peut-être avait-on affaire à une fièvre typhoïde. Cependant, il ne se prononçait pas, la névrose chloro-anémique pour laquelle on soignait la malade depuis si longtemps, lui faisait redouter des complications imprévues.

— Qu'en pensez-vous? demandait-il après chaque phrase.

Le docteur Deberle répondait par des gestes évasifs. Pendant que son confrère parlait, il se sentait peu à peu honteux d'être là. Pourquoi était-il monté?

— Je lui ai posé deux vésicatoires, continua le vieux médecin. J'attends, que voulez-vous!... Mais vous allez la voir. Vous vous prononcerez ensuite.

Et il le poussa doucement dans la chambre. Henri entra, frissonnant. La chambre était très faiblement éclairée par une lampe. Il se rappelait d'autres nuits pareilles, la même odeur chaude, le même air étouffé et recueilli, avec des enfoncements d'ombre où dormaient les meubles et les tentures. Mais personne ne vint à sa rencontre, les mains tendues, comme autrefois. M. Rambaud, accablé dans un fauteuil, semblait sommeiller. Hélène, debout devant le lit, en peignoir blanc, ne se retourna pas; et cette figure pâle lui parut très grande. Une toux sèche s'éleva, tandis qu'il s'approchait, toujours poussé par son confrère. Alors, pendant une minute, il examina Jeanne. Elle ne dormait pas, mais sa faiblesse était si grande, qu'elle n'ouvrait plus les yeux sans fatigue. Baignée de sueur, elle restait appesantie, la face blême, allumée d'une flamme aux pommettes.

— C'est une phthisie aiguë, murmura-t-il enfin, parlant tout haut sans le vouloir, et ne témoignant aucune surprise, comme s'il eût prévu le cas depuis longtemps.

Hélène entendit et le regarda. Elle était toute froide, les yeux secs, dans un calme terrible.

— Vous croyez, dit simplement le docteur Bodin, qui hocha la tête, de l'air approbatif d'un homme qui n'aurait pas voulu se prononcer le premier.

Il ausculta l'enfant de nouveau. Jeanne, les membres inertes, se prêta à l'examen, sans paraître comprendre pourquoi on la tourmentait. Il y eut quelques paroles rapides échangées entre les deux médecins. Le vieux docteur laissa échapper les mots de respiration amphorique et de bruit de pot fêlé; pourtant, il feignait d'hésiter encore, il parlait maintenant d'une bronchite capillaire. Le docteur Deberle expliquait qu'une cause accidentelle devait avoir déterminé la maladie, un refroidissement sans doute, mais qu'il avait observé déjà plusieurs fois la chloro-anémie favorisant les affections de poitrine. Tous deux causaient très vite, très bas, à quelques pas d'Hélène, qui attendait.

— Ecoutez vous-même, dit le docteur Bodin en cédant la place à Henri.

Celui-ci se pencha, voulut prendre Jeanne. Elle n'avait pas soulevé les paupières, elle s'abandonnait, brûlée de fièvre. Sa chemise écartée montrait une poitrine d'enfant où les formes naissantes de la femme s'indiquaient à peine; et rien n'était plus chaste ni plus navrant que cette puberté déjà touchée par la mort. Elle n'avait eu aucune révolte sous les mains du vieux docteur. Mais, dès que les doigts d'Henri l'effleurèrent, elle reçut comme une secousse. Toute une pudeur éperdue l'éveillait de l'anéantissement où elle était plongée. Elle fit le geste d'une jeune femme surprise et violentée, elle serra ses deux pauvres petits bras maigres sur sa poitrine, en balbutiant d'une voix frémissante :

— Maman... maman...

Et elle ouvrit les yeux. Quand elle reconnut l'homme qui était là, ce fut de la terreur. Elle se vit nue, elle sanglota de honte, en ramenant vivement le drap sur elle. Il semblait qu'elle eût vieilli tout d'un coup de dix ans dans son agonie, et que, près de la mort, ses douze années fussent assez mûres pour comprendre que cet homme ne devait pas la toucher et retrouver sa mère en elle. Elle cria de nouveau, appelant à son secours.

— Maman... maman... je t'en prie...

Hélène, qui n'avait point encore parlé, vint tout près d'Henri. Elle le regardait fixement, avec sa face de marbre. Quand elle le toucha, elle lui dit ce seul mot d'une voix étouffée :

— Allez-vous-en!

Le docteur Bodin tâchait de calmer Jeanne, qu'une crise de toux secouait dans le lit. Il lui jurait qu'on ne la contrarierait plus, que tout le monde allait partir, pour la laisser tranquille.

— Allez-vous-en, répéta Hélène, de sa voix basse et profonde, à l'oreille de son amant. Vous voyez bien que nous l'avons tuée.

Alors, sans trouver un mot, Henri s'en alla. Il resta encore un instant dans la salle à manger, attendant il ne savait quoi, quelque chose qui peut-être arriverait. Puis, voyant que le docteur Bodin ne sortait pas, il partit. Il descendit l'escalier à tâtons, sans que Rosalie prît seulement le soin de l'éclairer. Il songeait à la marche foudroyante des phthisies aiguës, un cas qu'il avait beaucoup étudié : les tubercules miliaires se multiplieraient avec rapidité, les étouffements augmenteraient, Jeanne ne passerait certainement pas trois semaines.

Huit jours s'écoulèrent. Le soleil se levait et se couchait sur Paris, dans le grand ciel élargi devant la fenêtre, sans qu'Hélène eût la sensation nette du temps impitoyable et rhythmique. Elle savait sa fille condamnée, elle restait comme étourdie, dans l'horreur du déchirement qui se faisait en elle. C'était une attente sans espoir, une certitude que la mort ne pardonnerait pas. Elle n'avait point de larmes, elle marchait doucement dans la chambre, toujours debout, soignant la malade avec des gestes lents et précis. Parfois, vaincue de fatigue, tombée sur une chaise, elle la regardait pendant des heures. Jeanne allait en s'affaiblissant ; des vomissements très douloureux la brisaient, la fièvre ne cessait plus. Quand le docteur Bodin venait, il l'examinait un instant, laissait une ordonnance ; et son dos rond, en se retirant, exprimait une telle impuissance, que la mère ne l'accompagnait même pas pour l'interroger.

Dès le lendemain de la crise, l'abbé Jouve était accouru. Lui et son frère arrivaient chaque soir, échangeaient une poignée de main silencieuse avec Hélène, n'osant lui demander des nouvelles. Ils avaient offert de veiller à tour de rôle, mais elle les renvoyait vers dix heures, elle ne voulait personne dans la chambre pour la nuit. Un soir, l'abbé, qui paraissait très préoccupé depuis la veille, la prit à part.

— J'ai songé à une chose, murmura-t-il. La chère enfant a été retardée par sa santé... Elle pourrait faire ici sa première communion...

Hélène sembla d'abord ne pas comprendre. Cette idée où, malgré sa tolérance, le prêtre reparaissait tout entier avec son souci des intérêts du ciel, la surprenait, la blessait même un peu. Elle eut un geste d'insouciance, en disant :

— Non, non, je ne veux pas qu'on la tour-mente... Allez, s'il y a un paradis, elle y montera tout droit.

Mais, ce soir-là, Jeanne éprouvait un de ces mieux trompeurs qui illusionnent les mourants. Elle avait entendu l'abbé, avec ses fines oreilles de malade.

— C'est toi, bon ami, dit-elle. Tu parles de la communion... Ce sera bientôt, n'est-ce pas ?

— Sans doute, ma chérie, répondit-il.

Alors elle voulut qu'il s'approchât, pour causer. Sa mère l'avait soulevée sur l'oreiller, elle était assise, toute petite ; et ses lèvres brûlées souriaient, tandis que, dans ses yeux clairs, la mort passait déjà.

— Oh ! je vais très bien, reprit-elle. Je me lèverais, si je voulais... Dis ? j'aurais une robe blanche avec un bouquet ?... Est-ce que l'église sera aussi belle que pour le mois de Marie ?

— Plus belle, ma mignonne.

— Vrai ? il y aura autant de fleurs, on chantera des choses aussi douces ?... Bientôt, bientôt, tu me le promets ?

Elle était toute baignée de joie. Elle regardait devant elle les rideaux du lit, prise d'une extase, en disant qu'elle aimait bien le bon Dieu et qu'elle l'avait vu, quand on chantait des cantiques. Elle entendait des orgues, elle apercevait des lumières qui tournaient, pendant que les fleurs des grands vases voyageaient comme des papillons. Mais une toux violente la secoua, la rejeta dans le lit. Et elle continuait de sourire, elle ne semblait pas savoir qu'elle toussait, répétant :

— Je vais vite guérir, j'apprendrai mon catéchisme sans une faute, nous serons tous très contents.

Hélène, au pied du lit, eut un sanglot. Elle qui ne pouvait pleurer, sentait un flot de larmes monter à sa gorge, en écoutant le rire de Jeanne. Elle suffoquait, elle se sauva dans la salle à manger, pour ne pas montrer son désespoir à la malade. L'abbé l'avait suivie. M. Rambaud s'était levé vivement, afin d'occuper la petite.

— Tiens ! maman a crié, est-ce qu'elle s'est fait du mal ? demandait-elle.

— Ta maman ? répondit-il. Mais elle n'a pas crié, elle a ri, au contraire, parce que tu te portes bien.

Dans la salle à manger, Hélène, la tête tombée sur la table, étouffait ses sanglots entre ses mains jointes. L'abbé se penchait, la suppliait de se contenir. Mais, levant sa face ruisselante, elle s'accusait, elle lui disait qu'elle avait tué sa fille ; et toute une confession s'échappait de ses lèvres, en paroles entrecoupées. Jamais elle n'aurait cédé à cet homme, si Jeanne était restée auprès d'elle. Il avait fallu qu'elle le rencontrât dans cet appartement inconnu. Mon

Dieu! le ciel aurait dû la prendre avec son enfant. Elle ne pouvait plus vivre. Le prêtre, effrayé, la calmait en lui promettant le pardon. Devant cette grande douleur, il oubliait les phrases dévotes qu'il répétait parfois, machinalement.

On sonna, un bruit de voix vint de l'antichambre. Hélène essuyait ses yeux, lorsque Rosalie entra.

— Madame, c'est le docteur Deberle...

— Je ne veux pas qu'il entre.

— Il demande des nouvelles de mademoiselle.

— Dites-lui qu'elle va mourir.

La porte était restée ouverte, Henri avait entendu. Alors, sans attendre la bonne, il redescendit. Chaque jour, il montait, recevait la même réponse et s'en allait.

Ce qui brisait Hélène, c'étaient les visites. Les quelques dames dont elle avait fait la connaissance chez les Deberle croyaient devoir lui apporter des consolations. Madame de Chermette, madame Levasseur, madame de Guiraud, d'autres encore, se présentèrent; et elles ne demandaient pas à entrer, mais elles questionnaient Rosalie, si haut, que le bruit de leurs voix traversait les minces cloisons du petit appartement. Alors, impatientée, Hélène les recevait dans la salle à manger, debout, la parole brève. Elle restait toute la journée en peignoir, oubliant de changer de linge, ses beaux cheveux simplement tordus et relevés. Ses yeux se fermaient de lassitude dans son visage rougi, sa bouche amère et empâtée ne trouvait plus les mots. Quand Juliette montait, elle ne pouvait lui fermer la chambre, elle la laissait s'installer un instant près du lit.

— Ma chère, lui dit un jour amicalement celle-ci, vous vous abandonnez trop. Ayez un peu de courage.

Et Hélène devait répondre, lorsque Juliette cherchait à la distraire, en parlant des événements qui occupaient Paris.

— Vous savez que décidément nous allons avoir la guerre... Je suis très ennuyée, j'ai deux parents qui partiront.

Elle montait ainsi au retour de ses courses à travers Paris, animée par toute une après-midi de bavardage, apportant le tourbillon de ses longues jupes dans cette chambre recueillie de malade; et elle avait beau baisser la voix, prendre des mines apitoyées, sa jolie indifférence perçait, on la voyait heureuse et triomphante d'être elle-même en bonne santé. Hélène, abattue, devant elle, souffrait d'une angoisse jalouse.

— Madame, murmura Jeanne un soir, pourquoi Lucien ne vient-il pas jouer?

Juliette, un moment embarrassée, se contenta de sourire.

— Est-ce qu'il est malade, lui aussi? reprit la petite.

— Non, ma chérie, il n'est pas malade... Il est au collège.

Et, comme Hélène l'accompagnait dans l'antichambre, elle voulut lui expliquer son mensonge.

— Oh! je l'amènerais bien, je sais que ce n'est pas contagieux... Mais les enfants s'effrayent tout de suite, et Lucien est si bête! Il serait capable de pleurer en voyant votre pauvre ange...

— Oui, oui, vous avez raison, interrompit Hélène, le cœur crevé à la pensée de cette femme si gaie, qui avait chez elle son enfant bien portant.

Une seconde semaine avait passé. La maladie suivait son cours, emportait à chaque heure un peu de la vie de Jeanne. Elle ne se hâtait point, dans sa foudroyante rapidité, mettant à détruire cette frêle et adorable chair toutes les phases prévues, sans la gracier d'une seule. Les crachats sanglants avaient disparu, une diarrhée violente s'était déclarée. Par moments, la toux cessait, une telle oppression étouffait l'enfant, qu'à la difficulté de son haleine on pouvait suivre les ravages du mal dans sa petite poitrine. C'était trop rude pour tant de faiblesse, les yeux de l'abbé et de M. Rambaud se mouillaient de larmes à l'écouter. Pendant des jours, pendant des nuits, le souffle s'entendait sous les rideaux, la pauvre créature qu'un heurt semblait devoir tuer, n'en finissait pas de mourir, dans ce travail qui la mettait en sueur. Les mains tremblantes de l'abbé se joignaient, comme s'il avait supplié le ciel d'abréger son martyre, tandis que la mère, à bout de force, ne pouvant plus supporter le bruit de ce râle, s'en allait dans la pièce voisine appuyer sa tête contre un mur.

Peu à peu Jeanne s'isolait. Elle ne regardait plus le monde, elle avait une expression de visage noyée et perdue, comme si elle eût déjà vécu toute seule, dans un coin de l'espace. Quand les personnes qui l'entouraient voulaient attirer son attention et se nommaient, pour qu'elle les reconnût, elle les regardait fixement, sans un sourire, puis se retournait vers la muraille d'un air de fatigue. Une ombre l'enveloppait, elle s'en allait avec la bouderie irritée de ses mauvais jours de jalousie. Pourtant, des caprices de malade l'éveillaient parfois encore. Un matin, elle demanda à sa mère :

— C'est dimanche, aujourd'hui?

— Non, mon enfant, répondit Hélène. Nous ne sommes qu'au vendredi... Pourquoi veux-tu savoir?

Elle ne paraissait déjà plus se souvenir de la question qu'elle avait posée. Mais, le surlendemain, comme Rosalie était dans la chambre, elle l'appela et lui dit à demivoix :

— C'est dimanche... Zéphyrin est là, dis-lui de venir.

La bonne hésitait; mais Hélène, qui avait entendu, lui adressa un signe de consentement. L'enfant répétait :

— Amène-le, venez tous les deux, ça me fera plaisir.

Lorsque Rosalie entra avec Zéphyrin, elle se souleva sur l'oreiller. Le petit soldat, tête nue, les mains élargies, se dandinait pour cacher sa grosse émotion. Il aimait bien mademoiselle, cela l'embêtait sérieusement de lui voir passer l'arme à gauche, comme il le disait dans la cuisine. Aussi, malgré les avertissements de Rosalie, qui lui avait recommandé d'être gai, demeura-t-il stupide, la figure renversée, en l'apercevant si pâle, réduite à rien du tout. Il était resté sensible, avec ses allures émancipées. Il ne trouva pas une de ces belles phrases comme il savait les tourner maintenant. La bonne, par derrière, le pinça pour le faire rire. Mais il parvint seulement à balbutier :

— Je vous demande pardon... mademoiselle et la compagnie...

Jeanne ne sembla pas entendre. Elle se soulevait toujours sur ses bras amaigris, elle ouvrait ses grands yeux vides, en ayant l'air de chercher dans la chambre. Un tremblement agitait sa tête, sans doute la grande clarté l'aveuglait, dans cette ombre où elle descendait déjà.

— Approchez, mon ami, dit Hélène au soldat. C'est mademoiselle qui a demandé à vous voir.

Le soleil entrait par la fenêtre, une large trouée jaune, dans laquelle dansaient les poussières du tapis. Mars était venu, au dehors le printemps naissait. Zéphyrin fit un pas, apparut dans le soleil; sa petite face ronde, couverte de son, avait le reflet doré du blé mûr, tandis que les boutons de sa tunique étincelaient et que son pantalon rouge saignait comme un champ de coquelicots. Alors, Jeanne le regarda. Mais ses yeux s'inquiétèrent de nouveau, incertains, allant d'un coin à un autre.

— Que veux-tu, mon enfant? demanda sa mère. Nous sommes tous là.

Puis, elle comprit.

— Rosalie, avancez-vous... Mademoiselle veut vous voir.

Rosalie, à son tour, entra dans le soleil. Elle portait un bonnet dont les brides rejetées sur les épaules blanchissaient comme des ailes de papillon. Une poudre d'or tombait sur ses durs cheveux noirs et sur sa bonne face au nez écrasé, aux grosses lèvres. Et il n'y avait plus qu'eux deux dans la chambre, le petit soldat et la cuisinière, coude à coude, sous le rayon. Jeanne les regardait.

— Eh bien? ma chérie, reprit Hélène, tu ne leur dis rien?... Les voilà ensemble.

Jeanne les regardait, avec le tremblement de sa tête, un petit tremblement de femme très vieille. Ils étaient là comme mari et femme, prêts à se prendre bras dessus bras dessous pour retourner au pays. La tiédeur de ce premier soleil les chauffait, et désireux d'égayer mademoiselle, ils finissaient par se rire dans la figure, d'un air bête et tendre. Une bonne odeur de jeunesse et de santé montait de leurs dos arrondis. S'ils avaient été seuls, bien sûr que Zéphyrin aurait empoigné Rosalie et qu'il aurait reçu d'elle un fameux soufflet. Ça se voyait dans leurs yeux luisants.

— Eh bien! ma chérie, tu n'as rien à leur dire?

Jeanne les regardait, étouffant davantage, la poitrine déchirée. Des rougeurs lui venaient à la face, toute cette vie la grisait. Elle ne dit pas un mot, étranglée par une angoisse croissante. Brusquement, elle éclata en larmes. Zéphyrin et Rosalie durent quitter tout de suite la chambre.

— Je vous demande pardon... mademoiselle et la compagnie..., répéta le petit soldat ahuri en s'en allant.

Ce fut là un des derniers caprices de Jeanne. Elle tomba dans une humeur sombre, dont rien ne la tirait plus. Elle se détachait de tout, même de sa mère. Quand celle-ci se penchait au-dessus du lit pour chercher son regard, l'enfant gardait un visage muet, comme si l'ombre des rideaux seule eût passé sur ses yeux. Elle avait les silences, la résignation noire d'une abandonnée qui se sent mourir. Parfois, elle restait longtemps les paupières à demi closes, sans qu'on pût deviner dans son regard aminci quelle idée entêtée l'empêchait d'entendre les gens qui marchaient et parlaient autour du lit. Plus rien n'existait pour elle que sa grande poupée, couchée à son côté. On la lui avait donnée une nuit, pour la distraire de souffrances intolérables; et elle la gardait, elle la défendait d'un geste farouche dès qu'on voulait la lui prendre. La poupée, sa tête de carton posée sur l'oreiller, était allongée comme une personne malade, la couverture aux épaules. Sans doute l'enfant la soignait, car de temps à autre, de ses mains brûlantes, elle tâtait les membres de peau rose, arrachés, vides de son. Pendant des heures, ses yeux ne quittaient pas les yeux d'émail, toujours fixes, les dents blanches, qui ne cessaient de sourire. Puis, des tendresses la prenaient, des besoins de la serrer contre sa poitrine, d'appuyer la joue contre la petite perruque, dont la caresse semblait la soulager. Elle se réfugiait ainsi dans l'amour de sa grande poupée, s'assurant, au sortir de ses somnolences, qu'elle était encore là, ne voyant qu'elle, causant avec elle, ayant parfois sur le visage l'ombre d'un rire, comme si la poupée lui avait murmuré à l'oreille des choses qui lui paraissaient drôles.

La troisième semaine s'achevait. Le vieux docteur, un matin, s'installa. Hélène comprit, son enfant ne passerait pas la journée. Depuis la veille, elle était dans une stupeur qui lui ôtait la conscience même de ses actes. On ne luttait plus contre la mort, on comptait les heures. Comme la malade souffrait d'une soif ardente, le médecin avait simplement recommandé qu'on lui donnât une boisson opiacée, pour lui faciliter l'agonie; et cet abandon de tout remède rendait Hélène imbécile. Tant que des potions avaient traîné sur la table de nuit, elle espérait encore un miracle de guérison. Maintenant, les fioles et les boîtes n'étaient plus là, sa dernière foi s'en allait. Elle n'éprouvait qu'un besoin, être près de Jeanne, ne pas la quitter, la regarder. Le docteur, qui voulait la tirer de cette contemplation affreuse, tâchait de l'éloigner, en la chargeant de petits soins. Mais elle revenait, attirée par son instinct de mère, avec le besoin physique de voir. Toute droite, les bras tombés, dans un désespoir qui lui gonflait le visage, elle attendait.

Vers une heure, l'abbé Jouve et M. Rambaud arrivèrent. Le médecin alla à leur rencontre, leur parla à voix basse. Tous deux pâlirent. Ils restèrent debout de saisissement; et leurs mains tremblaient. Hélène ne s'était pas retournée.

La journée était superbe, une de ces après-midi ensoleillées des premiers jours d'avril. Jeanne, dans son lit, s'agitait. La soif qui la dévorait lui donnait par instants un petit mouvement pénible des lèvres. Elle avait sorti de la couverture ses pauvres mains transparentes, et elle les promenait doucement dans le vide. Le sourd travail du mal s'achevait, elle ne toussait plus, sa voix éteinte ressemblait à un souffle. Depuis un moment, elle tournait la tête vers la fenêtre, elle cherchait des yeux la lumière. Le docteur Bodin parut comprendre, ouvrit la fenêtre toute large. Alors Jeanne ne s'agita plus et resta la joue contre l'oreiller, les regards sur Paris, avec sa respiration oppressée qui se ralentissait.

Pendant ces trois semaines de souffrances, bien des fois elle s'était ainsi tournée vers la ville étalée à l'horizon. Sa face devenait grave, elle songeait. A cette heure dernière, Paris souriait sous le blond soleil d'avril. Du dehors venaient des souffles tièdes, des rires d'enfant, des chants d'oiseaux. Et la mourante mettait ses forces suprêmes à voir encore, à suivre les fumées volantes qui montaient des faubourgs lointains. Elle retrouvait ses trois connaissances, les Invalides, le Panthéon, la tour Saint-Jacques; puis l'inconnu commençait, ses paupières lasses se fermaient à demi devant la mer immense des toitures. Peut-être rêvait-elle qu'elle était peu à peu très légère, qu'elle s'envolait comme un oiseau. Enfin, elle allait donc savoir, elle se poserait sur les dômes et sur les flèches, elle verrait, en sept ou huit coups d'ailes, les choses défendues que l'on cache aux enfants. Mais une inquiétude nouvelle l'agita, ses mains tâtonnaient encore; et elle ne se calma que lorsqu'elle tint sa grande poupée dans ses petits bras, contre sa poitrine. Elle voulait l'emporter avec elle. Ses regards se perdaient au loin, parmi les cheminées toutes roses de soleil.

Quatre heures venaient de sonner, le soir laissait déjà tomber ses ombres bleues. C'était la fin, un étouffement, une agonie lente et sans secousse. Le cher ange n'avait plus la force de se défendre. M. Rambaud, vaincu, s'abattit sur les genoux, secoué de sanglots silencieux, se traînant derrière un rideau pour cacher sa douleur. L'abbé s'était agenouillé au chevet, les mains jointes, balbutiant les prières des agonisants.

— Jeanne, Jeanne, murmura Hélène, glacée d'une horreur qui lui soufflait un grand froid dans les cheveux.

Elle avait repoussé le docteur, elle se jeta par terre, s'appuya contre le lit pour voir sa fille de tout près. Jeanne ouvrit les yeux, mais elle ne regarda pas sa mère. Ses regards, toujours, allaient là-bas, sur Paris qui s'effaçait. Elle serra davantage sa poupée, son dernier amour. Un gros soupir la gonfla, puis elle eut encore deux soupirs plus légers. Ses yeux pâlissaient, son visage un instant exprima une angoisse vive, l'anxiété d'un mauvais rêve. Mais bientôt elle parut soulagée, elle ne respirait plus, la bouche ouverte.

— C'est fini, dit le docteur en lui prenant la main.

Jeanne regardait Paris de ses grands yeux vides. Sa figure de chèvre s'était encore allongée, avec des traits sévères, une ombre grise descendue des sourcils qu'elle fronçait; et elle avait ainsi dans la mort son visage blême de femme jalouse. La poupée, la tête renversée, les cheveux pendants, semblait morte comme elle.

— C'est fini, répéta le docteur qui laissa retomber la petite main froide.

Hélène, la face tendue vers sa fille, serra son front entre ses poings comme si elle sentait son crâne s'ouvrir. Elle ne pleurait pas, elle promenait devant elle des regards fous. Puis, un hoquet se brisa dans sa gorge; elle venait d'apercevoir au pied du lit une petite paire de souliers oubliée là. C'était fini, Jeanne ne les mettrait jamais plus, on pouvait donner les petits souliers aux pauvres. Et ses pleurs coulaient, elle restait par terre, roulant son visage sur la main de la morte qui avait glissé. M. Rambaud sanglotait. L'abbé avait haussé la voix, tandis que Rosalie, dans la porte entrebâillée de la salle à manger, mordait son mouchoir, pour ne pas faire trop de bruit.

Juste à cette minute, le docteur Deberle sonna. Il ne pouvait s'empêcher de monter prendre des nouvelles.

— Comment va-t-elle ? demanda-t-il.

— Ah ! monsieur, bégaya Rosalie, elle est morte.

Il demeura immobile, comme stupéfait de ce dénouement qu'il attendait de jour en jour. Puis il murmura :

— Mon Dieu ! la pauvre enfant ! quel malheur !

Et il ne trouva que cette parole bête et navrante. La porte s'était refermée, il descendit.

III

Lorsque Mme Deberle apprit la mort de Jeanne, elle pleura, elle eut un de ces coups de passion qui la mettaient en l'air pendant quarante-huit heures. Ce fut un désespoir bruyant, hors de toute mesure. Elle monta se jeter dans les bras d'Hélène. Puis, sur un mot entendu, l'idée de faire à la petite morte des funérailles touchantes s'empara d'elle et l'occupa bientôt tout entière. Elle s'offrit, elle se chargeait des moindres détails. La mère, épuisée de larmes, restait anéantie sur une chaise. M. Rambaud, qui agissait en son nom, perdait la tête. Il consentit avec des effusions de reconnaissance. Hélène s'éveilla un instant pour dire qu'elle voulait des fleurs, beaucoup de fleurs.

Alors, sans perdre une minute, Mme Deberle se donna un mal infini. Elle employa la journée du lendemain à courir chez toutes ces dames, pour leur apprendre l'affreuse nouvelle et leur faire promettre de venir avec leurs enfants. Son rêve était d'avoir un défilé de petites filles en robe blanche. Il lui en fallait au moins trente, et elle ne rentra que lorsqu'elle eut son compte. Elle avait passé elle-même à l'administration des pompes funèbres, discutant les classes, choisissant les draperies. On tendrait les grilles du jardin, on exposerait le corps au milieu des lilas, déjà couverts de fines pointes vertes. Ce serait charmant.

— Mon Dieu ! pourvu qu'il fasse beau demain ! laissa-t-elle échapper le soir, après toutes ses courses faites.

La matinée fut radieuse, un ciel bleu, un soleil d'or, avec cette haleine pure et vivante du printemps. Le convoi était pour dix heures. Dès neuf heures, les tentures furent posées. Juliette descendit le perron et vint donner aux ouvriers des conseils. Elle voulait qu'on ne couvrît pas complètement les arbres. Les draperies blanches, à frange de laine, ouvraient un porche entre les deux battants de la grille, rabattus dans les feuillages, et qui laissaient passer les branches. Mais elle rentra vite au salon, elle vint recevoir ces dames. On devait se réunir chez elle, pour ne pas encombrer le petit appartement de Mme Grandjean. Seulement, elle était bien ennuyée, son mari avait dû partir le matin pour Versailles ; une consultation qu'on ne pouvait remettre, disait-il. Elle restait seule, jamais elle ne s'en tirerait.

Mme Berthier arriva la première avec ses deux filles.

— Croyez-vous, s'écria Mme Deberle, Henri qui me lâche !... Eh bien ! Lucien, tu ne dis pas bonjour ?

Lucien était là, tout prêt pour l'enterrement, avec des gants noirs. Il parut surpris à la vue de Sophie et de Blanche, habillées comme si elles allaient à une procession. Un ruban de soie serrait leur robe de mousseline, leur voile, qui tombait jusqu'à terre, cachait leur petit bonnet de tulle-illusion. Pendant que les deux mères causaient, les trois enfants se regardèrent, un peu raides dans leur toilette. Puis, Lucien dit :

— Jeanne est morte.

Il avait le cœur gros, mais il souriait pourtant, d'un sourire étonné. Depuis la veille, l'idée que Jeanne était morte le rendait sage. Comme sa mère ne lui répondait pas, trop affairée, il avait questionné les domestiques. Alors, on ne bougeait plus, lorsqu'on était mort ?

— Elle est morte, elle est morte, répétèrent les deux sœurs, toutes roses dans leurs voiles blancs. Est-ce qu'on va la voir ?

Un moment, il réfléchit, et, les regards perdus, la bouche ouverte, comme cherchant à deviner ce qu'il y avait là-bas, au delà de ce qu'il savait, il dit à voix basse :

— On ne la verra plus.

Cependant, d'autres petites filles entraient dans le salon. Lucien, sur un signe de sa mère, allait à leur rencontre. Marguerite Tissot, sous son nuage de mousseline, avec ses grands yeux bleus, semblait une vierge enfant ; ses longs cheveux blonds s'échappaient du petit bonnet, mettaient comme une pèlerine brochée d'or sous la blancheur du voile. Un sourire discret courut à l'arrivée des cinq demoiselles Levasseur; elles étaient toutes pareilles, on aurait dit un pensionnat, l'aînée en tête, la plus jeune à la queue; et leurs jupes s'envolaient comme un duvet, bouffaient tellement qu'elles occupèrent un coin de la pièce. Mais lorsque la petite Guiraud parut, les voix chuchotantes montèrent, tout recueillement fut oublié; on riait, on se la passait pour la voir et la baiser. Elle avait une mine de tourterelle blanche ébouriffée dans ses plumes, pas plus grosse qu'un oiseau, au milieu du frisson des gazes qui la faisaient énorme et toute ronde. Sa mère elle-même ne trouvait plus ses mains. Le salon, peu à peu, s'emplissait d'une tombée de neige. Quelques garçons, en redingote, tachaient de noir cette pureté. Lucien, puisque sa petite femme était morte, en cherchait une autre. Il hésitait beaucoup, il aurait voulu une femme plus grande que lui, comme Jeanne. Pourtant, il paraissait se décider pour Marguerite, dont les cheveux l'étonnaient. Il ne la quittait plus.

— Le corps n'a pas encore été descendu, vint dire Pauline à Juliette.

Pauline s'agitait, comme s'il se fût agi des préparatifs d'un bal, allant sans cesse du salon au jardin. Sa sœur avait eu beaucoup de peine à obtenir qu'elle ne vînt pas en blanc.

— Comment? s'écria Juliette, à quoi songent-ils?..... Je vais monter. Reste avec ces dames.

Elle quitta vivement le salon, où les mères en toilette sombre causaient à demi-voix, tandis que les enfants n'osaient risquer un mouvement, de peur de se chiffonner. En haut, lorsqu'elle entra dans la chambre mortuaire, un grand froid la saisit. Jeanne était encore couchée, les mains jointes; et comme Marguerite, comme les demoiselles Levasseur, elle avait une robe blanche, des souliers blancs, un bonnet blanc. Une couronne de roses blanches, posée sur le bonnet, faisait d'elle la reine de ses petites amies, fêtée par tout ce monde qui attendait en bas. Devant la fenêtre, une bière de chêne, doublée de satin, s'allongeait sur deux chaises, ouverte comme un coffret à bijoux. Les meubles étaient rangés; un cierge brûlait; la chambre, close, assombrie, avait l'odeur et la paix humides d'un caveau muré depuis longtemps. Et Juliette, qui venait du soleil, de la vie souriante du dehors, restait muette, arrêtée tout d'un coup, n'osant plus dire qu'on se dépêchât.

— Il y a déjà beaucoup de monde, finit-elle par murmurer.

Puis, comme elle ne recevait pas de réponse, elle ajouta pour parler encore:

— Henri a dû aller en consultation à Versailles, vous l'excuserez.

Hélène, assise devant le lit, levait sur elle des yeux vides. On ne pouvait l'arracher de cette pièce. Depuis trente-six heures, elle était là, malgré les supplications de M. Rambaud et de l'abbé Jouve, qui veillaient avec elle. Les deux nuits surtout l'avaient brisée dans une agonie sans fin. Puis, il y avait eu la douleur affreuse de la dernière toilette, les souliers de soie blanche dont elle s'était obstinée à chausser elle-même les pieds de la petite morte. Elle ne bougeait plus, à bout de force, comme endormie par l'excès de son chagrin.

— Vous avez des fleurs, bégaya-t-elle avec effort, les yeux toujours levés sur Mme Deberle.

— Oui, oui, ma chère, répondit celle-ci. Ne vous tourmentez pas.

Depuis que sa fille avait rendu le dernier soupir, elle n'avait plus que cette préoccupation: des fleurs, des moissons de fleurs. A chaque nouvelle personne qu'elle voyait, elle s'inquiétait, elle semblait craindre qu'on ne trouvât jamais assez de fleurs.

— Vous avez des roses? reprit-elle après un silence.

— Oui... Je vous assure que vous serez contente.

Elle hocha la tête, elle retomba dans son immobilité. Pourtant, les employés des pompes funèbres attendaient sur le palier. Il fallait en finir. M. Rambaud, qui lui-même chancelait comme un homme ivre, fit un signe suppliant à Juliette, pour qu'elle l'aidât à emmener la pauvre femme. Tous deux la prirent doucement sous les bras; ils la levaient, ils la poussaient vers la salle à manger. Mais quand elle comprit qu'ils l'emportaient, elle les repoussa, se débattit, dans une crise suprême de désespoir. Ce fut une scène navrante. Elle s'était jetée à genoux devant le lit, elle avait retrouvé des sanglots, cramponnée aux draps, défendant sa fille, emplissant la chambre du tumulte de sa révolte; tandis que Jeanne, étendue dans l'éternel silence, raidie et toute froide, gardait un visage de pierre. La face avait un peu noirci, la bouche prenait une moue d'enfant vindicative; et c'était ce masque sombre et sans pardon de fille jalouse qui affolait la mère. Elle l'avait bien vue depuis trente-six heures se glacer dans sa rancune, devenir plus farouche à mesure qu'elle se rapprochait de la fosse. Ah! quel soulagement, si Jeanne une dernière fois avait pu lui sourire dans la mort!

— Non, non! criait-elle Oh! je vous en supplie, laissez-la un instant... Vous ne pouvez pas me la prendre... Je veux l'embrasser... Oh! un instant, un seul instant...

Et, de ses bras tremblants, elle la tenait, elle la disputait à ces hommes qui se cachaient dans l'antichambre, le dos tourné, d'un air d'ennui. Mais ses lèvres n'échauffaient pas le froid visage, elle sentait Jeanne s'entêter et se refuser. Alors, elle s'abandonna aux mains qui l'entraînaient, elle tomba sur une chaise de la salle à manger, avec cette plainte sourde, répétée vingt fois :

— Mon Dieu... mon Dieu...

L'émotion avait épuisé M. Rambaud et Mme Deberle. Après un court silence, quand celle-ci entrebâilla la porte, c'était fini. Il n'y avait pas eu un bruit, à peine un léger froissement. Les vis, huilée à l'avance, fermaient à jamais le couvercle. Et la chambre était vide, un drap blanc cachait la bière.

Alors, la porte resta ouverte, on laissa Hélène libre. Lorsqu'elle rentra, elle eut un regard éperdu sur les meubles, autour des murs. On venait d'emporter le corps. Rosalie avait tiré la couverture pour effacer jusqu'au poids léger de celle qui était partie. Et, ouvrant les bras dans un geste fou, les mains tâtonnantes, Hélène se précipita vers l'escalier. Elle voulait descendre. M. Rambaud la retenait, pendant que Mme Deberle lui expliquait que cela ne se faisait pas. Mais elle jurait d'être raisonnable, de ne pas suivre l'enterrement. On pouvait bien lui permettre de voir; elle se tiendrait tranquille dans le pavillon. Tous deux pleuraient en l'écoutant. Il fallut l'habiller. Juliette cacha sa robe d'appartement sous un châle noir. Seulement elle ne trouvait pas de chapeau; enfin, elle en découvrit un, dont elle arracha un bouquet de verveines rouges. M. Rambaud, qui devait conduire le deuil, prit Hélène à son bras. Quand on fut dans le jardin :

— Ne la quittez pas, murmura Mme Deberle. Moi, j'ai un tas d'affaires...

Et elle s'échappa. Hélène marchait péniblement, cherchant des yeux devant elle. En entrant dans le grand jour, elle avait eu un soupir. Mon Dieu! quelle belle matinée! Mais ses yeux étaient allés droit à la grille, elle venait d'apercevoir la petite bière sous les tentures blanches. M. Rambaud ne la laissa approcher que de deux ou trois pas.

— Voyons, soyez courageuse, disait-il, tout frissonnant lui-même.

Ils regardèrent. L'étroit cercueil baignait dans un rayon. Sur un coussin de dentelle, aux pieds, était posé un crucifix d'argent. A gauche, un goupillon trempait dans un bénitier. Les grands cierges brûlaient sans une flamme, comme éteints par la clarté vive, tachant seulement le soleil de petites âmes dansantes qui s'envolaient. Sous les tentures, des branches d'arbres faisaient un berceau, avec leurs bourgeons violâtres. C'était un coin de printemps, où tombait, par un écartement des draperies, la poussière d'or du large rayon épanouissant les fleurs coupées, dont la bière était couverte. Il y avait là un écroulement de fleurs, des gerbes de roses blanches en tas, des camélias blancs, des lilas blancs, des œillets blancs, toute une neige amassée de pétales blancs; le corps disparaissait, des grappes blanches glissaient du drap, par terre des pervenches blanches, des jacinthes blanches avaient coulé et s'effeuillaient. Les rares passants de la rue Vineuse s'arrêtaient, avec un sourire ému, devant ce jardin ensoleillé où cette petite morte dormait sous les fleurs. Tout ce blanc chantait, une pureté éclatante flambait dans la lumière, le soleil chauffait les tentures, les bouquets et les couronnes, d'un frisson de vie. Au-dessus des roses, une abeille bourdonnait.

— Les fleurs... les fleurs..., murmurait Hélène, qui ne trouvait pas d'autres paroles.

Elle appuyait son mouchoir sur ses lèvres, ses yeux s'emplissaient de larmes. Il lui semblait que Jeanne devait avoir chaud, et cette pensée la brisait davantage, d'un attendrissement où il y avait de la reconnaissance pour ceux qui venaient de couvrir l'enfant de toutes ces fleurs. Elle voulut s'avancer, M. Rambaud ne songea plus à la retenir. Comme il faisait bon sous les tentures! Un parfum montait, l'air tiède n'avait pas un souffle. Alors, elle se baissa et ne choisit qu'une rose. C'était une rose qu'elle venait chercher, pour la glisser dans son corsage. Mais un tremblement la prenait, M. Rambaud eut peur.

— Ne restez pas là, dit-il en l'entraînant. Vous avez promis de ne pas vous rendre malade.

Il cherchait à la conduire dans le pavillon, lorsque la porte du salon s'ouvrit toute grande. Pauline parut la première. Elle s'était chargée d'organiser le cortège. Une à une, les petites filles descendirent. Il sembla que ce fut une floraison hâtive, des aubépines miraculeusement fleuries. Les robes blanches se gonflaient dans le soleil, se moiraient de transparences, où toutes les nuances délicates du blanc passaient comme sur des ailes de cygne. Un pommier laissait tomber ses pétales, des fils de la Vierge flottaient, les robes étaient comme la candeur même du printemps. Elles ne cessaient point, elles entouraient déjà la pelouse, et elles descendaient toujours le perron, légères, envolées, épanouies tout d'un coup au grand air.

Alors, quand le jardin fut tout blanc, en face de cette bande lâchée de petites filles, Hélène eut un souvenir qui la brisa. Elle se rappela le bal de l'autre belle saison, avec la joie dansante des petits pieds. Pas une ne manquait, elle les retrouvait toutes. Et elle revoyait Marguerite en Laitière, sa boîte au lait pendue à la ceinture; Sophie en Soubrette, tournant au bras de sa sœur Blanche, dont le costume de Folie sonnait un carillon. Puis, c'étaient les cinq demoiselles Levasseur, des Chaperons-Rouges qui multipliaient les toquets de satin ponceau à bandes de velours noir; tandis que la petite Guiraud, avec son papillon d'Alsacienne dans les cheveux, sautait comme une perdue, en face d'un Arlequin deux fois plus grand qu'elle. Aujourd'hui, toutes étaient blanches. Jeanne aussi était blanche, sur l'oreiller de satin blanc, dans les fleurs. La fine Japonaise, au chignon traversé de longues épingles, à la robe de pourpre brodée de fleurs et d'oiseaux, s'en allait en robe blanche.

— Comme elles ont grandi! murmura Hélène, qui éclata en larmes.

Toutes étaient là, sa fille seule manquait. M. Rambaud la fit entrer dans le pavillon; mais elle resta sur la porte, elle voulait voir le cortége se mettre en marche. Des dames vinrent la saluer discrètement. Les enfants la regardaient de leurs yeux bleus étonnés.

Cependant, Pauline circulait, donnait des ordres. Elle étouffait sa voix pour la circonstance; mais elle s'oubliait par moments.

— Allons, soyez sages... Regarde, petite bête, tu es déjà chiffonnée... Je viendrai vous prendre, ne bougez pas.

Le corbillard arrivait, on pouvait partir. Mme Deberle parut et s'écria :

— On a oublié les bouquets!... Pauline, vite les bouquets!

Alors, il y eut un peu de confusion. On avait préparé un bouquet de roses blanches pour chaque petite fille. Il fallut distribuer ces roses; les enfants ravis tenaient les grosses touffes devant elles comme des cierges. Lucien, qui ne quittait plus Marguerite, respirait avec délices, pendant qu'elle lui poussait ses fleurs dans la figure. Toutes ces gamines, avec leurs mains fleuries, riaient dans le soleil, puis devenaient tout d'un coup sérieuses, en suivant des yeux la bière que des hommes chargeaient sur le corbillard.

— Elle est là-dedans? demanda Sophie, très bas.

Sa sœur Blanche fit un signe de tête. Puis, elle dit à son tour :

— Pour les hommes, c'est grand comme ça.

Elle parlait du cercueil, elle élargissait les bras tant qu'elle pouvait. Mais la petite Marguerite eut un rire, le nez dans ses roses, en racontant que ça la chatouillait. Alors, les autres enfoncèrent aussi leurs nez pour voir. Oui, oui, ça faisait des chatouilles, c'était amusant. Elles redevinrent sages, on les appelait.

Dehors, le cortége défila. Au coin de la rue Vineuse, une femme en cheveux, les pieds chaussés de savates, pleurait et s'essuyait les joues avec le coin de son tablier. Quelques personnes s'étaient mises aux fenêtres, des exclamations apitoyées s'élevaient dans le silence de la rue. Le corbillard roulait sans bruit, tendu de draperies blanches, à franges d'argent; on entendait seulement les pas cadencés des deux chevaux blancs, assourdis sur la terre battue de la chaussée. C'était comme une moisson de fleurs que ce char emportait; la petite bière était de nouveau cachée sous les bouquets et les couronnes; de légers cahots détachaient les gerbes amoncelées, le char derrière lui semait des branches de lilas. Aux quatre coins, s'envolaient de longs rubans de moire blanche, que tenaient quatre petites filles, Sophie et Marguerite, une demoiselle Levasseur et la petite Guiraud, celle-ci si mignonne, si trébuchante, que sa mère l'accompagnait. Les autres, en troupe serrée, entouraient le corbillard, avec leurs touffes de roses à la main. Elles marchaient doucement, comme à une procession, leurs voiles s'enlevaient, les roues tournaient au milieu de cette mousseline, comme portées sur un nuage, où souriaient des têtes délicates de chérubins. Puis, derrière, à la suite de M. Rambaud, tête nue, le visage pâle et baissé, venaient des dames, quelques petits garçons, Rosalie, Zéphyrin, les domestiques des Deberle. Cinq voitures de deuil, vides, suivaient. Dans la rue pleine de soleil, des pigeons prenaient leur vol, au passage de ce char du printemps.

— Mon Dieu! quel ennui! répétait Mme Deberle, en voyant le cortége s'ébranler. Si Henri avait retardé cette consultation. Je le lui disais bien.

Elle ne savait à qui confier Hélène qui s'était affaissée sur un canapé du pavillon. Henri serait resté près d'elle. Il l'aurait un peu consolée. C'était très désagréable qu'il ne fût pas là. Heureusement, Mlle Aurélie voulut bien se proposer; elle n'aimait pas les choses tristes, elle s'occuperait en même temps de la collation que les enfants devaient trouver à leur retour. Mme Deberle se hâta de rejoindre le convoi qui se dirigeait vers l'église, par la rue de Passy.

Maintenant, le jardin était vide, des ouvriers pliaient les tentures. Il n'y avait plus, sur le sable, à la place où Jeanne était passée, que les pétales effeuillées d'un camélia. Et Hélène, tombée tout d'un coup à cette solitude et à ce grand silence, éprouvait de nouveau l'angoisse, l'arrachement de l'éternelle séparation. Une seule fois encore, être auprès d'elle une seule fois! Quand la fatigue hébétait sa douleur, l'idée fixe que Jeanne s'en allait fâchée, avec son visage muet et noir de rancune, la traversait de la brûlure vive d'un fer rouge. Jamais sa fille ne lui pardonnerait. Alors, voyant bien que Mlle Aurélie la gardait, elle fut pleine de ruse pour lui échapper et courir au cimetière.

— Oui, c'est une grande perte, répétait la vieille fille, installée commodément dans un fauteuil. Il y a des heures où l'on préfère n'avoir pas d'enfant... Moi, j'aurais adoré les enfants, les petites filles surtout. Eh bien! quand j'y songe, je suis contente de ne m'être pas mariée. Ça évite des chagrins...

Elle croyait la distraire. Elle parla d'une de ses amies qui avait eu six enfants; tous étaient morts. Une autre dame restait seule avec un grand fils qui la battait; celui-là aurait dû mourir, sa mère se serait consolée sans peine. Hélène semblait l'écouter. Elle ne bougeait plus, la face vers le jardin, agitée seulement d'un tremblement d'impatience.

— Vous voilà plus calme, dit enfin Mlle Aurélie. Mon Dieu! il faut toujours finir par se faire une raison.

La porte de la salle à manger s'ouvrait dans le pavillon japonais. Elle s'était levée, elle poussa cette porte, allongea le cou. Des asssiettes de gâteaux couvraient la table. Pourtant, elle piétina encore avant de céder à la tentation d'aller voir. Hélène, vivement, s'enfuit par le jardin. La grille était ouverte, les ouvriers des pompes funèbres emportaient leur échelle.

A gauche, la rue Vineuse tourne dans la rue des Réservoirs. C'est là que se trouve le cimetière de Passy. Un mur de soutènement colossal s'élève du boulevard de l'Empereur, le cimetière est comme une terrasse immense qui domine la hauteur, le Trocadéro, les avenues, Paris entier. Hélène, en vingt pas, fut devant la porte béante, déroulant le champ désert des croix noires et des tombes blanches. Elle entra. Deux grands lilas bourgeonnaient aux deux côtés de la première allée. On enterrait rarement, des herbes folles poussaient, quelques cyprès coupaient les verdures de leurs barres sombres. Hélène s'enfonça droit devant elle; une bande de moineaux s'envolait, un fossoyeur étonné leva la tête, après avoir lancé à la volée sa pelletée de terre. Sans doute, le convoi n'était pas arrivé, le cimetière semblait vide. Elle coupa à droite, poussa jusqu'au parapet de la terrasse; et comme elle faisait le tour, elle aperçut derrière un bouquet d'acacias les petites filles en blanc, agenouillées devant le caveau provisoire où l'on venait de descendre le corps de Jeanne. L'abbé Jouve, la main levée, donnait une dernière bénédiction. Elle entendit seulement le bruit sourd de la pierre du caveau qui retombait. C'était fini.

Cependant, Pauline l'avait aperçue et la montrait à Mme Deberle. Celle-ci se fâcha presque, murmurant :

— Comment! elle est venue! Mais ça ne se fait pas, c'est de très mauvais goût!

Elle s'avança, lui témoigna par son air de figure qu'elle la désapprouvait. D'autres dames s'approchèrent aussi, curieusement. M. Rambaud l'avait rejointe, debout et silencieux près d'elle. Elle s'était appuyée à un des acacias, se sentant défaillir, fatiguée de tout ce monde. Tandis qu'elle répondait par des hochements de tête aux doléances, une seule pensée l'étouffait; elle était arrivée trop tard, elle avait entendu le bruit de la pierre qui retombait. Et ses yeux revenaient toujours au caveau, dont un gardien du cimetière balayait la marche.

— Pauline, surveille les enfants, répétait Mme Deberle.

Les petites filles agenouillées se levaient comme un vol de moineaux blancs. Quelques-unes, trop petites, les genoux perdus dans leurs jupes, s'étaient assises par terre; on dut les ramasser. Pendant qu'on descendait Jeanne, les grandes avaient allongé la tête, pour voir au fond du trou. C'était très noir, un frisson les pâlissait. Sophie assurait tout bas qu'on restait là dedans des années, des années. La nuit aussi? demandait une des demoiselles Levasseur. Certainement, la nuit aussi, toujours. Oh! la nuit, Blanche y serait morte de terreur. Toutes se regardaient, les yeux très grands, comme si elles venaient d'entendre une histoire de voleurs. Mais quand elles furent debout, lâchées autour du caveau, elles redevinrent roses; ce n'était pas vrai, on disait des contes pour rire. Il faisait trop bon, ce jardin était joli, avec ses grandes herbes; comme on aurait joué à courir dans les allées, comme on aurait fait de belles parties de cache-cache derrière toutes ces pierres! Les petits pieds dansaient déjà, les robes blanches battaient, pareilles à des ailes de larges papillons. Dans le silence des tombes, la pluie tiède et lente du soleil baignait cette enfance. Lucien avait fini par fourrer sa main sous le voile de Marguerite; il touchait ses cheveux, il voulait savoir si elle ne mettait rien dessus, pour qu'ils soient si jaunes. La petite se rengorgeait. Puis, il lui dit qu'ils se marieraient ensemble. Marguerite voulait bien, mais elle avait peur qu'il ne lui tirât les cheveux. Il les touchait encore, il les trouvait doux comme du papier à lettre.

— N'allez pas si loin, cria Pauline.

— Eh bien! nous partons, dit Mme Deberle. Nous ne faisons rien là, les enfants doivent avoir faim...

Il fallut réunir les petites filles qui s'étaient échappées comme un pensionnat en récréation. On les compta, la petite Guiraud manquait; enfin, on l'aperçut très loin, dans une allée, se promenant gravement avec l'ombrelle de sa mère. Alors, les dames se dirigèrent vers la porte, en poussant devant elles le flot des robes blanches. Mme Berthier félicitait Pauline sur son mariage, qui devait avoir lieu le mois suivant. Mme Deberle disait qu'elle partait dans trois jours pour Naples avec son mari et Lucien. Le monde s'écoulait, Zéphyrin et Rosalie restèrent les derniers. A leur tour, ils s'éloignèrent. Ils se prirent le bras, malgré leur gros chagrin; et leurs dos d'amoureux riaient dans le soleil, tandis qu'ils ralentissaient le pas, ravis de cette promenade.

— Venez, murmura M. Rambaud.

Mais, Hélène, d'un geste, le pria d'attendre. Elle restait seule, il lui semblait qu'une page de sa vie était arrachée. Quand elle eut regardé les dernières personnes tourner l'allée, elle s'agenouilla péniblement devant le caveau. L'abbé Jouve, en surplis, ne s'était point encore relevé. Tous deux prièrent longtemps. Puis, sans parler, avec son beau regard de charité et de pardon, le prêtre l'aida à se mettre debout.

— Donne-lui ton bras, dit-il simplement à M. Rambaud.

A l'horizon, Paris blondissait sous la radieuse matinée de printemps. Dans le cimetière, un pinson chantait.

IV

Deux ans s'étaient écoulés. Un matin de décembre, le petit cimetière dormait dans un grand froid. Il neigeait depuis la veille, une neige fine que chassait le vent du Nord. Du ciel qui pâlissait, les flocons plus rares tombaient avec une légèreté volante de plumes. La neige se durcissait déjà, une haute fourrure de cygne bordait le parapet de la terrasse. Au delà de cette ligne blanche, dans la pâleur brouillée de l'horizon, Paris s'étendait.

Mme Rambaud priait encore, à genoux devant le tombeau de Jeanne, sur la neige. Son mari venait de se relever, silencieux. Ils s'étaient épousés en novembre, à Marseille, où Hélène était retournée tout de suite après la mort de sa fille. M. Rambaud avait vendu sa maison des Halles, il se trouvait à Paris depuis trois jours pour terminer cette affaire; et la voiture qui les attendait rue des Réservoirs devait passer à l'hôtel prendre leurs malles et les conduire ensuite au chemin de fer. Hélène avait fait le voyage dans l'unique pensée de s'agenouiller là. Elle restait immobile, la tête basse, comme perdue et ne sentant pas la froide terre qui lui glaçait les genoux.

Cependant, le vent cessait. M. Rambaud s'était avancé sur la terrasse, pour la laisser à la douleur muette de ses souvenirs. Une brume s'élevait des lointains de Paris, dont l'immensité s'enfonçait dans le vague blafard de cette nuée. Au pied du Trocadéro, la ville couleur de plomb semblait morte, sous la tombée lente des derniers brins de neige. C'était, dans l'air devenu immobile, une moucheture pâle sur les fonds sombres, filant avec un balancement insensible et continu. Au delà des cheminées de la Manutention, dont les tours de brique prenaient le ton du vieux cuivre, le glissement sans fin de ces blancheurs s'épaississait; on aurait dit des gazes flottantes, déroulées fil à fil. Pas un soupir ne montait, de cette pluie du rêve, enchantée en l'air, tombant endormie et comme bercée. Les flocons paraissaient ralentir leur vol, à l'approche des toitures; ils se posaient un à un, sans cesse, par millions, avec tant de silence que les fleurs qui s'effeuillent font plus de bruit; et un oubli de la terre et de la vie, une paix souveraine venait de cette multitude en mouvement, dont on n'entendait pas la marche dans l'espace. Le ciel s'éclairait de plus en plus, partout à la fois, d'une teinte laiteuse, que des fumées troublaient encore. Peu à peu, les îlots éclatants des maisons se détachaient, la ville apparaissait à vol d'oiseau, coupée de ses rues et de ses places, dont les tranchées et les trous d'ombre dessinaient l'ossature géante des quartiers.

Hélène, lentement, s'était relevée. A terre, ses deux genoux restaient marqués sur la neige. Enveloppée d'un large manteau sombre, bordé de fourrure, elle semblait très grande, les épaules superbes dans tout ce blanc. La barrette de son chapeau, une tresse de velours noir, tombait un peu, lui mettait au front l'ombre d'un diadème. Elle avait retrouvé son beau visage tranquille, ses yeux gris et ses dents blanches, son menton rond, un peu fort, qui lui donnait un air raisonnable et ferme. Lorsqu'elle tournait la tête, son profil prenait de nouveau une pureté grave de statue. Le sang dormait sous la pâleur reposée des joues, on la sentait rentrée dans la hauteur de son honnêteté. Deux larmes avaient roulé de ses paupières, sans que son visage de marbre eût un tressaillement. Maintenant, elle ne pleurait plus, son calme sévère était fait de sa douleur ancienne. Et elle se tenait debout devant le tombeau, une simple colonne où le nom de Jeanne était suivi de deux dates mesurant la courte existence de la petite morte de douze ans. Elle avait fini de prier, elle songeait.

Autour d'elle, le cimetière étalait la blancheur de son drap que crevaient des angles de tombes rouillées, des fers de croix pareils à des bras en deuil. Seuls, les pas d'Hélène et de M. Rambaud avaient fait un sentier dans ce coin désert. C'était une solitude sans tache, où les morts dormaient leur néant. Les allées enfonçaient les fantômes légers des arbres. Par moments, un paquet de neige tombait sans bruit d'une branche trop chargée; et rien ne bougeait plus. A l'autre bout, un piétinement noir avait passé : on enterrait sous ce linceul. Un second convoi venait à gauche. Les bières et les cortèges filaient en silence, comme des ombres découpées, sur la pâleur d'un linge.

Hélène sortait de sa rêverie, lorsqu'elle aperçut près d'elle une mendiante, qui se traînait péniblement. C'était la mère Fétu, dont la neige assourdissait les gros souliers d'homme, crevés et raccommodés avec des ficelles. Jamais elle ne l'avait vue grelotter d'une misère si noire, couverte de guenilles plus sales, engraissée encore, l'air abêti. La vieille, par les vilains temps, les fortes gelées, les pluies battantes, suivait maintenant les convois, pour spéculer sur l'apitoiement des bonnes âmes; et elle savait qu'au cimetière la peur de la mort fait donner des sous, elle visitait les tombes, s'approchant des gens agenouillés au moment où ils fondaient en larmes, parce que alors ils ne pouvaient refuser. Depuis un instant, entrée avec le dernier cortège, elle guettait Hélène de loin. Mais elle n'avait point reconnu la bonne dame; elle racontait avec de petits sanglots, la main tendue, qu'elle avait chez elle deux enfants qui mouraient de faim. Hélène l'écoutait, muette devant cette apparition, troublée par les souvenirs qu'elle lui apportait. Les enfants étaient sans feu, il y en avait un qui s'en allait de la poitrine. Tout d'un coup, la mère Fétu s'arrêta; un travail se faisait dans les mille plis de son visage, ses yeux minces clignotaient. Comment! c'était la bonne dame! Le ciel avait donc exaucé ses prières! Et, sans arranger l'histoire des enfants, elle se mit à geindre, avec un flot de paroles intarissable. Des dents lui manquaient encore, on l'entendait à peine. Toutes les misères du bon Dieu lui étaient tombées sur la tête. Son monsieur avait donné congé, elle venait de rester trois mois dans son lit; oui, ça la tenait toujours, maintenant ça lui grouillait partout; une voisine disait qu'une araignée devait pour sûr lui être entrée par la bouche, pendant qu'elle dormait. Si elle avait eu seulement un peu de feu, elle se serait chauffé le ventre; il n'y avait plus que ça pour la soulager. Mais rien de rien, pas des bouts d'allumette. Elle avait tout perdu en perdant la bonne dame. Peut-être bien que madame était allée en voyage? C'étaient ses affaires. Enfin, elle la trouvait joliment portante, et fraîche et belle. Dieu lui rendrait tout ça. Comme Hélène tirait sa bourse, la mère Fétu souffla en s'appuyant à la grille du tombeau de Jeanne.

Les convois s'en étaient allés. Quelque part, sans doute dans une fosse voisine, on entendait les coups de pioche réguliers d'un fossoyeur qu'on ne voyait pas. La mendiante pourtant avait repris haleine, les yeux fixés sur la bourse. Alors, pour augmenter l'aumône, elle se montra très câline, elle parla de l'autre dame. On ne pouvait pas dire, c'était une dame charitable; eh bien! elle ne savait pas faire, son argent ne profitait pas. Prudemment, elle regardait Hélène en disant ces choses. Ensuite, elle se hasarda à nommer le docteur, croyant remarquer qu'elle attendait. Oh! celui-là était bon comme le bon pain. L'été dernier, il avait encore fait un voyage avec sa femme. Leur petit poussait, un bel enfant. Mais les doigts d'Hélène, qui ouvraient la bourse, avaient tremblé, et la mère Fétu, tout d'un coup, changea de voix. Stupide, effarée, elle venait seulement de comprendre que la bonne dame se trouvait là près du tombeau de sa fille. Mon Dieu! que c'était bête de perdre la mémoire! Elle bégaya, elle soupira. Une mignonne si gentille, avec des amours de petites mains, qu'elle voyait encore lui donner des pièces blanches. Et comme elle avait de longs cheveux, comme elle regardait les pauvres avec de grands yeux pleins de larmes! Ah! on ne remplaçait pas un ange pareil; il n'y en avait plus, on aurait beau chercher dans tout Passy. Hélène pâlissait d'émotion, la vieille tâcha de la faire pleurer. Elle le jurait à madame, depuis deux ans elle n'était pas entrée une fois au cimetière sans venir s'agenouiller. Aux beaux jours, elle apportait tous les dimanches un bouquet de pâquerettes cueilli dans le fossé des fortifications. Elle se tut, inquiète du geste dont Hélène lui coupa brusquement la parole. C'était donc qu'elle ne trouvait plus ce qu'il fallait dire? La bonne dame ne pleurait pas, et elle ne lui donna qu'une pièce de vingt sous.

M. Rambaud, cependant, s'était approché du parapet de la terrasse. Hélène alla le rejoindre. Alors la vue du monsieur alluma les petits yeux de la mère Fétu. Elle ne le connaissait pas, celui-là; ça devait être un nouveau. Traînant les pieds, elle marcha derrière Hélène, en appelant sur elle toutes les bénédictions du paradis; et, méchamment, lorsqu'elle fut près de M. Rambaud, elle reparla du docteur. En voilà un qui aurait un bel enterrement, quand il mourrait, si les pauvres gens qu'il avait soignés pour rien, suivaient son corps! Il était un peu coureur, personne ne disait le contraire. Des dames de Passy le connaissaient bien. Mais ça ne l'empêchait pas d'adorer sa femme, une petite femme si gentille, qui aurait pu se mal conduire et qui n'y songeait seulement plus. Un vrai ménage de tourtereaux. Est-ce que madame leur avait dit bonjour? Ils étaient pour sûr chez eux, elle venait de voir les persiennes ouvertes, rue Vineuse. Ils aimaient tant madame autrefois, ils seraient si heureux! Que la grâce du bon Dieu soit avec tous les honnêtes gens! En mâchant ces bouts de phrase, comme si elle eût cassé des noix, la vieille guignait M. Rambaud. Il l'écoutait, avec sa tranquillité de brave homme. Les souvenirs évoqués devant lui ne mettaient pas une ombre sur son visage paisible. Il crut seulement remarquer que l'acharnement de cette mendiante importunait Hélène, et il fouilla dans sa poche, il lui fit à son tour une aumône, en l'éloignant du geste. Lorsqu'elle vit une seconde pièce blanche, la mère Fétu éclata en remerciements. Elle achèterait un peu de bois, elle chaufferait son mal; il n'y avait plus que ça qui lui calmait le ventre. Oui, un vrai ménage de tourtereaux, à preuve que la dame avait eu un enfant, une belle petite fille, rose et grasse, qui devait aller sur ses quatorze mois. Le jour du baptême, à la porte de l'église, le docteur s'était dérangé pour lui mettre une pièce de cent sous dans la main. Ah! les bons cœurs se rencontrent, madame lui portait chance. Mon Dieu! faites que madame n'ait pas un chagrin, comblez-la de toutes les prospérités! Au nom du Père, du Fils, du Saint-Esprit, ainsi-soit-il!

Hélène eut un léger frisson, pendant que la mère Fétu s'en allait au milieu des tombes, en bredouillant trois *Pater* et trois *Ave*. La neige avait cessé, les derniers flocons s'étaient posés sur les toits avec une lenteur lasse; et, dans le vaste ciel d'un gris de perle, on ne voyait plus que la brume lointaine qui paraissait se fondre. C'était comme une vapeur de plus en plus légère, derrière laquelle le ton d'or du soleil mettait déjà une clarté rose. Une seule bande de bleu, sur Montmartre, bordait l'horizon, d'un bleu si lavé et si tendre, qu'on aurait dit l'ombre d'un satin blanc. Paris se dégageait des fumées, s'élargissait davantage à chaque minute, avec ses champs de neige, sa débâcle qui le figeait dans une immobilité de mort. Maintenant, les mouchetures volantes ne donnaient plus à la ville ce grand frisson dont les ondes pâles tremblaient sur les façades couleur de rouille. L'espace s'était vidé, l'air prenait une transparence de cristal, les maisons sortaient toutes noires des masses blanches où elles dormaient, comme moisies par des siècles d'humidité. Des rues entières semblaient ruinées, dévorées de salpêtre, les toitures près de fléchir, les fenêtres enfoncées déjà. Une place, dont on apercevait le carré plâtreux, s'emplissait d'un tas de décombres. Mais, à mesure que la bande bleue grandissait du côté de Montmartre, une lumière coulait limpide et froide comme une eau de source, mettant Paris sous une glace où les lointains eux-mêmes prenaient une netteté d'image japonaise.

Dans son manteau de fourrure, les mains perdues au bord des manches, Hélène restait toute droite. Une seule pensée revenait en elle comme un écho. Ils avaient eu un enfant, une petite fille rose et grasse; et elle la voyait à l'âge adorable où Jeanne commençait à parler. Les petites filles sont si mignonnes à quatorze mois! Elle comptait les mois; quatorze, cela faisait presque deux ans, en tenant compte des autres; juste l'époque, à quinze jours près. Alors, elle eut une vision ensoleillée de l'Italie, un pays idéal, avec des fruits d'or, où les amants s'en allaient sous des nuits embaumées, les bras à la taille. Henri et Juliette marchaient devant elle, dans un clair de lune. Ils s'aimaient comme des époux qui redeviennent des amants. Une petite fille rose et grasse, dont les chairs nues rient au soleil, tandis qu'elle essaye de bégayer des mots confus, que sa mère étouffe sous des baisers! Et elle pensait à ces choses sans colère, le cœur muet, élargissant encore sa sérénité dans la tristesse. Le pays du soleil avait disparu, elle promenait ses lents regards sur Paris, dont l'hiver raidissait le grand corps. Des colosses de marbre semblaient couchés dans la paix souveraine de leur froideur, les membres las d'une vieille souffrance qu'ils ne sentaient plus. Un trou bleu s'était fait au-dessus du Panthéon.

Pourtant, ses souvenirs redescendaient les jours. Elle avait vécu dans une stupeur, à Marseille. Un matin, en passant rue des

Petites-Marise, elle s'était mise à sangloter devant la maison de son enfance, toujours humide et sombre. C'était la dernière fois qu'elle avait pleuré. M. Rambaud venait souvent ; elle le sentait autour d'elle comme une protection. Il n'exigeait rien, il n'ouvrait jamais la bouche sur les sentiments qui gonflaient son cœur. Vers l'automne, elle l'avait vu entrer un soir, les yeux rouges, brisé par un grand chagrin : son frère, l'abbé Jouve, était mort. A son tour, elle l'avait consolé. Ensuite, elle ne se rappelait plus nettement. L'abbé semblait sans cesse derrière eux, elle cédait à la résignation dont il l'enveloppait. Puisqu'il voulait encore cette chose, elle ne trouvait pas de raison pour refuser. Cela lui paraissait très sage. Alors, d'elle-même, comme son deuil prenait fin, elle avait réglé posément les détails avec M. Rambaud. Les mains de son vieil ami tremblaient de tendresse éperdue; mais il ne lui avait pas même mis au front un baiser de père. Comme elle voudrait, il l'attendait depuis des mois, un signe lui suffisait. Ils s'étaient mariés en noir. Le soir des noces, lui aussi avait baisé ses pieds nus, ses beaux pieds de statue qui redevenaient de marbre. Et la vie se déroulait de nouveau.

Tandis que le ciel bleu grandissait à l'horizon, cet éveil de sa mémoire était une surprise pour Hélène. Elle avait donc été folle pendant un an? Aujourd'hui, lorsqu'elle évoquait la femme qui avait vécu une année dans cette chambre de la rue Vineuse, elle croyait juger une personne étrangère, dont la conduite l'emplissait d'étonnement et de mépris. Quel coup d'étrange folie, quel mal abominable, aveugle comme la foudre! Elle ne l'avait pourtant pas appelé. Elle vivait bien tranquille, cachée dans son coin, perdue dans l'adoration de sa fille. Jamais son cœur ne se plaignait. La route s'allongeait devant elle, sans une curiosité, sans un désir. Et un souffle avait passé, elle était tombée par terre. A cette heure encore, elle ne s'expliquait rien. Son être avait cessé de lui appartenir, l'autre personne agissait en elle. Etait-ce possible? elle faisait ces choses, elle montait, trompait une femme confiante, se livrait à un homme qui passait dans sa vie; tout ce qu'elle n'était pas, elle l'était devenue; et des faits lui revenaient, précis, cette soirée de tourment où le besoin de l'adultère la brûlait, cette lettre qu'elle jetait dans la boîte de l'hôtel, cet abandon des autres et d'elle-même, au fond d'une chambre de hasard. Elle n'avait point rêvé. Puis, c'était comme un écroulement, comme une secousse qui arrachait tout. Un grand froid la glaçait. Jeanne qu'elle oubliait, s'en allait sous les roses. Alors, dans l'engourdissement de sa douleur, elle s'était retrouvée, très calme, sans un désir, sans une curiosité, continuant sa marche lente sur la route toute droite. Son existence d'autrefois recommençait, avec sa paix sévère et son orgueil de femme honnête.

M. Rambaud fit un pas, voulut l'emmener de ce lieu de tristesse. Mais, d'un geste, Hélène lui témoigna l'envie de rester encore. Elle s'était approchée du parapet, elle regardait en bas, sur l'avenue de la Muette, une station de voitures dont la file mettait au bord du trottoir une queue de vieux carrosses crevés par l'âge. Les capotes et les roues blanchies, les chevaux couverts de mousse, semblaient se pourrir là depuis des temps très anciens. Des cochers restaient immobiles, raidis dans leurs manteaux gelés. Au milieu de la tombée de neige qui avait enseveli la chaussée et les trottoirs, d'autres voitures, une à une, péniblement s'avançaient. Les bêtes glissaient, tendaient le cou, tandis que les hommes, descendus de leur siège, les tenaient à la bride, avec des jurons; et l'on voyait derrière les vitres des figures de voyageurs patients, renversés contre les coussins, résignés à faire en trois quarts d'heure une course de dix minutes. Une ouate étouffait les bruits ; seules les voix montaient, dans cette mort des rues, avec une vibration particulière, grêles et distinctes : des appels, des rires de gens surpris par le verglas, des colères de charretiers faisant claquer leurs fouets, un ébrouement de cheval soufflant de peur. Plus loin, à droite, les grands arbres du quai étaient des merveilles : on aurait dit des arbres de verre filé; le vent, du côté du nord, avait changé les troncs en fûts de colonne. Des branches s'élevaient, d'immenses lustres de Venise, dont des caprices d'artistes avaient tordu les bras piqués de fleurs. En haut s'embroussaillaient des rameaux duvetés, des aigrettes de plumes, une exquise découpure de petites brindilles noires, bordées de filets blancs. Il gelait : pas une haleine ne passait dans l'air limpide.

Et Hélène se disait qu'elle ne connaissait pas Henri. Pendant un an, elle l'avait vu presque chaque jour; il était resté des heures et des heures à se serrer contre elle, à causer les yeux dans les yeux. Elle ne le connaissait pas. Un soir, elle s'était donnée et il l'avait prise toute entière. Elle ne le connaissait pas, elle faisait un immense effort sans pouvoir comprendre. D'où venait-il? comment se trouvait-il près d'elle? quel homme était-ce pour qu'elle lui eût cédé, elle qui serait plutôt morte que de céder à un autre? Elle l'ignorait, il y avait là un vertige où chancelait sa raison. Au dernier comme au premier jour, il lui restait étranger. Vainement, aujourd'hui encore, elle tâchait de se faire une idée nette de cet homme, qui, un instant, avait empli son existence. Elle réunissait les petits faits épars, ses paroles, ses actes, tout ce qu'elle se rappelait de sa personne. Il aimait sa femme et son enfant, il souriait d'un air fin, il gardait l'attitude d'un homme correct, ayant les vertus communes. Puis, après une intimité aimable, il s'était passionné, elle revoyait son visage en feu, ses mains égarées de désir. Des semaines coulaient, un obstacle se mettait entre eux, il redevenait froid et prudent. C'était alors qu'une aventure la jetait entre ses bras. Ensuite, il disparaissait, il était emporté dans l'affreux chagrin dont elle demeurait endolorie. A cette heure, elle n'aurait su dire le jour où elle lui avait parlé pour la dernière fois. Et leur histoire n'avait pas d'autre dénouement, elle ne connaissait toujours pas cet homme. Il avait passé, son ombre s'en était allée avec lui.

Sur la ville, un ciel bleu, sans une tache, se déployait. Hélène leva la tête, lasse de souvenirs, heureuse de cette pureté. C'était un bleu limpide, très pâle, à peine un reflet bleu dans la blancheur du soleil. L'astre, bas sur l'horizon, avait un éclat de lampe d'argent. Il brûlait sans chaleur, dans la réverbération de la neige, au milieu de l'air glacé. En bas, de vastes toitures, les tuiles de la Manutention, les ardoises des maisons du quai, étalaient des draps blancs, ourlés de noir. De l'autre côté du fleuve, le carré du Champ de Mars déroulait une steppe, où des points sombres, des voitures perdues, faisaient songer à des traîneaux russes filant avec un bruit de clochettes; tandis que les ormes du quai d'Orsay, rapetissés par l'éloignement, alignaient des floraisons de fins cristaux, hérissant leurs aiguilles. Dans l'immobilité de cette mer de glace, la Seine roulait des eaux terreuses, entre ses berges qui la bordaient d'hermine; elle charriait depuis la veille, et l'on distinguait nettement, contre les piles du pont des Invalides, l'écrasement des blocs s'engouffrant sous les arches. Puis, les ponts s'échelonnaient, pareils à des dentelles blanches, de plus en plus délicates, jusqu'aux roches éclatantes de la Cité, que les tours de Notre-Dame surmontaient de leurs pics neigeux. D'autres pointes, à gauche, trouaient la plaine uniforme des quartiers. Saint-Augustin, l'Opéra, la tour Saint-Jacques, étaient comme des monts où règnent les neiges éternelles; plus près, les pavillons des Tuileries et du Louvre, reliés par les nouveaux bâtiments, dessinaient l'arête d'une chaîne aux sommets immaculés. Et c'étaient encore, à droite, les cimes blanchies des Invalides, de Saint-Sulpice, du Panthéon, ce dernier très loin, profilant sur l'azur un palais du rêve, avec des revêtements de marbre bleuâtre. Pas une voix ne montait. Des rues se devinaient à des fentes grises, des carrefours semblaient s'être creusés dans un craquement. Par files entières, les maisons avaient disparu. Seules, les façades voisines, d'un ton sali, étaient reconnaissables aux mille raies de leurs fenêtres. Les nappes de neige, ensuite, se confondaient, se perdaient en un lointain éblouissant, en un lac dont les ombres bleues prolongeaient le bleu du ciel. Paris, immense et clair, dans la vivacité de cette gelée, luisait sous le soleil d'argent.

Alors, Hélène, une dernière fois, embrassa d'un regard la ville impassible, qui, elle aussi, lui restait inconnue. Elle la retrouvait, tranquille et comme immortelle dans la neige, telle qu'elle l'avait quittée, telle qu'elle l'avait vue chaque jour pendant un an. Paris était pour elle plein de son passé. C'était avec lui qu'elle avait aimé, avec lui que Jeanne était morte. Mais ce compagnon de toutes ses heures gardait la sérénité de sa face géante, sans un attendrissement, témoin muet des rires et des larmes dont la Seine semblait rouler le flot. Elle l'avait tour à tour cru d'une férocité de monstre, d'une bonté de colosse. Aujourd'hui, elle sentait qu'elle l'ignorerait toujours, indifférent et large. Il se déroulait, il était la vie.

M. Rambaud, cependant, la toucha légèrement, pour l'emmener. Sa bonne figure s'inquiétait. Il murmura :

— Ne te fais pas de peine.

Il savait tout, il ne trouvait que cette parole. Mme Rambaud le regarda et fut apaisée. Cette bonhomie endormait ses souvenirs, l'existence recommençait. Elle avait le visage rose de froid, les yeux clairs. Déjà, elle était loin.

— Je ne sais plus si j'ai bien fermé la grosse malle, dit-elle.

M. Rambaud promit de s'en assurer. Le train partait à midi, ils avaient le temps. On sablait les rues, leur voiture ne mettrait pas une heure. Mais, tout d'un coup, il haussa la voix.

— Je suis sûr que tu as oublié les cannes à pêche?

— Oh! absolument! cria-t-elle, surprise et fâchée de son manque de mémoire. Nous aurions dû les prendre hier.

C'étaient des cannes très commodes, dont le modèle ne se vendait pas à Marseille. Ils possédaient, près de la mer, une petite maison de campagne, où ils devaient passer l'été. M. Rambaud consulta sa montre. En allant à la gare, ils pouvaient encore acheter les cannes. On les attacherait avec les parapluies. Alors, il l'emmena, piétinant, coupant au milieu des tombes. Le cimetière était vide, il n'y avait plus que leurs pas sur la neige. Jeanne, morte, restait seule en face de Paris, à jamais.

FIN

Paris. — Imp. Dubuisson et Cᵉ, rue Coq Héron, 5.

www.ingramcontent.com/pod-product-compliance
Ingram Content Group UK Ltd.
Pitfield, Milton Keynes, MK11 3LW, UK
UKHW031912260826
14628UKWH00003B/1156